KATHY TAILOR

LIONESS

WOHIN DEIN HERZ DICH FÜHRT

Oetinger Taschenbuch

Außerdem bei Oetinger Taschenbuch erschienen:

Disappeared (Thriller)

MIX
Papier aus verantwortungsvollen Quellen
FSC® C002795
FSC
www.fsc.org

Originalausgabe
1. Auflage

Umschlaggestaltung: Johannes Wiebel | punchdesign, München
Satz: Sabine Conrad, Bad Nauheim
Druck und Bindung: Livonia Print SIA,
Ventspils iela 50, LV-1002, Riga, Lettland
ISBN 978-3-8415-0631-3

www.oetinger-taschenbuch.de

Für meine Mama,
die Aylelas Herz und Corbins Stärke in sich trägt.

Man hat nicht ein Herz für Menschen
und eines für Tiere. Man hat
ein einziges Herz oder gar keins.

Alphonse de Lamartine

1. Kapitel

Flammen.

Sie sind überall.

Lecken mit ihren glühend heißen Zungen an meiner Haut. Färben sie rot.

Ich schlage wie wild um mich. Will sie daran hindern, mich vollständig zu verschlingen. Mich aufzufressen.

Hinter mir höre ich Stampfen, Trampeln. Panik, die sich in gellenden Schreien entlädt.

»Raus hier!«, brüllt jemand in meiner Nähe, doch als ich hinsehe, ist da niemand.

Die Flammen erreichen meinen Nacken, meine Ohren, mein Haar. Ein Zischen. Dann rahmt eine Mähne aus goldenem Feuer mein Gesicht ein.

Ich trommele mir mit den Fäusten auf den Kopf, um es zu bändigen. Doch statt sich zurückzuziehen, greift das Feuer nun auf meine Hände über. Meine Arme. Bis schließlich mein ganzer Körper in Flammen aufgeht.

Der Schmerz explodiert in mir. Es fühlt sich an, als würden auch meine Eingeweide verbrennen. Ich will um Hilfe schreien, aber das Feuer versiegelt meinen Mund.

Jemand packt meinen Arm. Ich kann nicht sehen, wer es ist. Der Griff der schemenhaften Gestalt ist wie ein Schraubstock. Sie zerrt an mir. Hat nicht die Absicht, mich hier zurückzulassen.

Blindlings stolpere ich hinter ihr her.

Ich bekomme kaum noch Luft.

Wohin gehen wir? Der Rauch, der mich umgibt, ist undurchdringlich. Ich kann kaum noch etwas sehen.

Doch ich lasse mich von der Gestalt mitziehen.

Welche Wahl habe ich denn, als ihr zu vertrauen?

Wieder leckt etwas über meine Haut. Eine weitere Flamme!

Doch sie ist rau und nur lauwarm. Außerdem ist sie nass.

Irgendetwas stimmt da nicht.

Ich reiße die Hände hoch, versuche, die feuchte Flamme von meinem Gesicht wegzustoßen, und bekomme stattdessen etwas Weiches, Warmes zu fassen.

Direkt über mir.

Erschrocken reiße ich die Augen auf und starre in zwei große, eisblaue Kreise.

Sekundenbruchteile später schleckt meine Schwester mir schon wieder mit ihrer rauen Zunge übers Gesicht.

Finja, lass das, knurre ich und bemühe mich vergebens, dabei entrüstet zu klingen. Finja reibt ihren kleinen Kopf an meinem. Sie schnurrt zutraulich.

Hey, hey, Vorsicht, Kleine!

Der Druck ihres Kopfes wird stärker. Sie weiß noch nicht, wie sie mit ihrer Kraft umgehen soll. Nicht mehr lange, und sie wird um ein Vielfaches stärker sein als ich.

Ist ja gut, ich liebe dich auch. Lachend schlinge ich meine Arme um Finja und presse meine Stirn in die warme Kuhle zwischen ihrem Hals und ihrem Schulterblatt.

Finja lässt ein keckes Fauchen hören. Sie hat keine Lust, zu schmusen. Sie will spielen.

Aber dafür bin ich noch viel zu müde.

Ich lasse sie los und wehre ihre Schnauze ab, mit der sie immer wieder gegen mich stupst.

Später, Kleine. Erst mal muss ich richtig wach werden.

Gähnend rappele ich mich hoch und knete meinen Nacken. Irgendwie war der Waldboden früher bequemer. Oder lag es daran, dass ich als kleines Mädchen immer auf Mamas Beine gebettet geschlafen habe?

At – ta – cke! Lautes Gebrüll durchbricht die morgendliche Stille des Waldes, und schon treffen zwei riesige Tatzen auf meinen Rücken und lassen mich vornüberkippen.

Es gelingt mir gerade noch, den Sturz mit den Händen abzufedern, doch an Aufstehen ist nicht mehr zu denken.

Ich lasse ein Grollen tief aus meiner Kehle erklingen. *Timur, lass den Blödsinn! Jemanden anzugreifen, der einem den Rücken zukehrt, ist feige.*

Timur wirft den Kopf nach hinten und knurrt spielerisch. *Deine Reaktionen waren auch schon mal besser, Borka.*

Geh runter von mir, du bist zu schwer!

Aber es ist gerade so bequem hier oben. Ein triumphierendes Brüllen. Mein Bruder verstärkt den Druck seiner Tatzen.

Lass mich gefälligst los, Timur!

Sonst was?

Runter von mir! Sofort!

Von der Seite kommt Finja angetrottet. Interessiert beäugt sie Timur, der mich ohne jede Anstrengung am Boden hält, als sei ich eine Feder.

Finja, hilf mir! Unter Timurs Gewicht klingt mein Knurren erstickt. Finja versteht nicht, was ich von ihr will. Voller Freude umrundet sie Timur und mich immer wieder aufs Neue.

Timur lässt ein stolzes Brüllen hören. *Schau nur gut zu, Kleine. In einem halben Jahr kannst du das auch.*

Ich fluche innerlich. Wann war noch gleich der Zeitpunkt, da mein kleiner Bruder so schwer und so stark geworden ist, dass unsere Kämpfe fast immer zu seinen Gunsten ausgehen? Früher war ich diejenige, die ihn mit Leichtigkeit überwältigen konnte.

Na los, Borka, steh schon auf, feixt Timur.

Mit aller Kraft stemme ich meinen Rücken gegen seine Tatzen. Doch ebenso gut hätte ich versuchen können, einen Baum mit bloßen Händen umzuknicken.

Finja lässt ein fröhliches Glucksen hören.

Ein Wort von dir, Borka, und ich lasse dich los.

Was?

Sag es: Timur ist der beste, stärkste und schlauste Bruder auf der ganzen Welt.

Mit meinem gesamten Körpergewicht drücke ich gegen seine Tatzen. *Das – ist – mehr – als – ein – Wort!*

Hm, du musst wohl noch ein bisschen darüber nachdenken. Timur legt nun seinen Oberkörper auf mir ab. Sich mit dem gesamten Körpergewicht auf mir niederzulassen, traut er sich nicht mehr, seit ich im vergangenen Winter fast von ihm zerdrückt worden wäre, nachdem er einen Wachstumsschub gehabt hatte und sich nicht im Klaren darüber war, dass ein ausgewachsener Löwe zu schwer für menschliche Knochen ist.

Ich schleudere ihm alle Flüche, die mir einfallen, entgegen, doch es lässt ihn völlig kalt.

Es ist so gemütlich hier oben. Viel besser als der kalte Waldboden.

Finja stupst mich mit ihrer Nase an.

Ich knurre unwillig. *Es ist gerade wirklich ungünstig. Ich spiele später mit dir.*

Finja lässt die Ohren hängen, wendet sich ihrem Schwanz zu und versucht, ihn mit dem Maul zu fassen zu kriegen.

Ich warte, brummt Timur ganz leise in mein linkes Ohr. Dabei kitzelt mich der leichte Ansatz seiner Mähne. Nicht mehr lange, dann wird sie sein gesamtes Haupt umrahmen. Schon jetzt feiert mein Bruder jedes einzelne Haar, als sei es sein eigenes Verdienst, dass es sprießt.

Die Mähne! Das ist es!

So gut ich kann, winde ich meinen rechten Arm unter Timurs und meinem eigenen Körper hervor. Mein Bruder hat inzwischen seinen Kopf neben mir auf dem moosbewachsenen Boden abgelegt und lässt übertrieben laute Schnarchgeräusche hören. *Hach, so schläft es sich wirklich gut. Das machen wir in Zukunft immer so.* Langsam, ganz langsam hebe ich meinen Arm. Viel Spielraum habe ich nicht, ohne mir den Arm komplett zu verdrehen. Ich strecke meine Finger aus und kann nun Timurs Mähne ertasten.

Ohne zu zögern, packe ich ein dickes Haarbüschel und ziehe daran. Timur heult auf. Seine rechte Vordertatze schnellt zu der Stelle vor, als wolle er sichergehen, dass der entstandene Schaden nicht zu groß ist.

Diesen Moment nutze ich, um meinen Körper zur Seite zu rollen. Schon ist mein Bruder wieder über mir. *Das war gemein!*

Ich schaffe noch eine Umdrehung, liege nun auf dem Rücken. *Das musst du gerade sagen.*

Timurs Tatzen lasten auf meinem Brustkorb. *Du musst deine Augen eben überall haben, Borka. Die Welt ist voller Gefahren. Jederzeit könnte dich jemand von hinten angreifen.*

Also hast du mir im Grunde nur einen Gefallen getan?

Ja klar, ich bereite dich nur aufs Leben vor. Er wirft übermütig den Kopf in den Nacken.

Ich bin sechzehn Jahre älter als du, entgegne ich und versuche mit beiden Händen, seine Pfoten von mir herunterzuschieben, doch sie lassen sich keinen Millimeter bewegen.

Menschenjahre, Borka, Menschenjahre. Mama hat gesagt …

… dass das was anderes ist, ich weiß!

Umgerechnet bin ich also mindestens genauso alt wie du. Und fünfmal so stark.

Darauf würde ich nicht wetten.

Ich stöhne vor Anstrengung auf, während ich vergeblich an seiner linken Tatze zerre.

Timur mustert mich belustigt. *Ich schon.*

Also schön, ich gebe auf, keuche ich, *du bist …*

Der beste, schlauste und stärkste Bruder auf der ganzen Welt, souffliert er mir. Seine Lefzen sind siegessicher nach oben gezogen.

Der beste …, knurre ich und ziehe dabei meine Knie unter seinem Körper bis an meinen Brustkorb heran, *schlauste …*, spanne sämtliche Muskeln an, *und stärkste …*, grabe meine Füße in Timurs Bauch, stemme mich dagegen und schaffe es schließlich, ihn mit einem lauten Brüllen auf den Waldboden neben mir zu befördern, *… Verlierer der ganzen Welt!*

Eilig springe ich auf die Füße und lasse meinen Bruder nicht mehr aus den Augen.

Das war nicht schlecht. Timur taxiert mich anerkennend. *Auch wenn es ganz schön lange gedauert hat. In einem echten Kampf hättest du keine Chance gehabt.* Er schüttelt sich, und ein paar Blätter rieseln aus seiner Mähne auf den Boden. Finja springt sofort darauf zu und versucht, sie aus der Luft zu schnappen.

Wie gut, dass ich dich habe und du mich im Falle eines echten Kampfes beschützen kannst. Ich zwinkere Timur zu und sehe, wie seine Brust anschwillt. Meine Anerkennung bedeutet ihm mehr, als er je zugeben würde. Auch wenn er noch so lässig tut, bin ich immer noch seine große Schwester. Die, die er in den ersten Monaten seines Lebens richtiggehend angehimmelt hat. Und auch wenn davon – spätestens, seit seine Mähne zu sprießen begonnen hat – nicht mehr viel zu spüren ist, ist es ihm nach wie vor wichtig, was ich von ihm halte.

Finja gesellt sich wieder zu uns. Zwischen ihren Zähnen hängen die Reste einiger Blätter.

Ich entferne sie, was sie ohne Murren über sich ergehen lässt. Als ich fertig bin, lasse ich meine Finger durch ihr weiches Fell gleiten. Wie viele Stunden ich in den letzten Monaten damit verbracht habe, Finja zu kraulen! Auch jetzt drückt meine Schwester ihren Kopf wieder fest gegen meine Hände und schließt die Augen.

Sag mal Borka, Kleine, raune ich, *Bor-ka.*

Finja öffnet ihr linkes Auge und sieht mich fragend an.

Borka. Borka, versuche ich es wieder.

Nein, sag lieber Timur. Ti-mur, schaltet mein Bruder sich ein.

Finja mustert ihn ratlos.

Den Namen brauchst du dir wirklich nicht zu merken, Kleine, ich ignoriere Timurs Protest, *viel wichtiger ist: Borka.*

Finjas Nasenflügel beginnen zu zittern.

Mama, bringt sie schließlich hervor. Es ist einer der wenigen Laute, die sie schon äußern kann. Neben Baum. Und *Gugu*, was alles einschließt, das Spaß macht: Essen, Spielen, Rangeln.

Nein, ich bin nicht Mama, korrigiere ich meine Schwester. *Ich bin Borka. Bor-ka.*

Doch Finja reißt sich nun von mir los, und ihr stürmisches Gebrüll klingt mit ihrer zarten Stimme eher wie ein Maunzen. *Mama! Mama!*

Ich seufze.

Mama, Mama, Mama. Finja hüpft freudig im Kreis, und ich schaffe es nur mit Mühe, den Reflex, meine Arme auszustrecken, um sie im Zweifel auffangen zu können, zu unterdrücken. Ihre Sprünge sehen immer so unbeholfen und tapsig aus, dass man jeden Moment mit einer Bruchlandung rechnet.

Mama! Finja macht eine halbe Umdrehung um die eigene Achse in der Luft, und ehe ich widersprechen kann, knackt es im Unterholz.

Wenige Sekunden später treten zwei riesige Gestalten auf die Lichtung.

Ein Löwe mit prächtiger goldweißer Mähne und eine Löwin, die ihm in Größe und Kraft in nichts nachsteht, deren Eleganz die seine aber noch übersteigt.

Beide wirken geradezu majestätisch, wie sie mit geschwellter Brust und erhobenen Häuptern an den Bäumen vorbeischreiten. Ihre Tatzen rollen sich lautlos auf dem Waldboden ab. Nur ihr leiser Atem ist zu hören.

Im Gegensatz zu Finja habe ich meine Eltern erst in letzter Sekunde gewittert. Zu spät, wenn es sich um einen Feind handelt.

Mama, Mama. Finja springt auf unsere Mutter zu und leckt ihr liebevoll über die Lefzen.

Aylela, meine Mutter, lässt das Beutetier fallen, das sie im Maul getragen hat. Es ist ein Reh. Sein Fell ist von silbergrauen Fäden durchzogen. Meine Eltern legen großen Wert darauf, stets die alten Tiere zu jagen, die ihr Leben bereits gelebt haben. Die, die Mutter Erde über kurz oder lang ohnehin in ihren Schoß rufen würde.

Iiih, das ist ja schon halb verwest, beschwert sich Timur.

Mein Vater Corbin grummelt. *Sei nicht albern, es hat vor einer halben Stunde noch geatmet.* Er reißt ein großes Stück Fleisch aus dem Rehkadaver und schiebt es zu Finja hinüber. Sofort beginnt die Kleine damit zu spielen, wirft es immer wieder in die Luft und fängt es auf.

Ein dunkles Grollen dringt aus der Kehle meines Vaters. *Lass das bitte sein. Das Reh ist nicht gestorben, um dein Spielzeug zu werden. Es hält dich am Leben, und dafür musst du sehr, sehr dankbar sein.*

Sie ist doch noch so klein. Meine Mutter schleckt Finja über den Rücken, nimmt ihr mit sanfter Gewalt das Fleischstück aus dem Maul und legt es wieder auf den Boden.

Es ist wichtig, dass sie lernt, dass jedes Leben wertvoll ist. Mein Vater schiebt Finja, die gerade zum Sprung auf das tote Reh ansetzt, mit der Tatze zur Seite. *Je früher sie das begreift, desto besser.*

Nun teilt er auch Timur und mir unsere Rationen zu, und wir beginnen zu essen.

Ich nage lustlos an meinem Fleisch herum.

Auch nach achtzehn Jahren habe ich mich noch immer nicht komplett an den Geschmack von rohem Fleisch gewöhnt.

Wann immer es möglich ist, esse ich daher Beeren und Kräuter, Pilze und Obst. Doch um richtig satt zu werden, reicht das meist nicht aus. Manchmal, wenn wir bei unseren Streifzügen durch die Wälder in die Nähe einer Menschenstadt kommen, schleiche ich mich nachts bis an den Waldrand, obwohl mein Vater es streng verboten hat. Hin und wieder habe ich Glück. Wenn Corbin, der jeden Winkel des Landes zu kennen scheint, uns darauf hinweist, dass es Menschen in der Gegend gibt, grenzen oft Felder an den Wald. Dann kann ich Karotten oder Lauch ausgraben, was eine nette Abwechslung zu unserem sonst doch sehr einseitigen Speiseplan bietet. Einmal, als ich so zwischen den Bäumen stand und mir bereits die Lippen nach den Köstlichkeiten des Ackers leckte, entdeckte ich in einiger Entfernung zwei Menschen. Erst erschrak ich fürchterlich, dann sah ich, dass sie nicht wie die Töter geduckt und auf leisen Sohlen herumschlichen, sondern auf dem Boden saßen, neben sich einen Weidenkorb, aus dem es verführerisch duftete. Sie lachten und rückten immer näher zusammen. Ich musste mich zusammenreißen, um nicht einfach zu ihnen zu laufen und ihnen den Korb zu entreißen. Doch sosehr der Duft mich auch lockte, nichts auf der Welt hätte mich näher herangehen lassen. Sie mochten harmlos wirken, aber das konnte bloß ein Trick sein. Ein Trick, um ihre Beute in die Falle zu locken. Und wie Corbin uns immer wieder einschärfte, machten Menschen Jagd auf alles, was sich bewegte. Selbst auf ihresgleichen. Also lief ich, so schnell ich konnte, zurück zu unserem Nachtlager und lag die ganze Nacht mit offenen Augen und pochendem Herzen da. Auf jedes Geräusch lauschend, auf jeden fremdartigen Geruch lauernd. Nach diesem Tag wurden meine Ausflüge an den Waldrand immer seltener, und ich kann mich kaum noch erinnern, wann ich das letzte Mal einen Menschen aus nächster Nähe gesehen habe. Von meinem eigenen Bild, das sich im Wasser oder in den Augen meiner Familie spiegelt, mal abgesehen.

Habt ihr gut geschlafen, Kinder? Meine Mutter mustert uns mit dem für sie typischen Blick. Eine Mischung aus Sorge, Stolz und Liebe, die – je nachdem, worum es geht – in die eine oder andere Richtung ausschlägt.

Es geht so, brumme ich zwischen zwei Bissen. Ein Knochensplitter bohrt sich von innen in meine Wange. Eilig spucke ich ihn auf den Boden.

Was war los, Schatz? Aylelas Blick, aus denselben blauen Augen, die auch meine Geschwister haben, gräbt sich tief in meinen. Die Sorge hat nun die Überhand gewonnen. Wenn es einem von uns nicht gut geht, bereitet ihr das mehr Schmerzen als alles andere.

Ich hatte wieder diesen Traum. Von dem Feuer.

Du weißt doch, woher dieser Traum kommt. Du träumst von dem Feuer, aus dem wir dich damals gerettet haben, als du noch ein Säugling warst.

Wo genau war das eigentlich?

Ich weiß es nicht, Borka, das haben wir doch schon so oft durchgekaut. Es ist einfach zu lange her. Wir haben seitdem unendlich viele Wälder durchstreift und so viele Menschensiedlungen passiert. Meine Mutter wendet sich wieder ihrer Mahlzeit zu.

Ich habe ihr diese Frage schon unzählige Male gestellt, immer in der Hoffnung, dass sie sich vielleicht doch an ein Detail erinnert, das mir einen Hinweis darauf geben kann, wo ich herkomme. Einen Geruch, eine besondere Beschaffenheit des Bodens, ein Gebirge. Irgendetwas.

Doch weder Aylela noch Corbin können sich an die Umgebung der Siedlung erinnern, aus der sie mich einst retteten. Zumindest behaupten sie das.

Damals waren sie noch nicht so vorsichtig und suchten oft in der Nähe der Menschen nach Nahrung. Als das Feuer ausbrach, waren sie gerade dabei, in einem verlassenen Hinterhof die Innereien eines Schweins aus einem Fass zu ziehen. Aylela beschreibt immer, dass sie gerade die Flucht ergreifen wollten, als das Geschrei eines Babys sie aufhielt. Ein Geschrei, das sich wie ein Dorn in ihr Herz bohrte und das sie einfach nicht ignorieren konnte.

Diesmal war etwas anders in meinem Traum. Ich schiebe mein restliches Fleisch zur Seite, der Appetit ist mir endgültig vergangen. Seit dem Aufwachen habe ich mich gefragt, was das Ende meines Traums zu bedeuten hatte.

Eine Gestalt hat versucht, mich aus den Flammen zu retten, fahre ich fort, *eine* menschliche *Gestalt.*

Träume sind nicht die Realität, Borka, schaltet mein Vater sich ein.

Aber ich habe sie ganz deutlich vor mir gesehen, auch wenn ich ihr Gesicht nicht erkennen konnte. Sie war da.

Du warst noch so winzig. Du kannst dich nicht an jene Nacht erinnern. Corbins Knurren klingt genervt. Er ist das Thema schon lange leid, doch ich kann einfach nicht davon ablassen. *Im Traum vermischen sich manchmal Dinge, die wir unterbewusst wahrgenommen haben, miteinander und machen uns glauben, sie seien wirklich geschehen.*

Aber diese Gestalt, was, wenn sie …

Lasst uns weiteressen! Der kehlige Laut meines Vaters macht deutlich, dass das Thema für ihn erledigt ist.

Was, wenn diese Gestalt meine Mutter war?, platze ich heraus.

Aylela schaut mich traurig an. Es ist nicht zu übersehen, wie verletzt sie ist. *Sie* ist meine Mutter. Ist es schon, solange ich denken kann. Bereits in meiner frühsten Erinnerung, ich muss damals etwa fünf oder sechs Jahre alt gewesen sein, trägt sie mich auf ihrem Rücken durch den Wald. Damals war ich dreimal so alt wie Timur heute und doch so viel zerbrechlicher und nach einem langen Streifzug durch unser Revier viel zu erschöpft, um noch selbstständig laufen zu können. Bilder tauchen in meinem Kopf auf. Schnee, der sich in jede einzelne meiner Poren zu fressen scheint. Aylela, die meinen fröstelnden Körper mit ihren Tatzen umschließt, um mich zu wärmen. Mein erster Schwimmversuch in einem himmelblauen See. Zunächst noch auf Corbins Rücken, dann, ganz zögerlich, alleine, angetrieben durch Aylelas ermunterndes Gebrüll. *Zeig den Fischen, wie ein Löwenkind schwimmen kann!*

Schon mein Leben lang bin ich an Corbins und Aylelas Seite. Schon mein Leben lang lieben und umsorgen sie mich.

Nein, so meine ich das nicht, schiebe ich hinterher, *ich meine, was, wenn es meine* leibliche *Mutter war? Meine Menschenmutter.*

Aylela und Corbin haben mir alles über die Menschen erzählt, was sie wissen. Dass sie nicht wie wir von Wald zu Wald ziehen, sondern sich große Höhlen über der Erde bauen, eine neben der anderen. Die umgeben sie mit dicken Mauern, um Tiere, aber auch andere Menschen fernzuhalten.

Die meisten von ihnen scheuen die Wälder, so wie wir ihre Siedlungen scheuen. Doch hin und wieder tauchen ein paar von ihnen hier auf, und das hat meistens nichts Gutes zu bedeuten.

»Töter« nennen meine Eltern diese Menschen. Männer, so grün wie Tannen, mit Federschmuck an ihren Kopfbedeckungen, den sie den Fasanen gestohlen haben, die sie getötet haben. Aus der Ferne. Ohne sie auch nur zu berühren. Einzig und allein mit einer Art dünnem Ast, den sie auf ihr Opfer schleudern.

Und zu ihren Opfern zählen im Grunde alle Tiere des Waldes. Rehe, Füchse, Hasen, Bären, Vögel. Egal, ob sie rennen, kämpfen, sich tarnen oder gar fliegen können, nicht ein Tier ist vor den Tötern sicher.

Wenn Aylela oder Corbin sie wittern, treiben sie uns zusammen und klettern mit uns auf die höchsten Bäume, um sich dort mit uns zu verstecken.

Im Gegensatz zu Rehen, Füchsen oder Hasen können Löwen sehr gut klettern. Ohnehin sind sie mit den besten Fähigkeiten ausgestattet, die Mutter Erde zu bieten hat: die Stärke der Bären, die Schnelligkeit der Wiesel, die Gefährlichkeit der Adler, deren Angriffe niemand kommen sieht. Aber wenn die Töter angreifen, nützt ihnen all das nichts, denn deren Waffen sind nicht mit Kraft zu bezwingen.

Bei unseren Streifzügen haben wir eine Menge anderer Löwenrudel getroffen, und viele von ihnen hatten ihre Alten und Kranken, die die Bäume nicht mehr erklimmen konnten, durch Töter verloren. Und ihre Kinder. Vor allem ihre Kinder. Zu klein, um sich schnell genug in Sicherheit zu bringen.

Und doch: Die Menschen faszinieren mich. Denn sie könnten mir die Antworten auf so viele meiner Fragen geben.

Meine Eltern haben mich von Anfang an nicht im Unklaren über meine Herkunft gelassen. Haben mir erzählt, wie sie damals, nachdem sie meine Schreie gehört hatten, zu der Menschenbehausung gerannt sind, die von dem Feuer bereits eingekesselt war, und mich herausgezogen haben.

Sie wussten, dass ich sterben würde, wenn sie mich dort zurücklassen würden, und so nahmen sie mich bei sich auf und machten mich zu ihrer Tochter.

Eine Rolle, in der ich mich wohlfühle. Dennoch bleibt immer ein Loch in meinem Herzen, das weder Aylela noch Corbin noch meine Geschwister füllen können. Die Frage danach, wer ich wirklich bin.

Deine Menschenmutter ist in den Flammen gestorben. Mein Vater sieht mich ernst an.

Wisst ihr das sicher? In meinem Traum habe ich gespürt, wie sie mich fortgezogen hat. Was, wenn sie es geschafft hat, vor dem Feuer zu fliehen? Was, wenn sie glaubt, ich sei tot, so wie ich es immer von ihr geglaubt habe?

Das kann nicht sein. Als wir dich gefunden haben, war niemand sonst zu sehen.

Eben, ich schlage mit der Faust auf meine flache Hand, *vielleicht war sie bereits raus aus dem Feuer. Vielleicht hat sie versucht, Hilfe zu holen.*

Borka, du verrennst dich da in etwas. Das sanfte Brummen meiner Mutter ist gleichzeitig tadelnd und so voller Liebe, dass es mir das Herz zuschnürt. Ich ahne, welchen Schmerz es ihr bereitet, mich von meiner anderen, meiner richtigen Mutter sprechen zu hören.

Vielleicht sollte ich es einfach dabei belassen und nicht weiter daran denken.

Doch der Traum fühlte sich heute echter an denn je.

Schon seit Ewigkeiten verfolgen mich die Flammen im Schlaf. Die Gestalt, die heute Nacht versucht hat, mich zu retten, habe ich allerdings noch nie zuvor vor mir gesehen.

Ich möchte einfach nur wissen, ob meine Mutter noch lebt. Ein winselnder Laut verlässt meinen Mund.

Sie ist tot, Borka, entgegnet Aylela.

Das weißt du doch gar nicht. Vielleicht ist sie noch irgendwo da draußen! Vielleicht sucht sie nach mir. Vielleicht gibt sie nicht so leicht auf wie du! Mein Brüllen ist lauter als beabsichtigt.

Wie meinst du das? Die Verletztheit in Aylelas Blick bringt mich einen Wimpernschlag lang aus dem Konzept. Schnell fange ich mich wieder.

Du hast mich aus dem Feuer gezogen und keinen weiteren Gedanken an meine Mutter verschwendet. Vielleicht war sie noch irgendwo in der Nähe. Du hättest mich zu ihr bringen müssen. Du hast es nicht einmal versucht! Ich merke, wie ich mich hineinsteigere, anfange unsachlich zu werden, aber ich kann mich einfach nicht bremsen.

Wieso verstehen sie denn nicht, was es bedeutet, sein ganzes Leben lang anders zu sein als alle anderen und keinen Kontakt zu seinesgleichen haben zu dürfen?

Das nimmst du sofort zurück, knurrt mein Vater. *Deine Mutter hatte immer nur dein Wohl im Sinn.*

Ach ja? Und wieso hat sie dann nie versucht, den Ort wiederzufinden, von dem ich stamme? Wer weiß, vielleicht habe ich dort noch eine Familie. Aber ich habe nicht einmal die Chance, das herauszufinden, weil keiner von euch sich je die Mühe gemacht hat, mein Zuhause zu suchen.

Aylela senkt den Kopf. *Dein Zuhause ist doch hier bei uns.* Das schlechte Gewissen schneidet in meine Eingeweide.

Ein lautes Brüllen ertönt. Corbin hat sich zu seiner vollen Größe aufgerichtet und den Kopf in den Nacken gelegt. Das Echo seiner Laute wird von allen Winkeln des Waldes zurückgeworfen, so als ob ein ganzes Löwenrudel meinem Vater antwortet. Als ich noch kleiner war, hat mich sein Brüllen immer zu Tode erschreckt, doch heute blicke ich ihm nur trotzig in die Augen. Selbst wenn er sich aufplustert wie jetzt, bin ich noch ein ganzes Stück größer als er.

Weil ich auf zwei Beinen stehe.

Das Laufen auf Händen und Füßen wie ein Tier auf vier Pfoten habe ich mir als Kleinkind abgewöhnt, sagt Aylela.

Du hast keine Ahnung, was du da redest. Corbin bebt vor Zorn. *Die Frau, die dich geboren hat, ist tot, das kannst du entweder akzeptieren oder ignorieren. Aber wage es ja nicht, noch einmal so mit deiner Mutter umzugehen.*

Ich weiß, dass er recht hat. Weiß, dass ich zu weit gegangen bin. Dass ich dankbar sein sollte, dass Aylela und Corbin mich damals gerettet haben. Ein Menschenkind. Ein Kind des Feindes.

Und dennoch, in diesem Moment will ich nicht vernünftig sein, will mich nicht mit vagen Aussagen zufriedengeben, wie immer. Der Traum hat den Keim eines Zweifels in mir gesät. Wieso nur können die beiden sich nicht an die Siedlung erinnern, wo sie doch sonst jeden Grashalm zu kennen scheinen?

Ich brauche mal frische Luft!, knurre ich, obwohl die Luft nirgendwo besser sein könnte als hier im Wald.

Hinter mir höre ich Finja fragend brummen.

Sie tapst auf mich zu und stößt mir ihren kleinen Kopf gegen die Kniekehlen. Ihre Zunge tanzt über mein Bein.

Jetzt nicht, Kleine. Sanft schiebe ich sie zur Seite und springe über einen umgefallenen Baumstamm.

Borka, warte doch! Ich höre Aylelas Brüllen, aber ich kann ihr jetzt nicht in die Augen schauen. Die Verletzung und Enttäuschung darin zu sehen, das ertrage ich nicht.

Doch so schnell ich auch laufe, mein schlechtes Gewissen ist schneller. Es lässt sich auf meiner Schulter nieder und bleibt darauf sitzen, bis ich den Waldsee erreiche. Wir leben immer in der Nähe einer Wasserquelle. Dort bleiben wir für einige Wochen, manchmal auch Monate, ehe wir weiterziehen. In ein neues Jagdrevier, einen neuen Wald, ein neues Zuhause. Manchmal kehren wir zurück. Doch niemals bleiben wir länger als zwei Winter an ein und demselben Ort.

Ich starre auf das Wasser. Vor vielen Jahren, es war bitterkalt, waren wir schon einmal in diesem Gebiet. Ich hatte nicht auf Corbin gehört und mich weit auf den zugefrorenen See vorgewagt. Was sollte mir schon passieren? Ich konnte doch schwimmen. Wieso nur hatte mein Vater solche Angst, dass ich einbrechen könnte?

Sieh mal, wie weit ich auf dem Wasser gehen kann!, hatte ich von der Mitte des Sees aus zu Corbin herübergebrüllt, als er das Ufer erreichte. Zu spät, um mich aufzuhalten.

In dieser Nacht wäre mein Vater beinahe gestorben.

Nur der Hilfe eines Löwenpaares, das zu dieser Zeit mit uns durch die Wälder zog, war es zu verdanken, dass Aylela ihn noch rechtzeitig aus dem Wasser ziehen konnte.

Im Gegensatz zu mir war er sofort eingebrochen, kaum, dass er das Eis betreten hatte, um mich zurückzuholen.

Corbin musste klar gewesen sein, was passieren würde. Er war um ein Vielfaches schwerer als das kleine, törichte Mädchen, das seine Warnung in den Wind geschlagen hatte.

Doch er hatte diese Tatsache ignoriert, um mich zu retten. Und am Ende war er es, der gerettet werden musste.

Ich fülle meine Hände mit Wasser und spritze es mir ins Gesicht, wo es sich mit meinen Tränen mischt. Ich will jetzt nicht daran denken, dass mein Vater immer nur das Beste für mich will. Das weiß ich. Seine Verbohrtheit bringt mich dennoch um den Verstand.

Noch einmal forme ich mit den Händen einen Trichter und lasse ihn mit Wasser vollllaufen.

Unterhalb der feinen Narbe, die durch meine rechte Augenbraue verläuft, starrt mir ein Paar blauer Augen entgegen. Es ist ein anderes Blau als das von Aylelas, Timurs und Finjas Augen. Ihres sieht aus wie Eis, auf dem sich das Mondlicht bricht. Meins hingegen ist wie der Himmel in der kurzen Spanne zwischen Dämmerung und völliger Dunkelheit. Weder Tag noch Nacht. Blau wie das »Dazwischen«. Ob ich meine Augenfarbe wohl von meiner leiblichen Mutter …

Ich klatsche mir das Wasser ins Gesicht, ehe ich den Gedanken weiterspinnen kann.

Ja, es ist möglich, dass meine Menschenmutter das Feuer überlebt hat, aber wenn ich ganz ehrlich bin, doch äußerst unwahrscheinlich. Eher ein tiefer Wunsch. Der Traum hat mir etwas vorgespielt, was nicht ist.

Ich hebe das weiße Tuch, das meinen Körper schon verhüllt, seit ich denken kann, ein wenig an und betrachte das rote Mal. Es prangt direkt unter meinem Bauchnabel. Etwa zwei Fingerbreit und glühend rot. Auch etwas, das meine Mutter mir vererbt hat, so wie Aylela den Kleinen ihre Augen?

Direkt über dem Mal verläuft eine Narbe, die fast dreimal so lang ist. Die habe ich schon immer. Meine Eltern vermuten, dass sie von einer Verletzung stammt, die ich mir vor dem Brand zugezogen habe.

Mit den Fingerkuppen streiche ich über die leichte Wölbung der Narbe bis hinunter zum Feuermal. Würde meine Mutter mich daran wiedererkennen, falls sie noch lebt?

Ich nehme einen tiefen Atemzug und bedecke meinen Bauch wieder. Es hilft nichts. Wo sollte ich überhaupt anfangen zu suchen? Und möchte ich wirklich meine Familie zurücklassen, nur um einem Hirngespinst hinterherzujagen?

Aylela und Corbin sind meine Eltern. Sie haben mich aufgezogen, haben mir beigebracht, wie man sich vor Regen und zu viel Sonne schützt, wie man Bäume erklimmt, die besten Schlafplätze findet und sich bei Angriffen von Bären und Wölfen zur Wehr setzt. Sie haben damals in der Siedlung ihr Leben für mich aufs Spiel gesetzt und mich auch seitdem vor jeder Gefahr beschützt.

Ich muss mich bei den beiden entschuldigen, jetzt sofort.

Das Brüllen dringt mir durch Mark und Bein.

Nie zuvor habe ich einen solchen Laut gehört. Als hätte der Schmerz der ganzen Welt sich zusammengerottet und darin entladen.

Der Waldboden unter meinen Füßen gibt nach, und ich gerate ins Taumeln. Kaum schaffe ich es, einen Fuß vor den anderen zu setzen. Dabei muss ich schnell sein. Schnell wie ein Löwe auf der Jagd. Ein Löwe, der ich nicht bin und der ich nie mehr sein wollte als in diesem Moment.

Denn die Stimme, deren Wehklagen den ganzen Wald erfüllt, gehört meiner Mutter. Und sie brüllt verzweifelt immer wieder einen Namen: Timur.

2. Kapitel

Meine Füße donnern über den Waldboden. Ich stolpere über Wurzeln, ducke mich unter Ästen hindurch. Ein tief hängender Zweig peitscht mir ins Gesicht, reißt mir die Haut über der linken Braue auf. Ich ignoriere das Brennen an meiner Stirn. Laufe einfach weiter.

Immer dem Brüllen nach. Dem darin liegenden Schmerz, den ich beinahe körperlich fühlen kann.

Ein wohlbekannter Geruch mischt sich in die Waldluft. Ein Geruch, an den ich mich noch immer nicht gewöhnt habe, auch wenn er in meinem Leben alltäglich ist.

Blut. Doch es ist nicht das Blut des toten Rehs, das ich rieche. Dieses Blut ist ganz frisch.

Mein Herz rast in meiner Brust. Wenn ich doch bloß ein Vogel wäre und einfach über die Baumwipfel fliegen könnte!

Meine Füße sind schwer wie Steine, und ich habe das Gefühl, mich überhaupt nicht von der Stelle zu bewegen.

Das Brüllen wird lauter. Nur wenige Bäume trennen mich noch davon.

Timur, erklingt der Klagelaut meiner Mutter, immer wieder *Timur*.

Dann höre ich das Brüllen meines Vaters. Kein mächtiges, einschüchterndes Brüllen wie sonst, nein: ein Schmerzensgebrüll, dann einen dumpfen Laut, ein Aufjaulen meiner Mutter, und schließlich, als ich schon glaube, schlimmer könne es nicht kommen, die zarte Stimme meiner Schwester. Ihr klägliches Fauchen. Ihren Versuch, Mut vorzutäuschen, auch wenn ich selbst auf die Entfernung hören kann, wie groß ihre Angst ist.

Etwas surrt durch die Luft. Ich kann nicht zuordnen, was es ist, doch nur einen Herzschlag später verwandelt sich das Fauchen meiner Schwester in ein heftiges Fiepen.

Ich muss zu ihr!

Ich befehle meinen Beinen, nicht einzuknicken unter der Panik, die mir die Schultern hinaufklettert, und hechte weiter vorwärts.

Endlich erreiche ich die Lichtung. Das Bild, das sich mir bietet, übersteigt all meine Befürchtungen.

Timur. Mitten auf der Lichtung liegt er, als würde er schlafen. Gebettet auf sein eigenes Blut. Den Kopf seltsam nach hinten verdreht. Aus seinem Brustkorb ragt ein dünner Stock hervor. Timur atmet nicht. Beim Himmel, er atmet nicht!

Sein Maul steht offen, und Blut rinnt daraus hervor. Seine mächtigen Tatzen, die mich noch vor wenigen Augenblicken zu Boden gedrückt haben, liegen nutzlos im Laub.

Ich will zu ihm rennen, ihm meinen Atem einhauchen. Ihn wieder aufwecken. Doch ein warnender Ruf dringt an meine Ohren.

Auf der anderen Seite der Lichtung erhasche ich einen Blick auf den Rücken meines Vaters. Er liegt zusammen mit meiner Mutter auf einem Holzgefährt, das gerade zwischen den Bäumen verschwindet. Das Grollen meines Vaters weht nur ganz schwach zu mir herüber: *Bleib wo du bist, Borka.* Er muss mich gewittert haben.

Wie angewurzelt bleibe ich stehen, schließe die Augen und öffne die Ohren. Warte, bis der Wald das Gefährt vollständig verschluckt. Ich lausche auf jedes Geräusch, das aus dieser Richtung kommt: Hufeklappern, Schnauben, Schritte und Stimmen, die klingen wie meine eigenen. Menschliche Stimmen. Lachen.

Es sind mindestens zehn Menschen. Töter!

Der Gestank nach Blut klebt an ihnen und überdeckt beinahe all ihre anderen Gerüche. Feuer, Fell, Schweiß. Die Stimmen werden leiser. Ich lausche ihnen noch einen Moment nach, dann hechte ich an Timurs Seite, taste nach seinem Herz, seinem Puls.

Doch da ist nichts. Nichts, nichts, nichts.

Ich will schreien, aber das würde bloß die Töter wieder anlocken. Ich beiße mir die Lippe blutig bei dem Versuch, keinen Laut von mir zu geben. Meine Hände vergraben sich in Timurs Mähnenansatz, suchen nach seiner üblichen Wärme. Es ist, als würde sie mir durch die Finger gleiten. Sie verlässt ihn, Timur wird mit jedem meiner schnellen Atemzüge kälter. Meine Hände knallen wütend auf den Waldboden und wirbeln Laub auf. Langsam rieselt es auf Timurs toten Körper.

Ich fahre zusammen. Der Schock über Timurs Anblick hat alles andere überlagert. Wo ist Finja? Wo ist meine Schwester?

Mein Blick rast über die Lichtung, überprüft jeden Baum und jeden noch so kleinen Grashalm.

Da, unter der knorrigen Eiche liegt sie. Schon von Weitem sehe ich den Stock, der auch aus ihrem Körper ragt.

Nun kann ich den Schrei nicht länger unterdrücken. Klagend wird er von allen Ecken und Winkeln des Waldes zurückgeworfen. Ein Specht flattert erschrocken von der Krone einer Fichte auf.

Ich stürze neben meine Schwester und umklammere das Holz, das in ihrem Hals steckt. Zerre daran. Endlich gelingt es mir, es herauszuziehen, doch damit sprudelt auch eine Menge Blut aus Finjas Wunde.

Am Ende des Holzstocks befindet sich eine glänzende Spitze. Ich fahre darüber, und sofort bohrt sie sich in meine Fingerkuppe. Ich schnappe erschrocken nach Luft, aber der Schmerz ist nichts verglichen mit dem, der mein Innerstes zerreißt.

Finja keucht leise. Sie lebt. Dem Himmel sei Dank, sie lebt!

Überwältigt schließe ich ihren kleinen Körper in meine Arme und wiege sie sanft hin und her.

Scht, ich bin ja da. Du bist in Sicherheit. Ich streiche ihr über die Stirn und zucke zurück. Sie glüht. Finjas Blick flackert, und ihre Lider drohen immer wieder zuzufallen.

Sanft bette ich ihren Kopf wieder auf den Boden und sammele, so schnell ich kann, ein paar Blätter auf. Ich presse sie auf ihre Wunde, um die Blutung zu stillen. Finja winselt.

Alles wird gut, Kleine. Ich verspreche es dir, alles wird gut. Ich lehne meinen Kopf an ihren, drücke meine Nase in ihr warmes Fell und brumme: *Du wirst wieder gesund, Kleine, das weiß ich. Du wirst wieder gesund.*

Finja winselt erneut, doch ich kann sie nicht verstehen. Also hebe ich den Kopf und sehe sie an. Ihr ist deutlich anzumerken, welche Kraft es sie kostet, die Augen offen zu halten.

Sieh mich an, Finja, sieh mich an, bleib wach, stoße ich verzweifelt aus.

Finjas Augen rollen in ihren Höhlen wild hin und her. Vor Schreck lasse ich beinahe ihren Kopf fallen. Tränen strömen mir übers Gesicht.

Wieso bin ich nur weggelaufen? Wäre ich hiergeblieben, wäre das vielleicht alles nicht passiert. Dann hätte ich diese Töter zur Vernunft bringen können, bevor sie meine Familie angreifen. Einem anderen Menschen hätten sie vielleicht zugehört.

Bor-ka, raunt jemand meinen Namen.

Timur! Er ist nicht tot! Er ist aufgewacht.

Doch ein Blick in sein Gesicht sagt mir, dass das unmöglich ist. Unverändert liegt er da. Seine Augen sind nach wie vor geschlossen, sein Maul ist weit aufgeklappt. Aber wenn er es nicht war, dann …

Bor-ka, winselt Finja ein zweites Mal, und für einen Moment bohrt ihr Blick sich tief in meinen. Dann rollen ihre Augen nach hinten, und die Lider fallen zu.

Nein!, brülle ich, *Finja! Nein!* Ich schüttele ihren leblosen Körper, flehe sie an, zurückzukommen. Brülle all meinen Schmerz heraus und vergrabe mein Gesicht in ihrem Fell. Drücke ihr unzählige Küsse auf, in der verzweifelten Hoffnung, sie damit wieder aufzuwecken.

Doch meine Schwester wacht nicht auf. Ebenso wenig wie mein Bruder.

Mit letzter Kraft gelingt es mir, Finja zu Timur hinüberzuschleppen und sie an seinen toten Körper zu lehnen. Nun sieht es aus, als schliefen die beiden friedlich Seite an Seite. Nur das viele Blut stört das Bild.

Mit einem Schrei der Verzweiflung werfe ich mich auf den Boden neben meine Geschwister und kralle mich an ihnen fest.

Nie wieder werde ich mich hier wegbewegen. Soll mein Körper hier verrotten. Nichts wird mich von Timur und Finja trennen.

Ich schließe die Augen und wünsche mir nichts sehnlicher, als dass einer der Töter zurückkommt und es zu Ende bringt – auch die letzte Tochter von Corbin und Aylela tötet.

Die Töter! Das ist es!

Ich springe auf und greife nach dem Stock, den ich aus Finjas Körper gezogen habe. Entschlossen richte ich die Spitze auf mein Herz.

Ich drücke Finja und Timur einen Kuss auf die Stirn. *Gleich werde ich bei euch sein*, verspreche ich ihnen. Dann stoße ich die Waffe in mein Fleisch.

3. Kapitel

Der Schmerz durchfährt mich wie eine Welle siedend heißer Glut. Ich brülle auf und kann nicht umhin, ein wenig stolz zu sein, da ich fast wie eine echte Löwin klinge. Wenn Timur mich nur hören könnte!

Timur.

Ich reiße die Augen auf. Wieso fühle ich Schmerz? Wieso bin ich nicht tot?

Als ich an mir herunterblicke, erkenne ich, dass die Spitze des Stocks ein gutes Stück neben meinem Herz in das Fleisch unter der Achsel eingedrungen ist. Ein dünnes Blutrinnsal bildet sich auf meiner Haut. Wütend ziehe ich die Waffe heraus und brülle noch einmal meinen Schmerz heraus. Die Wunde ist nicht besonders groß und nicht besonders tief, tut aber trotzdem höllisch weh. Ich stoße einen lauten Fluch aus. Das Echo des Waldes schlägt ihn mir um die Ohren.

Soll ich es noch einmal probieren? Vielleicht diesmal mit dem Stock, der Timur getötet hat? Ich versuche, ihn zu erreichen, und streiche dabei über die weißen Haare, die von Timurs Kopf bis hinunter zu seinem Brustkorb wachsen. Eines Tages hätte daraus eine stattliche Mähne werden sollen. Nun wird sich Timurs Wunsch, einmal so auszusehen wie unser Vater, niemals erfüllen.

Das Bild von Corbin schiebt sich in mein Bewusstsein. Das grauenvolle Bild, wie er neben Aylela auf dem hölzernen Gefährt liegt. Sie waren zwar außerstande, sich zu bewegen, konnten aber dennoch brüllen. Steckten auch in ihren Körpern solche Todesstöcke? Ich versuche mich zu konzentrieren, beschwöre immer mehr Details herauf. Ich habe keinen Stock gesehen. Waren Corbin und Aylela vielleicht gar nicht tödlich getroffen? Und wieso wurden sie überhaupt abtransportiert und nicht, wie meine Geschwister, im Wald zurückgelassen? Könnte es sein, dass …

Nein, ich möchte mich nicht an falsche Hoffnungen klammern, die sich dann am Ende doch als Trugschluss entpuppen!

Aber etwas in meinem Inneren sagt mir, dass da etwas nicht stimmt. Und wenn es auch nur den Hauch einer Chance gibt, dass meine Eltern noch am Leben sind, dann werde ich sie finden. Noch einmal lasse ich meine Familie nicht im Stich.

Es fällt mir unglaublich schwer, Finja und Timur zurückzulassen. Ich habe ihre Körper vollständig mit Laub bedeckt. Nun verlasse ich die Lichtung in die Richtung, die die Töter eingeschlagen haben. Immer wieder werfe ich Blicke zurück auf den Blätterhaufen, der in der Sonne leuchtet und unter dem meine Geschwister ihre letzte Ruhe finden. So lange, bis ich ihn zwischen all den Bäumen nicht mehr erkennen kann.

Mein Herz droht zu zerspringen, doch ich zwinge es, sich zu verschließen. Zumindest für den Moment. Ich muss mich fokussieren, ich kann es mir nicht leisten, von meinen Gefühlen übermannt zu werden. Wenn meine Eltern wirklich noch am Leben sind, bin ich ihre einzige Chance.

Ich schließe die Augen und ignoriere den Schmerz in meiner Achselhöhle. Die Wunde hat zwar aufgehört zu bluten, tut aber immer noch weh. Immerhin kann ich den Arm, wenn auch unter Schmerzen, bewegen.

Ich nehme Witterung auf, lausche auf jedes noch so kleine Geräusch des Waldes. Vögel zwitschern, irgendwo schreit ein Auerhahn. Etwas hat ihn aufgeschreckt. Ganz in meiner Nähe höre ich das Brummen eines Bienenschwarms. Ich habe es schon so oft vernommen, wenn ich, entgegen aller Warnungen meiner Eltern, meinen Appetit auf süßen Honig nicht zügeln konnte, dass ich es selbst auf die größte Entfernung erkennen würde.

Nirgendwo höre ich menschliche Stimmen. Verdammt, ich habe zu viel Zeit verloren! Meine Nerven sind zum Zerreißen gespannt, während ich wie erstarrt dastehe, in der waghalsigen Hoffnung, dass ich noch nicht zu spät bin. Dass von irgendwoher etwas zu mir herübergeweht wird, das mir weiterhilft.

Nichts geschieht. Zwar ist der Wald erfüllt von Stimmen, doch keine davon ist menschlich. Und keine davon gehört meinem Vater oder meiner Mutter.

Meine Nasenflügel blähen sich auf. Ja, da ist etwas! Ganz leicht nur, aber unverkennbar: der vertraute Geruch meiner Mutter, an deren warmen Körper gekuschelt ich alle Nächte meiner Kindheit verbracht habe. Ein Geruch, den ich unter Tausenden erkennen würde.

Ich drehe mich nach links. Dort haftet er zwischen den Bäumen. Ich öffne die Augen und lasse meinen Blick über den Waldboden gleiten. Zwei tiefe Furchen haben sich in den Schlamm vor mir gedrückt. Furchen, die von keinem Tier stammen, das mir bekannt ist. Augenblicklich muss ich an das Gefährt denken, auf dem meine Eltern abtransportiert wurden.

Ob die Spur davon stammt?

Ich lasse mich auf den Bauch fallen, drücke meine Nase in den Schlamm und verschlucke mich prompt. Ich pruste, was dazu führt, dass noch mehr Schlamm in meine Nase dringt. Schnell wische ich ihn ab, bis ich wieder frei atmen kann. Mein ganzer Körper ist inzwischen voller Schlamm. Auch das weiße Tuch, das ihn verhüllt. Aber mir ist jetzt alles egal.

Ich rieche Holz. Pferde. Dort drüben hat eines von ihnen ein paar Äpfel fallen lassen. Sie müssen hier langgekommen sein! Ich richte mich wieder auf und blicke in die Ferne. Doch ich kann niemanden erkennen. Wohin mein Auge blickt, nichts als Bäume.

Ich werde euch kriegen, schwöre ich mir und renne los.

Schon nach wenigen Schritten endet die Spur. Der Waldboden ist hier wieder trockener und mit Laub bedeckt, und meine Nase ist alles, worauf ich mich verlassen kann. Der Geruch meiner Mutter wird immer intensiver, je weiter ich mich auf den Waldrand zubewege.

Nun rieche ich noch etwas anderes. Etwas, das in mir sofort einen Fluchtreflex auslöst. Mein Leben lang haben meine Eltern mich gewarnt, zu rennen, so schnell mich meine Beine tragen, wenn ich diesen Geruch wittere.

Und ich habe es getan. Jedes Mal. Nur diesmal nicht.

Diesmal folge ich dem Geruch, der von den Tötern ausgeht, zielstrebig, auch wenn meine Angst mit jedem Baum, den ich passiere und dessen Schutz ich nun verlasse, größer wird.

Wenig später habe ich den Waldrand erreicht. Corbin ist stets darauf bedacht, dass wir uns nie zu nahe am Rand des Waldes bewegen. *Es ist zu gefährlich auf weiter Flur*, hat er uns immer wieder eingeschärft.

Seine Warnungen klingen noch in meinen Ohren nach, als ich den Wald hinter mir lasse und eine Wiese betrete, auf der es weit und breit keinen einzigen Baum gibt, hinter dem ich mich im Notfall verstecken oder auf den ich klettern könnte. Stattdessen sattes

Grün, durchzogen von einigen kreuz und quer verstreuten gelben Blüten. Ein Stück rechts von mir ist das Gras platt getreten. Hier müssen sie langgelaufen sein.

Ich folge der Spur der abgeknickten Grashalme, bis ich auch die Wiese hinter mir gelassen habe und einen Kiesweg betrete, der geradewegs auf einen Wassergraben zuführt. Doch nicht der tiefe Graben ist es, der mich mit Schrecken erfüllt. Vielmehr ist es das, was auf der anderen Seite liegt. Eine riesige steinerne Mauer. Und hinter ihr kann ich sie hören, riechen und die Gefahr deutlich spüren, die sie für mich und meine Familie schon immer bedeutet haben. Menschen.

Viele Menschen.

4. Kapitel

Panisch blicke ich mich nach allen Seiten um. Der Kiesweg, dem ich gefolgt bin, gabelt sich an dem Wassergraben und verläuft nach links und rechts weiter, anscheinend um die Mauer herum. Nirgends ist ein Mensch zu sehen. Und auch kein Löwe. Ohne lange nachzudenken, zwinge ich meine Beine, die am liebsten sofort wieder den Weg Richtung Wald einschlagen würden, vorwärts. Wie ist das Gefährt mit meinen Eltern über die Mauer gekommen? Können Menschen fliegen? Bisher wusste ich davon nichts. Oder haben sie spezielle Geräte, um ihre Körper über Hindernisse zu wuchten?

Ich jedenfalls kann weder das eine, noch besitze ich das andere. Also nehme ich Anlauf und springe mitten hinein in den Wassergraben. Ein paar kurze Züge, schon habe ich die Mauer erreicht. Hoch ragt sie über mir empor. Überall sind kleine Türme errichtet, auf denen rote Fahnen wehen. Mein Herz setzt einen Schlag aus. Auf den Fahnen prangt das Abbild eines weißen Löwen. Er sieht beinahe aus wie mein Vater.

Ich kralle meine Finger in die Steine, versuche, mich daran emporzuziehen. Mein Tuch ist so mit Wasser vollgesogen, dass sein Gewicht mich nach unten zieht. Immer wieder rutsche ich ab, schürfe meine Haut auf, falle zurück ins Wasser.

Der Gedanke an meine Eltern treibt mich dazu, es wieder und wieder zu probieren. Mit aller Kraft ziehe ich mich an der Mauer empor, setze meine nackten Füße in die Rillen zwischen den Steinen und klettere so ein ganzes Stück voran. Doch der Weg vor mir ist noch weit, die Mauer so hoch. Und die Steine sind nicht dafür gemacht, daran hochzuklettern. Sie sollen Eindringlinge fernhalten, nicht ihre Leiter sein.

Ein Blick nach unten zeigt mir, dass ich nur halb so weit gekommen bin, wie ich dachte. Ich beiße mir auf die Lippen, dränge den Schmerz zurück, der von meiner verletzten Achselhöhle ausgeht, die jetzt, da mein ganzes Gewicht an ihr hängt, wieder zu pochen angefangen hat. Ich muss mich beeilen, ehe mich jemand sieht, wie ich hier an der Mauer hänge wie ein weißer Fleck auf einer Zielscheibe. Ungeschützt und hilflos.

Du schaffst das, Borka, spreche ich mir selbst Mut zu, *du musst es schaffen.*

»Hey, was machst du da?!«

Vor Schreck lasse ich die Mauer los und falle rückwärts in den Graben hinunter. Ich schlucke einen Schwall Wasser und tauche hustend wieder auf. Mein Blick fliegt umher, sucht nach dem Ursprung der Stimme. Alle meine Muskeln sind zum Zerreißen gespannt. Mein Hirn sendet unaufhörlich »Gefahr! Gefahr!«.

Gerade will ich untertauchen, mich im Wasser verstecken, so lange hier unten die Luft anhalten, bis sie dort oben wieder rein ist, da dringt die Stimme erneut an mein Ohr: »Scher dich gefälligst weg hier!«

Mein Blick wandert an der Mauer nach oben, wo ein rundlicher Mann mit kurzem braunem Haar steht und kopfschüttelnd auf mich hinuntersieht. Sicher wird er gleich seine Waffe ziehen und die Stöcke mit den spitzen, tödlichen Enden auf mich abfeuern.

Pfeile.

Ich habe keine Ahnung, wo das Wort plötzlich herkommt, aber

mit einem Mal weiß ich, wie man die Waffen nennt, die meine Geschwister das Leben gekostet haben. Pfeile.

Und sicherlich gibt es dort drinnen eine Menge davon. Egal, wie tief ich tauche, sie werden mich erreichen.

Und sie werden mich töten.

Trotzdem muss ich es versuchen. Ich hole tief Luft und lasse mich so weit nach unten sinken, wie ich nur kann. Der Schmerz in meinem Arm ist kaum noch auszuhalten. Dennoch ist er nicht so schlimm, wie der Schmerz sein wird, wenn der Mann dort oben einen Pfeilhagel in meinen Rücken abfeuert. Der Gedanke daran lässt mich trotz meiner Verletzung schneller schwimmen. Endlich erreiche ich die andere Seite des Wassergrabens.

Dort tauche ich prustend wieder auf. Meine Lunge brennt, mein Herz rast. Ich versuche hinauszuklettern, was jedoch gar nicht so leicht ist, denn der Graben ist tief, und wie zuvor an der Mauer rutschen meine Hände auch hier immer wieder an der nassen Erde ab. Ich bekomme ein Grasbüschel zu fassen und hoffe, dass ich mich daran aus dem Wasser ziehen kann, doch schon habe ich es mitsamt der Wurzel in der Hand.

»Brauchst du Hilfe?«

Ich erstarre. Die Stimme einer Frau. Direkt über mir. Weibliche Töter habe ich noch nie gesehen. Ob sie eine von ihnen ist?

Menschen bedeuten Gefahr, Borka. Das haben mich meine Eltern gelehrt. *Menschen bedeuten Gefahr.* Nicht Männer. Nicht Frauen. Nicht Kinder. Menschen. *Alle* Menschen.

»Komm, ich helfe dir aus dem Wasser.« Eine faltige Hand greift nach meiner, umschließt sie und zieht daran.

»Nein! Lass mich sofort los!« Holprig verlassen die Worte meinen Mund. Ich verschlucke mich, gerate in Panik, versuche, meinen Atem irgendwie unter Kontrolle zu bekommen.

»Was ist denn los, Kind?«, fragt die Frau über mir. Ihre von feinen Linien umrahmten Augen blicken mich so freundlich an, dass es mir schwerfällt, die Gefahr dahinter zu erkennen.

Aber wahrscheinlich ist genau das der Trick. Wie ein giftiges Tier seinen Körper in verlockende Farben hüllt, um von dem tödlichen Sekret abzulenken, das es umgibt.

»Was hast du denn? Ich will dir doch bloß helfen.« Der Griff um meine Hand wird fester, und ich spüre, wie ich nach oben gezogen werde.

Ich schlage wild um mich, um die Hand, die meine gefangen hält, abzuschütteln.

»Marthe, hilf mir mal! Das Mädchen steht unter Schock!«

Eine weitere Frau, höchstens halb so alt wie die erste, taucht in meinem Blickfeld auf und streckt nun auch die Hände nach mir aus. Mein verzweifeltes Strampeln ignorierend, ziehen die beiden Frauen mich aus dem Graben.

»Du bist ja nass bis auf die Knochen, Kind«, sagt die Alte, »geht es dir gut?«

Ich starre sie bloß aus weit aufgerissenen Augen an. Ob es mir gut geht? Warum will sie das wissen? Warum tötet sie mich nicht? Oder ruft nach jemandem, der es für sie erledigt?

Die zweite Frau streicht mir die nassen Locken aus dem Gesicht und nimmt dann ein Tuch aus ihrem Korb hervor, mit dem sie meine Wangen abtupft.

»Na, ein Glück, dass heute so ein warmer Tag ist«, sagt sie lachend, »andernfalls hättest du dir dadrin den Tod holen können.«

Ich habe keine Ahnung, was sie meint. Töten die Töter lediglich an kalten Tagen? Das ist unmöglich. Schließlich haben sie heute bereits … Nein! Ich darf jetzt nicht an meine Geschwister denken. Ich muss meine Eltern finden – so schnell wie möglich.

»Ist wirklich alles in Ordnung?«, fragt mich die alte Frau. Ihre Augenbrauen, die ebenso schlohweiß sind wie ihr Haar, ziehen sich besorgt zusammen.

Sie ist so freundlich, dass es mir schwerfällt zu glauben, sie könne böse Absichten haben. Zudem sieht sie mich an, als sei es nichts Besonderes, dass ich vor ihr stehe. Ganz im Gegenteil: Sie spricht mit mir wie mit ihresgleichen.

Ich nicke langsam, und ihre Sorgenfalten entspannen sich. Stattdessen zeichnet sich ein warmes Lächeln in ihrem Gesicht ab. Für alle Fälle spiegele ich es, was dazu führt, dass es noch breiter wird.

»Da bin ich aber froh«, sagt sie und tätschelt meine Schulter. Der Schmerz unter meiner Achsel schlägt wieder zu, und ich zucke erschrocken zusammen.

»Oje, du bist ja verletzt!«, ruft die Frau überrascht. »Marthe, gib mir mal bitte das Tuch.«

Marthe reicht es ihr, und die Frau mit dem weißen Haar träufelt etwas aus einem kleinen Fläschchen darauf, das sie aus ihrer Rocktasche zieht.

Als sie das Tuch auf meine verwundete Haut drückt, keuche ich auf, so sehr brennt es. Ich wusste es! Ihr ist nicht zu trauen! Sie trachtet mir doch nach dem Leben. Panisch entreiße ich ihr meinen Arm und weiche zurück.

»Tut mir leid, im ersten Moment ist es immer ein wenig schmerzhaft, aber damit schließt sich die Wunde schneller«, entschuldigt sie sich.

Verdattert starre ich sie an. Die Tinktur scheint meine Wunde förmlich auszubrennen. Tränen steigen mir in die Augen. Am liebsten würde ich mir den Arm abreißen, so sehr lodert der Schmerz. Dann, auf dem Gipfel dessen, was ich ertragen kann, ebbt er plötzlich ab. Zieht sich in sich selbst zurück, als wäre er nie da gewesen. Ich bin so überrascht, dass ich mich nicht einmal wehren kann, als die Alte erneut nach meinem Arm greift und das Tuch mit einem festen Knoten darumbindet. »So müsste es gehen. Es wird nicht lange dauern, dann ist alles wieder gut.«

»Danke«, stammele ich und meine es ehrlich. Ein Mensch, der mir hilft. Der mich nicht jagt oder tötet, sondern meine Wunde versorgt. Vielleicht hatten meine Eltern doch unrecht. Vielleicht geht gar nicht von *allen* Menschen eine lebensbedrohliche Gefahr aus.

Aber darüber kann ich mir später immer noch Gedanken machen, nun muss ich zusehen, wie ich über diese Mauer komme. Denn dass Corbin und Aylela dahinter sind, steht für mich nun ohne jeden Zweifel fest. Als ich an den Steinen hing, habe ich ihren Geruch ganz deutlich wahrgenommen.

Der Mann, der mich vertrieben hat, beobachtet mich immer noch genau aus seinem Turm heraus. Immerhin hat er keine Anstalten gemacht, auf mich zu zielen. Oder Verstärkung zu holen.

»Wie komme ich auf die andere Seite?«, frage ich die Frauen und deute auf die Mauer.

Meine Stimme klingt brüchig. Eingerostet. So als sei sie eben erst aus einem tiefen, langen Schlaf erwacht. Immer wieder mischt sich ein leises Knurren in die Worte.

»Wie bitte?«, fragt Marthe, doch die alte Frau scheint mich verstanden zu haben: »Na, einfach durch das Stadttor. Immer dem Pfad folgen, der führt dich hin. Aber gib acht, dass du nicht noch einmal ins Wasser fällst.« Ihr Blick dringt tief in mich ein. Ihr Lächeln ebenso.

Ich bedanke mich und laufe los. Der Schmerz unter meinem Arm scheint tatsächlich verflogen zu sein. Von dieser Erkenntnis angetrieben, renne ich noch schneller und habe schon wenig später das Stadttor erreicht. Den Eingang zu einer Höhle mitten im Gestein. Eine Holzbrücke, gehalten von eisernen Ketten, führt über den Wassergraben.

Immer noch ein wenig ängstlich betrete ich sie. Das ist offenbar nicht verboten, denn aus allen Richtungen laufen Männer und Frauen durch das Tor. Hinein und hinaus.

Alte, Junge, Kinder. Die meisten ihrer Gewänder sind bodenlang, und ich erkenne viele Farben des Waldes wieder. Blau wie der Himmel, braun wie Erde, grau wie Stein, grün wie Tannennadeln. Einige plaudern und lachen. Andere scheinen es eilig zu haben, auf die andere Seite der Mauer zu gelangen. Wieder andere gehen auf Stöcke gestützt und kommen nur schwerlich voran. Zögerlich betrete ich die Brücke und wappne mich für ihre Angriffe – mit Worten oder Waffen. Wenn einer von ihnen bemerkt, dass ich eigentlich eine Löwin bin, werden sie mich mit Sicherheit nicht passieren lassen. Doch niemand scheint zu bemerken, dass mein menschlicher Körper lediglich die Tarnung meiner Löwenseele ist. Im Gegenteil: Sie nehmen nicht einmal Notiz von mir. Lediglich einige vornehm gekleidete Damen, die sich mit einer Art riesiger Schmetterlingsflügel vor dem Gesicht herumwedeln, werfen missbilligende Blicke auf mein matschverkrustetes Gewand. Am liebsten möchte ich sie anbrüllen, sie kratzen und beißen, bis sie mir sagen, wo meine Eltern sind. Doch stattdessen straffe ich die Schultern und gehe entschlossen auf das Tor zu. Obwohl alles in mir schreit, dass es eine Falle ist. Dass es töricht ist, einen Ort zu betreten, der von hohen Mauern umgeben ist und dessen einziger Fluchtweg über diese schmale Brücke führt.

Ich gehe entschlossen weiter. Mitten hinein in die Höhle der Menschen.

5. Kapitel

Sie ist schöner, als ich es erwartet hätte, diese Höhle. Vor allem aber ist sie riesig. Überall stehen kleine, windschiefe Häuser, zusammengebaut aus Holz und bunten Steinen. Durch die winzigen Fenster kann ich nicht ins Innere sehen. Aus den Schornsteinen steigt Rauch auf. Kinder rennen lachend um die Häuser herum. Überall herrscht geschäftiges Treiben.

An einem der Häuser ist ein Holzzaun angebracht. Eng aneinandergedrängt liegen acht Schweine am Boden. Ihre Körper stehen vor Dreck. Ihre Augen haben jeglichen Glanz verloren. Ein Kloß bildet sich in meinem Hals. Es ist unschwer zu erkennen, dass der Zaun sie an der Flucht hindern soll. Wieso reicht es den Menschen nicht, sie mit einem Pfeil in der Wildnis zu töten? Wieso nur müssen sie ihnen schon vorher ihre Freiheit und ihren Lebensraum stehlen?

Am liebsten würde ich die Bretter, die den kleinen Verschlag von der Straße trennen, hinunterreißen und die armen Tiere befreien, die kaum Platz haben, ein paar Schritte zu tun, doch damit würde ich nur unnötige Aufmerksamkeit auf mich ziehen. Und so wende ich meinen Blick schweren Herzens von den Schweinen ab und verspreche mir selbst, mich um sie zu kümmern, sobald sich eine bessere Gelegenheit bietet.

Ich passiere weitere Häuser, die immer größer zu werden scheinen, je tiefer ich ins Innere der Menschensiedlung vordringe, bis ich zu einem Platz mit mehreren Marktständen gelange. Rund um den steinernen Brunnen herum bieten Händler Gemüse, Obst, Fleisch und andere Waren feil. Ein Stück links von mir streitet sich ein Paar lauthals mit dem rothaarigen Verkäufer über den angeblich unverschämten Preis, den er für ein Pfund Karotten haben will. Das Geschrei dröhnt mir in den Ohren. So viele Menschenstimmen, die lauter durcheinanderschnattern als eine Horde Wildgänse. Immer wieder segeln einzelne Wortfetzen zu mir herüber. Ich presse mir die Hände auf die Ohren, um sie auszusperren, doch sie rutschen durch meine Finger mitten hinein in meinen Kopf.

Ernte. Messer. Hochzeitsfest.

Bilder flackern vor meinem geistigen Auge auf. Gemüse, zu einem bunten Turm aufgehäuft. Eine Klinge. Ein Blumenkranz.

Ich flüstere die Worte nach. Langsam kauend, mit schwerer Zunge.

Ernte. Messer. Hochzeitsfest.

Sofort dringen neue Worte an mein Ohr und spülen weitere Bilder in meinen Kopf. Ich schüttele sie eilig ab und setze mich wieder in Bewegung.

Als ich über den Platz laufe, überlagern so viele Gerüche den Duft meiner Mutter, dass ich für einen Moment nicht mehr weiß, in welche Richtung ich weitergehen soll.

Mein Magen meldet sich. Außer ein paar Bissen Rehfleisch habe ich heute noch nichts gegessen. Wie gerne würde ich anhalten und von all den Köstlichkeiten probieren, die die Marktfrauen und -männer in die Luft halten und als das »Beste, von dem ihr je kosten werdet« anpreisen. Doch ich habe keine Zeit zu verlieren. Also erlaube ich mir lediglich, ein paar Schlucke aus dem Brunnen zu trinken, und versuche dann mit aller Macht, erneut die Spur meiner Eltern aufzunehmen.

Mein Herz schlägt immer schneller. Als wolle es vor der Flut der Eindrücke davonlaufen. So viele fremdartige Gerüche – nicht alle davon so gut wie das Essen auf dem Marktplatz. Ich rieche Fäulnis, Fäkalien, aber auch Stroh, Pferde, Schweine, Schafe, Wasser, Gras und vor allem: Menschen.

Ich schließe die Augen und drehe mich auf der Stelle, recke meine Nase in alle Himmelsrichtungen.

Ohne Ergebnis.

So komme ich nicht weiter. Also öffne ich die Augen wieder und versuche zu erspähen, ob es irgendwo eine Spur auf dem Boden gibt. Vom Marktplatz schlängelt sich ein weißer Weg einen Hügel hinauf. Er mündet offenbar in ein riesiges Gebäude, dessen hohe weiße Türme in den Himmel ragen. Von ihren Dächern wehen rote Fahnen im Wind, ich kann es auf die Entfernung nicht sehen, aber ich bin mir sicher, dass auf ihnen derselbe Löwenkopf prangt wie auf den Fahnen auf der Mauer. Ob meine Eltern dort oben sind?

Mit schnellen Schritten folge ich dem weißen Weg über unzählige Kieselsteine den Hügel hinauf. Meine Füße, die nur Waldboden gewohnt sind, beginnen bereits zu schmerzen.

Der Hügel erstrahlt in saftigem Grün. Als ich oben angelangt bin, kann ich endlich wieder Bäume sehen. Links und rechts von mir zieren sie den Weg, der genau auf das Gebäude zuführt, dessen Türme ich bereits von unten sehen konnte. Es ist phänomenal groß. Die spitzen Dächer, in die die Türme münden, scheinen am Himmel zu kratzen. Ein goldenes Tor führt ins Innere des prächtigen Bauwerks.

Die Bäume hier sind – im Gegensatz zu denen im Wald – nicht wild und unterschiedlich hoch gewachsen, sondern akkurat zurechtgestutzt, einer wie der andere. Perfekte Abbilder ohne Eigenheiten.

Jenseits des Weges erstreckt sich zu beiden Seiten ein Garten voller riesiger Brunnen mit lebensgroßen weißen Skulpturen darauf. Vor der ebenfalls weißen Fassade des Gebäudes wachsen Rosenhecken, die in voller Blüte stehen.

Als ich weitergehe, steigt mir der Gestank von Pferdemist in die Nase. Links von mir entdecke ich ein Stück weiter hinten im Garten ein umzäuntes Gebiet, auf dem jede Menge Pferde grasen. Neben dem Zaun befindet sich ein hölzernes Gebäude mit flachem Dach, aus dem gerade ein paar Männer herauskommen, die jeweils ein Pferd mit sich führen. Ansonsten ist der Garten bis auf einige Spaziergänger, die ebenso perfekt herausgeputzt sind wie die Bäume, leer.

Ich beschließe, abseits des Weges weiterzugehen, und meine Füße danken es mir, dass sie wieder weiches Gras unter sich spüren. Je näher ich dem schneeweißen Gebäude komme, desto sicherer bin ich, dass es der Duft meiner Mutter ist, der sich langsam über den Geruch der Pferde legt. Erneut schließe ich die Augen und versuche, sie zu orten.

»Riecht gut, nicht wahr?«

Ich fahre zusammen. Neben mir steht eine junge Frau, etwa in meinem Alter. Doch im Gegensatz zu meinen sind ihre Haare, die unter ihrem weißen Kopftuch hervorragen, nicht gewellt, sondern glatt, und auch nicht braun, sondern rötlich. Außerdem ist sie ein ganzes Stück kleiner und ein wenig stattlicher als ich. Sie trägt ein blaues Kleid mit einer weißen Schürze, auf der einige Flecken zu sehen sind. In der Hand hält sie einen Strauß Kräuter, den sie mir nun so dicht unter die Nase schiebt, dass ich unwillkürlich niesen muss.

»Sammelst du auch Kräuter?«, fragt sie mich.

Ich schüttele verdattert den Kopf. »Nein, ich suche meine El… die Löwen.«

»Die Löwen? Wozu?«

»Äh … also …«

»Du wirst sie doch morgen ohnehin sehen.«

»Morgen? Wieso?«

Ihr Blick hat sich verfinstert, und irgendetwas an der Art, wie sie tief Luft holt, so als müsse sie sich für die nächsten Worte wappnen, gefällt mir ganz und gar nicht.

»Na, morgen ist doch der Kampf.«

»Welcher Kampf?«

»Du bist wohl nicht von hier, was?«

»Äh … nein, ich bin nur wegen der Löwen hier«, antworte ich wahrheitsgemäß. Von den großen grünen Augen der jungen Frau geht so eine Wärme aus, dass ich einfach nicht anders kann, als ihr zu vertrauen.

»Na, dann weißt du ja sicher, dass Prinz Fjodor morgen gegen sie kämpfen wird.«

»Er wird gegen die beiden kämpfen?«, rufe ich verdattert und schlage mir die Hand vor den Mund. Die Frau missversteht meine Frage.

»Ja, ich weiß auch nicht, warum der König diesmal gleich zwei Löwen hat fangen lassen. Wenn du mich fragst, ist schon einer zu viel. Man hätte diese barbarische Sitte schon vor Jahren abschaffen sollen. Ich meine, was sagt es denn im Endeffekt wirklich über einen Kronprinzen aus, wenn er in der Lage ist, einen weißen Löwen zu töten, doch wohl kaum, dass …«

»Du meinst, der Prinz wird die Löwen töten?« Ich kann nicht glauben, was sie sagt. Ich *will* es nicht glauben.

»Oder umgekehrt. Wobei das äußerst selten passiert. Jeder neue Thronfolger muss seinen Mut und seine Stärke beweisen. Nur so gewinnt er das Vertrauen seines Volkes, heißt es. Wenn er aber scheitert, wird er nicht zum König gekrönt.« Sie runzelt die Stirn. »Dann muss König Jerrik wohl ewig weiterregieren – Fjodor ist nämlich sein einziges Kind.«

Ich höre ihre Worte wie durch einen dichten Nebel. Das Einzige, was bei mir ankommt, ist, dass meine Eltern in Lebensgefahr sind.

Und ich habe absolut keine Ahnung, wie ich ihnen helfen soll. Bisher war mein Ziel, sie zu finden. Über das, was danach passiert, habe ich mir noch keine Gedanken gemacht.

»Was ist los? Du bist plötzlich so blass!« Die junge Frau schaut mich besorgt an. Für einen kurzen Moment sehe ich wieder die Augen der Alten vor mir, die mich aus dem Graben gezogen hat.

»Warte mal.« Sie zerreibt ein paar der Kräuter zwischen ihren Fingern und träufelt mir eine klebrige Substanz auf die Stirn. »Hier, Sonnenkraut wirkt entspannend. Das hat mir meine Großmutter immer verabreicht, wenn ich als Kind lieber herumtoben wollte, statt mit ihr über ihren alten Kochbüchern zu brüten und ihren Ausführungen über Kräuterkunde zu lauschen.«

»Hast du eine Ahnung, wo die Löwen jetzt sind?«, will ich wissen, ohne auf ihre Worte einzugehen. »Ich muss zu ihnen.«

»Ich nehme an, im Schlosskerker.« Sie deutet auf das weiße Gebäude vor uns. »Wenn du links um das Schloss herumgehst, kommst du zu einer Treppe.«

Schloss. Ich lasse das Wort in meinem Kopf kreisen. Es rührt an einer verschütteten Erinnerung, auf die ich keinen Zugriff habe. Ich bin sicher, dass ich es schon einmal gehört habe, auch wenn ich bisher noch kein Bild dazu im Kopf hatte. Vielleicht kam es in einer der Geschichten über Kriege und Kämpfe vor, um die Timur Corbin jeden Tag angebettelt hat, als er noch klein war.

»Der Kerker liegt direkt unter dem Schloss, nur wenige Schritte vom weißen Weg entfernt. Damit die Gefangenen das Schwatzen und Lachen der Menschen hören, wenn diese zu einem Volksfest in der Arena unterwegs sind. Man sagt, das schüre ihr Leid und ihre Reue.« Die Frau erschaudert, und auch meinen Körper überzieht eine Gänsehaut. »Der Kerker wird streng bewacht, ich denke, wenn du die Löwen sehen willst, ist es einfacher, bis morgen zu warten und sie dir in der Arena anzuschauen.«

»Ich kann aber nicht bis morgen warten!«, rufe ich so laut, dass sie zusammenzuckt.

»Tut mir leid«, schiebe ich schnell hinterher. »Ich will nur …«

Ich durchforste mein Gehirn nach einer Ausrede, etwas, womit ich ihr verständlich machen kann, warum ich unbedingt *jetzt* zu den Löwen muss. Die Wahrheit kann ich ihr unmöglich sagen. Sicher würde sie sofort jemanden holen und dafür sorgen, dass man auch mich in den Kerker wirft.

»Lotti? Wo bleibst du denn?« Eine schrille Stimme reißt mich aus meinen Gedanken.

Die junge Frau blickt hinter sich Richtung Schloss und ruft: »Ich komme gleich!«

An mich gewandt sagt sie: »Das ist Hilda, eine Kollegin aus der Schlossküche. Eigentlich sollte ich nur ein bisschen Petersilie fürs Abendbrot sammeln, aber dann habe ich unter dem Baum dahinten das Sonnenkraut entdeckt. Es ist äußerst selten, musst du wissen, es wächst nur, wenn die Sonne zwischen zwei Vollmonden jeden Tag darauf scheint, ohne dass sich eine Wolke vor sie schiebt. Es ist viel seltener als Nachtkraut.«

Ich nicke, obwohl es mir gerade reichlich egal ist, was sie sagt. Doch sie scheint es als Aufforderung zu verstehen, weiterzusprechen. »Dazu muss lediglich der Mond jede Nacht auf seinem Weg von der Sichel bis zur Kugel am wolkenlosen Himmel scheinen, ohne von Wolken verhüllt zu werden«, plappert sie munter drauflos. »Auch das hat meine Großmutter mir oft verabreicht, wenn ich abends nicht schlafen wollte. Haut dich um wie einen gefällten Baum.« Sie lacht, und es klingt glockenhell.

»Lotti!!«

»Oh, ich muss jetzt wirklich gehen. War nett, dich kennengelernt zu haben. Vielleicht sehen wir uns ja morgen in der Arena. Wobei ich nicht sicher bin, ob ich mir dieses grausame Schauspiel angucken möchte.«

Sie winkt mir zu und läuft in Richtung ihrer Kollegin, die die Arme in die üppigen Seiten gestemmt hat.

»Dieses Nachtkraut«, rufe ich ihr hinterher, »wie sieht es denn aus, und wie kann ich es einnehmen? Ich schlafe in letzter Zeit so schlecht.«

»Es wächst überall«, ruft sie mir über die Schulter zu, »du stehst sogar gerade drauf!« Sie deutet auf ein trockenes, braunes Gewächs direkt unter meinen Füßen. »Du musst es fein hacken und ab damit in den Abendtee, dann schläfst du wie ein Baby.«

»LOTTI!«

»Ja, ja, ich bin schon da, Hilda.«

»Danke«, murmele ich, obwohl Lotti mich nicht mehr hören kann. Dann bin ich auch schon auf den Knien und reiße das widerspenstige Gewächs aus dem Boden.

Das Kleinhacken war nicht das Problem. Steine finden sich auf dem weißen Weg mehr als genug, und schon bald habe ich das Nachtkraut in feines Pulver verwandelt und auf einem großen Blatt ausgebreitet. Doch wie bekomme ich es in den Tee der Wachen, die vor dem Kerker herumlungern und mich mit kritischen Blicken mustern?

Inzwischen hat die Dämmerung eingesetzt. Ich habe gewartet,

bis die Sonne untergegangen ist, und mich solange bei den Pferden herumgetrieben, die einzigen Lebewesen hier, deren Anwesenheit mich nicht in Panik versetzt, sondern beruhigt.

Nun stehe ich vor der steinernen Treppe, die in den Kerker führt. Nur wenige Schritte vom weißen Weg entfernt.

Damit die Gefangenen das Schwatzen und Lachen der Menschen hören, wenn diese zu einem Volksfest in der Arena unterwegs sind, höre ich Lottis Stimme in meinem Kopf. *Man sagt, das schüre ihr Leid und ihre Reue.*

Ich hoffe nur, dass ich es nicht gleich bereuen werde, hergekommen zu sein. Mein Herz scheint sich in einen Vogel verwandelt zu haben, den man in einen Käfig gezwängt hat und der nun immer wieder panisch gegen die Stäbe fliegt.

Die beiden Männer, die den Eingang zum Kerker bewachen, sehen aus, als könnten sie mich mit bloßen Händen zerquetschen. Immerhin scheinen sie keine Pfeile bei sich zu haben. Dafür andere Waffen, die sie eng am Körper tragen und deren Name mir auf der Zunge liegt. Ich atme tief durch, straffe die Schultern und gehe auf die Männer zu.

»Guten Abend. Lotti schickt mich«, nenne ich den einzigen Namen, der mir einfällt.

»Bist du eine neue Küchenmagd?«, fragt der größere der beiden Wachen und zieht skeptisch seine buschigen Augenbrauen hoch.

»Äh … ja.«

»Dir sind wohl die Töpfe umgefallen.« Lachend deutet sein Kollege auf mein schmutzverkrustetes Gewand.

Ich nicke bloß. Wenn es meiner Tarnung dient, sollen sie das ruhig glauben.

»Ich soll euch ein paar Kräuter für den Abendtee bringen«, stammele ich. Der Vogel in mir flattert schneller.

»Abendtee? Uns hat noch nie jemand Abendtee gebracht. Hat dir schon einmal jemand Abendtee gebracht, Heldrion?«

Der hünenhafte Mann mit den borstigen Brauen schüttelt den Kopf.

»Mir auch nicht«, sagt der andere und macht einen Schritt auf mich zu.

Unwillkürlich weiche ich zurück. Alles in mir schreit nach Flucht. Der Vogel scheint bis zu meinem Hals zu fliegen, als versuche er, über diesen Weg zu entkommen. Ich beschwöre das Bild meiner Eltern auf dem Holzgefährt herauf. Hilflos und verletzt. Ich darf sie nicht im Stich lassen.

»Oh … dann … bin ich offenbar falsch informiert«, sage ich und gebe mir Mühe, überrascht zu klingen.

»Dann sind sie wohl für euer«, ich schiele auf die Becher, die neben ihnen auf einer kleinen Mauer stehen, und sauge den kaum wahrnehmbaren Geruch ein, der daraus emporsteigt. »Für euer … Wasser. Ich habe Lotti wohl falsch verstanden.« Ohne lange darüber nachzudenken, gehe ich auf die Becher zu und hebe die Hand, in der ich das Blatt mit dem Nachtkraut halte. »Möchtet ihr kosten? Lotti hat ein Händchen für feine Kräuter. Sie sind köstlich.«

Mein schlechtes Gewissen meldet sich. Ich will Lotti nicht mit reinziehen, aber im Moment sehe ich keine andere Möglichkeit, an diesen Männern vorbeizukommen.

»Warum nicht?«, brummt Heldrion, und noch ehe er zu Ende gesprochen hat, lasse ich das Nachtkraut in die Becher rieseln. Heldrion greift nach einem davon und leert ihn in einem Zug.

»Hast du nicht gesagt, sie seien köstlich? Das schmeckt ja widerlich!« Er wirft den Becher nach mir. Ich mache einen Satz zur Seite, und der Becher landet scheppernd ein Stück neben mir auf dem Boden.

»Tut mir leid«, murmele ich, obwohl mir eher nach Fluchen zumute ist.

Was nun? Der zweite Mann hat seinen Becher bisher nicht angerührt, und nach diesem Ausbruch wird er es wohl kaum tun.

»Hat dich wirklich Lotti geschickt?« Heldrion tritt näher an mich heran und mustert mich argwöhnisch.

Automatisch weiche ich ein paar Schritte zurück und nicke eifrig. In seinem Blick liegt Unglauben. Ich zucke zusammen, als er wie nebenbei seine Waffe tätschelt.

Schwert. Das Wort, das mir auf der Zunge lag, dringt endlich bis in mein Bewusstsein vor. Schwert. Scharf und tödlich.

Gefahr!, schreit es in meinem Innern. Der Vogel ist nicht mehr zu halten.

»Wie lange arbeitest du schon hier?«, fragt Heldrion. Er bringt die Worte nur schwerfällig heraus.

»Nun …«, setze ich an.

»Jedenfalls scheinst du dich mit Kräutern nicht besonders gut …«

Weiter kommt er nicht. Seine Beine beginnen zu wackeln. Er macht noch einen unbeholfenen Schritt auf mich zu, gerät ins Taumeln und rudert mit den Armen, ehe ihm vollständig die Beine wegknicken.

»Was zum …?«, stammelt er. Dann ist er auch schon auf dem Boden aufgeschlagen.

»Was ist passiert?« Sein Kollege stürzt zu ihm, fühlt nach seinem Puls und funkelt mich wutentbrannt an. »Was hast du getan, du Hexe?«

Ich habe keine Wahl. Wenn ich warte, bis er wieder aufsteht, habe ich keine Chance mehr.

Der Mann ist fast zwei Köpfe größer als ich und hat eine Statur wie ein Bär. Ich hebe meinen Fuß und trete ihn, so fest ich kann, direkt unters Kinn.

Seine Augen rollen nach hinten, und er sackt über seinem Kollegen zusammen. Ich greife nach dem zweiten Becher. Mit drei großen Schritten bin ich bei dem Bärenmann. Ich schiebe meine Hand zwischen seine Lippen und öffne mit Gewalt seinen Mund, um ihm das Kräutergebräu einzuflößen. Verzweifelt gegen die Ohnmacht ankämpfend, beißt er mir in die Finger. Ein höllischer Schmerz durchfährt mich. Ich stoße einen Fluch aus und ziehe meine Hand wieder aus seinem Mund. Unter mir bäumt der Bär sich auf, doch schon halte ich den Becher erneut an seine Lippen. Er presst sie fest zusammen.

Mit meiner verletzten Hand halte ich ihm die Nase zu. Er windet sich, hat aber nicht mehr viel Kraft. Mein Tritt war heftig. Wäre sein Kiefer nicht so breit, wäre er nun vermutlich gebrochen. Ich verstärke den Druck auf seine Nase. Er wirft den Kopf hin und her. Wenige Herzschläge später kann er die Luft nicht mehr anhalten und öffnet den Mund. Sofort schütte ich den Becherinhalt bis auf den letzten Tropfen hinein. Er verschluckt sich. Spuckt einen Teil des Gebräus wieder aus. Ich lege meine Hand unter seinen Kiefer. Drücke ihn zu, so fest ich kann. Er kämpft verbissen dagegen an. Ich flehe den Himmel an, dass die Menge, die er geschluckt hat, ausreicht, um ihn lahmzulegen. Tatsächlich lässt sein Widerstand langsam nach. Seine Augen fallen zu.

Erleichtert lasse ich ihn los. Er bricht regungslos zusammen, lediglich sein Brustkorb hebt und senkt sich unter seinen Atemzügen. Mit klopfendem Herzen betaste ich meine verletzte Hand. Man sieht deutlich die Spuren von Zähnen. Ich strecke die Finger und stelle erleichtert fest, dass ich meine Hand trotz Schmerzen normal bewegen kann.

Langsam beruhigt mein Atem sich wieder. Ich werfe einen Blick über die Schulter. Der nächtliche Garten ist menschenleer. Niemand scheint etwas von dem Kampf mitbekommen zu haben. Ich warte noch einen kurzen Moment ab, um sicherzugehen, dass keiner der beiden Wachen wieder aufwacht. Dann renne ich die steinernen Stufen hinab.

Im Kerker beginne ich augenblicklich zu frösteln. Obwohl draußen den ganzen Tag die Sonne geschienen hat, ist es hier drinnen so klamm und kalt, dass ich das Gefühl habe, mitten in einen eisigen Winter katapultiert worden zu sein.

Ich renne an einer Reihe von Gitterstäben vorbei, hinter denen in der Dunkelheit geduckte Gestalten kauern.

Einige murmeln Unverständliches vor sich hin, andere scheinen zu schlafen, wieder andere schreien ohrenbetäubend laut. Als ich an ihnen vorbeilaufe, nähern sich ein paar den Gitterstäben, strecken die Arme nach mir aus und flehen mich an, näher zu treten. Am liebsten würde ich mir die Ohren zuhalten. In einer der Zellen, aus der mir ein besonders heftiger Geruch von Moder entgegenweht, steht ein Mann mit nacktem Oberkörper, der so dünn ist wie ein Grashalm, und entblößt eine Reihe verfaulter Zähne. »Na, Mädchen? Magst du nicht zu mir hereinkommen? Wir könnten es uns hier richtig schön gemütlich machen.«

Ich schaudere und laufe schnell weiter. Ganz am Ende des Gangs stoße ich auf ein Verlies, das ein wenig größer ist als die anderen. Die Gitterstäbe sind rostig, und mir schlägt ein Gestank entgegen, der mir fast den Atem raubt: ein Gestank nach Kot und Urin, Verwesung und Tod.

Doch dazwischen schwebt noch ein anderer Geruch in der Luft. Einer, der mir wohlvertraut ist, auch wenn sich nun Angstschweiß daruntergemischt hat.

Ich eile zu den Gitterstäben und erstarre. Dort, auf dem kalten, nackten Steinboden, liegen meine Eltern eng aneinandergedrängt, zitternd vor Angst.

Aylela, Corbin! Ich spüre, wie mir augenblicklich Tränen in die Augen steigen.

Corbin fährt zu mir herum. Sein Brüllen erfüllt den ganzen Kerker. *Borka! Was tust du denn hier?*

Ich bin euch gefolgt.

Warum bist du nicht im Wald geblieben?

Meine Mutter, zu schwach, um zu gehen, robbt langsam an die Gitterstäbe heran. Sie schiebt ihre Schnauze hindurch, so weit es geht. Ich greife durch die Stäbe nach ihrem Kopf, ihrem Fell. Trotz der Kälte, die hier unten herrscht, ist meine Mutter so warm wie immer. Ich vergrabe meine Finger in dem weichen Flaum hinter ihren Ohren. Versuche all meine Liebe in diese Berührung zu legen und ihr den kläglichen Rest meiner Kraft zu geben.

Ich werde euch hier herausholen!

Das ist unmöglich. Corbins Stimme, sonst tief und kraftvoll, bricht auf halbem Weg zu mir durch die Gitterstäbe.

Ich lasse euch hier auf keinen Fall zurück.

Was ist mit … Traurigkeit schleicht sich in die Augen meiner Mutter. Ich weiß, dass sie nach Finja fragen will.

Ich senke den Blick, und das ist Antwort genug. Mein Vater stößt ein ohrenbetäubendes Gebrüll aus, in das sich das erschrockene Geschrei einiger Gefangener mischt. Meine Mutter zieht sich von mir zurück, schiebt den Kopf in Corbins Mähne und vergräbt ihr Gesicht darin. Wie gerne würde auch ich mich in der Mähne meines Vaters verstecken und erst herauskriechen, wenn mein Herz wieder zusammengewachsen ist! Doch das wird vermutlich nie passieren.

Corbin fängt sich als Erster wieder. *Schnell, Borka, mach, dass du hier wegkommst. Wenn sie dich erwischen, werden sie dich töten. Wie bist du überhaupt hier hereingekommen?*

Das ist unwichtig, knurre ich. *Ich hole euch jetzt hier raus!* Ich zerre an den Gitterstäben, die jedoch kein bisschen nachgeben.

»Argggggh!« Ich stoße einen wütenden Laut aus und ziehe noch fester, schicke all meine Wut und Verzweiflung in meine Arme und treibe sie zu Höchstleistungen an. Doch es ist sinnlos.

Wenn nicht einmal Corbin es schafft, sich aus diesem Verlies zu befreien, wie sollte ich es dann schaffen?

Mein Blick wandert an den Stäben umher, auf der Suche nach irgendeiner Möglichkeit, sie doch noch auseinanderzubiegen, und bleibt an dem eisernen Schloss hängen.

Wie dumm ich doch bin! Ohne nachzudenken, bin ich hier heruntergestürmt. Dabei befindet sich der Schlüssel zu meinen Eltern doch in Wahrheit außerhalb des Kerkers: irgendwo am Körper der Wachen.

Ich lege meine Hände um die Gitterstäbe und sehe meine Eltern eindringlich an. *Ich bin gleich wieder da.*

Nein! Geh zurück in den Wald, bring dich in Sicherheit, denk nicht an … Mein Vater erstarrt. Er fixiert einen Punkt hinter mir.

Ich wende mich um und kann mich gerade noch rechtzeitig unter dem Schwert wegducken, das auf mich niedersaust. *Nein!,* brüllt mein Vater, und meine Mutter stimmt in sein Gebrüll ein.

Ich rolle mich zur Seite und springe auf die Beine. Mir gegenüber steht der Bärenmann. Sein Gesicht ist zornesrot. Er taumelt noch ein wenig, und wie es scheint, hat er Mühe, zu fokussieren. Immer wieder blinzelt er hektisch. Es war wohl zu wenig Nachtkraut, um ihn länger lahmzulegen, aber doch zu viel, um ihn voll leistungsfähig dastehen zu lassen.

Wieso nur habe ich ihn nicht kommen hören? Timurs Stimme bohrt sich in meinen Kopf. Von weit her und doch eindringlich: *Du musst deine Augen eben überall haben, Borka. Die Welt ist voller Gefahren.*

Der Bärenmann holt erneut zum Schlag aus, und ich mache einen Satz nach rechts. Er stolpert nach vorne und fängt seinen Sturz gerade noch ab, indem er nach den Gitterstäben greift, die uns von meinen Eltern trennen.

»Na warte!«, ruft er und lässt sein Schwert bedrohlich über seinem Kopf kreisen. »Das wirst du noch bereuen!«

Weiter kommt er nicht.

Eine riesige Tatze hat sich aus dem Verlies geschoben, nach seinen Beinen gegriffen und ihn zu Fall gebracht. Ich starre auf den am Boden liegenden Mann, der sein Schwert nun mit voller Wucht in die Tatze meines Vaters rammt. Corbin stößt einen Schmerzenslaut aus, der mir durch Mark und Bein geht. Doch neben all seiner Pein höre ich eins ganz deutlich heraus: *Lauf!*

Und genau das tue ich.

6. Kapitel

Um mich herum sind so viele Menschen, wie ich noch nie zuvor in meinem Leben gesehen habe. Offenbar hat sich die ganze Stadt auf der anderen Seite des Hügels unterhalb des Schlosses versammelt. Es herrscht wildes Gedrängel, und die Luft dröhnt von all den Stimmen, die aufgeregt durcheinanderschnattern. Mein Kopf flirrt.

Nervös kämpfe ich mich vorwärts und ernte dabei jede Menge Ellbogenstöße und genervte Blicke. Es ist so eng, dass ich für eine Weile weder nach links noch nach rechts ausweichen kann. Körper an Körper schiebt sich die Menge vorwärts – ich mittendrin. Lediglich das Bild meiner Eltern hinter den Gitterstäben hindert mich daran, einfach loszubrüllen und wild um mich zu schlagen.

Etwa zehn Meter unterhalb von mir entdecke ich den Bereich, den sie Arena nennen. Ein eingezäuntes Wiesenstück, etwa doppelt so groß wie der Marktplatz. Drum herum stehen Treppenstufen, die im Nichts enden. Von Weitem erspähe ich Menschen, die sich darauf niedergelassen haben. Offenbar dienen sie ihnen als Sitzgelegenheit.

»Pass doch auf, Mädchen!«, schimpft eine Frau, die ein plärrendes Kind hinter sich her über den weißen Weg schleift, der auch auf dieser Seite des Hügels verläuft. »Andere wollen auch hier durch.«

Ich stammele eine Entschuldigung und frage mich, was ein Kind bei einem Kampf auf Leben und Tod zu suchen hat. Am Ende des

Weges teilt sich die Menge. Einige laufen links lang, andere rechts. Endlich kann ich wieder einigermaßen frei atmen. Ich schlage den Weg nach rechts ein und schiebe mich an einer Gruppe laut grölender Männer vorbei, die ihre Becher gegeneinanderknallen lassen. Ihr Atem riecht nach gegorenem Obst.

Die meisten Sitzplätze sind bereits belegt. Davor haben sich Leute aufgestellt, die nun von den anderen angepöbelt werden, weil sie ihnen die Sicht auf die Wiese versperren. Auch mir. Ich sehe mich um, und mein Blick fällt auf eine einzelne Eiche, die sich rechts von mir an den Zaun lehnt. Ihre dicken Äste ragen bis über die Arena. In Windeseile bin ich in die Krone geklettert. Vogelstimmen legen sich über die der Menschen, und sofort werde ich ruhiger. Verborgen im Blätterkleid des Baumes, habe ich eine gute Sicht auf alles, was sich im Inneren des Zauns befindet. Dort, mitten in der Arena, steht ein weißes Zelt. Es wirkt völlig deplatziert auf dem Gras, das eher gelb als grün und von zahlreichen Löchern durchzogen ist. Links von mir ist hinter dem Zaun ein Podest aufgebaut, auf dem ich drei Männer ausmachen kann. Der ältere Mann, der als Einziger sitzt, trägt eine Krone auf dem Kopf. Das dunkle Rot seines Gewandes erinnert mich an einen Sonnenuntergang. Bisher habe ich noch kein einziges Kleidungsstück dieser Farbe bei den Menschen gesehen. Das muss wohl der König sein. Neben ihm stehen zwei blonde Männer – einer in etwa so alt wie der König, und einer, der kaum älter zu sein scheint als ich. Das muss der Prinz sein. Er ist in ein edles schwarzes Gewand gekleidet und blickt konzentriert auf die Arena. Ob er Angst hat oder aufgeregt ist, kann ich auf die Entfernung nicht erkennen.

Plötzlich dringt mir ein Geruch in die Nase, dem ein lautes Brüllen folgt, das die Stimmen um mich herum zum Verstummen bringt.

Corbin!

Ich lasse meinen Blick in die Ferne schweifen und sehe eine Horde Männer, angeführt von Heldrion und dem Bärenmann. An langen eisernen Ketten zerren jeweils sechs Männer Corbin und Aylela den Kiesweg hinab zur Arena. Ein Raunen geht durch die Menge.

Der Anblick meiner Eltern zerreißt mir das Herz. Immer wieder weichen sie den langen Speeren aus, mit denen die Männer, die sie in den Tod führen wollen, sie in Schach halten.

Als Heldrion ein Gatter öffnet und die anderen Männer die Löwen in die Arena zerren, wehren diese sich nach Leibeskräften. Ich bin mir nicht sicher, ob sie wissen, was genau ihnen bevorsteht, doch ich hege keinen Zweifel daran, dass ihnen klar ist, dass eine Menschenmenge, die sich daran weidet, sie unter ihren Peinigern leiden zu sehen, nichts Gutes verheißt. Sobald die Männer die Mitte der Wiese erreicht haben, ziehen sie die Ketten mit einem lauten Klirren aus den eisernen Ringen, die um Corbins und Aylelas Hals angebracht sind, und verlassen die Arena.

Eine gespannte Stille liegt in der Luft. Alle Blicke sind auf meine Eltern gerichtet. Verängstigt sieht meine Mutter sich um. Corbin richtet sich zu seiner vollen Größe auf und stößt ein Gebrüll aus, von dem ich ahne, dass es Mut vortäuschen soll.

Es wackelt verdächtig.

Er macht ein paar Schritte auf das Gatter zu, vor dem sich Soldaten positioniert haben, die ihn, kaum dass er näher kommt, mit ihren Speeren bedrohen. Er hinkt. Die Verletzung, die der Bärenmann ihm zugefügt hat, hat ihm wohl schwer zugesetzt.

Tränen der Wut steigen mir in die Augen, doch ich dränge sie zurück. Ich darf meine Gefühle jetzt auf keinen Fall die Überhand gewinnen lassen.

Stattdessen konzentriere ich mich auf meine Umgebung. Überall am Zaun stehen bewaffnete Soldaten. Doch zumindest ist er nicht besonders hoch. Corbin und Aylela könnten einfach darüberspringen, wobei ich mir bei Corbin nicht sicher bin, ob er dazu in seinem Zustand in der Lage wäre.

Aber mein Vater ist zäh. Sein Wille ist stark. Er wird alles versuchen.

Doch wie kommen wir an den Soldaten vorbei? Ehe ich noch weiter darüber nachdenken kann, geht ein erneutes Raunen durch die Menge. Der König hat sich erhoben.

»Liebe Untertanen«, sagt er, und ich bin erstaunt, wie laut seine Stimme klingt. Sie erfüllt den gesamten Platz und wird bis hinauf in die Baumkrone getragen. So fest ich kann, umklammere ich den Ast, auf dem ich sitze. Suche Mut und Halt. Der König spricht langsam und bedacht und klingt dabei überraschend freundlich.

»Ich freue mich, dass ihr euch alle heute hier versammelt habt, um dem Kampf meines Sohnes beizuwohnen. Wie es die Tradition verlangt, muss der Prinz einen weißen Löwen töten, um sich der Krone als würdig zu erweisen. Doch auf seinen eigenen Wunsch hin wird mein Sohn heute nicht bloß gegen einen, sondern gegen zwei Löwen antreten, und beweist dadurch schon jetzt besonderen Mut. Möge das Glück mit ihm sein!«

Die Menge jubelt, und der König nimmt wieder auf seinem Thron Platz. Der junge Mann, der nach wie vor neben ihm auf dem Podest steht, bewegt sich keinen Millimeter. Hat der Prinz etwa doch Angst vor der eigenen Courage? Oder lässt ihn das Ganze einfach nur kalt?

Die Jubelrufe werden lauter, und alle Köpfe drehen sich plötzlich zu dem weißen Zelt auf der Wiese, aus dem eine groß gewachsene Gestalt tritt.

Der Mann, dessen langes, dunkelblondes Haar nach hinten gebunden ist, macht ein paar Schritte auf meine Eltern zu. Mit Entsetzen betrachte ich das Schwert in seiner Hand, das fast doppelt so lang ist wie das des Bärenmannes.

»Hoch, Prinz Fjodor!«, kreischt eine Frau direkt unter mir. Sie scheint einer Ohnmacht nahe. Mit den Händen fächert sie sich Luft zu, ohne den Blick von dem Mann mit dem Schwert abzuwenden. Endlich begreife ich, wer da gerade aus dem Zelt gekommen ist. Die Menge stimmt in ihr Rufen ein: »Hoch, Prinz Fjodor! Hoch, Prinz Fjodor!«

Der Prinz trägt hohe Lederstiefel, ein grünes Hemd und eine braune Hose. Die Kleidung eines Töters. Auf Höhe seines Herzens ist ein goldener Löwenkopf auf das Hemd genäht.

Prinz Fjodor lässt den Blick über die jubelnde Menge gleiten. Zum ersten Mal sehe ich die Augen des Mannes, der meine Eltern töten will. Ich hätte erwartet, dass sie schwarz sind. Schwarz wie die tiefste Nacht. Oder rot wie der Höllenschlund. Doch sie sind tiefblau, ähnlich wie meine. Sie haben nichts Bösartiges an sich. Prinz Fjodor zieht die dunklen Brauen konzentriert zusammen und hebt das markante Kinn, als sei er stolz auf eine Leistung, die in meinen Augen geplanter Mord ist.

Er wendet sich nun wieder Corbin und Aylela zu und nähert sich ihnen so behutsam und vorsichtig wie ein Raubtier seiner Beute.

Meine Mutter duckt sich unter seinem Blick weg, mein Vater versucht immer wieder, über den Zaun zu kommen, wird aber jedes Mal von den Wachen daran gehindert. Wütend faucht er in Fjodors Richtung.

Ich sehe zum König hinüber. Er hat die Hände zu Fäusten geballt, und sein Blick fliegt zwischen meinen Eltern und dem Prinzen hin und her. Die Männer neben ihm hingegen wirken ruhiger, was vermutlich daran liegt, dass es nicht ihr Sohn ist, der da in der Arena gerade sein Schwert erhebt.

Ich bin erstaunt, mit welcher Leichtigkeit der Prinz sich bewegt, obwohl die Waffe in seiner Hand sicher enorm schwer ist. Corbin stößt ein Gebrüll aus, das diesmal schon deutlich fester klingt, und positioniert sich vor Aylela. Eine Weile fixieren er und der Prinz einander. Lauernd. Abwartend. Herausfordernd.

Schließlich schießt Fjodor in einer schnellen Bewegung nach vorne und sticht mit dem Schwert in Richtung von Corbins Kopf. Der schafft es, ihm im letzten Moment auszuweichen. Erst als ich keuchend ausatme, registriere ich, dass ich die ganze Zeit die Luft angehalten habe. Der Prinz stößt einen Fluch aus und setzt zum nächsten Schlag an.

Auch diesmal duckt Corbin sich zur Seite, doch seine verletzte Pfote trägt sein Gewicht nicht und knickt ein.

Er stürzt zu Boden, und noch ehe er sich vollständig aufrappeln kann, schlägt Fjodor zu. Das Schwert saust durch die Luft auf Corbins Schulter nieder und gräbt sich tief in sein Fleisch.

Aus all den Schreien, die die Menge um mich herum ausstößt, ist der meines Vaters am lautesten. Ich kann seinen Schmerz beinahe körperlich fühlen, während ich entsetzt beobachte, wie sich ein Schwall Blut aus der Wunde ergießt.

Corbin!, brülle ich und höre, wie auch meine Mutter seinen Namen brüllt.

In wenigen Sätzen ist sie bei ihm und wirft sich zwischen ihn und den Prinzen, der bereits das Schwert erhoben hat, um zum finalen Schlag auszuholen. Meine Mutter faucht ihn an, während sie verzweifelt versucht, meinen Vater gegen ihn abzuschirmen.

»Na gut!«, höre ich den Prinzen rufen. »Dann eben du zuerst.«

In seiner Stimme liegt keine Grausamkeit. Auch keine Freude. Er klingt eher resigniert.

Er hebt das Schwert, doch als er damit nach Aylela schlagen will, saust die Tatze meines Vaters hinter ihr hervor und reißt Fjodor die Beine weg. Er stürzt rücklings zu Boden und verliert dabei sein Schwert. Corbin versucht, sich hochzustemmen, sackt aber immer wieder ein. Selbst auf die Entfernung kann ich erkennen, dass der Boden um ihn herum bereits blutgetränkt ist.

Aylela bewegt sich nicht von der Stelle. Warum tut sie nichts? Der Prinz liegt am Boden! Sie könnte ihn mit einem einzigen Biss in seine Kehle erledigen!

Aber das wäre nicht Aylela. Aylela, die so viel Respekt vor dem Leben hat, dass sie sogar ihr eigenes opfern würde, um ein anderes zu verschonen.

Der Prinz macht sich ihr Zögern zunutze und springt wieder auf die Beine. Mit einem Hechtsprung erreicht er sein Schwert, macht ein paar schnelle Schritte auf die beiden Löwen zu und nimmt wieder eine Angriffsstellung ein.

»Na los, bringen wir es zu Ende«, sagt er, und die Menge bricht erneut in frenetischen Jubel aus.

Noch ehe ich weiß, was ich tue, bin ich bis zum äußersten Ast vorgeklettert. Von dort aus springe ich hinunter in die Arena. Ich lande nur knapp hinter dem Zaun. Eilig rappele ich mich auf und renne los.

Das Surren Hunderter Stimmen, die sich gegenseitig überlappen, dröhnt in meinem Kopf. Der Prinz ist so konzentriert auf die beiden am Boden kauernden Löwen, dass er mich erst bemerkt, als die Menge ihm warnend zuruft, er solle sich umdrehen.

Noch bevor er weiß, wie ihm geschieht, trifft meine Faust auf seinen Brustkorb. Er schnappt nach Luft und gerät ins Stolpern.

Ohne zu zögern, lasse ich einen Fußtritt folgen, der ihm die Beine wegzieht und ihn zu Boden stürzen lässt.

Hinter mir höre ich, wie das Gatter aufgerissen wird.

Genau wie ich es vermutet hatte. Die Wachen stürmen die Arena. Gut so.

Lauft weg!, brülle ich meinen Eltern zu. *Schnell!*

Sie rühren sich nicht vom Fleck. Ich habe nichts anderes erwartet.

Sie werden mir nichts tun! Sie denken, ich bin eine von ihnen. Ich hoffe, dass sie meine Lüge schlucken. *Lauft jetzt endlich!*

Corbin schafft es kaum, sich aufzurichten, und auch Aylela bewegt sich nicht. Sie starrt mich bloß entgeistert an. In diesem Moment nehme ich eine Bewegung aus dem Augenwinkel wahr. Ich war so konzentriert darauf, meine Eltern zur Flucht zu animieren, dass ich den Prinzen fast vergessen habe. Inzwischen hat er sich aufgerappelt und kommt mit erhobenem Schwert auf mich zu.

»Aus dem Weg«, zischt er.

»Niemals!«, erwidere ich und funkele ihn wütend an.

Seine Augen haben dieselbe Farbe wie der See im Wald, und für einen winzigen Moment bin ich irritiert davon.

Borka! Meine Mutter hinter mir brüllt meinen Namen, und als ich den Kopf zu ihr herumreiße, sehe ich, dass die Wachen sie fast erreicht haben.

Macht schon!, brülle ich. *Los!*

»Was tust du da?«, fragt der Prinz und schwingt sein Schwert.

Ich ducke mich darunter weg und muss aufpassen, nicht in eins der Löcher am Boden zu treten und das Gleichgewicht zu verlieren.

Die Wachen erreichen Aylela und Corbin. Dutzende Speere richten sich auf sie. Ritzen an ihrer Haut. Wenn meine Eltern nur die kleinste Bewegung machen, werden sie aufgeschlitzt.

Ich weiß, dass mir nur eine Chance bleibt. Weiß, dass so oder so jemand sterben wird. Und wenn ich nicht möchte, dass es meine Eltern sind, gibt es nur noch eine Möglichkeit. Eine Möglichkeit, deren Folgen mir klar sind.

Wenn ich das Leben von Corbin und Aylela retten will, wird es mein Blut sein, das heute vergossen wird.

7. Kapitel

Mit einem Schrei der Verzweiflung stürze ich mich auf den Prinzen. Ein gut platzierter Tritt trifft seinen Arm, und er lässt das Schwert fallen. Ob vor Schreck oder vor Schmerz, vermag ich nicht zu sagen. Hinter mir höre ich lautes Gebrüll. Meine Eltern, aber auch die Soldaten haben damit nicht gerechnet.

Ich stürze mich auf das am Boden liegende Schwert. Es ist noch schwerer, als ich vermutet habe, und ich muss all meine Kräfte mobilisieren, um es aufzuheben. Der Prinz ist direkt hinter mir. Er hat vergeblich versucht, das Schwert vor mir zu erreichen. Ich richte es genau auf seine Brust und treibe ihn vor mir her über die Wiese.

Aus dem Augenwinkel sehe ich ein Loch in der Erde. Direkt hinter ihm. Mit entschlossenem Blick treibe ich ihn darauf zu. Es kommt, wie ich gehofft habe: Der Prinz tritt in das Loch, stolpert und fällt rückwärts zu Boden.

Mit einem Sprung lande ich auf seinem Brustkorb, halte mit meinen Knien seine Arme am Boden, drücke das Schwert an seine Kehle und zähle die letzten Sekunden meines Lebens.

Ich habe mich nicht geirrt. Als ich mich umsehe, haben sich alle Speere, die zuvor noch meine Eltern bedroht haben, auf mich gerichtet. Ich werfe einen letzten Blick auf Corbin und Aylela und flehe sie stumm an, die Chance zu nutzen und endlich zu fliehen. Jetzt, da die Soldaten ihre Aufmerksamkeit auf mich richten, ist der Weg in die Freiheit geebnet.

Ich sehe, wie Aylela einen Schritt auf mich zumacht. Doch ich habe meine Entscheidung getroffen. Mein Blick sucht den des Königs, der von seinem Platz aufgesprungen ist. Ich sehe ihm direkt in die Augen, während ich verzweifelt versuche, Mut in meine Stimme zu pumpen. »Wenn Ihr die Löwen nicht gehen lasst, werde ich Euren Sohn töten!«

Stille.

Der König erwidert meinen Blick ungerührt, macht aber keine Anstalten, seine Männer zurückzurufen. Ich verleihe meinen Worten Nachdruck, indem ich die Klinge fester gegen Fjodors Hals drücke. Er stößt ein erschrockenes Keuchen aus.

»Ich glaube nicht, dass du das tun wirst, Mädchen«, sagt der König mit einer Gewissheit, die mir Angst einjagt.

Wieso ist er sich so sicher?

Eine Geste, mit der er neben sich deutet, liefert mir die Antwort. Direkt neben dem Podest steht ein Mann um die fünfzig mit langem schwarzem Haar. Ein Auge hat er zugekniffen, während das andere auf die in Schockstarre verharrende Aylela gerichtet ist. Sie hat offenbar bereits gesehen, was auch ich nun mit Entsetzen bemerke: den Bogen in der Hand des Mannes und den Pfeil, der mitten auf Aylelas Herz gerichtet ist.

Ich stoße einen Laut aus, der weder einem menschlichen noch einem tierischen gleichkommt. Es darf einfach nicht wahr sein! Ich war so nah dran. So nah!

»Wenn du meinem Sohn auch nur ein Haar krümmst, ist die Löwin auf der Stelle tot.« Der König spricht laut und kraftvoll, doch ich sehe, wie seine linke Hand hektisch zuckt. Ganz so selbstsicher, wie er tut, ist er nicht. Genauso wenig, wie ich es bin.

Es ist eine Pattsituation. Egal, wie ich es auch drehe und wende.

Ich war so auf die Speere und die Männer, die die Arena gestürmt haben, fixiert, dass ich den gefährlichsten Vorteil der Menschen glatt vergessen habe: Sie sind in der Lage, aus der Ferne zu töten.

Fjodor windet sich unter mir. Dabei schneidet die Klinge in seine Haut, und ein feines Blutrinnsal wandert an seinem Hals hinunter. Er funkelt mich zornig an. Ihm ist klar, dass jede ruckartige Bewegung seinen Tod bedeuten könnte.

»Ich kann meine Männer zurückrufen. Es wird einen fairen Kampf geben, mit nur einem Gewinner: Prinz Fjodor oder den Löwen. Oder wir beenden es jetzt auf der Stelle.« Die Hand des Königs zuckt erneut auffällig. Seine Stimme hingegen täuscht Gelassenheit vor.

Ich werfe einen Blick zu Aylela. Sie starrt noch immer mit weit aufgerissenen Augen auf den Schützen, der sie anvisiert.

Mir bleibt keine Wahl. Ich habe meine einzige Chance verspielt.

Das Schwert landet auf der Wiese neben dem Prinzen. Sofort bäumt er sich unter mir auf und schleudert mich von sich.

Kaum, dass ich auf dem Boden aufschlage, packen mich Dutzende Hände und zerren mich außer Reichweite des Prinzen. Ich strample nach Leibeskräften. Meine Füße treffen auf Körper. Schreie. Ich kann meinen rechten Arm befreien. Meine Faust landet in einem Gesicht. Ein Knacken. Blut spritzt mir entgegen. Jemand tritt mir gegen die Hüfte. Ich brülle auf. Sacke nach unten. Meine Wut drängt den Schmerz zurück. Ich rappele mich hoch, trete wieder wie wild um mich. Kann nicht sehen, welche Körperteile ich treffe. Mir ist klar, dass die Männer in der Überzahl sind, doch auf keinen Fall werde ich mich kampflos ergeben.

Mein rechter Arm wird wieder eingefangen. Ein heftiger Schmerz schießt mir in die Schulter. Ich drehe mich zwischen den Händen, die mich festhalten, hin und her wie ein Ast, mit dem man Honig aus einem Bienennest angelt. Mein Kopf knallt gegen einen Arm. Ich vergrabe meine Zähne darin. Ein Fluch. Ein Schlag in mein Gesicht. Sterne tanzen vor meinen Augen. Für einen kurzen Moment kann ich mich befreien. Renne. Werde eingefangen. Kratze, beiße.

Schließlich ein Klirren und Kälte. Eisenketten, die um mich gelegt werden, bis ich endgültig nicht mehr in der Lage bin, mich zu bewegen.

Aylelas Blick hat sich von dem Pfeil, der noch immer auf sie gerichtet ist, gelöst, und ich kann ihr ansehen, dass sie sich bereit macht, sich auf die Wachen zu stürzen, die mich zum Podest des Königs schleifen.

Bleib, wo du bist!, brülle ich meiner Mutter über die Schulter zu. *Kümmer dich um Corbin!*

Aylela zögert. Sie hebt langsam eine Pfote, und ich brülle umso lauter: *Nein, Aylela!*

Um mich herum haben sich die Schreie der Menge mittlerweile in leises Murmeln verwandelt. Immer wieder höre ich Sätze heraus wie:

»Sie spricht mit den Löwen.«

»Sie ist verflucht.«

»Sie muss brennen.«

»Schweigt!« Der König breitet seine Arme aus, und das Gemurmel ebbt augenblicklich ab.

»Was sollen wir mit dem Mädchen machen, Majestät? Sollen wir es hier an Ort und Stelle töten, oder wünscht Ihr eine offizielle Hinrichtung?«, fragt der Soldat, der mich mit eisernem Griff festhält.

»Tötet sie!«, ruft ein Mann hinter dem Zaun. »Sie ist eine Hexe!«

»Sie wollte unseren Prinzen umbringen«, werden andere Rufe laut.

»Schweigt endlich!« Der König lässt seinen strengen Blick über die aufgebrachte Menge wandern, und es wird totenstill auf der Wiese. Nur das Rasseln der Ketten, gegen die ich verbissen ankämpfe, ist zu hören.

»Wer bist du?«, fragt der König an mich gerichtet. In seiner Stimme liegt ehrliches Interesse. Er mustert mich aus seinen braunen Augen, die denen seines Sohnes in Form und Ausdruck genau gleichen.

»Mein Name ist …« Ich stocke. Mehr knurrend als sprechend, bringe ich die Silben heraus: »Bor-ka.« Mein Name klingt seltsam fremd in der Menschensprache. Ganz anders, als wenn meine Familie ihn brummt, brüllt oder faucht.

»Borka«, sage ich noch einmal und zwinge meine Stimme, die Angst nicht zu zeigen, die ihre Klauen in mich geschlagen hat.

»Und was tust du hier, Borka?«

»Ich wollte meine … die Löwen retten. Sie haben mich aufgezogen.«

»Dich aufgezogen?«

Ich nicke.

Die Menge raunt, doch der König bringt sie mit einem einzigen eindringlichen Blick zum Verstummen.

»Du behauptest also, nur hier zu sein, um diese Löwen zu schützen? Aber vielleicht ist es ja ganz anders. Vielleicht bist du eine Meuchelmörderin, die es auf den Prinzen abgesehen hat. Und nun suchst du verzweifelt nach Ausflüchten.«

»So ist es nicht«, verteidige ich mich. »Ich sah nur keinen anderen Weg. Die Löwen sind … meine Familie. Alles, was ich habe.«

»Eine höchst ungewöhnliche … *Familie*, wie du es nennst.«

»Majestät«, mischt der große, schlanke Mann, der von Anfang an neben dem König auf dem Podest gestanden hat, sich nun ein,

»glaubt ihr kein Wort. Sicher ist das nur ein Vorwand, und sie hatte es in Wahrheit von Anfang an darauf abgesehen, den Prinzen zu töten.« Er blickt mich abschätzig an. Im Gegensatz zu den Augen des Königs strahlen seine eine Kälte aus, die mich schaudern lässt. Der junge Mann neben ihm nickt eifrig. Nun, da ich direkt vor ihnen stehe, sehe ich, wie ähnlich die beiden einander sind. Beide sind hochgewachsen und breitschultrig, wobei der Ältere den Jüngeren um einen halben Kopf überragt. Beide tragen edle schwarze Gewänder und haben dasselbe strohblonde, zurückgekämmte Haar.

»Vielleicht hast du recht, Dewinus«, murmelt der König. »Doch für mich sah es so aus, als kommuniziere das Mädchen tatsächlich mit den Löwen. Auch wenn ich nur Fauchen und Knurren vernommen habe, wirkte es dennoch, als spräche es eine Art Sprache, die die Tiere verstehen.«

»Das ist unmöglich, Eure Majestät«, wirft Dewinus ein.

»Doch, genauso ist es!«, rufe ich. Als ob es irgendetwas ändern würde …

»Schweig, Mädchen!«, ermahnt mich Dewinus und blickt eisig auf mich hinunter. »Wage es nicht, ungefragt den König anzusprechen.«

Der König übergeht seinen Einwand: »Wir werden sie auf die Probe stellen. Wenn es stimmt, was das Mädchen sagt, und die Löwen wirklich seine … wie es sagt … Familie sind, soll es beweisen, dass es mit ihnen sprechen kann. Dann bin ich auch bereit zu glauben, dass dieses ganze Theater kein Attentat auf meinen Sohn war.«

Ich atme erleichtert auf. Nichts leichter als das. Obwohl … wie will der König das überprüfen? Er wird aus meinen Lauten doch so oder so nicht schlau.

»Was verlangt Ihr, Majestät?«, frage ich, ohne mich darum zu scheren, dass ich ihn schon wieder ungefragt angesprochen habe.

»Sag den Löwen, sie sollen vor mir niederknien.«

Ich schnappe nach Luft. Ist das sein Ernst? Corbin und Aylela sollen sich vor dem Mann verbeugen, der sie entführen und ihre Kinder töten ließ? Der für sie einen grausamen Tod vorgesehen hat, begafft von Hunderten Augenpaaren?

»Das werde ich auf keinen Fall von ihnen verlangen!«

»Seht Ihr? Es war alles eine Lüge!«, ruft Dewinus aufgebracht. Die jüngere Ausgabe von ihm, von der ich mittlerweile überzeugt bin, dass es sein Sohn ist, murmelt zustimmend.

»Gut, ganz wie du meinst«, sagt der König an mich gerichtet, »Wachen, tötet die Löwin!«

»Nein!« Ich versuche, mich loszureißen, als einige Soldaten mit gesenkten Speeren auf Aylela zumarschieren, die die Ohren anlegt und zurückweicht.

»Schon gut! Ich tue es!« Der König hebt die Hand, und sofort frieren seine Männer mitten in der Bewegung ein.

Eine weitere Handbewegung hat zur Folge, dass man mir die Ketten abnimmt und ich auf meine Eltern zugehen kann.

Aylela, knurre ich, *Corbin. Der König wird euch töten lassen, wenn ihr euch nicht vor ihm verneigt.*

»Was sagt sie da?«, ruft jemand hinter mir.

»Bestimmt stachelt sie die Löwen an, den Prinzen zu töten! Man sollte sie mit einem Speer durchbohren, bevor es zu spät ist.«

Corbin lässt sein Brüllen hören, und die Stimmen werden leiser, auch wenn niemand außer mir verstanden haben kann, was er gerufen hat: *Nur über meine Leiche!*

Wunderbar!, antworte ich zornig. *Genau das wirst du sein, wenn du nicht tust, was er verlangt.*

Dann sei es so! Er hat Finja und Timur töten lassen, ich würde eher sterben, als mich vor ihm zu verneigen!

Ich habe es bereits geahnt, seit der König seine Forderung ausgesprochen hat: Niemals wird mein Vater sich seinem Willen beugen. Und ich kann es ihm nicht einmal verdenken. Auch wenn sein Stolz mich gerade wahnsinnig macht.

Bitte, flehe ich ihn an, *vielleicht lässt er euch dann gehen!*

Oder er tötet uns alle drei. Wenn ich schon sterbe, dann nehme ich seinen Sohn mit.

Mit diesen Worten richtet er sich ächzend auf und macht ein paar unbeholfene Schritte in Richtung von Fjodor, der, seit ich ihn losgelassen habe, wie festgewachsen mitten auf der Wiese steht. Am schmerzverzerrten Gesicht meines Vaters erkenne ich, dass jeder Schritt ihm ungeheure Qualen bereitet. Doch er ist nicht bereit, aufzugeben.

»Vorsicht, Hoheit!«, ruft einer der Soldaten, der begriffen zu haben scheint, was Corbin vorhat, auch wenn er sich noch so langsam vorwärtsbewegt.

Ein Speer fliegt durch die Luft und landet nur eine Tatzenlänge von Corbin entfernt.

Corbin, bleib gefälligst stehen! In meine Verzweiflung hat sich Wut gemischt. Wieso ist er bloß so unglaublich stur?

Aylela, sag du ihm, dass er stehen bleiben soll!, brülle ich in der Hoffnung, dass ihr Einfluss auf ihn größer ist als meiner.

Doch meine Mutter ruft nicht nach ihm. Stattdessen tut sie etwas anderes. Sie blickt dem König direkt in die Augen. Dann senkt sie ihr riesiges weißes Haupt, knickt mit den Vorderbeinen ein und verneigt sich vor ihm.

Die Menge schreit nun wieder wild durcheinander. Einige vor Entsetzen, andere vor Begeisterung, und wieder andere, das höre ich ganz deutlich aus all dem Stimmengewirr heraus, aus purer Angst.

Corbin hat innegehalten und starrt wütend auf seine Partnerin, der er wohl nie wird verzeihen können, dass sie ihm auf diese Weise soeben das Leben gerettet hat.

»Glaubt Ihr mir jetzt?«, rufe ich dem König zu, doch an dem erstaunten Ausdruck in seinen Augen kann ich die Antwort bereits ablesen.

Aylela erhebt sich langsam, und der König setzt zu sprechen an: »Es ist also wahr, was du sagst, Borka, Löwenmädchen.«

»Majestät, das geht nicht mit rechten Dingen zu. Wir sollten das Mädchen verbrennen, bis nichts mehr von ihm übrig ist. Wer weiß, welche Hexereien es noch auf Lager hat.« Dewinus' Blick bohrt sich so tief in meinen, als wolle er mich damit in Asche verwandeln. »Außerdem vergesst nicht: Beinahe hätte das Mädchen Euren Sohn getötet.«

Der König runzelt die Stirn. Er scheint angestrengt nachzudenken. Sein Blick ruht lange auf mir. Nervös trete ich von einem Fuß auf den anderen. Am liebsten würde ich ein Loch graben und mich vor dem Urteil des Königs verstecken. Neben mir höre ich Aylelas leises Fauchen. Sie versteht die Worte, die gesprochen werden, nicht, doch allein meine Anspannung scheint ihr deutlich zu machen, dass hier gerade um nicht weniger als mein Leben verhandelt wird.

Langsam glätten sich die Denkfalten auf der Stirn des Königs. Sein Gesicht erhellt sich. »Du bist stark, Löwenmädchen. Sehr stark. Und sehr mutig. Nicht jeder Mann hätte sich einfach in die Arena gestürzt und gegen den Prinzen und eine Horde meiner besten Männer gekämpft, um die zu beschützen, die er liebt. Und erst recht nicht jede Frau. Ich will deinen Mut belohnen.«

Protestrufe hallen durch die Luft. Dewinus sieht aus, als sei ihm ein Stück Apfel im Hals stecken geblieben. Sein Gesicht läuft rot an.

»Ich schenke dir und deiner Familie das Leben«, fährt der König fort.

Ich kann nicht glauben, was er da sagt. Schnell übersetze ich es für meine Eltern, die ebenso überrascht sind wie ich.

»Doch zuvor möchte ich, dass du auch etwas für mich tust. Beim nächsten Vollmond tritt mein Sohn eine weite Reise ins Reich der sieben Türme an, um dort seine zukünftige Braut in Empfang zu nehmen.«

Ich habe keine Ahnung, warum er mir das erzählt. Ich möchte einfach nur meine Eltern mitnehmen und so schnell wie möglich von diesem grausamen Ort verschwinden.

»Für diese Reise braucht mein Sohn eine Leibgarde an seiner Seite, die bereit ist, ihn mit ihrem Leben zu beschützen«, sagt der König.

Ich verstehe immer noch nicht, was das mit mir zu tun hat.

»Du sollst Teil dieser Leibgarde sein, Borka, Löwenmädchen.«

»Was?« Die Frage verlässt gleichzeitig meinen und Fjodors Mund. Ich fahre zu ihm herum und sehe, wie er mich entsetzt anstarrt.

»Auf keinen Fall, Vater! Ich brauche kein Mädchen, das mich beschützt. Dafür haben wir mehr als genug fähige Männer!«

»Genau, Majestät«, mischt Dewinus sich ein, »die Rekruten trainieren seit Monaten für die große Reise. Sie machen täglich Fortschritte und sind, mit Verlaub, durchaus in der Lage, für die Sicherheit des Prinzen zu sorgen.«

»Das ist mir bewusst, mein lieber Dewinus«, antwortet der König unbekümmert, »doch vielen der Rekruten fehlt es an dem Löwenmut, den dieses Mädchen bewiesen hat.«

»Eure Majestät«, ich ringe nach den passenden Worten, will den König nicht vor den Kopf stoßen und meine Eltern damit erneut in Gefahr bringen, »ich danke Euch für Euren … Großmut, aber ich bin sicher, Euer Berater hat recht. Ich gehe wohl besser zurück in den Wald, wo ich herkomme.«

»Du hast mich nicht verstanden, Borka. Das war keine Bitte. Es war ein königlicher Befehl. Du wirst am Training der Rekruten teilnehmen. In vier Wochen findet der große Auswahlkampf statt. Wenn du mich dort genauso überzeugst wie heute, wirst du meinen Sohn bei seiner Reise begleiten. Bringst du ihn unbeschadet wieder nach Hause zurück, lasse ich die Löwen frei. Solange verbleiben sie im Kerker.«

»Das könnt Ihr nicht machen!«, protestiere ich lautstark.

»Du hast die Wahl. Entweder du beugst dich meinem Befehl, oder du besiegelst das Schicksal dieser Löwen.«

Ich schließe die Augen, und sofort strömen Bilder auf mich ein. Bilder meiner am Boden liegenden Geschwister. Finjas letzter Atemzug, mit dem sie meinen Namen haucht. Der Schmerzensschrei meines Vaters, bevor er zusammenbricht. Meine wunderschöne, stolze Mutter, die sich vor dem König, der unserer Familie all das angetan hat, verbeugt.

Bin ich wirklich bereit, ausgerechnet ihm zu dienen? Und seinem Sohn, der meine Eltern, ohne mit der Wimper zu zucken, niedergestreckt hätte?

Hilfe suchend schaue ich zu meiner Mutter hinüber. Sie hat kein Wort von dem verstanden, was wir gesprochen haben. Sie glaubt immer noch, der König würde uns alle drei gleich freilassen, wie ich ihr es gesagt habe. Kann ich sie wirklich zurück in dieses Drecksloch von einem Kerker schicken? Wie lange wird es dauern, bis dort auch Corbins starker Wille gebrochen wird? Bis auch er auf die Knie sinkt in der Hoffnung, dadurch eines Tages die Sonne wiederzusehen?

Doch welche Wahl bleibt mir schon? Wenn ich den Handel ablehne, besiegele ich damit unseren sicheren Tod.

»Ich tue es«, presse ich hervor.

»Vater, bitte, das ist nicht dein Ernst!«, ruft Fjodor.

»Es ist mein voller Ernst, Fjodor.«

»Aber wie sollte ein Mädchen mich denn vor Angreifern beschützen können? Indem es sie mit Butterblumen bewirft?«

»Immerhin war es ein Leichtes für mich, Euch umzuwerfen«, zische ich.

Er schnaubt verächtlich. »Kunststück, wenn man sich von hinten anschleicht.«

»Da hättet Ihr wohl aufmerksamer sein müssen«, sage ich, »immerhin tippen Euch potenzielle Angreifer auch nicht auf die Schulter, um nach Erlaubnis zu fragen, Euch niederstrecken zu dürfen.«

Ein Satz, den Timur mir immer wieder eingebläut hat.

»Wenn du kein Mädchen wärst, hätte ich dich auf der Stelle getötet«, sagt der Prinz kühl.

»Ach ja? Dazu hättet Ihr aber Euer Schwert gebraucht, und das habt Ihr ja ziemlich schnell verloren.«

Er funkelt mich wütend an. »Wag es nicht, so mit mir …«

»Genug jetzt!« Der König hat die Stimme erhoben, und Fjodor hält mitten im Satz inne. Er strafft die Schultern und reckt sein markantes Kinn in die Höhe. »Wie auch immer – ich wette ohnehin, dass sie die Endauswahl nicht übersteht. Vielmehr noch: Ich wette, dass sie sich beim Training keine drei Tage auf den Beinen halten kann.«

8. Kapitel

»Hier sind die Rekruten, die von weiter weg kommen und nicht in der Stadt leben, untergebracht«, sagt der Mann, der heute Vormittag noch mit dem Bogen auf Aylela gezielt hat, und deutet auf ein Lager von etwa drei Dutzend Betten. Sie sehen aus, als würden sie jeden Moment zusammenbrechen. Kaum vorstellbar, dass sie das Gewicht von bärengroßen, muskelbepackten Soldaten tragen.

»Das Training beginnt jeden Tag bei Sonnenaufgang. Sonntags nach dem Kirchgang. Ich erwarte Pünktlichkeit.«

Der Mann, der sich mir als Ling vorgestellt hat und der das Training leitet, sieht mich aus schmalen schwarzen Augen streng an, und ich fühle mich sofort ertappt, obwohl ich doch bisher gar nicht unpünktlich war. Ich nicke, um zu signalisieren, dass ich verstanden habe.

Er fährt sich über sein schwarzes Haar, das auf dem Haupt schon ziemlich licht ist, aber in einem langen Zopf mündet. So als seien alle Haare vom Kopf Richtung Schultern gewandert. Sein schwarzer Bart ist ebenso lang wie sein Haar. Bunte Holzperlen sind in die Spitzen eingeflochten. Ich wende meinen Blick von ihm ab, bevor er noch auf die Idee kommt, ich würde ihn anstarren. Ich will ihn nicht provozieren.

»Es wird sicher nicht leicht für dich werden«, sagt Ling. »Die anderen trainieren schon seit Wochen. Aber wenn du dir Mühe gibst und hart arbeitest, hast du eine reelle Chance, aufzuholen.«

Seine Freundlichkeit überrascht mich. Immerhin hätte er um ein Haar meine Mutter getötet.

Als hätte er meine Gedanken erraten, sagt er: »Ich bin übrigens sehr froh, dass ich den Pfeil nicht abschießen musste. Diese Tradition stinkt zum Himmel. Niemals entsteht etwas Gutes aus etwas Schlechtem. Auf dem Blut, das jeder neue König vergießen muss, bevor er den Thron besteigt, kann nichts Gutes gedeihen.«

»Wie meint Ihr das?«

»Keine der Herrschaften, die mit dieser Prüfung auf Leben und Tod begonnen hat, stand unter einem guten Stern. Die Könige erblindeten, verstarben ungewöhnlich jung, fielen Hungersnöten oder Intrigen zum Opfer. König Jerriks Frau, Königin Linde, verfiel dem Wahnsinn und starb, als Fjodor noch ein Junge war. Der Prinz sollte dir dankbar sein, weil du verhindert hast, dass er seine Herrschaft auf dem Blut Unschuldiger aufbaut.«

»Aber wenn er die Löwen nicht tötet, darf er dann überhaupt zum König gekrönt werden?«

»Schon. Allerdings wird das Volk seine Stärke und seinen Mut anzweifeln.«

»Also kann es sein, dass der König mich belogen hat? Dass er meine Familie gar nicht freilässt, wenn ich den Prinzen begleite?«

»Wenn der König sein Wort gibt, hält er es auch. Das war immer so und wird immer so sein. Allerdings ist zu erwarten, dass er andere Löwen gefangen nehmen wird, damit Fjodor sich beweisen kann.«

»Aber, das ist doch nicht …«

»… gerecht? Nein, das ist es nicht. Du kannst nicht alle retten, die es verdient haben. Aber wenn du mit jenen anfängst, die du liebst, bist du auf einem guten Weg.«

Ich seufze. Die Vorstellung, dass meine Eltern ihre Freiheit auf

Kosten anderer Löwen erlangen, gefällt mir ganz und gar nicht. Doch für den Moment kann ich nichts anderes tun, als einen Schritt nach dem anderen zu gehen. Und der nächste wird sein, das Kampftraining bis zur großen Auswahl zu überstehen.

»Komm mit.« Lings dunkle Stimme reißt mich aus meinen Gedanken. »Ich zeige dir noch den Rest des Geländes.«

Die Trainingswiese ist deutlich kleiner als die Arena. Sie liegt direkt zwischen den Stallungen und den Soldatenunterkünften und ist von einem niedrigen Holzzaun umringt. Auf der Wiese steht außerdem eine Holzbaracke, die als Waffenkammer dient – voll mit Schwertern, Speeren, Pfeilen und Bogen. Ich beäuge sie mit einigem Unbehagen. So langsam glaube ich, dass der Prinz seine Wette gewinnen könnte.

Es beginnt bereits zu dämmern, als Ling seine Führung beendet.

»Hast du noch irgendwelche Fragen?«

Ja, Tausende. Zum Beispiel, wie ich das hier überleben soll. »Nein«, murmele ich.

»Gut, dann lasse ich dich jetzt allein. Wir sehen uns morgen in aller Frühe.«

Ich sehe ihm nach, wie er mit geradem Rücken und festen Schritten den Hügel hinab Richtung Marktplatz läuft. Er hat mir erzählt, dass er außerhalb der Stadtmauer in einer Hütte am Waldrand lebt. Dort, in der Ruhe der Natur, lasse es sich besser aushalten als im hektischen Treiben der Stadt.

Wie gerne wäre auch ich am Waldrand untergebracht! Ich habe solche Sehnsucht nach Vogelstimmen und dem Duft der Bäume. Schon nach einem Tag. Aber ich werde wohl noch eine ganze Weile darauf verzichten müssen.

Ich bin so müde, dass ich mich am liebsten sofort ins Bett legen würde, doch die Aussicht, den winzigen Raum, in dem Bett an Bett grenzt, mit jeder Menge wildfremder Männer teilen zu müssen, erscheint mir wenig verlockend. Vielleicht finde ich hier irgendwo einen etwas privateren Schlafplatz.

Mein Blick fällt auf die Stallungen. Dort im Stroh, zwischen den warmen Körpern der Pferde, lässt es sich bestimmt besser schlafen als zwischen Schnarchen und Männerschweiß.

Ich lenke meine Schritte auf den Stall zu, als plötzlich ein Schrei ertönt. Der Schrei einer Frau. Sie klingt panisch.

Ich beginne zu rennen, und zwei Herzschläge später stoße ich das Tor zum Pferdestall auf. Doch außer den Pferden und Fohlen, die in ihren Boxen stehen und mir entgegenschnauben, sehe ich niemanden.

Erneut höre ich den Schrei der Frau. Gefolgt vom Zischen einer männlichen Stimme. »Zier dich nicht so.«

»Lass mich in Ruhe!«

Ich renne in die Richtung, aus der die Stimmen kommen. Als ich die hinterste Box erreiche, sehe ich, dass sie offen steht. Ein ungelenkes Fohlen kommt daraus hervorgetrottet und läuft mich fast über den Haufen. Eins seiner Hinterbeine schleift nach, und als ich genauer hinsehe, erkenne ich einen tiefen Riss knapp über dem Knie.

Ich spähe in die Box, aus der das verletzte Tier gekommen ist. In der Ecke stehen ein Mann und eine Frau. Seine Hände liegen an ihrer Hüfte, und er versucht, seinen Mund auf ihren zu pressen. Die Frau windet sich nach Leibeskräften, und endlich erkenne ich Lotti, die freundliche Küchenmagd, die mir das Nachtkraut empfohlen hat. Der Mann, den sie vergeblich abzuwehren versucht, ist mir ebenfalls bekannt. Es ist der Sohn des königlichen Beraters.

»Darius, lass mich los!«

»Stell dich nicht so an, ich will doch nur ein bisschen Spaß mit dir haben.«

Lottis Stimme klingt nicht im Entferntesten so, als hätte sie Spaß. »Bitte, hör auf damit!«

Darius packt ihre Arme und zieht sie grob an sich. Lotti schreit auf.

»Lass sie sofort los!« Mein lauter Ausruf lässt die beiden zusammenfahren.

Darius wirbelt herum und lässt Lotti dabei tatsächlich los. Sie duckt sich unter ihm weg und rennt aus der Box.

»Du!« Darius funkelt mich wütend an und mustert mich so angewidert, als sei ich ein Haufen Pferdeäpfel, in den er gerade getreten ist. »Hau ab, Löwenmädchen. Stör uns nicht beim Spielen.«

»Ich denke nicht, dass das ein Spiel ist«, sage ich mit fester Stimme. Darius kneift die Augen zusammen, und ich straffe die Schultern und recke das Kinn nach oben. Lotti drückt sich hinter mir an die Stallwand.

»Geh aus dem Weg«, sagt Darius kühl und macht einen schnellen Schritt auf mich zu.

»Nein.« Ich verpasse ihm einen Stoß, der ihn taumeln lässt.

Darius' Kiefer mahlen, und ich würde mich nicht wundern, wenn er gleich Pfeile aus seinen Augen abfeuern würde. Sind Menschen dazu in der Lage? Wohl kaum, schließlich müsste ich es dann auch können.

Schützend baue ich mich vor Lotti auf und tue wenigstens für sie so, als würde der fast anderthalb Köpfe größere Darius mir keine Angst einjagen.

»Verschwinde!«, stoße ich zwischen den Zähnen hervor. »Und lass in Zukunft die Finger von Lotti.«

»Genau!«, ruft Lotti hinter mir. Offenbar glaubt sie, dass ihr

Darius nun, da ich vor ihr stehe, nichts mehr anhaben kann – wenigstens eine, die das glaubt.

Darius' Gesichtsausdruck verwandelt sich von Wut in Unglauben und schließlich in Heiterkeit. Er lacht mich aus.

»Willst du mir etwa drohen?«, fragt er und grinst. »Dann bist du entweder sehr mutig oder sehr dumm.«

Ich fürchte, eher Letzteres. Verzweifelt blicke ich mich nach einer Waffe um. In der Nähe des Eingangs steht eine Mistgabel. Doch sie ist viel zu weit weg, um sie zu erreichen.

»Was denn?«, fragt Darius lauernd. »Gibst du schon auf? Du sagst ja gar nichts mehr. Hast den Mund wohl doch etwas zu voll genommen.«

Er kommt näher, und ich muss meine ganze Selbstbeherrschung aufbringen, um nicht zurückzuweichen. Lotti schreit erschrocken, als Darius' Hand vorschnellt und auf meine Wange klatscht. Fassungslos starre ich ihn an, spüre, wie der Schmerz in meinem Gesicht pulsiert.

Dann schlage ich zurück. Mit voller Wucht.

Damit hat er nicht gerechnet. Und ich auch nicht. Das war wirklich idiotisch. Wieso nur habe ich meine Impulse so wenig unter Kontrolle?

Darius holt erneut aus, und ich kann mich gerade noch wegducken, um dem Schlag zu entgehen. Doch Lotti, die direkt hinter mir steht, kann sich nicht rechtzeitig in Sicherheit bringen. Sie stößt einen spitzen Schrei aus, als Darius' Hand statt meiner Wange ihre Schulter trifft.

»Ich nehme euch auch beide«, sagt Darius und leckt sich über die Lippen. »Wer möchte zuerst?« Lotti schnappt hinter mir nach Luft. Ich strecke den Rücken durch, um größer zu wirken, so wie Timur es von klein auf getan hat. Nur dass er im Gegensatz zu mir immer bewaffnet war. Ich hingegen habe weder messerscharfe Zähne noch Krallen, bloß meine Fäuste. Darius packt mich bei den Schultern und schiebt mich zur Seite. Ich knalle zu Boden. Schon ist er wieder bei Lotti. Presst sie gegen die Wand. Nestelt an den Bändern ihrer Bluse herum. Ich rappele mich auf, will mich auf ihn stürzen.

»Was ist hier los?« Eine Stimme vom Eingang lässt uns alle drei zusammenfahren.

In der Tür stehen Darius' Vater Dewinus und Ling. Sie mustern uns argwöhnisch.

»Oh, hallo Vater? Was tust du denn hier?« Darius klingt nicht im Entferntesten überrascht.

»Ich habe mich hier mit Ling verabredet, das weißt du doch.«

»Ach ja«, sagt Darius gedehnt.

»Die Frage ist eher, was *Ihr* da tut, Sir Darenger?«, sagt Ling.

Darius lächelt. Es sieht in keinster Weise freundlich aus. Er wirft seinem Vater einen Blick zu, dessen Ausdruck so gar nicht zu der Situation passen will. Nicht ertappt oder verlegen. Nein, eher … stolz. Fast kommt es mir vor, als habe Darius es darauf angelegt, von seinem Vater erwischt zu werden. Aber warum?

»Das Küchenmädchen hier«, Darius deutet auf Lotti, die den Blick vor den Männern gesenkt hält, »hat ein krankes Fohlen versorgt, und ich habe ihm geholfen, das Tier festzuhalten.«

»Mir war so, als hätte ich Schreie gehört.« Ling zieht skeptisch eine Augenbraue hoch.

»Das war bloß das Fohlen.«

Ich starre Lotti entgeistert an. Wieso sagt sie das? Wieso erzählt sie nicht, was wirklich passiert ist? Ich öffne den Mund und will Einspruch erheben, doch Lotti wirft mir einen eindringlichen Blick zu, der mich zum Schweigen bringt.

»Gut, dann machen wir weiter«, sagt Ling an Dewinus gewandt, »wir haben noch eine Menge zu besprechen.«

Dewinus folgt Ling aus dem Stall, dreht sich dann aber noch einmal zu Darius um und sagt unterkühlt: »Sohn, vielleicht ist es besser, wenn du die Mädchen nun allein lässt und mir folgst.«

»Aber Vater …«

»Komm jetzt.« Er erhebt weder die Stimme, noch ist sein Ton besonders drohend. Dennoch liegt eine Eindringlichkeit in seinen Worten, die keinen Widerspruch zulässt.

»Das wird dir noch leidtun«, zischt Darius mir so leise zu, dass sein Vater ihn unmöglich hören kann. Dann schlurft er zu Dewinus, der kerzengerade in der Stalltür steht und einen Arm um seinen Sohn legt, sobald dieser ihn erreicht. Die Geste hat nichts Zärtliches an sich.

»Das war knapp«, flüstert Lotti.

»Wieso hast du nicht gesagt, was wirklich passiert ist?«

»Weil es stimmte. Ich habe ein krankes Fohlen versorgt.« Sie deutet zu einer Pferdebox links von uns, vor der das verletzte Tier, das mir eben entgegengelaufen ist, steht. Es kommt mir so vor, als wäre der Riss in seinem Bein schon deutlich kleiner geworden. Aber das ist unmöglich.

»Darius kam, um mir zu helfen«, fährt Lotti fort. »Manchmal brennt die Behandlung mit den Heilkräutern ein wenig auf der Haut. Danach wollte er, dass ich mich bei ihm *revanchiere*.«

»Er hat dich bedrängt!«

»Ja … Aber wem hätte der König wohl eher geglaubt: einem einfachen Küchenmädchen oder dem Sohn seines Beraters?«

»Ich hätte für dich aussagen können!«

»Oh ja, wenn das Mädchen, das beinahe den Prinzen getötet hätte, für mich aussagt, würde das bestimmt helfen …«

»Du kannst Darius doch nicht einfach so davonkommen lassen!«

»Verstehst du nicht, Borka? Die da oben kommen immer mit allem davon. Von Geburt an lernen sie, dass ihnen alles zusteht, was sie wollen. Und jetzt rate mal, was ich von Geburt an gelernt habe.«

Ich will einfach nicht glauben, dass sie Darius damit durchkommen lässt, doch es klingt so, als habe sie sich schon seit Langem damit abgefunden, dass es keinen Sinn macht, sich gegen Menschen aus höheren Ständen zu wehren.

»Danke übrigens«, sagt Lotti, und auf ihr rundliches Gesicht legt sich ein breites Grinsen, »danke, dass du diesem Bastard eine verpasst hast.«

Ich grinse zurück. »Gern geschehen.«

»Aber weißt du, was ich wirklich schade finde?« Lotti deutet auf die noch dampfenden Pferdeäpfel, die in der Box, in der sie das Fohlen versorgt hat, am Boden liegen, »dass er nicht dort mitten hineingefallen ist.«

9. Kapitel

Ein Sonnenstrahl, der durch das dreckverkrustete Stallfenster fällt, kitzelt meine Nase. Ich bin so müde, dass ich sicher noch tausend Jahre weiterschlafen könnte. Ich drehe mich um und kuschele mich an den warmen, weichen Körper neben mir. Es ist ungewöhnlich, dass Finja offenbar auch noch müde und nicht wie sonst bei Tagesanbruch längst auf den Beinen ist. Finja!

Mit einem Mal ist an Schlaf nicht mehr zu denken. Ich reiße die Augen auf und blicke auf das Fohlen, das friedlich dösend neben mir im Stroh liegt. Meine hektischen Bewegungen lassen es ein Auge halb öffnen, das ihm aber sofort wieder zufällt.

»Schlaf weiter, mein Kleiner«, flüstere ich und streichele ihm sanft über den braunen Kopf. Seine Nüstern blähen sich, und es schnaubt, was wie ein wohliges Seufzen klingt. Ich werfe einen Blick auf sein rechtes Hinterbein. Der Riss ist verschwunden.

Die Sonne taucht das Stroh, auf dem wir liegen, in warmes orangerotes Licht. Wie lange steht sie schon am Himmel? Ich muss an Lings eindringliche Ermahnung denken, pünktlich zum Training zu erscheinen.

Eilig springe ich auf und wasche mich notdürftig in der Pferdetränke. Dann kämme ich mir mit den Fingern durch mein widerspenstiges Haar und knote es auf dem Hinterkopf zusammen. Ein paar Strohhalme fixieren es mehr schlecht als recht. Vielleicht sollte ich in Erwägung ziehen, es abzuschneiden. Beim Kampf ist es sicher hinderlich, wenn einem die Haare bis zum Hintern reichen. Doch ich habe jetzt keine Zeit, mich näher damit zu befassen.

Es ist, wie ich befürchtet habe. Als ich die Trainingswiese erreiche, sind die anderen schon versammelt. In Reih und Glied haben sich etwa vierzig Männer aufgestellt. Mit gestrafften Schultern stehen sie da und haben ihre Blicke fest auf Ling gerichtet, der vor ihnen auf und ab schreitet. Jeder von ihnen hält einen Holzstab in den Händen, ungefähr so dick und so lang wie der Arm eines ausgewachsenen Mannes.

Als ich mich neben den äußersten Rekruten, einen mittelgroßen Mann mit brauner Haut und wachen Augen, einreihe, fliegen alle Köpfe zu mir herum.

»Dass sie sich tatsächlich traut, herzukommen«, höre ich jemanden flüstern. »Ich habe sieben Silberstücke darauf gesetzt, dass sie heute Nacht aus der Stadt türmt.«

Ich fixiere Ling und gebe mir Mühe, die Stimmen der Männer auszublenden. Ling begegnet meinem Blick für einen Wimpernschlag, seine Finger spielen mit einer Holzperle in seinem Bart. Ich rechne fest damit, dass er gleich zu einer Standpauke ansetzen wird. Doch stattdessen richtet er das Wort an uns alle und erklärt uns den Ablauf der nächsten vier Wochen bis zum Schaukampf.

»Ihr alle habt euch auf dem einen oder anderen Weg für die Auswahl zur königlichen Leibgarde qualifiziert. Doch dass ihr hier seid, heißt nicht, dass euch auch automatisch ein Platz in dieser zuteilwird. Der Prinz kann es sich nicht leisten, mit schlechten Reitern oder Schwertkämpfern unterwegs zu sein, die ihm mehr hinderlich als nützlich sind. Wir vertiefen in den nächsten Tagen den Nahkampf mit dem Schwert, die Kunst des Bogenschießens und das Reiten. Ich weiß, viele von euch sind bereits sehr gut ausgebildet worden, aber am Ende zählen neben Kraft und Ausdauer auch Mut und die Bereitschaft, sein Leben für den Prinzen zu geben, sollte es notwendig sein.«

Ein Raunen geht durch die Reihe. Wenn das zu den Voraussetzungen gehört, um in die Leibgarde aufgenommen zu werden, möchte ich meine Entscheidung auch noch einmal überdenken. Wobei »Entscheidung« in meinem Fall ohnehin das falsche Wort ist …

»Wir beginnen mit dem Schwertkampftraining«, fährt Ling fort.

»Wenn ich das gewusst hätte, hätte ich mein eigenes Schwert mitgebracht.«

Die Stimme kommt mir unangenehm bekannt vor. Ich blicke mich um und entdecke ungefähr in der Mitte der Reihe Darius, der genervt dreinblickt. Ich seufze. Der Tag fängt ja wirklich gut an.

»Ihr haltet eure Schwerter bereits in den Händen, Sir Darenger.« Ling deutet auf die Holzstäbe der Männer. »Es wäre grob fahrlässig von mir, euch sofort mit scharfen Waffen aufeinander loszulassen. Dann hätte Prinz Fjodor am Ende lauter einarmige Leibwächter.«

Ein paar Männer lachen, doch Darius sieht aus wie ein Kind, dem man seine liebste Süßspeise entwendet hat.

»Gut, fangen wir an.« Ling nimmt sich nun selbst einen Holzstab und positioniert sich so, dass wir alle ihn gut sehen können. »Eure Stäbe sind aus Walddunkelholz gefertigt, dem schwersten Holz, das ihr je finden werdet. Dennoch wiegen sie bloß halb so viel wie ein richtiges Schwert. Bedenkt also bei allem, was ihr nun lernt, dass ihr es später mit einer Waffe ausführen können müsst, die euch die doppelte Kraft abverlangt.«

Noch während er das sagt, hebt Ling seinen Stab über den Kopf, als sei dieser eine Feder. Er schlägt eine gerade Linie durch die Luft

Richtung Boden und sieht dabei so grazil aus, als würde er tanzen. Ein paar der Männer machen es ihm nach. Sie wirken dabei deutlich grobschlächtiger.

»Das ist doch albern«, mault Darius. »Ich kann ein Schwert führen, seit ich laufen kann.« Wie zum Beweis entwendet er seinem Nachbarn mit einem geschickten Hieb dessen Holzstab und fuchtelt nun mit zwei Stäben durch die Luft.

»Wo die Ausbildung aufhört, fängt die Einbildung an«, sagt Ling gelassen, »und Einbildung wird schnell zur Selbstüberschätzung – und die ist nie ein guter Ratgeber, Sir Darenger.«

Darius verdreht die Augen, doch Ling beachtet ihn nicht weiter. Stattdessen fordert er uns auf, uns einen Partner auszusuchen. Einer soll angreifen, der andere darf nichts weiter tun, als die Attacken abzublocken.

Ich blicke mich um, um mir einen Gegner zu suchen, doch alle weichen meinem Blick aus.

»Kalle!«, ruft Ling und winkt einen jungen, recht schmächtigen Mann um die zwanzig zu sich heran. »Du tust dich mit Borka zusammen.«

Kalle scheint nicht besonders glücklich darüber zu sein, auch wenn ich mich frage, ob es ihm lieber gewesen wäre, gegen einen der anderen zu kämpfen, von denen die meisten zweimal so breit sind wie er.

»Ich brauche noch einen Stab«, merke ich an.

»Wenn du beim nächsten Mal pünktlich bist, bekommst du auch einen Stab«, sagt Ling.

»Wie bitte?«

»Du hast mich schon verstanden.«

Das kann nicht Lings Ernst sein! Doch er macht Kalle ein eindeutiges Zeichen, und schon stürmt dieser mit erhobenem Arm auf mich zu. Gerade noch rechtzeitig ducke ich mich unter dem niedersausenden Holzstab weg.

Der nächste Schlag trifft meine Hüfte, und ich stöhne auf. Ein Glück, dass wir bloß mit Holzwaffen üben! Sonst wäre ich jetzt entzweigeteilt. Dennoch wird das hier einen saftigen Bluterguss nach sich ziehen.

»Tut mir leid«, murmelt Kalle und sieht mich entschuldigend an.

»Schon okay«, behaupte ich und gehe so tief in die Hocke, wie ich nur kann, während der Stock nur zwei Fingerbreit über meinem Kopf durch die Luft saust.

»Mit Ling ist nicht zu spaßen«, sagt Kalle und holt dabei immer wieder mit dem Stab aus. Ich weiche jedes Mal so schnell wie möglich aus. Doch so mancher Schlag trifft mich dennoch. Morgen wird mein gesamter Körper von blauen Flecken überzogen sein. »Er kommt von weit her aus dem Osten, und dort herrscht noch mehr Ordnung und Disziplin als hier.«

»Und was hat ihn hierherverschlagen?«

»Das weiß niemand. Er kam vor vielen, vielen Jahren, noch vor meiner Geburt, an den Königshof und schwor König Jerrik, ihm treu zu dienen. Erst war er als Palastwache tätig, später widmete er sich der Ausbildung der Soldaten. Er ist schon lange ein enger Vertrauter des Königs. Manche behaupten sogar: noch vertrauter als Dewinus Darenger.«

Kalles Redeschwall sorgt dafür, dass ich mir für die Dauer seines Monologs keine weiteren Prellungen, sondern lediglich ein paar Schrammen zuziehe, als ich mich unter seinen unpräzise platzierten Hieben übers Gras rolle.

»Genug jetzt!«, ertönt Lings Stimme. »Wir widmen uns nun der genauen Ausführung, dann gehen wir noch einen Schritt weiter.«

Erneut müssen wir uns in einer geraden Reihe aufstellen, und Ling zeigt uns, wie wir das »Schwert« am besten halten und wie wir unsere Beine bewegen sollen.

Während die anderen sich ruckartig und dennoch kontrolliert bewegen, tänzele ich unsicher herum. Ling kommt zu mir und schüttelt den Kopf. »Achte darauf, dass deine Füße den Boden möglichst nicht verlassen.«

»Aber wie soll ich mich denn dann bewegen?«

»Schweben.« Es klingt nicht nach einem Scherz.

»Schweben?«

»Gleite über den Boden, als würdest du schweben, hebe die Füße nicht mehr an als nötig. Je mehr deine Füße den Boden verlassen, desto weniger Halt hast du. Erde dich mit deinen Fußsohlen, aber bleibe trotzdem flexibel.«

Ich verstehe nur die Hälfte, und Ling macht mir vor, was er meint. Tatsächlich scheint es, als würden seine Fußsohlen über den Boden schweben.

Ich versuche es ihm gleichzutun, stolpere jedoch über meine eigenen Füße und lande der Länge nach am Boden.

»Sieh nicht nach unten, Borka. Wenn du nur auf deine Füße achtest, bist du eine leichte Zielscheibe für den Gegner.«

»Wie soll ich denn gleichzeitig auf meine Füße und nicht auf meine Füße achten?«

»Die wissen schon von selbst, was sie zu tun haben. Du musst ihnen vertrauen.« Ling nickt mir zu und widmet sich nun den Männern neben mir.

Ich versuche weiter zu schweben, ohne dabei nach unten zu sehen. Es gelingt mir nicht wirklich.

Nach einer Weile bittet Ling uns, uns erneut zu zweit zusammenzufinden. Er verteilt an jedes Paar ein weißes Tuch und sagt:

»Einer von euch verbindet sich damit die Augen, während der andere ihn angreift.«

»Wie bitte?« Ein breitschultriger Mann neben mir schaut abfällig auf das Stück Stoff in seiner Hand.

»Ich möchte, dass ihr alle eure Sinne schärft. Nicht bloß eure Augen. Auch wenn ihr euren Gegner nicht seht, könnt ihr ihm ausweichen.«

Mit diesen Worten verbindet Ling sich selbst die Augen und bittet einen Mann namens Georg, einen Hünen fast so hoch wie ein Baum mit zotteligem Bart, ihn mit dem Stab anzugreifen.

Georg stürzt sich auf unseren Ausbilder und holt zum Schlag aus. Ling, der ebenfalls einen Stab in den Händen hält, bleibt regungslos stehen. Alle um mich herum halten den Atem an. Georgs Stab saust durch die Luft genau auf Lings Hals zu. Erst im allerletzten Moment duckt Ling sich und pariert den Schlag zielsicher. Auch die nächsten Angriffe wehrt er mit Leichtigkeit ab. Fasziniert sehe ich ihm zu. Wie lange hat er dafür wohl trainiert? Das werde ich nie schaffen.

»So, nun seid ihr an der Reihe!«, ruft Ling und legt seine Augenbinde ab. »Los!«

»Du zuerst«, entscheidet Kalle, und da ich ohnehin keinen Stab habe, lege ich mir das Tuch über die Augen, bis die Welt um mich herum schwarz wird.

»Achtung, es geht los.« Dankbar für Kalles Vorwarnung nicke ich. Nun kann ich zumindest ungefähr zuordnen, von wo er angreifen wird. Ich schließe die Augen, da es hinter der Binde ohnehin keinen Unterschied macht, und versuche, mich nur auf meine Ohren zu fokussieren.

Irgendwo neben mir fühle ich einen Luftzug. Doch es dringen so viele Stimmen gleichzeitig an mein Ohr, dass ich unmöglich heraushören kann, ob da irgendwo links oder rechts von mir ein Stab ist, der auf mich niedersaust. Da erwischt mich ein harter Schlag am Bein. »Au!«

»Entschuldige.«

»Schon in Ordnung.« Ich reibe mir das schmerzende Knie. Wieder wird sich ein blauer Fleck in die lange Reihe meiner Verletzungen einreihen.

»Beim nächsten Mal hole ich nicht so weit aus«, sagt Kalle.

»Niemand wird geschont«, dringt eine Stimme an mein Ohr, die ich als Lings identifiziere.

Na wunderbar!

Ich sperre meine Ohren so weit auf wie nur möglich, kann aber nach wie vor nichts als Stimmengewirr, Schreie und dumpfe Schläge hören.

»Das hat doch keinen Sinn, Ling!«, ruft jemand. »Wir sind schon grün und blau.«

»Wenn euch jemand aus einem Hinterhalt heraus oder im Schutzmantel der Dunkelheit angreift, werdet ihr euch auch auf eure Ohren verlassen müssen«, antwortet Ling gelassen.

Ich versuche, meinen Atem zu beruhigen und all die Geräusche um mich herum auszublenden. Nur das wahrzunehmen, was direkt neben mir passiert.

Die Stimmen der anderen klingen nun gedämpft und scheinen aus weiter Ferne zu kommen. Aber da, nur eine Handbreit von mir entfernt, höre ich, wie jemand Luft holt. Kalle. Er bereitet sich auf seinen Schlag vor. Ich höre, wie der Stoff seines Hemds leise flattert, als sein Arm durch die Luft saust. Gleich wird der Stab auf meinen Körper prallen. Doch wo? Am Bein? Am Arm? Oder gar am Kopf?

Ein leichter Windhauch umweht mein rechtes Ohr. Ich mache einen Sprung nach links und fürchte schon, mitten hinein in die

Flugbahn des Stabs zu laufen, doch da ist nichts. Ich wanke noch einen Moment, dann fange ich mich und komme zum Stehen.

»Wie hast du das gemacht?«, fragt Kalle erstaunt.

Ich zucke bloß mit den Schultern, selbst überrascht von meinem Ausweichmanöver.

Wir üben noch eine Weile weiter, und es fällt mir immer leichter, alles um mich herum auszublenden und mich nur auf meine direkte Umgebung zu konzentrieren. Nach einiger Zeit kann ich das Geräusch der durch die Luft schlagenden Waffe relativ zuverlässig aus allen anderen Geräuschen herausfiltern.

»Das reicht für heute mit dem Schwertkampftraining«, sagt Ling, und erleichtert atme ich aus. Endlich kann ich mich ausruhen. Außerdem müssen meine Wunden und Prellungen dringend gekühlt werden, sonst wird es ewig dauern, bis sie verheilt sind. Es gibt hier keine Löwenmutterzunge, die Linderung von den Schmerzen bringt wie in den Jahren meiner Kindheit. Ich werde wohl Steine in eiskaltes Wasser und dann auf die geschwollenen Körperstellen legen müssen, wie ich es mir einst selbst beigebracht habe, nachdem ich einen kleinen Abhang hinuntergestürzt war und mein verdrehtes Knie nach Kälte geschrien hat, die in jenem heißen Sommer nur der Bach bieten konnte.

Ich löse meine Augenbinde und will schon zum weißen Weg laufen, um ein paar der Kieselsteine zu sammeln, als Ling fortfährt: »Widmen wir uns nun dem Bogenschießen.«

Eine Ewigkeit später, als die Nacht den Schlossgarten bereits in ihren dunklen Mantel gehüllt hat, stehe ich auf meinen geschundenen Beinen vor der Treppe zum Kerker und flehe die Wachen an, mich zu meinen Eltern zu lassen. »Bitte, lasst mich nur kurz nachsehen, ob es ihnen gut geht.«

»Das geht nicht.«

»Bitte. Ich habe den ganzen Tag trainiert, um die Bedingung des Königs zu erfüllen, wie kann ich sicher sein, dass er seinen Teil der Abmachung einhält, wenn ich nicht einmal weiß, ob die Löwen noch am Leben sind?«

Heldrion und der Bärenmann stecken die Köpfe zusammen und tuscheln. Dabei werfen sie mir immer wieder skeptische Blicke zu.

»Nun gut, du darfst einen Blick auf die Löwen werfen«, sagt Heldrion gedehnt, »aber nur kurz und nur in meiner Begleitung.«

Erleichtert folge ich ihm nach unten und muss mich schwer zusammenreißen, um ihn nicht zu überholen und zu meinen Eltern zu rennen.

Endlich erreichen wir die stinkende Zelle am Ende des Gangs. Aylela und Corbin liegen schlafend auf dem nackten, kalten Boden.

Mama, Papa, ich bin es, brumme ich leise. Heldrion sieht mich stirnrunzelnd an.

Corbin schlägt die Augen auf. *Borka! Geht es dir gut?*

Von seinem Grummeln erwacht nun auch Aylela. Heldrion, der auf sein Schwert gestützt neben mir steht, zuckt kaum merklich zusammen, als beide sich den Gitterstäben nähern.

Ich strecke meine Hand nach ihnen aus, doch Heldrion hält mich zurück. »Nicht anfassen.«

Wovor hat er Angst? Fürchtet er etwa, dass ich meine Eltern mit einer Berührung aus dem Verlies herauszaubern kann?

Ich trete so nah an das Gitter heran, wie Heldrion es zulässt, und betrachte die von Dreck überzogenen Körper meiner Eltern. Corbins Pfote und die Wunde, die Fjodor ihm zugefügt hat, sehen übel aus.

»Bitte, jemand muss seine Verletzungen versorgen!«, flehe ich Heldrion an.

»Das ist nicht mein Problem«, sagt er unbekümmert. Am liebsten würde ich ihm das Gesicht zerkratzen für diese Bemerkung, doch ich weiß, dass das wohl nicht der richtige Weg wäre, wenn ich meine Eltern in Zukunft noch öfter besuchen will.

Wie geht es dir, mein Kind? Meine Mutter legt den Kopf schief.

Gut, behaupte ich.

Sie durchschaut meine Lüge sofort. Ein Blick auf meine von blauen Flecken und Schrammen überzogenen Beine, die unter meinem inzwischen mehr braunen als weißen Tuch hervorlugen, genügt.

Wer hat dir das angetan? Aylela richtet sich zu ihrer vollen Größe auf. Heldrion umklammert sein Schwert fester.

Das kommt vom Training, erkläre ich. *Sieht schlimmer aus, als es ist. Wie geht es deiner Tatze, Papa?*

Sieht schlimmer aus, als es ist. Seine Augen funkeln, und jeder von uns weiß, dass wir soeben beide gelogen haben.

»Das genügt!« Heldrion packt meinen Arm und zieht mich von meinen Eltern weg.

Sofort stellt Aylela sich auf die Hinterbeine und wirft sich mit den vorderen Tatzen gegen die Gitterstäbe. *Borka!*

Schon gut, Mama, beruhige ich sie, *ich komme bald wieder, versprochen. Passt auf euch auf.*

Keine Sorge, knurrt mein Vater, *wir bewegen uns nicht von der Stelle.*

»Ich komme morgen Abend wieder«, sage ich zu den Wachen, als ich wieder frische Luft atme. Es ist keine Frage, sondern eine Feststellung.

Sie blicken mich mit undurchdringlichen Mienen an, und ich weiß nicht, ob das eine stumme Zustimmung ist oder nicht. So oder so werde ich mich auch morgen nicht abweisen lassen.

Im Mondlicht laufe ich durch den Schlossgarten zurück zu den Stallungen. Es ist eine sternenklare Sommernacht. Wunderschön. Und doch ist mein Herz wie versteinert. Seit zwei Tagen habe ich nicht mehr geweint. Habe die Trauer um meine Geschwister tief in mir vergraben, um zu funktionieren. Aber nun, da ich allein unter dem weiten Sternenhimmel stehe, brechen die Tränen wie ein Wasserfall aus mir hervor. Ich lasse mich ins Gras sinken und schluchze hemmungslos. Ich kann gar nicht mehr aufhören – die Traurigkeit umfasst mich so fest, dass ich nach Atem ringe. Ich verschlucke mich und muss husten. Meine Tränen tropfen von meinem Kinn auf mein Gewand. Ich versuche, die Flut mit den Händen zu stoppen, was jedoch wenig Sinn hat.

»Borka, was ist denn los?« Eine besorgte Stimme direkt hinter mir lässt mich zusammenfahren.

Wieder einmal habe ich zu spät bemerkt, dass sich jemand von hinten nähert. Glücklicherweise ist es bloß Lotti, die mit gerunzelter Stirn auf mich herabblickt. In der rechten Hand hält sie einen Weidekorb, aus dem Kräuter herauslugen.

»Ich … es …«

»Scht, ist schon gut.« Sie sinkt neben mich auf die Knie und legt einen Arm um mich. Obwohl ich sie kaum kenne, registriere ich, wie gut sich die Berührung anfühlt. Langsam lasse ich meinen Kopf gegen ihre Schulter sinken. Meine Tränen versiegen im weichen Stoff ihres blauen Kleides.

»Ich kann mir schon vorstellen, was los ist«, flüstert sie. »Du hast gestern in der Arena behauptet, dass diese Löwen deine Familie sind.«

»Das sind sie«, schluchze ich, »sie sind meine Eltern.«

»Deine Eltern? Aber das ist doch unmöglich.«

»Sagen wir mal, meine Zieheltern«, presse ich zwischen zwei Schluchzern hervor.

»Ach so, das ist natürlich etwas anderes. Unglaublich, dass sie dich nicht gefressen haben.«

Abrupt hebe ich den Kopf. »Sie würden niemals jemandem etwas tun. Sie sind gutmütig und friedlich.«

»Aber gestern …«

»Haben sie Angst um mich gehabt.«

»Verstehe.«

»Diese Menschen haben meine Geschwister vor ihren Augen getötet. Finja war fast noch ein Baby.«

»Redest du jetzt von menschlichen oder …«

»Ich meine meine Löwengeschwister. Sie haben sie einfach niedergemetzelt, bevor sie Corbin und Aylela entführt haben. Ich verstehe nicht, wie sie so herzlos sein konnten.«

»Na ja, die meisten Menschen denken in allererster Linie an sich selbst.« Lotti seufzt. »Gibt es irgendetwas, das ich für dich tun kann?«

»Kannst du hexen?«, frage ich sarkastisch. »Dann könntest du meine Geschwister wieder zum Leben erwecken.«

»Nein, das kann ich leider nicht«, sagt sie und ordnet gedankenverloren die Kräuter in ihrem Korb.

»Was machst du überhaupt hier mitten in der Nacht?«, frage ich.

»Ich habe Mondklee gepflückt. Er steckt nur bei zunehmendem Mond sein Köpfchen aus der Erde. Es ist die Lieblingsspeise unseres Königs. Mondkleesalat ist etwas ganz Besonderes.«

Sie nimmt ein Kleeblatt aus dem Korb und hält es mir unter die Nase. »Hier, ein Glücksbringer für dich.«

»Danke.« Ich stecke mir das Blatt ins Haar, das mir in wirren Strähnen ins Gesicht fällt. Dann kommt mir plötzlich ein Gedanke: »Sag mal, du hast doch erzählt, dass du dich gestern im Stall um das Fohlen gekümmert hast. Ich habe die ganze Nacht neben ihm geschlafen, habe aber heute Morgen nirgendwo mehr eine Verletzung gesehen.«

»Gut möglich«, sagt Lotti, und in ihrer Stimme schwingt Stolz mit. »Dann hat es wohl gewirkt. Das war eine Mixtur, die ich gemeinsam mit Großmutter angerührt habe. Sie ist nicht ganz einfach herzustellen, man braucht viel Geduld, aber das Fohlen tat mir so leid, dass ich ihm unbedingt seine Schmerzen nehmen wollte. Es ist an einem rostigen Nagel in der Stalltür hängen geblieben, und der Stallbursche hat es nicht für nötig befunden, die Wunde ordentlich zu versorgen.« Sie schüttelt sich.

»Würde diese Mixtur auch bei einem Löwen helfen?«, frage ich.

»Vermutlich ja.«

»Wäre es zu viel verlangt, wenn ich dich fragen würde, ob du …«

»Nein, wäre es nicht«, unterbricht sie mich. »Du hast mir gestern im Stall aus der Patsche geholfen, nun helfe ich dir.«

»Ich danke dir!« Spontan umarme ich sie. Als ich sie wieder loslasse, mustert sie mich mit einem Ausdruck irgendwo zwischen Entsetzen und Ekel.

»Was?«

»Nichts.«

»Nun sag schon, Lotti.«

»Äh … ich weiß nicht, wie ich es ausdrücken soll, ohne dir zu nahe zu treten, aber … du stinkst wie ein Ochse.«

Ich muss unwillkürlich lachen. Es ist ein kehliges Lachen, das irgendwo von weit her kommt. Es klingt, als müsse mein Mund sich erst wieder daran erinnern, wie Lachen funktioniert.

Lotti legt den Kopf schief und sieht dabei ein wenig wie Finja aus, wenn sie etwas ausgefressen hat. »Tut mir leid, es war nicht böse gemeint.«

»Schon gut. Ich trage dieses Tuch schon eine ganze Weile. Und das Kampftraining heute hat auch nicht wirklich dazu beigetragen, dass ich wie eine Blume dufte.«

»Borka, du bist so weit davon entfernt, wie eine Blume zu duften, wie ich davon, Königin zu werden. Aber keine Sorge, das kriegen wir schon hin. Los, komm mit! Der Salat muss warten.«

»Viel besser.« Lotti sieht mich begeistert an und reckt den Daumen in die Höhe.

Ich drehe mich vor ihren Augen in ihrer engen Kammer und gebe mir Mühe, die Wände dabei nicht zu berühren. Das grüne Leinenkleid schwingt um meinen Körper wie die Flügel eines Schmetterlings.

Lotti hat es mir geschenkt, da sie es ohnehin selten trägt. Ein Gürtel um meine Hüfte sorgt dafür, dass es gut sitzt. Das Kleid hat die Farbe des Waldes, und ich fühle mich sofort wohl darin, auch wenn ich es etwas gewöhnungsbedürftig finde, dass es mir bis zu den Knöcheln reicht und nicht wie mein Tuch bloß bis zu den Knien. Lotti legt mir einen schlammbraunen Umhang mit Kapuze um und betrachtet mich zufrieden.

Bevor sie mich neu eingekleidet hat, hat sie mich überredet, ein Bad im Brunnen zu nehmen. Während ich den Dreck von meinem Körper gewaschen habe, hat Lotti mein Haar mit einer Kräutertinktur eingerieben, und ich kann mich nicht erinnern, dass es je so gut geduftet hätte.

Lotti begutachtet mich von allen Seiten. Zupft hier und da am Stoff herum und nickt schließlich zufrieden. »Es ist nicht ganz deine Größe, aber die Farbe steht dir. Und der Mantel betont deine Augen.«

Ehrlich gesagt ist es mir vollkommen egal, ob meine Augen betont werden oder nicht, doch das sage ich ihr natürlich nicht, um sie nicht zu kränken.

»So, nun aber ab mit dir, du musst morgen früh munter sein!« Lotti scheucht mich aus ihrer Kammer.

Wenig später liege ich neben das Fohlen gekuschelt im Stroh und lausche seinem gleichmäßigen Atem. Jeder einzelne meiner Muskeln tut weh, und ich ahne, dass es morgen noch schlimmer sein wird. Aber meine Eltern sind am Leben. Das allein zählt. Und ich werde alles daransetzen, dass das auch so bleibt. Meine Erschöpfung reißt mich mit sich, und irgendwo zwischen Schmerz und Angst öffnet sich das Tor zu einem Schlaf voller Albträume.

10. Kapitel

Am nächsten Morgen bin ich pünktlich auf dem Trainingsgelände. Nachdem ich in der Nacht mehrmals aus grauenhaften Träumen, in denen Blut und Finjas Geschrei eine tragende Rolle gespielt haben, aufgeschreckt bin, war ich bereits vor dem ersten Morgengrauen wach.

Heute steht als Erstes Bogenschießen auf dem Plan. Ling verteilt überall auf der Wiese Baumstümpfe in unterschiedlichen Höhen und legt Obst und Gemüse darauf. Manches, was Ling anrichtet, als sei dies eine Küche und keine Trainingswiese, habe ich noch nie in meinem Leben gesehen, anderes kommt mir vage bekannt vor, und wieder anderes habe ich schon des Öfteren gegessen. Unsere Aufgabe besteht darin, die Lebensmittel mit unseren Pfeilen zu spalten, erklärt uns Ling.

Bei einem der Kürbisse, der sicher noch nicht genießbar ist, schaffe ich es auf Anhieb, aber um die winzigen Weintrauben zu treffen, verbrauche ich sämtliche meiner Pfeile und habe trotzdem keinen Erfolg.

Am Ende lässt Ling uns unsere Treffer zusammenzählen, wobei es für einen Kürbis nur einen, pro Weintraube hingegen zwanzig Punkte gibt. Ein junger Mann namens Ignazius gewinnt den Wettstreit und erhält als Lohn all das Obst und Gemüse, das nicht völlig von Pfeilen zerfetzt worden ist. Seinem Gesichtsausdruck nach zu urteilen, ist das nicht die Art von Preis, die er sich erhofft hat.

Danach entlässt Ling uns in die Mittagspause. Lotti und ein paar andere Küchenmägde bringen uns Tonschalen voller Getreidebrei. Schon gestern haben sie uns mit dieser Mahlzeit versorgt, und obwohl ich noch nie zuvor Getreidebrei gegessen hatte, schmeckte er vertraut. So als sei ganz tief in mir drin eine Erinnerung an seinen Geschmack vergraben. Vielleicht hat meine leibliche Mutter mich als Baby damit gefüttert.

Heute ist der Brei mit Karotten, Lauch und etwas, das Lotti Zwiebeln nennt, verfeinert worden. Karotten und Lauch kenne ich, da ich mir ab und zu welche von den Feldern der Bauern stibitzt habe, wenn ich mich heimlich nachts dorthin schlich. Zwiebeln hingegen habe ich – wie so vieles, was für die Menschen alltäglich ist – noch nie gekostet.

Lotti setzt meine Schale vor mir im Gras ab. Meine Nasenflügel weiten sich. Die intensive Schärfe der Zwiebeln kommt mir bekannt vor. Vielleicht habe ich ihren Geruch schon einmal unterbewusst wahrgenommen.

Auch als ich den ersten Löffel nehme, will das vertraute Gefühl sich nicht verflüchtigen. Die Zwiebeln schmecken nicht unbekannt und neu, sondern wie etwas, das ich bereits oft gegessen habe. Aber ich bin mir ganz sicher, im Wald nie davon gekostet zu haben. Und auch auf den Feldern habe ich nie Zwiebeln ausgegraben. Vielleicht hat meine Menschenmutter tatsächlich vor vielen Jahren die Zutaten klein gehackt und weich gekocht, sodass auch ein Baby sie zu sich nehmen konnte. Ja, so muss es gewesen sein.

»Wie war das Training?«, fragt Lotti und wirft einen flüchtigen Blick in Richtung Darius, der sie mit zusammengezogenen Brauen fixiert.

»Besser als gestern«, sage ich. »Aber mein ganzer Körper besteht aus Schmerz.«

Lotti nickt mitfühlend. »Komm heute Abend in meine Kammer, dann versorge ich deine Wunden.«

»Das ist sehr lieb von dir, danke.«

»Keine Ursache.« Sie wendet sich von mir ab und verteilt die restlichen Schalen. Als sie Darius seine überreicht, hält er ihre Hand einen Moment zu lange fest. Lotti versteift sich. Darius wendet den Kopf zu mir und grinst mich an, ehe er Lotti wieder loslässt.

Am liebsten würde ich aufspringen und ihm meinen Getreidebrei in sein arrogantes Gesicht schütten. Aber damit würde ich riskieren, dass Ling mich nicht weiter mittrainieren lässt, und dann brauche ich beim Schaukampf gar nicht erst anzutreten.

Nach dem Mittagessen führt Ling für jeden ein gesatteltes Pferd aus dem Stall neben der Trainingswiese. Beeindruckt beobachte ich, mit welcher Selbstverständlichkeit Darius und Georg sich in die Sättel ihrer weißen Hengste schwingen.

Die braune Stute, die Ling mir zugeteilt hat, ist gar nicht begeistert davon, dass sie mich tragen soll. Kaum, dass ich mich mithilfe des Steigbügels unbeholfen auf ihren Rücken manövriert habe, macht sie ein paar Bocksprünge, und im Handumdrehen liege ich auf dem Boden. Ein paar der Männer lachen hämisch.

Stöhnend stehe ich auf. Meine Schultern tun so weh, als seien sie mitten entzweigebrochen.

»Alles in Ordnung?« Ling blickt vom Rücken eines prächtigen nachtschwarzen Hengstes auf mich hinunter.

»Das Pferd wollte bloß sehen, ob ich fliegen kann«, sage ich und klopfe Dreck von meinem Kleid, das ich mit dem Gürtel so hochgebunden habe, dass meine Knie freiliegen.

»Grete ist leider sehr bockig. Sie war als Fohlen in einem brennenden Stall eingesperrt, an ihren Beinen siehst du noch immer die Narben von den Flammen. Ich fürchte, sie hat sich nie ganz von dem Schock erholt. Darius hat sie viele Jahre lang geritten. Mit harter Hand und Peitschenhieben ging es, aber inzwischen hat sein Vater ihm ein neues Pferd geschenkt.« Er deutet auf Darius, dessen Pferd entspannt über die Wiese trabt.

»Ich werde sie ganz bestimmt nicht schlagen!«, sage ich erzürnt. Sofort wird mir klar, dass ich mich im Ton vergriffen habe. Ich beiße mir auf die Zunge und sehe Ling schuldbewusst an. Sicher wird er meine Aufmüpfigkeit nicht dulden.

Doch er lächelt mich an und sagt: »Dann musst du einen anderen Weg finden. Grete ist das einzige Pferd, das ich dir zur Verfügung stellen kann.«

Grete sieht mich aus ihren riesigen dunklen Augen an und schnaubt, als ich mich ihr vorsichtig nähere. Ich strecke die Hand aus und will nach den Zügeln greifen, aber sie dreht entschieden den Kopf weg. Also versuche ich es wieder, doch nun wendet sie mir komplett den Rücken zu. Man muss keine Pferdesprache können, um zu erkennen, dass das ein eindeutiges »Nein« ist. Behutsam tätschele ich Gretes Rücken und gleite mit der Hand ihre Flanke entlang, während ich um sie herumlaufe. Sie wiehert schrill und bäumt sich auf. Erschrocken springe ich zurück und stoße dabei gegen Kalles Pferd, das direkt hinter mir vorbeigaloppiert. Von dem heftigen Aufprall nach vorne geworfen, stürze ich erneut zu Boden. Ich schlage mit dem Kinn auf der Wiese auf und beiße mir auf die Zunge. Ich schmecke Blut.

Der Tag läuft wirklich kein bisschen besser als der gestrige.

Grete nähert sich mir neugierig. Sie beugt den Kopf, schnuppert an meinen Haaren und zieht mit den Zähnen ein paar Strohhalme daraus hervor. Sofort fällt mein Zopf in sich zusammen. Grete wendet sich von mir ab und beginnt ganz in der Nähe meines Gesichts zu grasen.

Ich schiele von unten zu ihr hinauf und bemerke unter dem Sattelgurt eine tiefe Narbe. Sie sieht genauso aus wie die wulstigen, weißen Stellen, die ihre Beine übersäen. Vermutlich stammt auch sie von dem Feuer. Der Gurt sitzt viel zu eng. Er drückt auf das Narbengewebe, das an einer Stelle bereits aufgescheuert ist. Sicher nicht zum ersten Mal.

Grete grast noch immer arglos neben mir. Ich robbe über den Boden bis unter ihren Rumpf. Dann rolle ich mich ganz langsam auf den Rücken, sodass ich nun genau unter der Narbe liege. Aus den Augenwinkeln kann ich sehen, wie Gretes Ohren sich in meine Richtung drehen. Hektisch nestele ich am Sattelgurt herum. Grete bäumt sich auf. Ihre Vorderhufe verlassen den Boden. Mein Kopf liegt völlig ungeschützt da. Hart schlagen Gretes Hufe eine Handbreit daneben am Boden auf und schleudern kleine Steinchen in meine Richtung. Ich ignoriere es, atme tief durch und versuche weiter, den Gurt zu lösen.

Grete tritt nun nach hinten aus. Dennoch lasse ich nicht von ihr ab. Ich ziehe am Gurt, so fest ich kann, und kümmere mich nicht um die vier großen Hufe, die immer wieder gefährlich nah an meinem Körper aufstampfen. Endlich gelingt es mir, den Gurt zu öffnen. Mit einem Poltern fällt der Sattel zu Boden.

Verwirrt blickt Grete sich nach dem Ursprung des Geräuschs um. Eilig krieche ich unter ihrem Bauch hervor und rappele mich auf.

»Was soll das, warum wirfst du den Sattel ab?« Ling hat sein Pferd neben mich gelenkt und mustert mit strengem Blick erst mich, dann den im Gras liegenden Sattel.

»Er hat auf ihre Narbe gedrückt«, erkläre ich sachlich und nähere mich dann ohne ein weiteres Wort der braunen Stute, die verwirrt auf den Sattel starrt.

»Ganz ruhig, Grete«, flüstere ich. Ich lege meine Hand sanft auf ihren Hals und streichele sie.

Grete dreht ein Auge zu mir. In ihrem Blick liegt Angst. Es ist der Blick einer Kreatur, die schon zu viel Schmerzen für ein Leben erdulden musste. Immer wieder lasse ich meine Finger über ihr weiches Fell gleiten.

»Versuch es noch einmal«, sagt Ling neben mir. Seine Stimme klingt nun schon viel weniger streng.

Also greife ich nach Gretes Mähne und ziehe mich mangels Steigbügel daran empor. Das jahrelange Klettern auf jeden noch so hohen Baum macht sich nun bezahlt. Bereits beim zweiten Versuch gelingt es mir, mich auf Gretes Rücken zu ziehen. Ich raffe mein Kleid noch ein wenig höher, sodass ich wie ein Mann mit einem Bein links und einem rechts sitzen kann. Grete hat die Ohren angelegt.

Ling mustert uns gespannt. Als ich mich umsehe, bemerke ich, dass auch die anderen, die bisher teilnahmslos im Kreis geritten sind, ihre Pferde angehalten und ihre Blicke auf Grete und mich gerichtet haben.

Vorsichtig greife ich nach den Zügeln und tätschle Gretes Hals. »Braves Mädchen. Und nun geh vorwärts.« Wie automatisch verlagere ich mein Gewicht etwas nach vorne und drücke meine Oberschenkel ganz leicht gegen Gretes Bauch. Sie wirft den Kopf zu mir herum und wiehert mich an. Es klingt vorwurfsvoll.

»Der Gaul gehört geschlachtet!«, ruft Darius, »das sage ich schon seit Jahren.«

»Ich weiß, was du durchgemacht hast«, flüstere ich der Stute zu, auch wenn mir bewusst ist, dass sie mich nicht verstehen kann. Dennoch dreht sie ihre Ohren wieder nach vorne. Ihr Körper scheint sich allmählich zu entspannen.

»Sprich weiter«, ermuntert mich Ling. Sein Blick ruht auf mir und scheint mich regelrecht anzufeuern.

»Na los, mein Mädchen«, flüstere ich und drücke meine Nase dabei in Gretes Mähne, »lass uns ein Stück traben.«

Grete setzt sich in Bewegung, und für einen Moment befürchte ich, dass sie sich gleich wieder aufbäumt und mich abwirft. Doch stattdessen trottet sie am Zaun entlang und macht keinerlei Anstalten, die Reiterin auf ihrem Rücken loszuwerden.

»Das gibt es doch nicht!«, ruft Darius.

Ich werfe ihm einen triumphierenden Blick zu und drücke meine Schenkel noch einmal gegen Gretes Körper. Nur ganz leicht, doch sie scheint zu begreifen, was ich von ihr will. Artig setzt sie zum Traben an.

Noch nie zuvor habe ich auf einem Pferd gesessen, und ich habe einige Mühe, mich oben zu halten, während Grete immer schneller wird. Doch sie buckelt nicht mehr, und jedes Mal, wenn ich etwas zu weit zur Seite rutsche, wird sie langsamer, so als wolle sie verhindern, dass ich zu Boden stürze.

Mit sanftem Druck meiner Beine fordere ich Grete auf, noch schneller zu laufen, und sie gehorcht augenblicklich. Der Wind lässt meine Haare hinter mir herflattern, während Grete und ich im Kreis galoppieren. Mit einem Mal fühle ich mich so frei und leicht wie seit Tagen nicht mehr. Am liebsten würde ich Grete in den Wald lenken. Einfach mit ihr zwischen den Bäumen verschwinden. So schnell, wie sie ist, würde uns sicher niemand einholen. Doch niemals würde ich Corbin und Aylela zurücklassen. Nie würde ich ihre Freiheit der meinen opfern.

Irgendwann hat Grete keine Lust mehr, über die Wiese zu rennen, und hält schlagartig an. Gerade noch rechtzeitig umfasse ich ihren Hals, um nicht nach vorne über ihren Kopf hinweggeschleudert zu werden. Ich rutsche von ihrem Rücken, und Grete beginnt wieder zu grasen.

»Das war gut, Borka«, sagt Ling von seinem Pferd aus, »du hast es geschafft, die Bedürfnisse des Tieres wahrzunehmen, ohne deine eigenen darüberzustellen. Das hat dir Gretes Vertrauen eingebracht.«

Ich nicke ihm dankbar zu.

»Genug für heute!«, ruft Ling, nun an alle gewandt. »Sattelt ab und versorgt die Pferde. Wir sehen uns morgen wieder.«

»Au, das tut weh!«

»Tut mir leid.« Lotti sieht schuldbewusst drein, und sofort bereue ich meinen heftigen Ausruf. Schließlich will sie mir bloß helfen.

»Achtung, das könnte nun wieder ein wenig brennen«, warnt sie mich, tunkt den rauen Lappen in ihr Kräutergebräu und drückt ihn dann auf eine besonders tiefe Schramme an meinem Bein. Ich beiße die Zähne zusammen, um nicht aufzuschreien und das ganze Schloss aufzuwecken.

Lotti hat mich zum zweiten Mal mit in ihre winzige Kammer genommen, in der gerade so Platz für ein schmales Holzbett, einen Stuhl und einen Schrank ist und die sie sich mit einer Reihe von Spinnen und deren Beute teilt.

Ich sitze halb nackt auf dem kalten Boden. Lotti kniet neben mir und bearbeitet meinen Körper mit diversen Kräutermischungen, die sie gemeinsam mit ihrer Großmutter hergestellt hat. Zuvor hat sie mir mit kaltem Wasser getränkte Tücher um meine blauen, grünen und lila Flecken gebunden. Der Schmerz in meinem Bein klingt langsam ab, doch schon folgt ein neuer. Dass es mir bei der Behandlung noch schlechter gehen würde als zuvor, hätte ich mir nicht träumen lassen.

»So, das war die letzte Wunde«, sagt Lotti und klingt dabei genauso erleichtert, wie ich mich fühle.

»Übrigens habe ich mit meiner Großmutter gesprochen. Sie bereitet die Tinktur für deine Eltern zu. Sie hofft, spätestens morgen damit fertig zu sein, dann kannst du sie damit versorgen.«

»Danke, das ist unglaublich freundlich von euch.«

Bevor ich Lotti aufgesucht habe, habe ich Corbin und Aylela noch einen Besuch abgestattet. Ihr Zustand hat sich seit gestern verschlimmert. Corbin verliert immer mehr an Kraft, und Aylelas Augen sind von der Dunkelheit des Kerkers schon jetzt ganz stumpf geworden. Könnte ich doch bloß Sonnenlicht in ein Gefäß füllen und zu ihnen bringen! Wer weiß, wie lange sie die Sonne nicht mehr sehen werden. Und ob sie sie überhaupt je wieder zu Gesicht bekommen werden, wenn ich scheitere.

Ich stehe auf und ziehe mein Kleid über. Es ist vom heutigen Tag fast genauso schmutzig wie mein altes Tuch.

»Wenn du so weitermachst, müssen wir dich jeden Tag neu einkleiden«, seufzt Lotti.

»Solange ich kämpfe und nicht bei Hofe speise, ist das nicht nötig«, erwidere ich und ringe mir trotz der Schmerzen ein Lächeln ab.

»Wer weiß, vielleicht wirst du das eines Tages, wenn du den Prinzen unbeschadet zurückgebracht hast.«

»Ich wage zu bezweifeln, dass der Prinz zulassen würde, dass ich mit all den Adeligen an einer Tafel sitze«, sage ich.

»Da hast du wahrscheinlich recht.«

»Und selbst wenn, möchte ich keinen Moment länger in seiner Nähe sein als unbedingt notwendig.«

»Nun, ich kann mir durchaus schlechtere Gesellschaft vorstellen als die von Prinz Fjodor«, sagt Lotti, und ihre Wangen überzieht eine leichte Röte. »Ich kenne ein paar Hofdamen, die dafür morden würden, in seiner Nähe zu sein.«

»Das würde ich auch«, sage ich.

Lotti sieht mich überrascht an. »Ach ja?«

»Ja. Ihn.«

Sie lacht und schubst mich spielerisch in die Seite.

»So, ich mache mich dann mal besser auf«, sage ich und streiche mein Kleid glatt. »Morgen wird wieder ein anstrengender Tag.«

»Du schaffst das, Borka!«, sagt Lotti und hilft mir dabei, meinen Mantel umzulegen. »Aber gib auf dich acht, auf deinem Körper ist nicht mehr allzu viel Platz für neue blaue Flecken.«

Der nächste Tag ist brütend heiß. Dennoch treibt Ling uns zu Höchstleistungen an. Er lässt uns reiten, mit dem Bogen schießen und miteinander ringen. Am Nachmittag tut mir mal wieder jeder einzelne Muskel weh. Auch jene, von deren Existenz ich bisher nicht die leiseste Ahnung hatte. Meine Füße haben sich in Steine verwandelt, jeder Schritt gleicht einem Waten durch tiefen Morast.

Als die Sonne bereits tief am Himmel steht, dürfen wir zum ersten Mal richtige Schwerter benutzen. Auch wenn die Klingen stumpf sind, sind sie doch nicht stumpf genug, um sich nicht ernsthaft daran verletzen zu können.

Diesmal wird mir Georg als Partner zugeteilt. Er ist mindestens zwei Köpfe größer und doppelt so breit wie Kalle, und im Gegensatz zu ihm lässt er kein Mitleid walten.

Als Ling mir mein Schwert in die Hand drückt, sacke ich unter dem Gewicht beinahe zusammen. Mein Arm ist stark geschwächt von den beiden vorangegangenen Trainingstagen, doch ich beiße die Zähne zusammen und wuchte die Waffe nach oben, so gut ich kann. Georg schaut mich amüsiert an. Ich bin für ihn keine ernst zu nehmende Gegnerin, das ist ihm deutlich anzusehen.

Das wollen wir doch mal sehen! Angetrieben von seiner unverhohlenen Überheblichkeit, lasse ich mein Schwert auf ihn niedersausen. Er pariert meinen Schlag gekonnt, ehe er selbst zum Angriff übergeht. Seine Hiebe sind flink und unvorhersehbar, und ich habe so große Not, sie abzuwehren, dass nicht daran zu denken ist, selbst noch einmal anzugreifen.

»Wie läuft das Training, Ling?« Eine tiefe Stimme von der anderen Seite des Zauns lässt ein paar der kämpfenden Männer um mich herum innehalten. Auch Georg lässt sein Schwert sinken und deutet eine Verbeugung in Richtung der Stimme an.

Ich blicke mich um und entdecke Prinz Fjodor, der sich lässig über den Zaun geschwungen hat und nun auf Ling zuschreitet.

Er trägt ein dunkelblaues Hemd und eine dunkle Lederhose. Dazu hohe Stiefel, die bei der Hitze sicher unangenehm warm sind. Ich selbst habe mich gegen Lottis Überredungskünste gesperrt und dazu entschieden, barfuß zu bleiben. Ich brauche einfach die Verbindung zum Boden, um mich sicher bewegen zu können.

Der Prinz lässt seinen Blick über die Wiese schweifen. Nacheinander neigen die Männer ihre Köpfe. Fjodor nickt ihnen freundlich zu. Lediglich Darius begrüßt er mit einer vertrauten Berührung an der Schulter wie einen alten Freund. Der flüstert ihm etwas ins Ohr, und Fjodor lacht.

Schließlich ruht Fjodors Blick auf mir. Ich schaue ihm fest in die Augen, mache aber keine Anstalten, ihm Ehre zu zollen und mich zu verneigen. Fjodors Lider zucken, eine Strähne hat sich aus seinem zurückgebundenen Haar gelöst und ist ihm ins Gesicht gefallen, doch er blinzelt nicht. Wie zwei Raubtiere, die sich belauern, spielen wir das alte Spiel: Wer zuerst den Blick senkt, zeigt Schwäche, und hat damit verloren. Das weiß er. Das weiß ich. Sein Blick bohrt sich tief in meinen, und meine Knie drohen einzuknicken, auch wenn mein Wille sich weigert.

Ein Schlag gegen meinen Rücken lässt mich nach vorne taumeln. Unfreiwillig macht mein Körper eine missglückte Verbeugung. Wütend funkele ich Georg an, der mir den Schlag verpasst hat. Er grinst zufrieden. Als ich mich wieder Fjodor zuwende, hat er sich bereits von mir abgewandt. Er hat das Spiel gewonnen. Vorerst.

»Macht ruhig weiter, Männer«, sagt er und betont das Wort »Männer« etwas zu übertrieben, »ich möchte mir selbst ein Bild über euren Fortschritt machen.« Er geht zu Ling und unterhält sich leise mit ihm.

Alle nehmen ihre Trainingskämpfe wieder auf. Ich kämpfe verbissen gegen Georg, der noch immer eindeutig die Oberhand hat. Das Schwert in meiner Hand scheint mit jedem Moment, der verstreicht, schwerer zu werden. Und so kämpfe ich nicht bloß gegen Georg, sondern auch gegen den Schmerz und die Erschöpfung.

Ling und Fjodor kommen auf uns zu und begutachten uns genau.

»Wie läuft es mit dem Mädchen?«, fragt Fjodor an Ling gewandt, und gibt sich nicht einmal Mühe, leise zu sprechen. So als wäre ich gar nicht da.

»Borka schlägt sich wacker«, erwidert Ling, und ich werfe dem Prinzen einen triumphierenden Blick zu. Er sieht aus, als sei er mit dieser Antwort alles andere als zufrieden.

In diesem Moment jagt ein heftiger Schmerz durch meinen rechten Arm. Mein Schwert landet krachend am Boden.

»Was zum …« Als ich an mir hinuntersehe, erkenne ich, dass ein riesiger Riss im Ärmel meines Kleides klafft. Darunter hat sich die Haut gespalten, und Blut schießt aus der Wunde hervor. Die Schmerzen stellen alle, die ich die letzten Tage ertragen musste, in den Schatten.

»Georg!«, ruft Ling zornig. »Sie hatte dir den Rücken zugewandt. Wieso greifst du sie an, wenn sie nicht auf einen Schlag vorbereitet ist?«

Georg hebt abwehrend die Hände. »Du hast uns gelehrt, dass der Feind auch nicht wartet, bis wir bereit sind.«

»Das hier ist ein Trainingskampf«, sagt Ling. Mit wenigen Schritten ist er bei mir und begutachtet meinen Arm. »Das sieht nicht gut aus, das muss versorgt werden. Ruh dich bis morgen aus.«

»Nein«, presse ich zwischen den Zähnen hervor, »es geht schon.« Eine glatte Lüge. Doch der Blick des Prinzen ist fest auf mich gerichtet. Auf keinen Fall werde ich ihm den Triumph lassen, dass er mit seiner Wette recht behält.

»Borka, der Schnitt ist zu tief, um weiterzukämpfen«, sagt Ling, da habe ich bereits mein Schwert aufgehoben und mich zu Georg umgewandt.

Ich hebe den Arm. Sofort durchfährt der Schmerz meinen ganzen Körper. Ich mag mir gar nicht ausmalen, wie tief der Schnitt wäre, wenn die Klinge nicht stumpf gewesen wäre. Ich hole aus und schlage in Georgs Richtung. Als unsere Schwerter gegeneinanderprallen, jagt eine heiße Glut durch meinen verletzten Arm.

Noch einmal greife ich an. Ich bin so wütend, dass ich Georg gar nicht erst die Gelegenheit gebe, mir zuvorzukommen. Doch auch diesmal pariert er mit Leichtigkeit meinen Schlag und trifft dabei so heftig mit seiner Klinge auf meine, dass diese zu vibrieren beginnt. Es fühlt sich an, als würde mein Arm in tausend Stücke gerissen. Ich kann den Griff nicht mehr halten und lasse das Schwert kraftlos fallen.

»Nun, damit ist der Kampf dann wohl beendet«, sagt Fjodor kühl und wendet sich zum Gehen.

Ich blitze ihn wütend an. Mit einem Hechtsprung bin ich wieder bei meinem Schwert, doch sein Gewicht reißt mich zu Boden. Ich schaffe es nicht einmal mehr, mich wieder hochzurappeln.

Georgs Grinsen wird breiter. »Na, so wird das aber nichts mit der Leibgarde.«

Ich spüre, wie mir die Tränen in die Augen schießen. Tränen der Wut, des Schmerzes und der Verzweiflung. Nie hätte ich es für möglich gehalten, dass das Training so hart werden würde. Dass es mich bereits nach so kurzer Zeit in die Knie zwingt. Der Prinz hatte recht: Ich halte es nicht einmal drei Tage durch. Ich blicke zum Himmel. Die Sonne hat sich rot gefärbt. Die bleierne Hitze des Tages liegt noch immer in der Luft, doch der aufkeimende Abend hat etwas kühlen Wind mitgebracht.

Ich strecke die Hand nach dem neben mir am Boden liegenden Schwert aus. Georg macht eine schnelle Vorwärtsbewegung. Sein Fuß landet auf der Klinge und macht es mir unmöglich, das Schwert zu mir heranzuziehen.

»Gib auf!«, sagt er. »Sieh doch endlich ein, dass ein Mädchen hier nichts zu suchen hat. Du taugst lediglich zur Küchenmagd. Wenn du nicht so verroht und schmutzig wärst, wüsste ich noch mehr Dinge, die man mit dir anfangen könnte …«

Verzweifelt lasse ich den Kopf ins Gras sinken. Ein Käfer krabbelt über meinen linken Nasenflügel und kitzelt mich. Vertraute Düfte haften an ihm. Tannen, Erde, Wasser und von Menschen unberührte Luft. Er muss aus dem Wald gekommen sein. Meinem geliebten Wald.

Was wird geschehen, wenn der König mitbekommt, dass ich gescheitert bin? Werde ich den Wald dann jemals wiedersehen? Oder wird man mich zu meinen Eltern ins Verlies werfen? Zumindest wären wir dann wieder zusammen. Obwohl ich sicher bin, dass die Dunkelheit Aylela und Corbin schon in Kürze brechen wird. Dann wäre ich für alle Zeit mutterseelenallein der Kälte und der Finsternis der vermoderten Mauern ausgesetzt.

Das darf nicht sein!

Ich schlage die Augen auf und sehe in Georgs hämisch funkelnde Augen. Er hat sich zu mir hinuntergebeugt. Sein Gesicht ist eine einzige grinsende Fratze, sein Atem, der vom Biergenuss der letzten Nacht zeugt, raubt mir beinahe den Verstand. Er presst seine Hände auf meinen Rücken und hält mich am Boden fest.

»Gibst du auf? Ein Wort von dir, und ich lasse dich los.«

Ein anderes Bild schiebt sich über Georgs feixendes Gesicht. Das Bild meines Bruders, der seine Tatzen auf mich drückt und lachend verlangt, ich solle zugeben, dass er der beste, stärkste und schlauste Bruder der Welt sei. Ich habe ihm diesen Gefallen nie getan. Obwohl er genau das war. Der Bruder, der mich mit seinen Grimassen immer zum Lachen brachte, egal, wie schlecht es mir ging. Der Bruder, der sich schon als winzig kleiner Löwe einem ausgewachsenen Bären in den Weg stellte, um mich zu beschützen (auch wenn am Ende ich diejenige war, die *ihn* beschützt hat). Der Bruder, der mir stolz Corbins riesige Tatzenabdrücke im Uferschlamm zeigte und steif und fest behauptete, es seien seine. Vom Tag seiner Geburt an habe ich das in ihm gesehen: den besten, stärksten und schlausten Bruder der Welt.

Und nun wird er es nie erfahren.

In meinem Kopf legt sich ein Schalter um.

»Niemals!«, schreie ich, und auf halbem Weg nimmt meine Stimme Löwengestalt an. Sie verwandelt sich in ein kehliges Brüllen. Und mit diesem versenke ich meine linke Hand in Georgs Haar und reiße, so fest ich kann, daran. Er jault auf vor Schmerz und greift sich an den Kopf. Ich rolle zur Seite und ziehe das Schwert unter Georgs Fuß hervor. Es kostet mich all meine Anstrengung, und beinahe fürchte ich, ohnmächtig zu werden. Sterne tanzen vor meinen Augen, doch ich blinzele sie weg und packe das Schwert nun mit beiden Händen.

Der Prinz und Ling fahren zu uns herum. Ich werfe einen Blick zum Himmel, und ein Lächeln breitet sich auf meinem Gesicht aus. Ich hole tief Luft, spanne meine schmerzenden Muskeln noch ein letztes Mal an und recke mit beiden Händen das Schwert in die Höhe. Georg ist inzwischen auch wieder auf den Beinen und starrt mich fassungslos an, wie ich die Waffe hoch über mir in die Luft halte und dabei den Blick des Prinzen nicht loslasse.

»Seht Ihr«, sage ich, meine Arme zittern immer heftiger, »ich halte mich noch auf den Beinen.«

Der Prinz setzt an, etwas zu sagen, doch ich deute mit einer Kopfbewegung nach oben, und nun sieht auch er zum Himmel, der inzwischen die Farbe meiner Augen angenommen hat. Das Blau des Dazwischens.

»Der dritte Tag ist um«, sage ich. Dann geben meine Beine und Arme gleichzeitig nach. Mit einem Scheppern kracht das Schwert zu Boden. Und ich hinterher.

11. Kapitel

Vier Wochen später kann ich längst wieder stehen. Inzwischen treffe ich sogar Kirschen zielsicher mit dem Pfeil – und das auch noch von Gretes Rücken aus, die mittlerweile nur noch selten ihre bockigen Anfälle hat, in denen sie sich weigert, sich vorwärtszubewegen, und einfach mitten auf dem Trainingsgelände stehen bleibt. Meine Verletzungen sind dank Lottis Hilfe nahezu verschwunden, auch wenn immer wieder neue dazugekommen sind.

Mittlerweile schaffe ich es, ein Schwert zu halten und zu benutzen, ohne vor Anstrengung zusammenzubrechen, und selbst wenn ich meinen Gegner nicht sehe, gelingt es mir in der Regel, überraschende Schläge abzuwehren.

Alles in allem habe ich also eine ganze Menge gelernt in den letzten Wochen. Dennoch bezweifele ich, dass das ausreichen wird, um den König zu überzeugen.

Heute Nachmittag findet der Schaukampf in der Arena statt, bei dem König Jerrik zwölf Männer auswählen wird, die Fjodor neben Ling auf seiner Reise ins Reich der sieben Türme begleiten werden.

Bevor es losgeht, statte ich meinen Eltern noch einmal einen Besuch ab. Nachdem Ling bei den Wachen ein gutes Wort für mich eingelegt hat, habe ich sie in den letzten Wochen so oft es ging aufgesucht, und glücklicherweise ist es mir dank Lottis Kräutertinktur gelungen, Corbins Tatze und die Schwertverletzung in den Griff zu bekommen. Seine Schmerzen haben nachgelassen, und er humpelt nicht mehr, was ein gewaltiger Fortschritt ist, auch wenn er sich in der engen Zelle ohnehin nicht viel bewegen kann.

Aylela hingegen hat zwar keine körperlichen Schmerzen, außer der Steifheit ihrer Beine, doch der Lichtentzug macht ihr, wie ich es erwartet habe, extrem zu schaffen. Sie gibt sich alle Mühe, ihre Schwermut zu verbergen, aber ich durchschaue sie trotzdem. Es sind ihre Augen. Sie sind ganz stumpf geworden in den Wochen ohne frische Luft und Sonne.

Auch heute hat Heldrion mich wieder bis zur Zelle meiner Eltern begleitet und wartet nun ungeduldig hinter mir, während ich mit ihnen spreche.

Du wirst das schaffen, Borka!, schnurrt meine Mutter zärtlich. *Wir glauben fest an dich.*

Ihr habt die anderen nicht gesehen. Sie sind viel geschickter im Umgang mit dem Schwert als ich. Ich kann mir einfach nicht vorstellen, dass der König mich auswählt.

Er glaubt an dich, sonst hätte er dir erst gar nicht die Ausbildung zuteilwerden lassen, versucht mein Vater mich zu beruhigen.

Aber was, wenn ich scheitere?, platze ich heraus. Das ist es, was mir eine Heidenangst einjagt: dass ich es so weit geschafft habe, meinen Körper und meinen Willen jeden Tag stundenlang geschunden habe und meine allerletzten Kraftreserven verbraucht habe, nur um am Ende doch nicht gut genug zu sein.

Das wirst du nicht. Wie kann Corbin sich da so sicher sein?

Wir glauben an dich, wie wir seit dem ersten Tag an dich geglaubt haben. Aylela legt den Kopf schief, in ihren trüben Blick mischt sich Zärtlichkeit. *Seit wir dich aus den Flammen gezogen haben, haben wir nie einen Zweifel daran gehegt, dass du die Dinge, die du dir vornimmst, auch schaffst. Du warst schon als Baby in der Lage, dich selbst aus der ausweglosesten Situation zu befreien.*

Ich strecke meine Hand nach ihr aus. Wie gerne würde ich sie in die Arme nehmen und mein Gesicht in ihrem Fell vergraben, das inzwischen zwar verdreckt, aber sicher dennoch warm und weich ist. Unwillkürlich mache ich einen Schritt auf Aylela zu.

»Halt!« Heldrions Ausruf ist wie eine Ohrfeige. Ich zucke zurück.

Ich muss gehen, flüstere ich. *Der Schaukampf beginnt schon bald.*

Nur Mut, Borka. Mein Vater faucht, und Heldrion weicht zurück. *Du bist eine Löwin. Zeig es ihnen.*

»Wie fühlst du dich?« Lotti hat auf dem Zaun Platz genommen und sieht mir zu, wie ich ein paar Aufwärmhiebe mit einem Stock vollführe. Der Schaukampf wird nicht auf der Trainingswiese, sondern in der Arena unterhalb des Schlosses stattfinden. Bestimmt wird er sämtliche Stadtbewohner anlocken. Wie damals, als der Prinz gegen meine Eltern antrat, werden sie sich Kampfgeschrei und Blutvergießen sicher nicht entgehen lassen.

»Mir ist schlecht«, antworte ich wahrheitsgemäß.

»Und wie geht es deinen Eltern? Was macht Corbins Tatze?«

»Sie ist so gut wie verheilt. Meine Eltern hegen keinen Zweifel daran, dass ich heute Nachmittag ausgewählt werde. Aber das sagen sie bestimmt nur, um mir ein gutes Gefühl zu geben. Sie müssen auch wissen, wie aussichtslos es ist.«

»Unsinn! Du hast dich in den letzten Wochen so gesteigert. Der König *muss* dich einfach auswählen! Und Ling hat ja schließlich auch noch ein Wörtchen mitzureden.«

»Ling hat mich in den letzten Tagen gequält«, gestehe ich. »Er war nie zufrieden mit mir und hat mir immer wieder eine Extratrainingseinheit aufgebrummt, wenn alle schon nach Hause gehen durften.«

»Na, vielleicht hat sich das ja gelohnt«, überlegt Lotti. Dann springt sie vom Zaun hinunter auf die Trainingswiese. »Hier, ich hab dir was mitgebracht. Das gehört Kalle. Er hat etwa deine Statur, und ich habe ihn überredet, es dir zu überlassen.«

Sie zieht ein dunkelgrünes Leinenhemd und eine braune Hose aus ihrer Tasche hervor. Ich mustere erst die Sachen, dann Lotti irritiert. »Was hast du mit Kalle zu schaffen?«

»Wir kennen uns schon lange. Bevor er für die Leibgarde trainiert hat, hat er immer das Mehl aus der Mühle seines Vaters in die Schlossküche geliefert. Wir sind … befreundet.« Lotti läuft feuerrot an, und ich lache.

»So? Befreundet also …«

»Ja, genau. Deshalb konnte ich ihn auch dazu bewegen, dir seine Sachen zu schenken. Gut, was?«

Ich schlüpfe in Kalles Kleidung, dann lege ich meinen braunen Mantel und den Gürtel an. Tatsächlich passen mir die Sachen meines Kameraden wie angegossen und lassen mir auch viel mehr Bewegungsfreiheit als das Kleid, das ich zum Training zwar stets mithilfe des Gürtels hochgebunden hatte, das mich aber dennoch in meiner Beinarbeit eingeschränkt hat.

»Die Sachen stehen dir«, sagt Lotti und bindet mir die Haare zu einem langen Zopf nach hinten. »Außerdem kannst du ja nicht wochenlang in demselben Kleid herumlaufen.«

»Na, hör mal!«, protestiere ich. »In meinem Tuch bin ich herumgelaufen, seit ich denken kann. Und davor wurde ich vermutlich nackt von den Löwen herumgetragen. Ich glaube kaum, dass sie mir Babykleidung genäht haben.«

»Wieso Babykleidung?«

»Na ja, als sie mich als Säugling fanden, hatte ich nichts bei mir als die Kleider an meinem Leib, und aus denen bin ich sicherlich sehr schnell herausgewachsen.« Ich zucke mit den Schultern und stecke mein Schwert in die Scheide, die an meinem Gürtel angebracht ist. Ich spüre Lottis Blick im Nacken.

»Moment mal, willst du damit sagen, dass du schon mit den Löwen zusammenlebst, seit du ein Säugling warst?«

Ich nicke und schnalle mir den Köcher mit den zehn Pfeilen um. Mehr Versuche haben wir heute nicht, um auf das Obst und Gemüse zu schießen.

»Und du hast in der Zwischenzeit nie mit Menschen zusammengelebt?«

»Nein. Nie«, antworte ich beiläufig, während ich die Pfeile überprüfe. Keiner ist stumpf. Ihre Spitzen werden jede Frucht der Welt durchbohren. Vorausgesetzt, ich treffe sie.

Lotti sieht mich skeptisch an.

»Was ist? Stimmt etwas mit der Kleidung nicht?«

»Nein, nein. Ich habe mich bloß gerade gefragt, wie es sein kann, dass du ganz selbstverständlich die menschliche Sprache sprichst, wo du sie doch nie erlernt hast.«

Ich stutze. Sie hat recht! Die meisten Worte, die ich verwendet habe, seit ich in den Wassergraben gesprungen bin, waren einfach da. Irgendwo tief in mir. Als wären sie nur lange vergraben gewesen. Die Lücken, die ich hatte, haben andere für mich geschlossen. Kalle hat mir erklärt, dass der Behälter für die Pfeile Köcher heißt. Ein Wort, das mir nicht bekannt vorkam, auch wenn ich Pfeil und Bogen ohne Zweifel benennen konnte. Ling hat an einem Trainingstag, an dem die Sonne sich nicht ein einziges Mal zeigte, plötzlich in den Himmel gedeutet und gerufen, es sähe nach einem Wolkenbruch aus. Wolkenbruch. Ein Wort, das mich zunächst verwirrte, da ich glaubte, die Wolken würden jeden Moment auf uns niederstürzen. Erst als ich verstand, dass er damit das Gewitter meinte, das nur ein paar Herzschläge später über uns tobte, konnte ich das Wort meinem Schatz aus neuen Begriffen hinzufügen.

»Hast du je mit einem Menschen gesprochen, bevor du hier in die Stadt kamst?«

Ich schüttele den Kopf.

»Hast du je Menschen dabei belauscht, wie sie sich unterhalten?«

»Ja, schon. Hin und wieder. Manchmal habe ich die Töter von hoch oben in den Bäumen beobachtet und ein paar Wortfetzen aufgeschnappt. *Stellt Fallen auf! Wo sind sie hin?* So was in der Art.« Mit einem Mal wird mir klar, dass ich schon damals verstanden habe, wovon die Töter redeten, während meine Eltern und Geschwister nicht die leiseste Ahnung davon hatten.

»Sicher kannte ich die Worte von früher«, sage ich.

»Du meinst, von der Zeit, als du ein Baby warst?«

»Genau. Da muss ich wohl sprechen gelernt haben, und mit der Zeit wurden die Worte verschüttet.«

»Du vergisst dabei aber etwas ganz Entscheidendes, Borka.«

»Was?«

»Säuglinge sprechen nicht. Sie verstehen nicht einmal. Es ist nicht möglich, dass du als Baby einen derartigen Wortschatz angehäuft hast.« Lottis Wangen beginnen zu glühen, und sie packt mich am Arm. »Komm mit!«

»Aber ich muss zum Kampf.«

»Du hast noch Zeit bis zum Mittag. Los jetzt!«

Wenig später stehe ich wieder in Lottis Kammer und sehe ihr dabei zu, wie sie mit diversen Gegenständen vor meiner Nase herumfuchtelt.

»Was ist das?«

»Ein Buch.«

»Und das?«

»Das sind …« Mir fällt das Wort nicht ein, doch als ich die zwei hölzernen Steine mit den vielen schwarzen Punkten in die Hände nehme, scheinen meine Finger automatisch zu wissen, wozu sie benutzt werden. Ich schüttele sie in meiner hohlen Hand und lasse sie dann auf den Boden fallen.

»Das sind Wür… Wür… Würfel!«, stammele ich.

»Genau!« Lotti hüpft aufgeregt von einem Bein auf das andere. »Und das hier?«

»Das ist die Bürste, mit der du mir schon mindestens Tausende meiner Haare ausgerissen hast.«

»Habe ich dabei erwähnt, dass es eine Bürste ist?«

»Weiß ich nicht mehr. Und überhaupt: Was soll das alles, Lotti?«

»Was das soll? Borka, begreifst du es denn nicht: Du kannst sprechen wie ein Mensch. Du weißt nicht nur, was Würfel sind, sondern auch, wie man sie benutzt. Und woher? Wohl kaum aus dem Wald, oder?«

»Ich …« Mein Kopf fühlt sich an, als hätte Georg ihm einen besonders kräftigen Hieb mit dem Schwert verpasst.

»Wenn deine Eltern behaupten, sie hätten dich aufgelesen, als du noch ein Säugling warst, dann …«

»Dann haben sie gelogen«, vollende ich ihren Satz.

Aber wieso hätten meine Eltern mich all die Jahre belügen sollen? Das ergibt doch überhaupt keinen Sinn!

Andererseits, wo kommen all die Worte her, die wie automatisch meinen Mund verlassen, immer wenn ich Kontakt mit anderen Menschen habe? Woher weiß ich, dass hier im Raum ein Bett, ein Stuhl und ein Schrank stehen? Wieso sind das für mich nicht alles namenlose Gebilde aus Holz?

Und dann ist da noch die Sache mit meinen Erinnerungen. Bei der frühsten bin ich bereits so groß, dass ich Aylela bis zur Nase reiche. Meine Eltern und ich haben zu diesem Zeitpunkt für einige Tage ein Rudel anderer weißer Löwen besucht. Eine Familie mit zwei Löwenkindern. Zwillinge. Ich kann mich nicht an ihre Namen erinnern. Wohl aber daran, wie wir unsere Kräfte maßen. Jedes Mal zog ich den Kürzeren. Bis zu meinem sechsten Geburtstag. Die Zwillinge teilten an jenem Tag großzügig einen Hasen mit mir. Das erste Tier, das sie selbst erlegt hatten. Allerdings nur, weil ihm eine Pfote fehlte und er eher kroch als rannte. Danach schenkten sie mir zur Feier des Tages eine Trainingsstunde mit ihnen. Wir rollten über die Wiese, auf der wir unser Lager hatten, rannten, kniffen uns mit Zähnen, Krallen und Fingern. Am Abend verkündete ich meinen Eltern stolz, dass ich es geschafft hatte, beide zu besiegen. Ich war mir damals absolut sicher, dass schon bald meine Mähne anfangen würde zu sprießen. Ein ebenso großer Irrtum, wie zu glauben, die Löwenkinder hätten sich im Kampf wirklich angestrengt, und mich nicht etwa gewinnen lassen, weil es mein Geburtstag war.

Mein sechster Geburtstag. Der erste, an den ich mich erinnern kann.

»Ich verstehe das nicht«, stammle ich.

Lotti sieht mich mit einer Mischung aus Mitleid und Aufregung an. »Ich auch nicht. Ich bin immer davon ausgegangen, dass du schon älter warst, als du zu deinen Löweneltern gestoßen bist.«

Ich schüttele den Kopf, der pocht vor lauter Gedankenfetzen, die durcheinanderwirbeln und mir entgleiten, sobald ich danach greifen will.

»Aber woher hast du denn dann deinen Namen? Der ist doch ein Wort und kein Löwenlaut.« Lotti mustert mich neugierig, und ich lege den Kopf schief, wie Aylela es immer macht, wenn sie nachdenkt.

»Ich weiß nicht«, murmele ich. »Sie haben mich so genannt. Immer, wenn sie mit mir ... *geredet* haben ... klang ihr Knurren wie ›Borka‹. In meinem Kopf habe ich das Wort daraus geformt. Aber wirklich ausgesprochen habe ich es zum ersten Mal in der Arena.«

Ich erinnere mich, wie fremdartig mein eigener Name in den ersten Tagen in meinen Ohren klang, jedes Mal, wenn ein Mensch ihn aussprach. »Ich muss unbedingt mit Corbin und Aylela reden!«

»Später. Erst mal musst du in die Arena.«

»Du hast recht.« Ich werfe einen Blick aus dem Fenster auf den weißen Weg, auf dem bereits die ersten Schaulustigen den Hügel hinablaufen. »Aber nach dem Kampf werde ich sie zur Rede stellen. Irgendetwas ist faul an der ganzen Sache.«

Die Sonne hat ihren Zenit erreicht. Eine Menschentraube umringt die Arena. Menschentraube. Wieder so ein Wort, von dem ich nicht weiß, wer es in meinen Kopf gepflanzt hat. Jedenfalls nicht Corbin oder Aylela, so viel steht fest.

Wie an Fjodors Geburtstag hat König Jerrik auf seinem Thron auf dem Podest Platz genommen. Fjodor sitzt neben ihm. Er blickt ernst und konzentriert drein. Als unsere Blicke sich für einen Moment treffen, sieht er schnell weg. Eins zu eins.

Neben Fjodor steht Dewinus Darenger, wie immer ganz in Schwarz gekleidet und kerzengerade. Darius ist nicht an seiner Seite. Er wird heute beim Schaukampf antreten. Obwohl er der Sohn des königlichen Beraters und ein enger Freund der Königsfamilie ist, hat Ling sich geweigert, für ihn eine Ausnahme zu machen und ihn ohne Prüfung in die Leibgarde aufzunehmen.

Die anderen Rekruten und ich haben uns um Ling versammelt, der uns letzte Anweisungen gibt. Ich muss mich auf die Zehenspitzen stellen, um Ling über die Köpfe meiner Kameraden hinweg sehen zu können.

»Wir starten mit Bogenschießen. Danach folgt Speerwurf zu Pferd und zu guter Letzt Schwertkampf Mann gegen Mann.« Ling wirft einen flüchtigen Blick in meine Richtung. »Nun ja, in den meisten Fällen jedenfalls. Das Los wird entscheiden, wer euer Gegner für den Schaukampf sein wird. Und nun macht euch bereit. Die ersten zehn Bogenschützen treten in Kürze an.«

Ich bin der zweiten Gruppe zugeteilt worden und warte mit den anderen in dem großen Zelt, das auf der Wiese aufgebaut wurde, bis ich an der Reihe bin. Von draußen höre ich die Jubel- und Buhrufe der Zuschauer.

Meine Gedanken schweifen zu Corbin und Aylela. Irgendetwas an der Geschichte, die sie mir all die Jahre aufgetischt haben, ist faul, da bin ich sicher. Warum nur haben sie mich belogen? Und wenn ich wirklich, wie Lotti vermutet, erst in späteren Jahren zu meinen Löweneltern gekommen bin, wo war ich dann vorher? Und vor allem: bei wem?

»Gruppe zwei kann sich bereit machen«, sagt Kalle, der schweißgebadet ins Zelt kommt. Die Sehne seines Bogens ist gerissen. Hoffentlich erst beim letzten Pfeil.

»Wie ist es gelaufen?«, frage ich, während eine Reihe von Männern ihre Köcher schnappen und nach draußen gehen.

»Nicht sehr erfolgreich.« Kalles sonst kalkweiße Wangen glühen rot. »Ich habe nur fünf von zehn Obstsorten getroffen. Darius hat alle zehn Treffer versenkt.«

»Noch ist nichts verloren«, versuche ich ihn aufzumuntern, »im Reiten bist du doch hervorragend.«

Kalle ringt sich ein Lächeln ab und klopft mir auf die Schulter. »Viel Glück, Borka.«

Wenig später stehe ich neben neun meiner Kameraden auf der Wiese und starre auf die Früchte, die auf Baumstümpfen aufgereiht und so weit entfernt sind, dass ich sie mit bloßem Auge kaum noch erkennen kann. Zehn von jeder Sorte. Von der Weintraube bis zum Kürbis. Alle unterschiedlich wertvoll.

Die Blicke der Zuschauer bohren sich in meinen Nacken und treiben mir den Schweiß auf die Stirn.

Ling steht uns gegenüber und richtet ein paar aufmunternde Worte an uns. »Konzentriert euch. Ihr habt pro Frucht nur einen Schuss. Ihr wisst, wie viele Punkte es für jede gibt. Ihr habt das so oft geübt. Ihr könnt es. Vertraut auf das Gedächtnis eurer Arme und Augen. Sie werden euch leiten.«

Er tritt zur Seite und macht den Weg frei für die Pfeile, die gleich darauf durch die Luft surren.

Mit zusammengekniffenen Augen fixiere ich einen der zehn Kürbisse. Ich spanne meinen Bogen und atme gleichmäßig ein und aus, bis meine Hand so ruhig ist wie unter diesen Umständen möglich. Dann lasse ich los. Mein Pfeil saust durch die Luft. Genau auf den Kürbis zu.

Ein Grinsen legt sich über mein Gesicht. Diesen Punkt habe ich sicher. Doch schon einen Herzschlag später trifft ein anderer Pfeil auf mein Zielobjekt und lässt es in tausend Stücke zerbersten. Verdammt! Jemand hat denselben Kürbis anvisiert wie ich.

Enttäuscht blicke ich mich um. Einige meiner Kameraden feuern ihre Pfeile im Akkord ab, während andere besonnener vorgehen und sich die Zeit nehmen, genau zu zielen. Von dem aufgereihten Obst und Gemüse ist nun nur noch ein Bruchteil übrig.

Ich ziele auf einen Apfel, der immerhin fünf Punkte einbringt, und blicke mich diesmal vorher um, ob nicht einer der anderen genau dieselbe Idee hat. Diesmal trifft mein Pfeil sein Ziel. Die nächsten zwei Pfeile zerschmettern eine Kartoffel und einen Salatkopf, der leider nur einen Punkt wert ist. Drei weitere Versuche schlagen fehl, dann gelingt es mir, eine kleine Tomate zu durchbohren, was mir sieben Punkte einbringt.

Noch zwei Pfeile stecken in meinem Köcher. Eine Birne, auf die ich ziele, wird kurz zuvor von einem meiner Mitstreiter erwischt. Noch ein Pfeil.

Die Weintraube, zwanzig Punkte wert, habe ich mir bis zum Schluss aufgehoben. Die anderen haben ihre Weintrauben bereits durchbohrt – oder verfehlt –, und so habe ich freie Bahn.

Ich hole tief Luft und senke meinen Bogen ein wenig, um den Pfeil in die richtige Flugbahn zu lenken. In meinem Kopf rauscht es. Mein ganzer Körper ist angespannt. Wenn ich die Traube treffe, habe ich insgesamt achtunddreißig Punkte, überschlage ich im Kopf. Ob das reicht, um in die nächste Runde zu kommen?

Sicher bin ich mir nicht, doch was ich sicher weiß, ist, dass die achtzehn Punkte, die ich bisher erschossen habe, ganz sicher zu wenig sind. Alle, die eine Weintraube getroffen haben, haben mich allein damit schon überholt.

Mein Herz schlägt schmerzhaft in meiner Brust. Ich spanne die Sehne meines Bogens. Ich darf nicht scheitern. Es steht zu viel auf dem Spiel. *Wir glauben an dich*, klingt die Stimme meiner Mutter in meinem Kopf. Doch kann ich ihr trauen, wo sie mich höchstwahrscheinlich jahrelang belogen hat?

Aus dem Augenwinkel nehme ich Fjodor wahr, der sich von seinem Platz erhoben hat. Ich blicke zu ihm hin und sehe sein angespanntes Gesicht und seine zu Fäusten geballten Hände. Er sieht mich direkt an. Wahrscheinlich ist er genauso nervös wie ich, ob ich diesen Treffer versenke. Wenn auch aus gegenteiligen Gründen.

»Nein, du wirst mich nicht scheitern sehen, Prinz Fjodor«, flüstere ich in seine Richtung, obwohl er mich natürlich nicht hören kann. Dann wende ich mich wieder meinem Ziel zu, sauge die warme Sommerluft durch die Zähne ein, richte meinen Pfeil auf die Traube und lasse die Sehne los.

Ich halte den Atem an. Die Zeit scheint sich auszudehnen. Zeit, in der ich nichts weiter wahrnehme als den Pfeil, der auf den Baumstumpf am anderen Ende der Wiese zurast.

»Hurra!«, ruft jemand, und ich fahre zu den Zuschauern herum, die ich die ganze Zeit über ausgeblendet hatte. Zwischen ein paar Männern, die sich dicht an den Zaun gedrängt haben, springt Lotti auf und ab. Sie strahlt mich an und reckt beide Daumen in die Höhe.

Ich wende mich wieder dem Baumstamm zu und sehe meinen Pfeil, der sich in die Oberfläche gebohrt hat. Eilig renne ich darauf zu und ducke mich unter vorbeifliegenden Pfeilen weg. Ich habe nur den Baumstumpf im Blick. *Hoffentlich habe ich die Traube erwischt,* ist alles, was ich denken kann. *Hoffentlich habe ich nicht danebengezielt.*

Endlich erreiche ich den Stumpf. Mein Herz macht einen Hüpfer. Die Spitze meines Pfeils hat sich durch die Traube hindurch tief ins Holz gegraben. Erleichterung durchströmt mich. Achtunddreißig Punkte! Ein Anfang.

Nachdem alle ihre Pfeile verschossen haben, heißt es warten, bis Gruppe drei und vier an der Reihe waren. Dann verkündet Ling, welche zwanzig Rekruten die meisten Punkte erzielt haben und eine Runde weiterkommen. Ich beiße mir die Lippen blutig, so sehr hoffe ich darauf, endlich meinen Namen zu hören.

»Die letzte Person, die in die nächste Runde kommt, hat vierzig Punkte erzielt. Herzlichen Glückwunsch, Georg.«

Das darf nicht wahr sein! Ich habe es nicht geschafft. So kurz vor dem Ziel bin ich gescheitert.

Der Prinz auf seinem Podest klatscht anerkennend. Dann wirft er mir einen Blick zu, in dem so viel Genugtuung liegt, dass ich ihm am liebsten auf der Stelle an die Gurgel springen möchte. Ich habe nun ohnehin nichts mehr zu verlieren. Meine Eltern werden in diesem Kerker verrotten. Oder sie werden abgeschlachtet. Ganz wie es diesem selbstgefälligen Prinzen beliebt.

»Kommen wir nun zu den Männern, die mich in den letzten Wochen durch ihre Leistung im Training derart überzeugt haben, dass sie auf jeden Fall in die engere Auswahl kommen«, sagt Ling.

Wie bitte? Ich dachte, allein der heutige Tag sei entscheidend. Auch wenn das natürlich nicht gerecht ist, denn immerhin haben meine Kameraden und ich uns wochenlang abgerackert und alles gegeben, und dieser Schaukampf ist lediglich eine Momentaufnahme.

»Kalle«, ruft Ling, und Kalle, der neben mir steht, reißt verblüfft die Augen auf.

Ich hingegen bin wenig überrascht über Lings Wahl. Immerhin hat der schmächtige Kalle sich wacker neben all den Hünen behauptet und verbissen alle Schmerzen und Strapazen ertragen, die das harte Training mit sich brachte. Ich klopfe ihm nun meinerseits auf die Schulter. »Herzlichen Glückwunsch.«

Ling nennt weitere Namen. Nun sind bereits neunundzwanzig Männer eine Runde weiter.

»Der letzte Mann, dem ein Platz in der nächsten Runde gebührt …«, sagt Ling, und mein Herz sackt zu Boden. Ein Mann also. Das war es nun endgültig für mich.

»… ist kein Mann«, fährt Ling fort, »auch wenn sie kämpft wie einer und ihren Kameraden in Mut und Tapferkeit in nichts nachsteht. Borka.«

Lotti landet beinahe auf der anderen Seite des Zauns, so hoch sind ihre Freudensprünge.

Ich kann es nicht fassen. Lings Worte brennen sich in meinen Kopf und lassen meine Brust anschwellen vor Stolz. Seine Anerkennung bedeutet mir viel.

Kalle nickt mir lächelnd zu. Fjodor tauscht einen entsetzten Blick mit Dewinus Darenger.

Die ausgeschiedenen Männer treten nun vor den König und verneigen sich. König Jerrik erhebt sich von seinem Thron und dankt ihnen für ihren Einsatz für die Krone. Er belohnt sie mit Goldmünzen und übergibt dann das Wort an seinen Sohn.

»Auch ich möchte euch danken.« Fjodors Lächeln hinkt seinen Worten hinterher. Doch er gewinnt schnell die Fassung zurück und setzt ein freundliches Gesicht auf. »Dafür, dass ihr bereit wart, mir zu dienen. Ich wünsche euch für eure Zukunft alles Gute. Den verbliebenen Männern wünsche ich nun viel Erfolg für die nächste Prüfung.«

Bereits während er redet, werden drei große Strohfiguren herbeigetragen. In ihre Köpfe sollen wir unsere Speere schleudern. Aus vollem Galopp. Ich kann nur hoffen, dass Grete heute einen guten Tag hat.

Hat sie. Lammfromm gehorcht sie dem sanften Druck meiner Beine, galoppiert über die Wiese, ohne zu buckeln, und sorgt somit dafür, dass mein Speer zielsicher im Kopf einer der Strohpuppen landet.

Aus dem Publikum werden erste Jubelrufe laut. Sind das wirklich dieselben Menschen, die vor einiger Zeit noch meinen Tod verlangt haben? Ihr Gemüt scheint zu schwanken wie das Wetter im Frühling.

Nachdem ich zusammen mit neunzehn Männern für die dritte und letzte Prüfung ausgewählt worden bin, versammeln wir uns alle noch einmal im Zelt. Ling hält einen Beutel in der Hand, aus dem wir alle einen Gegenstand ziehen sollen. Diejenigen, die jeweils den gleichen ziehen, bilden ein Paar für den finalen Kampf.

Ich taste in dem Beutel herum und ziehe schließlich einen Würfel hervor. Nervös drehe ich ihn in meinen Fingern hin und her und betrachte die eingebrannten schwarzen Punkte. *Eins und eins macht zwei, drei und vier vorbei*, singt eine Kinderstimme in meinem Kopf, doch ehe ich sie festhalten kann, verstummt sie auch schon wieder. Ich blicke mich in der Runde um und frage mich, wer den anderen Würfel gezogen hat. Hoffentlich nicht Georg! Der würde mich vor aller Augen aufschlitzen. Egal, ob das erlaubt ist oder nicht. Vermutlich würde das Fjodor ganz besonders freuen. Ängstlich suche ich das Zelt nach Georg ab.

Darius, der nur wenige Schritte von mir entfernt steht, feixt übers ganze Gesicht. Seine stechend grünen Augen funkeln gefährlich, und ich habe plötzlich das Gefühl, dass alle Luft aus dem Zelt herausgesaugt wird.

Darius hebt die Hand, während er mich unaufhörlich fixiert.

Von seiner Handfläche aus starren mich die schwarzen Augen des zweiten Würfels an.

12. Kapitel

Nicht einen Moment lassen wir uns aus den Augen. Darius sieht mich so siegessicher an, als habe er den Kampf gewonnen, noch bevor er begonnen hat.

Ich fühle den kalten Griff des Schwertes in meiner Hand und stelle mir vor, wie meine Finger mit ihm verwachsen. Wie es zur Verlängerung meines Armes wird, so wie Ling es uns viele Male eingebläut hat. Darius hat das jedes Mal als Humbug abgetan, doch mir hat es in den letzten Wochen sehr geholfen, den Fremdkörper in meiner Hand als Teil meines Körpers anzusehen.

Die Zuschauer um uns herum halten gespannt den Atem an. Wir sind die Letzten, die im Zweikampf antreten. Aus dem Augenwinkel nehme ich Fjodor und Dewinus Darenger wahr, die uns wie alle anderen gespannt beobachten. Ich konzentriere mich auf jeden meiner Atemzüge, versuche, so ruhig wie möglich zu bleiben. Auf keinen Fall möchte ich Darius ein leichtes Opfer sein.

»Na, los doch, Löwenmädchen!«, ruft Darius mir zu. »Traust dich wohl nicht, was? Haben die anderen dich bisher verschont, weil du ein Mädchen bist? Keine Sorge, ich werde dich behandeln wie einen richtigen Mann. Ich werde keine Gnade walten lassen.«

»Das ist gut!« Meine Stimme dröhnt laut über die Wiese. »Denn auch ich werde dich behandeln wie einen richtigen Mann!« Darius zuckt bei diesem Satz zusammen, als habe mein Schwert ihn getroffen.

Das Lachen einiger Umstehender geht in dem gewaltigen Schrei unter, mit dem ich auf Darius zustürze. Mein Schwert und mein Arm sind nun eins. Noch im Laufen hole ich aus. Klirrend knallen unsere Klingen aufeinander. Vom Aufprall werde ich ein paar Schritte nach hinten geschleudert. Darius war nur für einen kurzen Moment irritiert und hat meinen Angriff dann gekonnt abgewehrt.

Noch bevor Darius nun seinerseits angreifen kann, hole ich bereits zum nächsten Schlag aus. Meine Wut verleiht mir ungeahnte Kräfte. Wieder und wieder trifft meine Klinge auf Darius' Schwert. Er ist so sehr damit beschäftigt, meine Angriffe abzuwehren, dass er gar nicht dazukommt, sich zu wehren. Gut so!

»Du bist ja eine richtige kleine Furie!«, ruft er. »Schade, dass das deinen Löwen nichts nützen wird. Der König wird dich niemals auswählen. Frauen sind nicht zum Kämpfen da, sondern lediglich zum … aaah!«

Meine Klinge ist an seiner entlanggerutscht und hat seinen Unterarm getroffen. Es ist nur ein leichter Kratzer, doch Darius' Häme schlägt augenblicklich in Zorn um.

»Das wirst du büßen!« Er reißt sein Schwert schwungvoll herum und drückt damit meins zu Boden.

Ich ziehe und zerre, doch Darius versetzt mir einen Tritt, sodass ich rücklings zu Boden stürze. Mit einem weiteren Schwerthieb entwaffnet er mich. Noch ehe ich zu meinem Schwert robben kann, hebt Darius es auf und schleudert es in unerreichbare Ferne. Hilflos muss ich mit ansehen, wie Darius sich mit erhobenem Schwert im Kreis dreht und von den Zuschauern bejubeln lässt. Sein Vater blickt ihn voller Stolz an, Fjodor klatscht Beifall, und auch der König nickt ihm anerkennend zu.

Für Darius ist dieser Kampf entschieden, und es wäre grob fahrlässig, ihn unbewaffnet noch einmal anzugreifen. Doch ebenso fahrlässig wäre es, meine Eltern in den sicheren Tod zu schicken.

Wir sind hier noch nicht fertig! Mein Löwengebrüll lässt einige der Schaulustigen zusammenfahren. Auch Fjodor sieht sich verwirrt nach dem Ursprung des tierischen Lauts um. Darius hingegen sonnt sich dermaßen in der Aufmerksamkeit der Umstehenden, dass er mich erst bemerkt, als ich mit einem Sprung auf seinem Rücken lande und ihn mit mir zu Boden reiße.

Wir rollen über die Wiese wie spielende Löwen. Bloß, dass das hier alles andere als ein Spiel ist. Darius hält noch immer das Schwert in den Händen. Ich ramme ihm mein Knie zwischen die Beine, und er jault auf vor Schmerz. Für die Dauer eines Wimpernschlags lockert sich sein Griff um die Waffe. Diesen Moment nutze ich, um mich an Darius festzuklammern und mit ihm weiterzurollen. Weg von der gefährlichen Klinge.

Tatsächlich gelingt es mir, die Oberhand zu gewinnen und mich auf Darius' Oberkörper zu knien und seine Arme zu Boden zu drücken. Sein Gesicht ist noch immer schmerzverzerrt, und er leistet nur geringen Widerstand, was gut ist, denn gegen seine Muskeln hätte ich sicher wenig Chancen.

»Jetzt bist du endgültig zu weit gegangen, Löwenmädchen«, faucht Darius, »du hättest dich geschlagen geben sollen, als du die Gelegenheit dazu hattest!«

Ich spüre, wie seine Arme unter meinen Händen zu zucken beginnen. Er beißt die Zähne zusammen, und sein Gesicht nimmt einen Furcht einflößenden Ausdruck an. Seine Muskeln spannen sich an und drücken gegen meine Finger.

Ich gebe alles, um ihn am Boden zu halten, doch er kommt langsam wieder zu Kräften. Mit einem heftigen Ruck seines Körpers reißt er mich herum, und plötzlich bin ich diejenige, die unten liegt, während er auf meinem Brustkorb thront. Sein Gewicht drückt mir die Luft ab. Seine Oberschenkel pressen meine Arme fest an meinen Körper und nehmen mir jede Möglichkeit, mich zu wehren.

Ich winde mich unter ihm, doch er verstärkt den Druck seiner Beine. Am liebsten würde ich ihn anspucken. Aber man soll einen verletzten Feind nicht noch mehr reizen. Das hat mein Vater mir eingeschärft.

Wenn wenigstens meine Arme frei wären! Dann könnte ich nach ihm schlagen. Oder an seinem Haar reißen, bis er mich loslässt. Ich strample mit den Beinen. Versuche, auf seinen Rücken zu zielen, treffe aber jedes Mal kläglich daneben. Darius grinst. Er scheint es zu genießen, wie ich mich vergeblich abmühe.

»Gib auf«, flüstert er in mein Ohr, dabei leckt seine Zunge leicht über meine Wange.

Mir wird übel. »Niemals!«, fauche ich.

»Wirklich nicht?« Er lacht. Sein Blick fliegt zu seinem Vater hinüber, der auf dem Podest neben dem König steht und uns mit unbewegter Miene beobachtet.

Als Darius meine Arme loslässt, denke ich für einen kurzen kostbaren Moment, dass ich doch noch eine Chance habe.

Dann japse ich erschrocken nach Luft. Seine Hände liegen auf meinem Hals. Die bleichen Finger graben sich tief in meine Haut und drücken unbarmherzig zu. Verblüfft reiße ich die Augen auf und starre in das Gesicht über mir, das angespannt auf meine Kehle blickt, die immer weiter zusammengepresst wird. Hilfe!

Ich will schreien, bringe jedoch keinen Ton heraus. Keinen tierischen und schon gar keinen menschlichen.

Darius sieht auf mich hinunter, als sei ich eine besonders ekelerregende Kreatur, die es auszumerzen gilt. Meine Lider werden schwer. Luft! Ich brauche Luft! Blitze zucken hinter meinen Augen. Bunte Blitze, die mich weit wegtragen von dieser Wiese. Hin zu einem Ort, den ich noch nie zuvor gesehen habe.

Eine Waldlichtung, auf der ich noch nie gewesen bin. Und doch, etwas an den Bäumen über mir kommt mir bekannt vor. Und dann sind da auch noch die Wolkenformationen, die irgendetwas in meinem Inneren wecken, so als habe ich genau diese Anordnung schon einmal gesehen. Zwei tanzende Bären.

Noch immer ringe ich nach Atem. Noch immer schnüren mir Hände die Luft ab. Kraftvolle Hände. Hände, die genau wissen, was sie tun. Hände, die mich töten wollen.

Ich schlage wie wild um mich, aber gegen die viel stärkere Person über mir habe ich keine Chance. Verzweifelt versuche ich, ihr Gesicht zu erkennen, doch die Sonne, die ihre Strahlen an den tanzenden Bären vorbeiwirft, blendet mich.

»Wer bist du?«, flüstere ich.

Niemand antwortet.

»Bitte, lass mich … los …« Meine Stimme bricht. So wie mein Blick. Mir wird schwarz vor Augen. Jeden Moment wird meine Lunge zerbersten. Ich lasse mich fallen in die endlose Dunkelheit, in der es kein Gestern und kein Morgen gibt. Nur Schwerelosigkeit.

Ich falle.

Und falle.

Und … schlage unsanft auf dem Boden auf.

Ich reiße die Augen auf und blicke geradewegs in das besorgte Gesicht von Ling, der neben mir kniet und meine Hand hält. »Borka? Ist alles in Ordnung?«

Ich stöhne zur Antwort. Meine Hand tastet nach meinem Hals. Bei der Berührung zucke ich zusammen. Auch das Atmen schmerzt gewaltig. Doch immerhin bekomme ich wieder etwas Luft.

»Was ist nur in Euch gefahren?«, brüllt Ling Darius an, der mit vor der Brust verschränkten Armen neben ihm steht. »Das hatte mit einem Schaukampf nichts mehr zu tun!«

»Sie hat mich angegriffen, nachdem ich sie entwaffnet hatte.«

»Was ihr gutes Recht war. Noch war der Kampf nicht entschieden.«

»Eben. Dann habe ich mich gewehrt. Was also werft Ihr mir vor?«

»Fragt Ihr das im Ernst? Ihr hättet sie beinahe umgebracht!« Lings schmale Augen funkeln vor Zorn. Auf seiner Stirn treten Adern hervor.

Kalle kommt mit einem Wasserkrug in der Hand angerannt. Jeder Schluck brennt in meiner Kehle wie Feuer, dennoch stürze ich das kühle Nass gierig herunter. Ling hilft mir auf die Beine und stützt mich, damit ich nicht einknicke.

König Jerrik hat sich erhoben und betrachtet mich mit unergründlichem Gesichtsausdruck. Dewinus Darenger hingegen steht wie versteinert neben ihm, seine Miene ist zu Eis erstarrt. Sein Blick haftet auf seinem Sohn, der ihm ausweicht.

»Nach diesem … unglücklichen Zwischenfall kommen wir nun zur Verkündung derjenigen, die in die Leibgarde aufgenommen werden«, sagt der König. Ling schnappt nach Luft.

»Eure Majestät, möchtet Ihr nicht zuvor …«

»Schweigt! Ich habe meine Entscheidung getroffen.«

»Ich kann nicht glauben, dass er den Vorfall einfach übergeht«, murmelt Ling leise.

»Als Erstes möchte ich Kalle, Sohn des Müllers, benennen, der seine mangelnde Körpergröße durch Flinkheit und Mut ausgeglichen hat.«

Kalle sieht aus, als sei er einer Ohnmacht nahe. Seine Augen weiten sich. Offenbar hat er mit allem gerechnet, bloß nicht damit.

»Der Nächste von euch, den ich gerne an der Seite meines Sohnes wüsste, ist Georg, Sohn des Holzfällers, der durch Kraft und Stärke geglänzt hat.«

Das ist weit weniger überraschend. Auch nicht für Georg selbst, der die Arme ausbreitet und sich von der Menge feiern lässt.

Nacheinander ruft der König Ignazius, Friedrich, Theodor und fünf weitere meiner Kameraden auf und lässt sie ihren Treueschwur leisten.

»Damit ist die Leibgarde fast komplett. Aber nicht ganz.« König Jerrik räuspert sich. »Die Stärke eines Mannes bemisst sich nicht bloß daran, ob es ihm gelingt, den Gegner zu Boden zu ringen. Vielmehr bemisst sie sich daran, ob er immer wieder aufsteht, wenn er selbst am Boden liegt.«

Fjodor wirft seinem Vater einen eindringlichen Blick zu, so als wolle er ihn am Weiterreden hindern.

»Und das gilt selbstverständlich auch für die Stärke einer Frau«, fährt Jerrik fort. »Daher wähle ich dich, Borka, Löwenmädchen, aus, meinem Sohn zur Seite zu stehen. Schwörst du, ihm zu folgen, ihn zu beschützen und alle Gefahren von ihm fernzuhalten, selbst wenn es deinen eigenen Tod zur Folge hat?«

Nichts davon möchte ich schwören. Diesen Schnösel verteidigen und womöglich mein Leben für ihn opfern – es gibt nichts, was mir mehr zuwider wäre. Doch ich trete wankend vor das Podest des Königs. Als ich meinen Kopf vor ihm neige, kollabiere ich beinahe. »Ich schwöre es.«

»Ja! Borka!« Lottis Stimme überschlägt sich vor Freude.

»Borka!«, rufen nun auch einige andere Umstehende. Ich wende mich um und sehe in lachende Gesichter, die mir zujubeln. Auch

Ling lächelt mich an. Seine Augen funkeln. Ihr Ausdruck erinnert mich an den meiner Mutter, wenn ich etwas zum ersten Mal aus eigenen Stücken geschafft habe, wofür ich sonst ihre Hilfe brauchte.

Einige Gesichter jedoch zeigen unverhohlen ihren Missmut. Darius sieht mich an, als würde er am liebsten auf der Stelle zu Ende bringen, was er begonnen hat, und ihren Mienen nach zu schließen, bin ich sicher, er würde in seinem Vater und dem Prinzen tatkräftige Unterstützer finden.

Jerrik hebt die Hände, und augenblicklich verstummen die Zuschauer. »Kommen wir nun zum letzten Mitglied der Leibgarde. Er ist seit vielen Jahren ein treuer Anhänger der Krone, und seine Ausbildung, die er schon von klein auf erhalten hat, ist exzellent. Das hat sich auch heute gezeigt. Manchmal geht sein Temperament mit ihm durch, doch ich weiß, dass das auch ein Vorteil sein kann, wenn es darum geht, meinen Sohn, seinen langjährigen Freund, zu beschützen. Und ich bin mir sicher, dass er alles für Fjodor riskieren würde. Selbst sein eigenes Leben. Daher: Darius Darenger, schwörst auch du, dem Prinzen zu folgen, ihn zu beschützen und alle Gefahren von ihm fernzuhalten, selbst wenn es deinen eigenen Tod zur Folge hat?«

Ling öffnet den Mund, um etwas zu sagen, doch der König bringt ihn mit einem Kopfschütteln zum Schweigen.

»Ich schwöre es, Eure Majestät. Es ist mir eine Ehre, dem Prinzen zu dienen.« Darius verneigt sich so tief, dass er vornüberzukippen droht.

Ich tausche einen Blick mit Lotti. Sie rollt mit den Augen.

»Damit endet die Auswahl«, verkündet der König. »Ich danke euch allen für euren Mut und euren Willen, meinem Sohn zur Seite zu stehen. Alle, die nicht erwählt wurden, können sich nun ihren Sold für die letzten Monate abholen.«

Während einige meiner Kameraden geknickt nach vorne schlurfen, laufe ich zu Lotti, die sofort lossprudelt: »Geht es dir gut? Bekommst du genug Luft? Gott, ich dachte, du stirbst! Darius hat einfach immer weiter zugedrückt, bis Ling ihn von dir runtergezerrt hat. Niemand ist eingeschritten, die Menge hätte es vermutlich gefreut, wenn heute jemand gestorben wäre.«

»Dieselbe Menge, die mir wenig später zugejubelt hat«, murmele ich.

»Ja, sie ist wankelmütig wie der Wind. Ich bin so froh, dass dir nichts passiert ist.« Sie wirft einen besorgten Blick auf meinen immer noch schmerzenden Hals. »Also … fast nichts.«

»Als er mich gewürgt hat, hatte ich diese Vision«, setze ich an. Das Sprechen fällt mir nach wie vor schwer.

»Was für eine Vision?«

»Ich lag auf einer Waldlichtung, und jemand beugte sich über mich und tat mir dasselbe an wie Darius.«

»Wer?«, fragt Lotti gespannt.

»Ich weiß es nicht. Ich konnte sein Gesicht nicht sehen. Er war auf jeden Fall deutlich stärker als ich. Ich habe versucht, mich zu wehren, aber ich hatte keine Chance.«

»Hast du denn sonst etwas wahrgenommen? Einen Geruch vielleicht?«

»Nein, nichts. Es ging alles so schnell. Ich dachte, ich muss sterben. Und dann wurde ich plötzlich zurück ins Hier und Jetzt gerissen.«

»Das ist in der Tat sehr sonderbar.«

»Ja, das ist es. Vielleicht wissen meine Eltern ja etwas von einem Angriff auf mich, an den ich mich nicht mehr erinnern kann. Ich muss ohnehin dringend mit ihnen reden. Heute ist die letzte Gelegenheit. Morgen werden wir in aller Frühe aufbrechen.«

»Ich kann noch gar nicht glauben, dass du es tatsächlich in die Leibgarde geschafft hast«, sagt Lotti und fügt dann deutlich weniger begeistert hinzu: »Und Kalle auch …«

»Wir werden ja nicht ewig weg sein.« Ich zwinkere ihr zu. »Und wenn wir zurück sind, kannst du deinen Kalle nach all den Strapazen wieder aufpäppeln. Ich bin sicher, er würde sich darüber freuen.«

»Er ist nicht *mein* Kalle!«, ruft Lotti empört und boxt mir spielerisch gegen den Arm.

»Nein«, sage ich, »aber du wünschst es dir, oder? Und so wie er dich anschaut, geht es ihm sicher ganz genauso.«

Lotti läuft rosa an und sieht beschämt zu Boden. »Na, dann pass gut auf ihn auf, falls euch unterwegs irgendwelche Frauen über den Weg laufen.«

»Ich werde ihn an einem Baum festbinden, wenn er eine andere Frau auch nur ansieht«, sage ich lachend und hebe die Hand zum Schwur. »Versprochen. So, nun wird es aber wirklich Zeit, dass ich meine Eltern besuche.«

Ich klettere über den Zaun, als Lings Ausruf mich zurückhält. »Borka, kommst du mal bitte?«

Ein leiser Seufzer entfährt mir. »Ist gut.«

Auf dem Weg zu Ling kommt mir Kalle entgegen, der geradewegs auf Lotti zusteuert. Das Rot seines Gesichts übersteigt das ihre um Längen.

»Was gibt es, Ling?«, frage ich.

»Hilfst du mir bitte, die Waffen auf die Trainingswiese zu bringen und die Pferde zu versorgen?«

»Also eigentlich wollte ich …«

»Borka.« Seine Stimme und sein durchdringender Blick lassen keinen Widerspruch zu.

»Na schön.« Ich kann meinen Eltern auch später noch einen Besuch abstatten.

Ich trotte hinter Ling her zum Zelt, von wo wir zunächst die Bogen und Köcher nehmen und sie zu dem Schuppen auf dem Trainingsgelände tragen. Während wir den Hügel hinauflaufen, sieht Ling mich mit Sorgenfalten auf der Stirn an. »Dass du Darius noch einmal angegriffen hast, war sehr mutig von dir.«

»Danke, ich …«

»Aber auch sehr dumm.«

Ich starre ihn entgeistert an. Was soll das werden? Eine Maßregelung? Immerhin war ich nicht diejenige, die einen am Boden liegenden Kameraden gewürgt hat.

»Hör zu, Borka, mit Darius ist nicht zu spaßen. Er genießt noch immer Welpenschutz, da der König ihn kennt, seit er noch ein Kind war, und sein Vater sein engster Vertrauter ist. Daher denkt Darius, sich alles herausnehmen zu können. Und in der Regel behält er mit dieser Annahme recht. Du hast es selbst gesehen: Der König hat ihn trotz seines Regelverstoßes in die Leibgarde aufgenommen. Jeden anderen hätte er sofort disqualifiziert.«

»Ich habe keine Angst vor Darius«, erwidere ich und kann nicht vermeiden, dass meine Stimme trotzig klingt.

»Das solltest du aber.« Ling bleibt stehen, packt mich mit beiden Händen bei den Schultern und zwingt mich, ihm direkt in die Augen zu sehen. In ihnen liegt eine Mischung aus Bewunderung und Sorge.

»Wenn wir erst unterwegs sind, möchte ich nicht, dass sich so etwas wie heute noch einmal wiederholt. Es ist nie gut, eine Schlange zu reizen, die bereits verletzt ist.«

»Wie bitte?«

Offenbar kennt Ling dieselben Weisheiten wie mein Vater. So

unähnlich sind sich die Überlebensregeln der Löwen und der Menschen wohl nicht.

»Was ich sagen will: Glaube nicht, dass Darius vergessen wird, dass du ihn heute um ein Haar besiegt hättest. Du, ein Mädchen! Das ist eine riesige Schmach für ihn, und er wird dir das Leben schwer machen, wenn du nicht aufpasst.«

Ich nicke, um ihm zu signalisieren, dass ich verstanden habe. »Ich werde die Schlange nicht noch weiter reizen«, verspreche ich, »auch nicht, wenn sie ihr Gift versprüht.«

Ling sieht erleichtert aus, und wir setzen unseren Weg fort.

Nach einer gefühlten Ewigkeit haben wir sämtliche Waffen zurück zum Lager gebracht und die Pferde versorgt, was heute besonders lange gedauert hat. Ab morgen brauchen die Tiere all ihre Kräfte, um uns zum Reich der sieben Türme zu tragen. Da musste heute eine Sonderration Futter her.

Erschöpft schließe ich die Stalltür hinter mir und frage Ling, ob er mich noch braucht. Er verneint, und so schnell ich kann, laufe ich zur Kerkertreppe. Wie immer beäugen mich die Wachen misstrauisch, doch sie leisten keinen Widerstand, und wie immer begleitet Heldrion mich genervt nach unten.

Corbin und Aylela liegen dicht beieinander im hintersten Winkel ihrer Zelle und schlafen.

Mama, Papa, ich bin es, mache ich mich schon von Weitem bemerkbar. Mein Knurren wird von den Wänden zurückgeworfen und klingt dadurch um ein Vielfaches lauter. Heldrion, der sich noch immer nicht daran gewöhnt zu haben scheint, fährt wie jedes Mal, wenn ich meine Löwenlaute ausstoße, erschrocken zusammen.

Mama? Papa?

Sie regen sich nicht.

»Was ist mit ihnen?«

Heldrion zuckt unbeteiligt mit den Schultern. »Ich habe keine Ahnung. Sie sind nach ihrer Abendration recht schnell eingeschlafen. Heute gab es zur Feier des Schaukampfes einen besonderen Leckerbissen aus der Küche: eine ganze Pute für jeden der beiden.«

»Wer hat das veranlasst?«, frage ich misstrauisch. Wieso sollte jemand meinen Eltern etwas Gutes tun, indem er ihnen frisches Fleisch statt des üblichen Haferschleims zukommen lässt? Oder war das Lotti? Wollte sie ihnen eine Freude machen? Aber wie sollte sie an zwei Puten herankommen? Es steht ihr nicht zu, wertvolles Fleisch für andere Anlässe zuzubereiten als für höfische Feste.

»Ich weiß es nicht«, sagt Heldrion. »Das Essen für alle Gefangenen, die Löwen eingeschlossen, wird immer von den Küchenmädchen geliefert, es sind so viele, dass ich mir nicht alle Namen merken kann. Ich habe keine Ahnung, wer ihnen den Sonderauftrag gegeben hat. Jedenfalls waren ein paar der anderen Gefangenen mächtig sauer darüber.«

»Haben sie denn keine Sonderration erhalten?«

»Nein, nur die Löwen.«

»Seltsam.«

Noch einmal versuche ich, meine Eltern aufzuwecken. Corbin schlägt schließlich ein Auge auf und richtet seinen glasigen Blick auf mich. *Bo… Borka …*

Ja, Papa, ich bin es. Was ist los? Geht es euch nicht gut?

Ich bin so … müde … müde … Corbins Auge fällt zu.

Nein, warte! Mein Brüllen klingt so verzweifelt wie an dem Tag, an dem ich Finja anflehte, wach zu bleiben. *Was ist hier los?*

Ich greife nach den Gitterstäben und rüttele daran. Heldrion ist sofort neben mir. Er packt meine Arme und versucht, mich vom Gitter wegzuzerren.

»Lass mich los!«, brülle ich in einer Mischung aus Menschensprache und Löwenlauten.

»Komm da sofort weg!«

Ich wehre mich nach Leibeskräften, lasse die Stäbe nicht los. *Corbin! Aylela!*

Corbin zuckt und schlägt dann die Augen auf. Immer wieder rollen seine Augäpfel nach hinten. Er versucht den Kopf zu heben, doch es gelingt ihm nicht.

Bor…ka … wie … wo … Seine Tatzen führen hastige Bewegungen am Boden aus, so als hätte er einen Albtraum.

Ich bin da, Papa!, rufe ich.

»Wenn du nicht loslässt, muss ich mein Schwert einsetzen!«, schreit Heldrion.

Es ist gut, stoße ich zwischen zwei Tritten in Heldrions Richtung hervor, ehe ich die Stäbe loslasse. *Alles ist gut.*

Doch nichts ist gut. Irgendetwas ist hier oberfaul.

»Ich komme später noch einmal«, sage ich zu Heldrion, der keuchend neben mir steht und aussieht, als würde er mich am liebsten schlagen. Ehe er die Chance dazu hat, bin ich auch schon aus dem Kerker gerannt.

»Hast du meinen Eltern heute Abend zwei Puten zukommen lassen?«

Lotti mustert mich irritiert. »Wie bitte? Wie kommst du denn darauf? Der Koch hätte mich in den Suppentopf geworfen, wenn ich versucht hätte, Essen aus der Küche zu schmuggeln. Der Speiseplan für die Gefangengen ist ganz klar festgelegt – vollwertig und abwechslungsreich: Haferschleim, Haferschleim und noch mal Haferschleim.«

»Irgendjemand hat meinen Eltern eine Sonderration geschickt, und nun sind sie völlig benebelt. Zumindest behauptet das mit der Sonderration einer der Wächter. Und wieso sollte er lügen?«

»Vielleicht, weil er selbst etwas mit dem Zustand deiner Eltern zu tun hat?«

»Möglich. Nur aus welchem Grund?«

»Ich kann gerne mal in der Küche nachfragen, ob jemand etwas weiß. Aber das geht erst morgen. Heute schlafen alle schon.«

»Morgen brechen wir bei Sonnenaufgang auf«, sage ich, und die Angst kriecht über meinen gesamten Körper. Was, wenn es morgen für Corbin und Aylela bereits zu spät ist?

»Pass auf, Borka, ich weiß, was ich mache: Ich spreche mit den Wachen und bitte sie, mich und meine Großmutter zu deinen Eltern vorzulassen. Meine Großmutter hat einst einem der Wächter nach einem Wolfsbiss das Bein gerettet, er steht in ihrer Schuld. Wir werden eine Lösung finden, wie wir deinen Eltern helfen können.«

»Glaubst du wirklich?«, frage ich hoffnungsvoll, obwohl mir klar ist, dass sie mir keine Versprechungen machen kann.

»Bisher hat Großmutter für alles eine Lösung gefunden. Doch dafür müssen wir zunächst die Ursache kennen. Sicher sind im Verlies noch irgendwelche Überreste der Puten, die werden wir untersuchen und uns dann auf die Suche nach einem Heilmittel begeben …« Sie stockt, und ich weiß genau, welche Worte ungesagt in der Luft hängen: *Wenn es eins gibt.*

Lotti streichelt meinen Arm. »Mach dir keine Sorgen, Borka, wir kriegen das hin.«

Ich nicke zustimmend, obwohl ich in Wahrheit vor Sorge fast umkomme. Doch was habe ich schon für eine Wahl? Wenn ich mich weigere, morgen mit dem Prinzen zu ziehen, bedeutet das für Corbin und Aylela den sicheren Tod. Also kann ich nichts tun, als

Lotti zu vertrauen und das Schicksal meiner Eltern in ihre Hände zu legen.

Ich umarme Lotti so fest, dass sie nach Luft schnappt. »Ich danke dir. Du bist eine wahre Freundin.«

»Dafür passt du mir gut auf Kalle auf«, sagt sie und entlockt mir trotz aller Angst ein kleines Lächeln. »Ich habe das Seil zum Anbinden schon eingepackt«, sage ich, und ein Kinderreim schält sich aus den Tiefen meiner Erinnerung hervor. »Versprochen ist versprochen und wird nicht gebrochen.«

13. Kapitel

Die Müdigkeit sitzt in jedem meiner Gelenke, vom kleinen Zeh bis zum Kiefer. Ich fühle mich steif und unbeweglich wie ein alter Baum.

In der vergangenen Nacht habe ich kaum ein Auge zugetan, und wenn ich doch einmal in unruhigen Schlaf gefallen bin, haben mich meine eigenen Schreie jedes Mal hochschrecken lassen. Die Bilder, die mich in meinen Träumen heimsuchten, waren einfach zu verstörend. Riesige schwarze Hände, die meinen Hals zudrücken. Ein Pfeil, der auf Fjodor zufliegt, es sich dann aber anders überlegt und mich durchbohrt. Corbin und Aylela von Speeren aufgespießt und statt der Fahnen mit dem Löwenwappen an den Schlosstürmen aufgestellt.

Ich kraule Grete, und sie pustet ihren warmen Atem gegen meine Schulter.

»Heute geht es auf Reisen«, flüstere ich in ihr Fell und schlinge meine Arme um ihren Hals. Als würde sie ahnen, dass ich ihren Halt gerade dringend brauche, hält sie ungewöhnlich still und lässt mich gewähren.

Wenig später reite ich aus dem Stall den weißen Weg entlang Richtung Stadt. Ich passiere den Marktplatz, auf dem es heute totenstill ist. Lasse den Brunnen und die ersten Häuser hinter mir. Die Schweine, die mir schon bei meiner Ankunft das Herz gebrochen haben, kauern mit ängstlichen Blicken in ihrem Verschlag. Sofort kriechen die Bilder des gestrigen Abends wieder in mein Bewusstsein. Meine Eltern, eingesperrt in ihrer Zelle und ihrem Körper. Wie diese Schweine, die sich in sich zurückgezogen haben, um nicht dem Wahnsinn zu verfallen.

»Wenn ich zurück bin, werde ich dich befreien«, verspreche ich einem besonders großen Schwein mit einem schwarzen Fleck um das linke Auge, das kläglich in meine Richtung quiekt.

Vor der Stadtmauer haben sich bereits ein paar meiner Kameraden versammelt. Sie beladen die Satteltaschen ihrer Pferde mit Waffen und Proviant, und ich springe von Gretes Rücken und gehe ihnen zur Hand. Lotti und ihre Kollegin Hilda reichen uns Obst, Gemüse und geräuchertes Fleisch für den Prinzen an.

»Hast du schon etwas herausgefunden?«, flüstere ich Lotti zu.

»Meine Großmutter hat noch heute Nacht die Überreste der Puten untersucht«, sagt sie. »Und sie hat darin Spuren eines Schlafserums gefunden.«

»Wie bitte?«

»Pst, nicht so laut!« Lotti wirft einen schnellen Blick auf Hilda, die gerade Kalles Satteltasche mit Karotten belädt. »Das Serum war so hoch dosiert, dass schon ein paar Tropfen mehr gereicht hätten, um …« Ihr Gesicht sagt alles.

»Aber wer …«

Lotti deutet mit einem Kopfnicken zu Hilda hinüber. »Sie hatte gestern Abend Küchendienst. Ich habe mit ihr gesprochen. Sie hat die Puten zu deinen Eltern gebracht.«

»Das wird sie büßen!« Ich balle die Fäuste und vergesse um ein Haar, dass ich umgeben bin von der Leibgarde des Prinzen. Keine optimale Ausgangslage, um eine Schlägerei anzuzetteln.

»Beruhig dich, Borka.« Lotti greift nach meinem Arm, als habe sie Angst, ich würde sonst augenblicklich auf Hilda losgehen – und ganz so falsch liegt sie damit nicht.

»Hilda hat mir erzählt, dass die Puten vor der Küche abgelegt worden sind. Mit einer Aufschrift: *Für die Löwen im Kerker. Zur Feier des Schaukampfes.*«

»Das hat sie sich doch nur ausgedacht!«

»Wieso sollte sie deinen Eltern schaden wollen?« Lotti senkt ihre Stimme noch weiter, als Hilda an uns vorbeigeht und uns argwöhnisch mustert.

»Keine Ahnung, aber wieso sollte jemand die Puten vor der Küche abstellen? Das klingt doch völlig unglaubwürdig.«

»Ich weiß es auch nicht. Ich bleibe an Hilda dran, versprochen. Fürs Erste ist das Wichtigste, deine Eltern wieder vollkommen wach zu bekommen. Großmutter sagt, im Moment schweben sie in einem Dämmerzustand vor sich hin, irgendwo zwischen tot und lebendig.«

»Aber«, frage ich mit brüchiger Stimme, »deine Großmutter wird ihnen doch helfen können, oder?«

»Sie ist jedenfalls überzeugt davon. Es gibt ein Gegenmittel. Allerdings sind die Zutaten sehr schwer aufzutreiben. Es könnte eine Weile dauern, bis wir alles beisammenhaben. Wir können nur beten, dass deine Eltern so lange durchhalten.«

Ich keuche erschrocken auf. Das darf doch alles nicht wahr sein! Wer tut so etwas? Und vor allem: Warum? Reicht es nicht, dass Corbin und Aylela eingepfercht und ihrer Freiheit und allem, was das Leben lebenswert macht, beraubt ihr Dasein in der Dunkelheit fristen? Warum fügt ihnen jemand noch mehr Leid zu? Und war die Dosis absichtlich zu gering bemessen, um sie umzubringen? Oder hat jemand einen Fehler gemacht und führt sein Werk zu Ende, sobald ich die Stadt verlassen habe?

»Bitte beeilt euch«, flüstere ich, und Lotti nickt ernst. »Das werden wir. Ich verspreche es.«

Hinter mir ist Hufgetrappel zu vernehmen. Als ich mich umdrehe, sehe ich, wie zwei Pferde auf uns zugaloppieren. Ein schwarzes und ein weißes. Auf dem Schimmel sitzt Ling, sein pechschwarzes Haar fällt ihm in einem geflochtenen Zopf über die Schulter. Der Rappe ist gesattelt, jedoch reiterlos.

In diesem Moment öffnet sich das Schlosstor, und König Jerrik und Prinz Fjodor treten heraus, dicht gefolgt von Darius und seinem Vater.

Der König trägt einen roten Umhang, der über den Boden schleift. Sein Gesicht sieht aus, als habe auch er heute Nacht kaum geschlafen. Darius hingegen ist das blühende Leben. Er trägt ein schneeweißes Hemd und darüber eine dunkle Jacke aus Leder. Auch seine langen Beine stecken in schwarzen Lederstiefeln. Sein Gesichtsausdruck ist unergründlich. Ebenso der seines Vaters.

Als Darius an Lotti und mir vorbeschreitet, würdigt er uns keines Blickes. Lotti hingegen hat meine Hand gepackt, und ihre Finger bohren sich so fest in meine Haut, dass ich ein Stöhnen unterdrücken muss.

Erst als Darius an uns vorbei ist und zu Georg geht, der sein Pferd am Zügel hält, lässt Lotti meine Hand los und zieht mich stattdessen in ihre Arme.

»Hab eine gute Reise, Borka. Und bitte pass auf dich auf.«

»Ich dachte, ich soll auf den Prinzen aufpassen. Und auf Kalle. Langsam wird es zu viel.«

Lotti knufft mich lachend in die Seite und legt den Finger an die Lippen, obwohl Kalle zu weit weg steht, um mich zu hören. Dennoch scheint er zu spüren, dass wir ihn ansehen, denn er schaut zu uns herüber und dann gleich wieder beschämt weg. Lotti kichert albern, und ich schubse sie in Kalles Richtung. »Na los doch! Sag ihm Auf Wiedersehen, er wird sich sicher freuen.«

»Nein, das kann ich nicht.«

»Lotti!« Ich sehe sie auffordernd an. Sie ziert sich noch einen Moment und sagt dann: »Überzeugt.«

Ihr blaues Kleid schwingt bei jedem Schritt um ihre Beine, während sie, fast stolpernd vor Eile, auf Kalle zuläuft.

Ich greife nach Gretes Mähne und ziehe mich daran empor. Da ich wie immer jetzt Kalles Kleidung trage, kann ich ohne Weiteres ein Bein rechts und eins links nach unten schwingen lassen. Diese Hosen sind wirklich viel besser als jedes Kleid der Welt!

Während ich Grete durch sanftes Streicheln daran hindere, ihrer Energie freien Lauf zu lassen und einfach loszustürmen, zählt Ling die Männer ab. Er nickt dem König zu und hebt seine Hand zum Abschiedsgruß.

Fjodor verneigt sich vor seinem Vater, der ihm die Hände auf die Schultern legt und sie dort einen Moment verweilen lässt. Es wirkt steif und wenig herzlich, und dennoch versetzt es mir einen Stich ins Herz. Nicht einmal eine solch distanzierte Verabschiedung war mir und meinen Eltern vergönnt.

Mit einem Mal wächst meine Wut gegen den König und den Prinzen ins Unermessliche, und ich kralle mich in Gretes Mähne fest, um nicht laut zu schreien.

»Ich wünsche euch eine gute Reise«, sagt der König. »Möget ihr alle wohlbehalten zurückkehren. Wenn es euch gelingt, sowohl den Prinzen als auch seine Braut, Prinzessin Johanna, unversehrt hierher zurückzubringen, erwarten euch Ruhm und Ehre, und ihr sollt fürstlich belohnt werden. Richte König Johann und seiner Gemahlin meine herzlichsten Grüße aus, mein Sohn.«

»Das werde ich, Vater«, verspricht Fjodor und schwingt sich mit beeindruckender Leichtigkeit auf den schwarzen Hengst, den Ling für ihn mitgebracht hat.

Das Gewand des Prinzen hat die Farbe des Himmels und bringt seine stechend blauen Augen besonders zur Geltung. Sein Umhang bedeckt den ganzen Pferderücken. Um seinen Hals baumelt eine lange Kette, an deren Ende sich eine kleine hölzerne Sichel befindet. Ich hätte Gold und Silber um seinen Hals erwartet. Aber ganz sicher nicht etwas, das die Bäume gespendet haben. Es passt nicht zu ihm. Und für einen winzigen Moment habe ich das Gefühl, dass er mir damit auch das Letzte nimmt, was nur mir gehört: die Sicherheit und das Zuhause, das Wald und Bäume für mich bedeuten.

»Wir reiten los!«, ruft der Prinz, und aus dem Augenwinkel sehe ich, wie Kalle Lotti um den Hals fällt, ehe er sich auf sein Pferd schwingt und Fjodor folgt.

»Los geht's, Grete.« Ich tätschele ihren Hals und drücke meine Schenkel gegen ihre Flanken. Grete hebt die Vorderhufe vom Boden und wirft mich um ein Haar ab. Dann reiht sie sich hinter den anderen Pferden ein, die brav hinter Lings und Fjodors Hengsten hertraben.

Wir folgen dem Lauf des Wassergrabens. Überall entlang des Weges stehen Menschen und winken uns zu. Kinder haben Blumen mitgebracht, die sie nun über uns rieseln lassen. Eine weiße Rose landet geradewegs in meiner Hand. Ich schenke dem Mädchen, das sie geworfen hat, ein Lächeln und stecke sie an meinem Gürtel fest. Das Kind klammert sich schüchtern an den Arm der Mutter, doch ein Lächeln umspielt seine Mundwinkel.

Kurz darauf haben wir alle Menschen passiert und lenken unsere Pferde nun über die Felder, die an den Kiesweg grenzen. Als ich in der Ferne den Wald erblicke, wird mein Herz trotz aller

Anspannung plötzlich leichter. Ich habe das Gefühl, zum ersten Mal seit Wochen wieder frei atmen zu können.

Auch Grete reckt ihre Nase in den Wind und macht ein paar Bocksprünge. Ich presse meine Beine fest gegen sie und hoffe, dass sie vor lauter Übermut nicht vergisst, dass da noch jemand auf ihrem Rücken sitzt.

Ling steuert geradewegs auf den Wald zu, und dreizehn Pferde folgen ihm.

Endlich nach Hause!

Der Geruch der Blätter und der Erde ist mir so vertraut, dass mir Tränen in die Augen steigen. Die Stimmen der Vögel klingen hier anders als im Schlossgarten. Als wären sie hier ausgelassener. Obwohl sie doch frei wählen können, wohin sie fliegen. Freier als irgendjemand sonst.

Fjodor reitet noch immer zusammen mit Ling an der Spitze, dicht gefolgt von Darius und Georg, Friedrich und Ignazius. Kalle bildet das Schlusslicht, und ich habe mich absichtlich ein wenig nach hinten fallen lassen, um all die Eindrücke in Ruhe aufnehmen zu können. Kalle sieht sich über die Schulter nach mir um, und ich schließe zu ihm auf. Die Pferde verlangsamen ihr Tempo und schreiten bedächtig durch den dicht bewachsenen Wald. Ab und an stolpert eins über eine Wurzel oder einen Stein. Auch Grete hat Schwierigkeiten mit dem Waldboden. Man merkt, dass sie schon lange nichts anderes mehr als akkurat gestutztes Gras unter ihren Hufen hatte.

»Alles in Ordnung bei dir?«, fragt Kalle beiläufig.

»Den Umständen entsprechend.«

»Wie meinst du das?«

Kurz ziehe ich in Erwägung, ihm vom Zustand meiner Eltern zu erzählen, doch bisher habe ich mit ihm nur sehr oberflächlich über mein Leben mit den Löwen gesprochen, und ich habe nicht vor, ihn ausgerechnet jetzt ins Vertrauen zu ziehen. Also sage ich lediglich: »Nun ja, ich kann mir Angenehmeres vorstellen, als tagelang mit einer Horde Männer unterwegs zu sein, um irgendeine Prinzessin abzuholen.«

»*Irgendeine Prinzessin* ist Prinzessin Johanna aus dem Reich der sieben Türme«, erklärt Kalle. »Man sagt, sie sei die Anmut selbst. Der Prinz hat sie jedoch nur ein einziges Mal gesehen. Damals waren sie noch Kinder. Seit diesem Tag sind sie einander versprochen.«

»Wie schön für sie.«

Kalle entgeht mein spöttischer Unterton nicht. »Was bist du denn so gereizt, Borka?«

Warum ich so gereizt bin? Meine Eltern könnten jeden Moment dem Gift erliegen, während ich mich mit jedem Herzschlag mehr von ihnen entferne, und er faselt was von Ehen, die vor Jahren arrangiert wurden, um die Mächtigen noch mächtiger zu machen.

»Tut mir leid, aber ich habe wirklich kein Interesse daran, über das Liebesleben des Prinzen aufgeklärt zu werden«, sage ich, und es klingt wie ein Fauchen. Wenn meine Emotionen mit mir durchgehen, verfalle ich noch oft in die Löwensprache. Ich kann nichts dagegen tun.

Kalle zuckt zusammen und sagt dann: »Ist ja schon gut, ich dachte, vielleicht interessiert dich der Hintergrund dieser Reise. Ich für meinen Teil empfinde es als große Ehre, dabei zu sein, wenn unser Königreich sich mit dem Reich der sieben Türme vereint und wir …«

»Ich habe doch gesagt, es interessiert mich nicht!«, fahre ich ihn an. Sein Gesicht wird knallrot, und augenblicklich bereue ich meinen barschen Ton. »Tut mir leid. Ich … ich wollte nicht …«

»Schon gut«, sagt Kalle. Dann treibt er sein Pferd wieder vor Grete und lässt mich mit meinem schlechten Gewissen allein.

Ich könnte mich ohrfeigen. Was ist nur in mich gefahren? Wieso vergraule ich den einzigen Freund, den ich in dieser Gruppe habe? Ich beschließe, mich später, wenn wir uns beide etwas beruhigt haben, noch einmal bei Kalle zu entschuldigen.

»Wir steigen ab!«, ertönt Lings Ruf von weiter vorne.

Tatsächlich ist das Unterholz an dieser Stelle des Waldes so undurchdringlich, dass ein weiteres Vorankommen zu Pferde nahezu unmöglich ist. Ständig peitschen uns Äste ins Gesicht. Alle springen von ihren Pferden und führen sie am Zügel durch das Gestrüpp. Als meine nackten Füße den Waldboden berühren, strömen Erinnerungen auf mich ein. Timur, Finja und ich jagen über das weiche Moos, wälzen uns darin, rangeln. Corbin und Aylela betreten die Szenerie, ungestüm rennt Finja auf sie zu und reißt sie mit ihrem Sprung beinahe von den Tatzen. Meine Eltern raufen mit der Kleinen. Timur und ich stürzen uns auf sie und ringen sie gemeinsam zu Boden. Sind mächtig stolz, als es uns gelingt, unseren Vater, den starken, unbeugsamen Corbin, auf den Rücken zu drehen. Heute weiß ich, dass er nur uns zuliebe so getan hat, als hätten wir ihn besiegt. Dass meine Kräfte niemals ausgereicht haben und niemals ausreichen werden, um mit ihm mitzuhalten.

Grete wiehert panisch, als ihr Vorderhuf zwischen zwei Wurzeln hängen bleibt. Vorsichtig befreie ich sie aus ihrer misslichen Lage. Sie schaut mich so vorwurfsvoll an, als sei es meine Schuld, dass sie in diese Falle getappt ist.

»Nicht du auch noch«, sage ich, »ich kann nicht noch jemanden gebrauchen, der wütend auf mich ist.«

Grete wirft den Kopf in den Nacken und schnaubt, trottet dann aber brav neben mir her.

»Borka!«, hallt Lings Stimme durch den Wald. »Komm bitte nach vorne.«

Unsicher, was mich erwartet, treibe ich Grete an, schneller zu gehen. Wir kämpfen uns unter tief hängenden Zweigen hindurch und über hoch über die Erde ragende Wurzeln hinweg an die Spitze des Zuges.

»Was gibt es, Ling?«

»Du kennst den Wald besser als jeder andere. Ich möchte, dass du mit mir gemeinsam vorangehst und dem Prinzen den Weg bereitest.«

Ich fasse es nicht! Nun soll ich mich für seine Königliche *Hohlheit* von den Bäumen verprügeln lassen, bloß damit seine makellose Haut keine Schrammen abbekommt. Das wäre ja was, wenn er bei seiner Prinzessin und seinen zukünftigen Schwiegereltern ankäme und sie sehen könnten, dass er tatsächlich etwas riskiert hat, um zu ihnen zu gelangen. Und nicht etwa, dass zwölf Männer und eine Frau ständig um ihn herumscharwenzelt sind, um ihm seinen königlichen Ar…

»Borka?«

»Ja?«

»Kommst du bitte?« Ling deutet neben sich. Fjodor lässt sich hinter ihn zurückfallen.

Ich funkele den Prinzen genervt an, doch der verzieht keine Miene, als ich Grete an ihm vorbeiführe. Ich halte seinem Blick stand, solange ich kann, aber irgendwann muss ich wieder nach vorne schauen, um nicht blindlings gegen den nächsten Baum zu laufen.

Zwei zu eins für ihn.

Wir bahnen uns einen Weg, der Dornensträucher und tief herabhängende Blättervorhänge, soweit es möglich ist, umgeht.

Ling bewegt sich im Wald wie ein Reh. Aufmerksam auf jedes Geräusch lauschend und unglaublich leichtfüßig.

Grete scheint missmutig darüber, dass sie nun stets die Erste ist, der die Äste ins Gesicht peitschen, und wirft ihren Kopf hin und her, was es mir extrem schwierig macht, sie zu halten.

»Bleib ruhig«, sage ich, genervt von ihren Allüren, »ich kann es ja auch nicht ändern.«

»Wenn du in diesem Ton mit dem Pferd redest, wird es dir wohl kaum gehorchen«, kommt es von hinten. Ich drehe mich um und blicke dem Prinzen direkt in die Augen. In seiner Miene liegt Spott.

»Na, Ihr müsst es ja wissen!«

»Allerdings. Ich reite schon mein Leben lang. Ich kenne mich aus mit Tieren.«

»Ja, mir ist gleich aufgefallen, dass Ihr etwas von Tieren versteht … Ganz besonders vom Töten von Tieren, nicht wahr?«

»Borka!«, ermahnt Ling mich streng.

»Schon gut.« Der Prinz hebt die Hände, eine Geste, die ich bereits bei seinem Vater oft beobachtet habe, und Ling verstummt. »Du hast recht, Löwenmädchen. Davon verstehe ich in der Tat etwas. Und wenn du mir nicht meinen Kampf versaut hättest, wüsste das jetzt auch alle Welt.«

»Ihr solltet mir dankbar sein«, sage ich, und wie zuvor im Gespräch mit Kalle stiehlt sich ein Knurren in meine Worte. »Wenn ich nicht eingegriffen hätte, hätten die Löwen Euch Euer königliches Haupt abgerissen, noch bevor die Krone es je berührt hätte.«

»Du irrst dich. Ein paar Augenblicke mehr, und ich hätte den Kampf eindeutig für mich entschieden. Dein Eingreifen hat mich zum Gespött der ganzen Stadt gemacht!«

»Wieso nur glaubt Ihr, dass Euch die Leute Respekt zollen, wenn Ihr unschuldiges Blut vergießt?«

»Es ist eine uralte Tradition. Aber was verstehst du schon davon? Du hast mehr Tierisches als Menschliches an dir. Wie sollte jemand wie du etwas von Ehre verstehen?«

Ich schnappe empört nach Luft. »Wenn das für Euch Ehre bedeutet, dann seid Ihr nichts weiter als ein …« Gerade noch rechtzeitig beiße ich mir auf die Zunge.

»Was? Was wolltest du sagen?« Er sieht mich lauernd an.

»Ich habe nichts mehr zu sagen«, antworte ich. Dabei hätte ich so viel zu sagen! Zu viel. Doch wenn ich es tue, wird es mich Kopf und Kragen kosten.

»Es sind bloß Löwen.« Gepresst und abgehackt verlassen die Worte Fjodors Mund. Es klingt, als sage er ein Mantra auf. Als seien es nicht seine eigenen Worte.

»Diese Löwen sind meine *Familie*. Ein Teil meiner Familie, um genau zu sein. Den anderen Teil haben Eure Männer kaltblütig ermordet«, fahre ich ihn an. Alles in mir schreit danach, mich auf ihn zu stürzen.

»Ich habe es ihnen nicht befohlen.«

»Ihr habt es aber auch nicht verhindert.«

»Ich kann nicht alles kontrollieren, was meine Männer tun.«

»Das solltet Ihr aber. Es ist Eure Verantwortung, wenn in Eurem Namen schlimme Dinge getan werden.«

»Die Tradition verlangt, dass der Thronfolger einen Löwen tötet – ich habe keine Wahl.«

»Man hat immer eine Wahl!« Ich spüre, wie mir die Tränen in die Augen steigen. Auf keinen Fall möchte ich mir die Blöße geben, vor ihm zu weinen. Mit aller Macht dränge ich die Tränen zurück.

Doch ihm scheint nicht entgangen zu sein, wie sehr mich das ganze Thema berührt. Er weicht meinem anklagenden Blick aus. Direkt hinter ihm führen Friedrich und Ignazius ihre Pferde am

Zügel. Erst jetzt fällt mir auf, dass ihr Gespräch verstummt ist und ihre Blicke sich in meinen Nacken brennen. Auch Fjodor scheint zu bemerken, dass sie uns anstarren. Er fährt wieder zu mir herum und sagt laut: »Da siehst du es, Ling. Ich habe es meinem Vater gleich gesagt. Eine Frau hat in der Leibgarde nichts zu suchen. Wie sollte sie denn durch den Schleier ihrer Tränen einen potenziellen Angreifer erkennen?«

Augenblicklich kehrt meine Traurigkeit sich wieder in Wut um. »Ihr habt die Krone nicht verdient! Ihr sprecht von Ehre? In jeder Kralle meines Vaters steckt mehr Ehre, als Ihr je besitzen werdet!«

»Es reicht!« Lings Stimme donnert mir entgegen und steht Corbins Brüllen in nichts nach. »Wie kannst du es wagen, so mit dem Prinzen zu sprechen?«

»Aber ich …«

»Ich will kein weiteres Wort mehr hören! Du bist hier, um ihn zu beschützen, und im Moment besteht deine Aufgabe darin, ihm sicheres Geleit zu geben. Also richte deinen Blick nach vorne, und halte deine Zunge im Zaum.«

Erstickt doch an Eurem falsch verstandenen Ehrgefühl!, rufe ich. Doch niemand kann verstehen, was ich sage, denn statt Worten verlässt Löwengebrüll meinen Mund.

Ich lasse Gretes Zügel los und renne. Springe über Wurzeln und Steine, vorbei an Büschen und Bäumen, die ich noch nie zuvor gesehen habe und die mir doch Trost und Schutz spenden. Sie verschlucken mich und schirmen mich von den Blicken und Rufen ab, die ich in meinem Rücken spüre und höre.

Ich drehe mich nicht um, sondern renne blindlings immer weiter. So lange, bis ich atemlos zu Boden sinke und hemmungslos zu weinen beginne.

Ich weiß nicht, wie viel Zeit vergangen ist, seit ich die Gruppe verlassen habe. Inzwischen ist es kühler geworden, und der Himmel kündet vom Ende des Tages. Ich habe so viel geweint, dass ich mich ganz leer fühle. Und dennoch geht es mir zum ersten Mal seit Langem gut. Niemand ist da, der mir etwas vorschreibt oder mich in irgendeine Rolle zwängt. Stattdessen vertraute Gerüche und Klänge überall um mich herum.

Wie gerne würde ich einfach dem Ruf des Waldes folgen und nie wieder aus ihm auftauchen! Meine Mission abbrechen und in das Leben zurückkehren, das ich all die Jahre gekannt habe. Doch tief in meinem Innersten weiß ich, dass es nie wieder dasselbe Leben sein würde. Nicht ohne Finja und Timur, Corbin und Aylela. Lings Worte schmerzen mehr als die des Prinzen. Dass der ein arroganter Schnösel ist, wusste ich schon, doch von Ling hatte ich gehofft, dass er mir beistehen und nicht in den Rücken fallen würde.

Aber auch er kuscht vor der Obrigkeit wie alle anderen – immer in Angst, etwas Falsches zu tun oder zu sagen, ihre Stellung, ihr Vermögen oder ihre sogenannte Ehre zu verlieren. Ich kann das Wort nicht mehr hören. Warum ist es denn eine so große Ehre, dem König und seinem Sohn zu dienen? Ist es nicht eine viel größere Ehre, so zu leben, dass es allen Menschen dient? So, dass niemand zu Schaden kommt? Ich hatte geglaubt, Ling würde das auch so sehen, aber da habe ich mich wohl in ihm getäuscht.

Ich fröstele in der einsetzenden Dämmerung und ziehe meinen Mantel enger um mich. Dabei streife ich mit der Hand meinen Gürtel, und etwas segelt zu Boden. Die weiße Rose, die mir das kleine Mädchen zugeworfen hat. Ich denke daran, wie schüchtern es sich an seine Mutter gedrückt hat. Erneut laufen mir Tränen übers Gesicht. Ob meine Menschenmutter mich einst ebenso im Arm hielt? Aylela hätte es jederzeit getan, wenn sie Arme hätte.

Ich beiße mir fest auf die Lippen und dränge die Tränen zurück. Alles in mir schreit danach, einfach hier Wurzeln zu schlagen wie ein Baum. Doch dann werde ich Aylela nie mehr an mich drücken können. Und nie die Wahrheit über meine Kindheit erfahren.

Ich rappele mich hoch und klopfe mir Laub und Steine von der Hose.

Die Gruppe hat einen riesigen Vorsprung, aber ich weiß, dass sie hier nur langsam vorankommen. Ich hingegen bin in den Wäldern aufgewachsen. Und so nehme ich die Fährte der Pferde auf, die leichter auszumachen ist als die meiner Kameraden, und folge ihr.

Ich renne, so schnell ich kann. Springe, ducke mich, rutsche aus, rappele mich wieder hoch. Hechte, keuche, zwinge mich weiter. Wie oft ich meine Eltern als Kind um ihre vier Beine beneidet habe!

Wieso haben Mama und du vier Füße und ich nur zwei? Das ist gemein, habe ich meinen Vater gefragt, nachdem er mich mit wenigen Sprüngen eingeholt hatte, als ich, obwohl er es mir verboten hatte, noch eine Handvoll Beeren gepflückt hatte und dann weggerannt war.

Damit du mit deinen Händen an Beeren kommen kannst, die ein Löwe niemals erreichen würde, erwiderte mein Vater.

Aber ich darf sie gar nicht essen.

Weil man davon Bauchschmerzen bekommt, ja. Aber deine Hände können noch viel mehr als das. Sie können den Hals deiner Mutter umarmen, über mein Fell streichen, sie können Stöcke so schnell aneinanderreiben, dass eine Flamme entsteht, und sich an meiner Mähne festhalten, wenn ich dich auf dem Rücken trage.

Ich weiß noch, wie stolz ich war, als Corbin das alles aufzählte. So wie er es sagte, klang es, als seien meine Hände viel wertvoller als seine Pfoten.

Aber gerade jetzt könnte ich Pfoten gebrauchen, denn meine Beine beginnen bereits zu schmerzen, so lange bin ich schon gerannt. Immerhin komme ich ohne Pferd am Zügel und einem Prinzen, auf den ich achten soll, tausendfach schneller voran.

Ich kann kaum noch die Hand vor Augen sehen, da bricht plötzlich ein Licht durch die Dunkelheit. Ich höre das Knistern eines Feuers.

Als ich mich der Lichtung nähere, sehe ich Grete und die anderen Pferde an Bäumen angebunden dastehen und von dem Farn fressen, der hier überall wächst. Grete sieht mich mit ihrem typischen missbilligenden Blick an.

»Ist ja schon gut«, murmele ich. »Ich musste mir nur mal kurz die Beine vertreten.«

Sie bläht ihre Nüstern und atmet aus, was wie ein entnervtes Schnauben klingt.

»Jetzt bin ich ja wieder da, also reg dich ab.«

Sie sieht mich aus ihren großen Kulleraugen an und blinzelt unschuldig. Ich tätschele ihren Hals. Sie lässt mich einen Augenblick gewähren, wendet sich dann aber wieder dem Farn am Waldboden zu.

Zögerlich betrete ich die Lichtung. Um ein Feuer herum sitzen Fjodor und die anderen Männer. Ling steht etwas abseits zwischen einer Reihe brauner Zelte und betrachtet den Sternenhimmel. Er hält die Hände wie ein Fenster in die Höhe und dreht sie immer wieder herum.

Georg bemerkt mich als Erster. »Na, das ist ja mal eine Überraschung! Seht mal, wer da angekrochen kommt.«

Der Prinz wirbelt zu mir herum. Auf seinem Schoß steht eine Schüssel mit Fleisch darin, die bei der schwungvollen Bewegung beinahe von seinem Knie kippt.

»Es tut mir leid«, sage ich und zwinge mich, ihm dabei direkt in die Augen zu sehen. Das Feuer spiegelt sich in ihnen, und es sieht so aus, als würden sie Funken sprühen.

»Ich hätte das alles nicht sagen sollen, bitte verzeiht mir«, stammele ich. Auf dem Weg hierher habe ich diesen Satz wieder und wieder laut vor mich hingesprochen, sodass er mir nun fast natürlich über die Lippen kommt.

Der Prinz zieht eine Braue hoch und betrachtet mich von oben bis unten. Er kratzt sich am Kinn. Sein Kiefer mahlt. Dann nickt er langsam.

Ich deute eine Verbeugung an und verspreche mir selbst, mich nie wieder in so eine Lage zu bringen. Vor dem Mann, der meine Eltern töten wollte, zu kriechen, ist das Demütigendste, das ich je getan habe.

Die Männer nehmen ihre Gespräche wieder auf und beachten mich nicht länger. Ihr Lachen ist zu laut für den Wald. Die Tiere werden heute Nacht keine Ruhe finden. Doch solche Kommentare darf ich in Zukunft nur noch denken. Bis vor Kurzem habe ich geglaubt, dass ich sie wenigstens mit Ling teilen könnte. Das war ein Irrtum.

Dennoch ist er der Anführer der Gruppe und hat somit auch die Macht zu entscheiden, ob er mich nach meinem Abgang noch dabeihaben will oder nicht. Nicht auszudenken, was passieren würde, wenn er mich verstößt und zurück in die Stadt schickt.

Vorsichtig nähere ich mich Ling, der mit dem Rücken zu mir steht. Noch immer betrachtet er durch seine Finger die Sternenbilder. Der leichte Nachtwind weht einzelne Haarsträhnen umher, die sich aus seinem Zopf gelöst haben.

»Gut, dass du zurückgekommen bist«, sagt er, ohne sich umzudrehen. Wie konnte er wissen, dass ich hinter ihm stehe?

»Ich habe die Gruppe frühzeitig angehalten, um das Nachtlager aufzuschlagen, sodass du eine Chance hattest, uns noch einzuholen.«

Das überrascht mich. Woher wusste er, dass ich zurückkommen würde?

»Das war heute Mittag sehr dumm von dir, Borka. Schon wieder ist dein Temperament mit dir durchgegangen. Ich hatte dich vor Darius gewarnt, doch das heißt nicht, dass du nicht auch bei anderen deine Zunge im Zaum halten solltest. Vor allem beim Prinzen.«

»Ich weiß. Aber er hat mich einfach so provoziert.«

»Wer sich zu Kurzschlussreaktionen hinreißen lässt, wird niemals ein Gefecht gewinnen. Keines mit Worten und auch keines mit der Waffe.«

»Aber …«

»Geduld und Besonnenheit. Das sind die Tugenden der Bäume. So wachsen sie gen Himmel. Wir können viel von ihnen lernen.«

»Aber was der Prinz über meine Familie gesagt hat …«

»Ich weiß, dass Fjodor dir sehr wehgetan hat. Glaube mir, er hat es nicht getan, um dir wehzutun. Er ist in eine Position geboren worden, die es verlangt, klaren Regeln zu folgen. Doch ich traue ihm zu, dass er lernen wird, damit zu brechen, wenn die Zeit gekommen ist.«

»Das kann ich mir nicht vorstellen.« Trotzig verschränke ich die Arme vor der Brust.

Ling hat mir noch immer den Rücken zugewandt. »So wenig, wie er dich kennt, so wenig kennst du ihn. Vielleicht unterschätzt du ihn genauso wie er dich.«

»Wie auch immer.« Ich winke ab. »Ich habe mich bei ihm entschuldigt.«

»Dann hast du ja doch ein wichtiges Gefecht gewonnen.«

»Wie bitte?«

»Den Kampf gegen deine eigene Starrköpfigkeit.«

Ich setze an, ihm zu sagen, dass ich ganz und gar nicht starrköpfig bin, da dreht er sich zu mir um und sieht mir direkt in die Augen. »Ich war mir sicher, du würdest es tun.«

Ich nicke. »Ich hatte keine andere Wahl.«

»Man hat immer eine Wahl.« Er lässt die Worte, die ich heute Vormittag noch Fjodor an den Kopf geworfen habe, eine Weile zwischen uns schweben, ehe er weiterspricht. »Doch nicht jeder trifft die richtige. Ich bin froh, dass du es getan hast.« Ling lächelt mich an, und ich spüre, wie ich rot werde. Ich habe mich nicht in ihm getäuscht. Und das bedeutet mir in diesem Moment mehr als alles andere.

»Ling?«

»Ja?«

»Ich werde mich bemühen, meine Zunge zukünftig im Zaum zu halten.«

»Das freut mich.«

»Ich kann nichts versprechen, aber ich gebe mein Bestes.«

»Ein guter Anfang.«

»Darf ich Euch noch eine Sache fragen? Wäre es Euch eine Ehre, dem Prinzen zu folgen, egal, was passiert? Sogar bis in den Tod?«

Ling schüttelt den Kopf. »Nein«, sagt er, und ich wende mich zum Gehen, »das wäre es nicht. Aber wenn es in jenem Moment die richtige Wahl wäre, dann würde ich es ohne Zögern tun.«

14. Kapitel

Die Flammen greifen nach mir. Ich habe nicht gewusst, dass sie Klauen haben. Riesige Klauen, die mich fangen wollen. Immer wieder sprießen neue Klauen aus dem Feuer hervor, das mich bereits vollständig umzingelt hat. Ich drehe mich hilflos im Kreis. Nirgends ist ein Weg hinaus aus dem Flammenmeer.

Ich will schreien, doch aus meinem Mund kommt nur Rauch. Ich schlage nach den roten Klauen, und Schmerz lodert in meiner Hand auf, als ich sie berühre. Ich kann ihnen nicht entkommen. Sie werden mich ohne Gnade in das Flammenmeer ziehen. Ich werde verbrennen.

Durch den Rauch rings um mich sehe ich, wie sich etwas nähert. Ein Arm. Eine Hand packt mich und zieht mich mit sich. Es ist die Hand einer Frau.

Die Berührung lässt mich neue Hoffnung schöpfen. Ich spüre, dass sie mir helfen wird. Sie wird mich nicht dem Feuer überlassen. Ich huste und ringe nach Atem.

Die Hand lässt mich nicht los. Sie zieht mit sanfter Gewalt an meinem Arm, und ich folge ihr blindlings. Durch Feuer und Rauch. Schmerzen und Angst. Sie führt mich aus der Gefahr.

Ich kann das Gesicht der Frau nicht erkennen. Es ist unter einer grauen Kapuze verborgen. Doch ich weiß längst, wer sie ist. Sie hat ihr Leben für mich aufs Spiel gesetzt. So, wie es eine Mutter für ihr Kind tut.

Ich will ihr ins Gesicht sehen und fasse nach ihrem Umhang. Ich ziehe ihr die Kapuze vom Kopf, gespannt darauf, sie endlich zu sehen. Doch da, wo ihr Gesicht hätte sein sollen, ist nichts als Feuer. Sie steht in Flammen.

Ich schreie auf, als das Feuer auf mich überspringt und meinen ganzen Körper umschließt. Der Schmerz ist unerträglich. Ich will weglaufen, doch wie kann ich vor meinem eigenen brennenden Körper fliehen?

Niemand kann mich jetzt noch retten.

Mein eigener Schrei lässt mich aus dem Schlaf hochfahren. Es dauert eine Weile, bis ich mich orientiert habe. Ich liege allein in einem Zelt, das mir nur vage bekannt vorkommt. Von draußen dringen Stimmen an mein Ohr. Aufgeregte Stimmen, die immer wieder einen Namen rufen.

Fjodor.

Im Nu bin ich bei meinen Kameraden. »Was ist passiert?«

»Fjodors Zelt wurde aufgeschlitzt!«, ruft Kalle.

Das darf doch nicht wahr sein!

Ich laufe zu Fjodors Zelt, das im Gegensatz zu allen anderen weiß ist und mitten zwischen den anderen Zelten steht. Ein tiefes Loch klafft in dem Stoff. Als ich ins Zeltinnere spähe, erkenne ich bunte Kissen und ein paar Felle. Offensichtlich bettet der Prinz sich nicht wie wir anderen auf den nackten Zeltboden. Sogar ein hölzerner Schemel steht im Zelt. Darauf liegt Fjodors Schwert. Eine Schüssel ist umgefallen, und die Äpfel und Trauben haben sich über den gesamten Boden verteilt.

»Er ist verschwunden«, sagt eine Stimme neben mir. Ich habe Ling noch nie so besorgt gesehen. Sein Blick ruht auf Ignazius, der sich windet.

»Ich war nur ganz kurz weg, um zu pinkeln«, sagt er und sieht dabei betreten zu Boden, so als wolle er mit den Augen ein Loch graben, in dem er versinken kann.

Ling schüttelt fassungslos den Kopf. Dann wendet er sich an die übrigen Männer, die inzwischen allesamt ihre Zelte verlassen haben. »Wir suchen den Prinzen. Kalle, Darius, ihr bleibt im Lager. Alle anderen: Schwärmt aus!«

»Aber wieso?«, protestiert Darius.

»Ich habe gesagt, ihr beide bleibt hier.« Lings Stimme lässt keinen Widerspruch zu.

Darius schnauft genervt, und Kalle presst sein Schwert fest an seinen Körper, als wäre es ein Schutzschild.

Ich renne in mein Zelt zurück, schnalle mir den Köcher mit den Pfeilen um, hänge mir meinen Bogen über die Schulter und greife nach meinem Schwert.

Bevor wir uns auf die Suche machen, entzündet Ling Fackeln am Lagerfeuer, die er an uns verteilt. Dennoch kann ich nichts erkennen, was mehr als fünf Schritte vor mir liegt.

Mit klopfendem Herzen schleiche ich durch das Dickicht. Ich recke meine Nase in die Luft und versuche, fremde Gerüche aus dem Duft des Waldes herauszufiltern. Um Fjodors Fährte aufzunehmen, müsste ich seinen Geruch von dem der anderen Männer, die wie ich gerade durch den Wald streifen, unterscheiden können. Doch dafür kenne ich ihn nicht gut genug. Ich nehme die Anwesenheit von vielen Männern um mich herum zwischen den Bäumen wahr. Wer wer ist, kann ich beim besten Willen nicht sagen. Auch nicht, ob einer oder mehrere davon Fremde sind. Ich rieche Leder, Schweiß und diverse andere Körperausdünstungen, höre Stiefel, die Zweige zerbrechen und Laub aufwirbeln.

Ich schlage mich weiter vorwärts durch Senken voller Farn,

über kleine Hügel, vorbei an knorrigen Bäumen, die einander bei Nacht so sehr ähneln, dass ich sie ebenso wenig unterscheiden kann wie die Gerüche meiner Kameraden.

Nach einer Weile, in der sich die Gerüche und Geräusche der anderen immer weiter von mir entfernt haben, erreiche ich einen kleinen Bachlauf. Bereits gestern habe ich ihn auf meinem Weg ins Lager passiert und hier meinen Durst gestillt.

Auf der anderen Seite des Bachs erhellt ein Licht die Nacht. Eine Fackel. Einer meiner Kameraden scheint dort bereits die Gegend abzusuchen. Gerade als ich mich umdrehen und in die andere Richtung weiterlaufen will, stutze ich. Wieso hängt die Fackel so tief? Ihre Flamme tanzt nur wenige Fuß über dem Boden durch die Dunkelheit. Ich renne zum Bach und erkenne, dass jemand die Fackel in den Waldboden nahe des Ufers gesteckt hat. Dicht daneben liegt ein Körper. Er bewegt sich nicht. Mit einem Satz bin ich über den Bach gesprungen.

Beim Näherkommen sehe ich, wer da auf dem dichten Moosteppich liegt. Ich keuche erschrocken auf. Um ein Haar lasse ich meine Fackel fallen, schaffe es gerade noch rechtzeitig, sie neben die andere in den aufgeweichten Boden zu stecken.

Dann bin ich auch schon an der Seite des Prinzen, packe seine breiten Schultern und schüttele ihn.

Wenn er tot ist, sind es meine Eltern auch, schießt es mir durch den Kopf. Wenn ich geglaubt habe, es sei mir egal, was mit ihm geschieht, so war das ein Irrtum. Sein Schicksal ist untrennbar mit dem meiner Familie verbunden. Er muss leben!

»Eure Hoheit, bitte!«, rufe ich verzweifelt.

Fjodor öffnet die Augen. Als er mich erkennt, setzt er sich mit einem Ruck auf. »Du?«

»Was ist passiert?«, frage ich atemlos.

»Ich bin ein wenig durch den Wald spaziert. Ich wollte allein sein. Da bin ich wohl eingeschlafen.«

»Ihr wolltet allein sein?« Ich fasse es nicht! »Wir bereiten uns seit Wochen unter Schweiß und Schmerzen darauf vor, Euch zu beschützen, und Ihr wollt *allein* sein?«

Mit hochgezogenen Brauen sehe ich ihn an. Doch statt Scham liegt Unverständnis in seinen Augen. »Niemand muss mich beschützen. Mein Vater macht sich viel zu viele Sorgen. Ein, zwei Begleiter für die Reise hätten völlig ausgereicht. Ich kann gut auf mich selbst aufpassen. Außerdem: Wer sollte mich schon angreifen, hier, mitten im Wald?«

»Ein Bär, ein Wolf, ein Löwe«, zähle ich auf.

»Ich dachte, Löwen sind friedlich?«

»Nicht alle.«

»Aha!«

»Ein Feind der Krone, ein Töter, der Euch für ein wildes Tier hält«, fahre ich fort.

»Ein Feind der Krone, der mir bis hierher folgt? Warum sollte das jemand tun?«

»Weil Ihr hier viel schutzloser seid als hinter hohen Mauern und mit jeder Menge Wachen um Euch herum.«

»Das ist doch Unsinn. Niemand hat es auf mich abgesehen.«

»Euer Zelt wurde aufgeschlitzt, während Ihr durch den Wald spaziert seid!«

Fjodor reißt ungläubig die Augen auf. »Was?«

»Offensichtlich wollte Euch sehr wohl jemand angreifen!«

»Das muss noch lange kein Angriff gewesen sein. Vielleicht wollte mich jemand bestehlen. Man hört immer wieder von Räubern, die im Wald leben und …«

»Begreift Ihr es nicht? Die Gruppe ist zu Eurer Sicherheit hier –

wenn Ihr sie verlasst, ist es unmöglich, Euch zu beschützen. Ihr denkt vielleicht, Ihr könnt auf Euch selbst aufpassen, aber …«

»Ich war nicht da, als mein Zelt aufgeschlitzt wurde, oder? Also habe ich sehr gut auf mich aufgepasst. Wo waren denn meine Leibwächter in diesem Moment, um das Ganze zu verhindern?«

Ich starre ihn entgeistert an. Darauf fällt mir tatsächlich nichts mehr ein. »Ich …«

»Siehst du.«

Meine Wut kocht langsam herunter. »Warum seid Ihr nicht beim Lager geblieben?«

»Wie gesagt, ich wollte für mich sein. Tagaus, tagein scharen sich Menschen um mich. Ich bin es allmählich leid.«

Das verstehe ich gut. Trotzdem: Es war sehr eigensinnig von ihm, das Lager ohne Begleitung zu verlassen. Ihm hätte sonst was passieren können.

»Ich bringe Euch jetzt zurück zu den anderen«, sage ich und nehme seine fast abgebrannte Fackel an mich.

Er seufzt tief. Ich rechne mit Widerspruch, doch er erhebt sich und klopft sich Erde von den Beinen.

Wenig später erreichen wir die Lichtung, auf der das Feuer schon beinahe heruntergebrannt ist. Die Flammen werfen tanzende Schatten auf die Zelte. Kalle und Darius, die sich vor Fjodors Zelt platziert haben, ziehen ihre Schwerter, als wir aus dem Unterholz steigen.

»Ach, du bist es«, sagt Darius abfällig. »Wieso bist du nicht … Oh, Fjodor.« Er macht einen Schritt auf den Prinzen zu und hebt die Arme, als wolle er ihn an sich drücken. Doch der Prinz nickt Kalle und Darius nur kurz zu und verschwindet ohne ein Wort in seinem Zelt. Kalle hingegen ruft laut in den Wald: »Der Prinz ist zurück! Der Prinz ist wieder im Lager.«

Nur wenig später treffen Georg und Friedrich auf der Lichtung ein, während Kalle die Nachricht weiter in die Nacht hinausschreit. Nach und nach folgen die anderen seinem Ruf.

»Bist du verrückt geworden, so zu schreien?« Ling ist neben Kalle aufgetaucht. Wie ein Geist hat er sich aus den Schemen der Bäume geschält. Als Einziger hält er keine Fackel in der Hand.

»Ich wollte doch nur …«

»Willst du den ganzen Wald aufwecken? Nun wissen alle, dass der Prinz zurück ist.«

Kalle holt Luft, um sich zu verteidigen, doch Ling ist noch nicht fertig. »Auch die Angreifer.«

Betroffen blickt Kalle zu Boden.

»Wer hat den Prinzen gefunden?«, fragt Ling in die Runde.

»Das war ich«, sage ich. »Er wollte sich bloß ein wenig die Beine vertreten. Es ist alles in Ordnung.«

»Nichts ist in Ordnung«, entgegnet Ling ernst. »Es gab einen Angriff. Der Prinz kann von Glück reden, dass er nicht in seinem Zelt war, als es passiert ist. Wir müssen damit rechnen, dass die Angreifer wiederkommen. Dank unserem Kalle hier sind sie ja nun bestens informiert.«

Im Schein meiner Fackel sehe ich, wie Kalle mit dem Stiefel Kreise auf den Waldboden malt.

»Du wirst den Prinzen persönlich bewachen, bis der Morgen graut«, sagt Ling streng. »Beim kleinsten Knacken im Unterholz weckst du alle anderen.«

Kalle nickt und wagt es nicht, Ling anzusehen. Er tut mir leid.

»Ich werde mit ihm wachen!«, rufe ich eilig.

»Das ist nicht notwendig«, sagt Kalle, doch Ling legt mir seine Hand auf die Schulter und sagt beinahe erleichtert: »Tu das, Borka. Vier Ohren hören mehr als zwei.«

Er macht ein paar Schritte auf Fjodors Zelt zu. »Alles in Ordnung, Hoheit?«

Von drinnen kommen gedämpfte Worte, die ich nicht verstehen kann. Ling nickt. »Kalle und Borka werden heute Nacht vor Eurem Zelt Wache halten. Seid unbesorgt.« Er blickt in die Runde. »Versucht nun zu schlafen. Wir haben morgen einen weiten Weg vor uns.«

Murmelnd ziehen die Männer sich in ihre Zelte zurück. Nur Kalle und ich nehmen am Feuer Platz und strecken unsere Hände in Richtung der halb verkümmerten Flammen, um sie zu wärmen.

Mir fällt mein Traum wieder ein. Bei all der Aufregung habe ich ihn völlig vergessen. Schon wieder ist meine Mutter darin vorgekommen. Schon wieder konnte ich ihr Gesicht nicht erkennen. Stattdessen eine feurige Fratze. Ob sie wirklich bei dem Versuch, mich aus den Flammen zu retten, ums Leben kam? Das würde zu dem passen, was Corbin und Aylela mir erzählt haben. Aber im Traum konnte ich längst laufen. Ich war also kein Baby mehr. Und das wiederum passt zu Lottis Theorie, dass meine Löweneltern mich erst sehr viel später gefunden haben, als sie behaupten. Werden sie mir jemals die Wahrheit sagen, wenn ich sie mit meinem Verdacht konfrontiere? Werden Corbin und Aylela sie mir überhaupt noch sagen *können*, wenn ich zurückkehre?

»Es wäre nicht nötig gewesen, dass du mit mir wachst.« Kalles brüchige Stimme reißt mich aus meinen Gedanken. »Du musst dir nicht auch noch die Nacht um die Ohren schlagen.«

»Schon gut.« Ich winke ab. »Immerhin war ich heute Morgen ziemlich unfreundlich zu dir.«

Er zuckt mit den Schultern. »Ach, vergiss es.«

Schweigend sitzen wir nebeneinander und starren in Richtung der Bäume, die wir in der Dunkelheit nur erahnen können.

»Wer, glaubst du, war das mit dem Zelt?«, fragt Kalle nach einer Weile. Seine Stimme klingt unnatürlich hoch in der Stille.

»Der Prinz jedenfalls denkt, dass es Räuber waren, die es gar nicht auf ihn abgesehen hatten.«

»Wäre schon möglich.«

»Wie auch immer.« Ich gähne und strecke meine Arme in die Luft. »Sollten sie wiederkommen, werden wir sie rechtzeitig bemerken.«

Doch wenig später bemerkt Kalle gar nichts mehr. Er liegt neben mir auf dem Boden und schnarcht. Ich lasse ihn. Sollte etwas Unvorhergesehenes passieren, kann ich ihn immer noch wecken. Von dem Lagerfeuer ist inzwischen nur noch rauchende Glut übrig. Ich beginne zu frösteln und strecke meine kalten Finger so nah wie möglich an die kläglichen Reste des Feuers heran. Vor meinem geistigen Auge steigen Flammen aus der Glut hervor. Sie formen sich zu einer Fratze, die mich verschlingt.

Ich schüttele den Gedanken ab, als ich plötzlich ein Geräusch höre. Es kommt von den Bäumen.

»Kalle«, flüstere ich, doch er lässt nur einen weiteren lauten Schnarcher hören.

»Hey, Kalle, wach auf!« Ich rüttele ihn. Nichts. Er scheint tief in Träumen versunken.

Wieder höre ich das Geräusch. Es ist ganz nah. Ich greife nach meiner Fackel und nähere mich langsam den Bäumen. »Hallo?«

Niemand antwortet.

Mein Herz schlägt immer schneller. »Ist da jemand?«

Wieder ein Geräusch. Knacken, Rascheln. Vielleicht bloß ein Tier.

Trotz der warnenden Stimme meines Vaters in meinem Kopf,

die mich ermahnt, mich keinem Feind zu nähern, den ich nicht kenne, gehe ich weiter. Lausche in die Dunkelheit hinein. Das Geräusch entfernt sich. Schnell.

Noch ehe ich überlegen kann, renne ich hinterher. Zumindest, soweit man es rennen nennen kann, wenn man kaum fünf Schritte weit sieht. Ein Ast trifft mich hart im Gesicht. Ich ertaste etwas Klebriges an meiner Wange. Der Schmerz breitet sich in meinem Gesicht aus.

Ich laufe weiter, bleibe immer wieder an Wurzeln hängen. Ich fluche leise, renne weiter. Pralle mit dem großen Zeh an etwas Hartes. Taumele und stürze mit dem Kopf voran zu Boden. Mein Fuß pocht. Es fühlt sich an, als würde er auf die doppelte Größe anschwellen.

Ich stoße einen wütenden Schrei aus. Dann beiße ich die Zähne zusammen, atme gegen den Schmerz an und versuche, aufzustehen. Mein rechter Fuß gehorcht mir nicht, aber nach mehreren Versuchen gelingt es mir. Die Fackel ist mir beim Sturz aus der Hand gefallen, und die ohnehin schon mickrige Flamme ist nun gänzlich erloschen.

Ich kann die eigene Hand nicht mehr vor Augen sehen, so dicht ist der Wald an dieser Stelle. Die Bäume stehen so eng beieinander, dass ihre Wipfel mir die Sicht auf den Himmel versperren.

Fieberhaft überlege ich, ob ich weiter nach dem Ursprung des Geräuschs suchen oder zurück zum Lager gehen soll. Es hat keinen Sinn, blind durch den Wald zu irren. Ich kann froh sein, wenn ich es ohne Fackel überhaupt zurückschaffe. Wahrscheinlich war es ohnehin nur ein Tier, das mich erschreckt hat. Wahrscheinlich habe ich ihm mit meiner Verfolgungsjagd mehr Angst eingejagt als es mir.

Ich drehe mich einmal um mich selbst und will in die Richtung gehen, aus der ich gekommen bin. Erschrocken weiche ich zurück, als ich mitten in die Flamme einer Fackel blicke.

Es war doch kein Tier, das das Knacken verursacht hat. Es war ein Mensch.

Und er hat mich gefunden.

15. Kapitel

»Was tust du denn hier, Borka?«

Ich weiß nicht, ob ich lachen oder ihn schlagen soll.

»Kalle! Bist du wahnsinnig, dich so an mich heranzuschleichen?«, fahre ich ihn an.

»Tut mir leid. Ich bin aufgewacht, und du warst nicht da. Da hab ich dich gesucht. Ich hab einen Schrei gehört. Ist alles in Ordnung?«

»Ja, alles bestens. Ich habe mir nur den Zeh ge…« Ich stocke.

Wenn Kalle hier ist und ich auch – wer ist dann bei …

»Wir müssen zurück! Schnell!« Ich reiße Kalle die Fackel aus der Hand. Er protestiert lautstark, aber da habe ich bereits die Fährte der Pferde aufgenommen, deren Geruch uns zielsicher ins Lager führen wird. Kalle folgt mir. Er bewegt sich noch langsamer als ich, und das, obwohl ich bereits das Gefühl habe, zu schleichen.

Endlich erreichen wir die Lichtung. Alles scheint ruhig zu sein. Erleichterung durchströmt mich. Wenn Fjodor etwas passiert wäre, hätten meine Eltern teuer dafür bezahlen müssen.

»Wie konntest du den Prinzen nur alleine lassen?« Meine Stimme überschlägt sich beinahe vor Zorn.

»Jetzt mach mal halblang! Du hast ihn doch zuerst alleine gelassen!«

»Ich habe ein Geräusch gehört und bin ihm gefolgt. Ich hatte keine Zeit, nachzudenken.«

»Was für ein Geräusch?«

»Ich weiß es nicht. Es klang so, als würde etwas am Rand der Lichtung stehen. Oder jemand.«

»Ihr habt einfach eure Wacht abgebrochen?« Eine schlaftrunkene Stimme weht zu uns herüber. Fjodor steht im Eingang seines Zeltes und reibt sich die Augen. »Großartige Leibwächter habe ich da.«

»Ich dachte, Ihr könnt ohnehin auf Euch selbst aufpassen«, sage ich und verschränke die Arme vor der Brust. Der Prinz tut es mir gleich.

»Und ich dachte, du hättest verstanden, dass deine Aufgabe hier nicht darin besteht, Widerworte zu geben, sondern deine Pflicht zu erfüllen.« Wir starren uns an. Kampflustig. Keiner wendet den Kopf ab oder weicht dem Blick des anderen auch nur für den winzigsten Moment aus.

»Meine Pflicht zu erfüllen fiele mir leichter, wenn Ihr Euch nicht heimlich davonstehlen würdet«, sage ich, obwohl ich weiß, dass dieses Argument inzwischen lahmt.

»Ich habe ganz ruhig in meinem Zelt geschlafen. Die Einzige, die sich davongestohlen hat, warst du.« Der Prinz deutet auf Kalle. »Und er.«

»Also ich –«, setzt Kalle an, doch ich komme ihm zuvor: »Irgendwer oder irgendetwas schleicht durch den Wald. Und unsere Pflicht ist es, herauszufinden, was es ist. Oder wer.«

»Dann hört auf, hier herumzuschreien, und haltet die Augen offen, damit ich meine getrost schließen kann.« Der Prinz macht auf dem Absatz kehrt und verschwindet wieder in seinem Zelt.

»Du solltest wirklich achtgeben, Borka«, flüstert Kalle mir zu.

»Das werde ich. Sollte ich das Geräusch noch einmal hören, werde ich schneller reagieren.«

»Das meine ich nicht. Selbst wenn den Prinzen kein wildes Tier oder Räuber angreift, tust *du* es noch irgendwann.«

Am nächsten Morgen brechen wir in aller Frühe auf. Ich kippe beinahe um vor Müdigkeit, und auch Kalle kann kaum die Augen offen halten. Heute führt Ling uns durch einen etwas lichteren Teil des Waldes, sodass wir wieder auf die Pferde steigen können. Zum Glück – alleine würden meine Beine den Marsch nicht bewältigen. Da wir nicht mehr befürchten müssen, von tief hängenden Ästen vom Pferd geschlagen zu werden, reitet Fjodor wieder neben Ling an der Spitze, während ich ein wenig abseits der anderen reite.

Die Sonne lugt immer wieder hinter den Baumkronen hervor und lässt Licht und Schatten im ständigen Wechsel über den Boden tanzen. Um uns herum flirrt der Wald von tausend Stimmen. Insekten surren durch die Luft, Rehe suchen Deckung, sobald sie unsere Anwesenheit wittern, eine Wolfsfamilie schnarcht leise. Ich nehme die Geräusche wahr, als wären sie direkt neben mir. Aber da ist noch etwas anderes. Etwas, das ich nicht zuordnen kann, dafür ist es zu weit entfernt. Doch ich spüre, dass es nicht in diesen Wald gehört.

»Ich glaube, wir werden verfolgt, Ling!« Ich treibe Grete an, bis wir zu ihm aufgeschlossen haben.

»Wie kommst du darauf?«

»Ich weiß nicht, es ist nur so ein Gefühl. Irgendetwas Fremdes schleicht durch diesen Wald.«

»Oh, das Löwenmädchen hat ein *Gefühl.*« Darius, der ein Stück hinter Ling zwischen Georg und Friedrich reitet, lacht höhnisch. »Seht ihr, Männer, was sage ich euch immer? Frauen lassen sich viel zu sehr von Gefühlen leiten. Deshalb taugen sie auch nicht für mehr als …«

»Halt den Mund, Darius!« Ich muss all meine Willenskraft aufbringen, um ihn nicht vom Pferd zu stoßen.

»Ich habe da so ein *Gefühl*, dass ich das nicht tun werde.«

Die Männer lachen. Ich sehe zu Fjodor hinüber. Er lacht nicht mit, greift aber auch nicht ein. Sein Blick ist stur nach vorne gerichtet. Kalle hingegen betrachtet übermäßig interessiert seine Hände. Auch von ihm ist wohl keine Hilfe zu erwarten.

»Genug jetzt!«

»Was denn? Ling, glaubt Ihr wirklich, dass uns ein Gefühl weiterbringt? Wir sollten besser auf unsere Augen und Ohren vertrauen.«

»Da stimme ich Euch zu, Sir Darenger. Dennoch gibt es Dinge, die man nicht mit seinen Sinnen wahrnehmen kann«, erwidert Ling ruhig. Er lenkt sein Pferd dicht an Grete heran und flüstert: »Vertraue auf deinen Instinkt, Borka. Er ist der beste Ratgeber, den du hast.«

Ich lächle ihn dankbar an.

Auch in den nächsten Stunden will sich das Gefühl, verfolgt zu werden, nicht legen. Zwar wird der Abstand zu dem Fremdartigen immer größer, sodass ich weder hören noch riechen kann, wer hinter uns ist, dennoch bin ich zunehmend sicher, mich nicht zu täuschen. Immer wieder fliegen Vogelschwärme weit hinter uns plötzlich kreischend aus den Bäumen, als habe etwas sie aufgeschreckt.

Ich schließe die Augen, in der Hoffnung, so besser zu hören, was der Grund für die Panik der Vögel ist. Doch sobald meine Lider zufallen, übermannt mich eine solche Müdigkeit, dass ich es kaum schaffe, sie wieder zu öffnen. Es fällt mir zunehmend schwer, konzentriert zu bleiben. Mein Körper fühlt sich an, als hätte man

Steine darangebunden, die mich nach unten ziehen. Vom Pferd hinunter. Mitten auf den …

Ich schrecke hoch. Mein Kopf ruht auf Gretes Hals. Meine Arme hängen links und rechts an ihrem Widerrist herab. Ich bin tatsächlich auf ihrem Rücken eingeschlafen. Eine tolle Leibwächterin bin ich. Peinlich berührt blicke ich mich um. Doch niemand scheint etwas bemerkt zu haben – oder zumindest scheint sich niemand dafür zu interessieren.

Gähnend reibe ich mir den Schlaf aus den Augen und strecke den Rücken durch. Ich bin zwar immer noch müde, aber das Nickerchen hat gutgetan. Ich habe keine Ahnung, wie lange ich weg war. Grete jedenfalls ist auch ohne meine Führung brav neben den anderen Pferden hergetrottet. Es ist, wie ich es schon lange vermutet habe: Sie tut ohnehin, was sie will, und auch wenn ich mir einbilde, sie mit Zügel und Schenkeln zu lenken, folgt sie meinen Befehlen nur, wenn sie Lust dazu hat. Glücklicherweise fühlt sie sich im Kreise ihrer Artgenossen wohl und kam nicht auf die Idee, eigene Wege zu gehen, sobald mein Körper auf ihrem Rücken erschlafft war.

So langsam schärfen sich meine Sinne wieder. Ich rieche Moos und Blätter, einen Fuchs irgendwo in der Nähe, junge Bäume, die ihren Kopf aus der Erde recken. Und Wasser. Viel Wasser.

»Da ist eine Schlucht!«, ruft Georg von der Spitze des Zuges.

Einen Wimpernschlag später sehe ich sie auch. Gut ein Dutzend Pferdelängen trennen den Wald von der anderen Seite der Schlucht.

Wir reiten so nah an den felsigen Abhang heran, wie es gefahrlos möglich ist. Es geht so weit in die Tiefe, dass man einen Sturz nicht überleben würde. Da nützt auch der reißende Fluss nichts, den ich bereits gerochen habe und nun auch hören kann. Wie ein

Löwe auf Beutefang jagt er durch die Schlucht. Rasend schnell und todbringend.

»Da drüben ist eine Hängebrücke!«, ruft Darius und deutet nach rechts. Alle folgen ihm zu der Brücke, die an dicken Seilen über die Schlucht gespannt ist. Als wir vor ihr stehen, scheut Grete.

»Ruhig, meine Gute«, flüstere ich und steige von ihrem Rücken. Grete wirft den Kopf zur Seite und will kehrtmachen. Fest schließe ich die Hand um die Zügel und rede weiter beruhigend auf sie ein.

»Die Brücke sieht ganz schön baufällig aus.« Kalle betrachtet skeptisch die Holzbretter, die der einzige Weg auf die andere Seite sind. Ein paar sind bereits herausgebrochen.

»Wir müssen sie dennoch überqueren«, sagt Ling entschieden. »Unser Weg führt nach Süden. Der Sonne entgegen. Wenn wir die Schlucht umgehen, kostet uns der Umweg mindestens einen Tag.«

»Glaubt Ihr, sie hält uns aus?«, frage ich besorgt.

»Sie hat schon eine Menge Lasten getragen im Laufe der Jahre. Sie ist aus bestem Holz und Seil erbaut.« Ling steigt von seinem Pferd ab, flüstert ihm etwas zu und gibt ihm einen sanften Klaps auf das Hinterteil. Der weiße Hengst betritt vorsichtig die Brücke. Augenblicklich beginnt sie zu schwingen. Das Pferd wiehert entsetzt, doch Ling ruft ihm beruhigende Worte in einer fremdartigen Sprache zu, und es schreitet langsam voran. Das Schwingen lässt nach.

»Sie ist sicher«, stellt Ling fest, sobald sein Pferd die andere Seite erreicht hat. »Wenn sie ein Pferd trägt, dann auch jeden Mann.«

Nacheinander schicken die anderen ihre Pferde über die Brücke. Schließlich bin ich an der Reihe. Grete jedoch weigert sich stoisch. Als ich sie am Zügel hinüberführen will, schnappt sie nach meiner Hand.

»Hey, was soll das?«

Vorwurfsvoll pustet sie mir ins Gesicht.

»Dann gehen eben erst die Männer«, entscheidet Ling, »Hoheit, möchtet Ihr als Erster gehen?«

Fjodor erstarrt und schüttelt dann schnell den Kopf.

»Wer weiß, was auf der anderen Seite lauert«, sagt er. »Meine Leibgarde soll zuerst gehen.«

Nach einigem Zögern wagen sich meine Kameraden einer nach dem anderen über den Abgrund. Niemand hier will Gefahr laufen, als Feigling dazustehen. Am allerwenigsten Darius, der als Erster die Holzbretter betritt, dicht gefolgt von Georg, dem Schwersten von uns allen. Ich bin nicht mal sicher, ob das Gewicht seiner Muskeln das der Pferde nicht in den Schatten stellt. Schließlich sind alle Leibwächter wohlbehalten auf der anderen Seite der Schlucht angekommen.

»Was ist mit Euch, Hoheit, möchtet Ihr vorgehen?«, fragt Ling den Prinzen.

»Nein, geht Ihr zuerst.« Die Stimme des Prinzen klingt längst nicht mehr so fest wie sonst.

»Wie Ihr meint. Borka, bleib du beim Prinzen.«

Ich nicke und beobachte, wie Ling die Brücke betritt. Sie schaukelt hin und her. Grete wiehert erschrocken. Sie scheint zu ahnen, dass sie die Nächste ist, die über die Bretter laufen muss.

Ling hat bereits die Hälfte des Weges hinter sich. Der Wind zieht an seinen Haaren. Ling lässt für einen kurzen Moment das Halteseil los und streicht sich eine Strähne aus dem Gesicht. Er macht einen weiteren Schritt auf den Felsen auf der anderen Seite zu, da fällt plötzlich ein Brett vor ihm in die Tiefe. Ich stoße einen Schrei aus. Fjodors Stimme mischt sich in meine. Entsetzt beobachte ich, wie Ling taumelt. Seine Arme rudern Halt suchend durch die Luft.

Ich will zu ihm rennen, doch in diesem Moment fängt er sich wieder.

Nervös beobachte ich jeden seiner Schritte, die erst noch etwas wackelig sind, allmählich aber sicherer werden. Nur noch zwei, drei Pferdelängen, dann hat er es geschafft. Langsam beruhigt sich mein Herzschlag wieder.

»So, Hoheit, jetzt sind wir wohl an der Reihe.« Ich wende mich zu Grete um. »Und du auch.«

Sie dreht entschieden den Kopf weg. Ich hätte nie gedacht, dass es ein Tier auf dieser Welt gibt, das in Sachen Sturheit selbst meinen Vater übertrumpft.

»Grete, wenn du nicht mitkommen magst, musst du …« Weiter komme ich nicht. Ein Schrei von Kalle lässt mich verstummen. Er geht mir durch Mark und Bein.

Hektisch blicke ich mich nach dem Grund für seine Panik um und sehe Ling, der hilflos an der Brücke hängt. Seine Beine baumeln über dem Abgrund. Er umklammert das Seil des Geländers und versucht vergeblich, sich wieder nach oben zu ziehen.

»Ling!«, schreie ich genau wie viele andere auch. Mein Herz droht in meiner Brust zu zerspringen, so schnell schlägt es.

Darius löst sich aus dem Pulk der Männer am gegenüberliegenden Klippenrand und rennt auf die Brücke. Sie schwankt bedrohlich. Mit wenigen Sätzen ist er an Lings Seite. Er packt seine Handgelenke und zieht. Lings linker Stiefel löst sich und fällt eine gefühlte Ewigkeit in die Tiefe, bevor er im Fluss landet und erbarmungslos von den Fluten mitgerissen wird. Darius stockt für einen kurzen Moment, zerrt dann aber weiter an Lings Armen. Der ist inzwischen rot angelaufen vor Anstrengung.

Ich spüre Fjodors Anspannung neben mir, ohne ihn anzusehen. Ich möchte zu Ling rennen und Darius helfen, fürchte aber, dass ich die Situation nur noch schlimmer machen würde, wenn ich die Brücke durch meine Schritte zum Schwingen bringe. Ling strampelt immer verzweifelter mit den Beinen. Ich kann ihm ansehen, wie seine Kräfte schwinden.

»Ich kann ihn nicht mehr halten!«, ruft Darius. Lings Beine zucken unkontrolliert. Die Brücke wackelt noch mehr.

»Wir stürzen beide ab!«, brüllt Darius.

»Haltet durch!«, ruft einer der Männer.

Kalle tritt hinter den anderen Männern hervor. »Ich helfe dir, Darius!« Auf allen vieren kriecht er auf die Brücke. Ling stöhnt und verliert mit seiner linken Hand den Halt. Sein Arm baumelt nun über dem Abgrund. Ich keuche auf.

Ling versucht verzweifelt, wieder nach dem Seil zu greifen, bekommt es aber nicht mehr zu fassen. Darius umklammert jetzt mit beiden Händen Lings rechten Arm. Endlich ist Kalle bei ihnen. Er packt Lings anderen Arm und zieht ihn so weit hoch, dass er unter seine Achsel fassen kann. Ich halte den Atem an. In meine Angst um Ling mischt sich die Angst um Kalle.

»Wir schaffen es nicht!«, ruft Darius noch einmal.

»Doch, das werden wir!« Ich kann nicht umhin, Kalle dafür zu bewundern, dass er Darius widerspricht. Das ist bisher noch nie vorgekommen. Alle drei sind mittlerweile rot angelaufen. Ling hat die Augen vor Anstrengung zugekniffen – er wird nicht mehr lange durchhalten!

Endlich gelingt es Darius und Kalle, ihn wieder auf die Brücke zu wuchten. Prinz Fjodor und ich atmen zeitgleich aus.

Ling schwankt auch im Stehen und muss sich auf Darius' Schulter stützen. Die restlichen Schritte machen sie ganz langsam und behutsam gemeinsam.

Auf der anderen Seite nehmen die Männer sie erleichtert in Empfang. Einige umarmen Ling, andere klopfen Kalle und Darius anerkennend auf die Schultern. *Wir passen aufeinander auf, nicht bloß auf den Prinzen*, sagen ihre lachenden Gesichter. Ein warmes Gefühl durchflutet mich. Ich sehe Timur vor mir, der den Bären für mich bezwingen wollte – und das zu einer Zeit, in der er noch nicht mal ein anständiges Knurren, geschweige denn ein Gebrüll zustande bringen konnte. *Wir passen aufeinander auf*, sagte jeder angespannte Muskel seines kleinen Löwenkörpers, der sich todesmutig dem ausgewachsenen Grizzly in den Weg stellte, der es auf mich abgesehen hatte.

Ehe ich mich in Selbstvorwürfen verliere, warum *ich* nicht auf *ihn* aufgepasst habe, als es nötig war, besinne ich mich wieder auf meine Aufgabe. Ich sehe mich nach Grete und Fjodor um. Mit immer noch schockstarren Augen stehen sie wie unbewegliche Statuen neben mir.

Auch mir ist nicht wohl dabei, mich nach Lings Erfahrungen auf die Brücke zu wagen, aber mir bleibt keine andere Wahl.

»Kommt, Hoheit, wir müssen los.«

Fjodor schüttelt entschieden den Kopf und sieht mich an, als halte er mich für geisteskrank. »Auf keinen Fall!«

»Ach nein? Wollt Ihr hier Wurzeln schlagen?«

»Ich werde diese Todesschleuder unter gar keinen Umständen betreten.«

»Es ist aber der schnellste Weg der Sonne entgegen«, protestiere ich.

»Das mag sein, aber dann müssen wir eben einen anderen einschlagen. Viele Wege führen zum Ziel.«

»Nun kommt schon, Ling ist unglücklich gestürzt, das ist alles. Wir gehen ganz langsam, dann wird uns nichts passieren.«

»Darum geht es nicht.« Er verschränkt die Arme vor der Brust.

»So? Worum sonst?«

Er antwortet nicht. Erst jetzt fällt mir auf, wie weit entfernt er vom Abgrund steht. Er hat sich die ganze Zeit kein Stück bewegt. Steht da wie festgewachsen. Selbst als Ling gestürzt ist, hat er seine Position keine Handbreit verändert.

»Ihr … Ihr habt Angst vor dem Abgrund?« An seinem ertappten Gesichtsausdruck sehe ich, dass ich ins Schwarze getroffen habe.

»Warum habt Ihr das denn nicht schon früher gesagt? Bevor alle die Brücke überquert haben?«

»Borka? Wo bleibt ihr denn?«, ruft Ling. Seine Stimme klingt noch ein wenig zittrig. Sämtliche Augenpaare sind auf uns gerichtet.

»Der Prinz möchte …«

»Sie hat Höhenangst!«

Ich fahre zu Fjodor herum. »*Was?*«

»Sag es ihnen, Löwenmädchen«, flüstert er mir zu, »ich befehle es dir!« Fjodor sieht mich eindringlich an, und mit einem Mal begreife ich, warum er alle anderen vorgeschickt hat. Er hat von dem Moment an, als Grete die Brücke verweigert hatte, geplant, seine Höhenangst auf mich abzuwälzen. Und das war nur möglich, wenn ich allein mit ihm zurückbleibe.

»Das mache ich auf keinen Fall«, zische ich. »Eher springe ich kopfüber in den Fluss.«

»Möchtest du, dass ich nach unserer Reise ein gutes Wort bei meinem Vater für dich einlege, oder soll ich ihm sagen, dass du aufmüpfig, engstirnig und …«

»Schon gut!« Ich wende mich von ihm ab und nicke in Richtung der anderen.

»Das kann jetzt nicht dein Ernst sein!«, ruft Georg ungläubig.

»Borka! Reiß dich gefälligst zusammen!«, donnert Ignazius' Stimme über die Schlucht.

»Ich kann nicht«, sage ich lahm.

»Lauter, sie können dich nicht hören!«, befiehlt Fjodor.

»Ich kann nicht!«, rufe ich und sehe, wie meine Kameraden auf der anderen Seite kollektiv die Arme verschränken. Selbst auf die Entfernung machen sie den Eindruck, als würden sie mich am liebsten in die Schlucht stoßen.

»Borka, finde bitte eine Lösung für das Problem.« Schärfe und Kraft sind in Lings Stimme zurückgekehrt und haben jede Spur eines Zitterns vertrieben. Seine Wortwahl jedoch verwundert mich ein wenig.

»Lasst gut sein, Ling«, mischt Fjodor sich ein. Überrascht fahre ich zusammen, als er den Arm um mich legt. Wenn ich es nicht besser wüsste, könnte man glatt glauben, dass die Geste etwas Zärtliches an sich hat. Ungläubig starre ich Fjodor an. Er hält meinem Blick stand. Als ich keine Anstalten mache, wegzuschauen, unterbricht er den Blickkontakt. Zwei zu zwei.

Ein intensiver Geruch steigt mir in die Nase. Fjodor riecht nach Wald und nach Pferd. Doch darunter ist etwas, das ich zuvor noch nie wahrgenommen habe. Sein ureigener Geruch. Für einen kurzen Moment werden meine Knie ganz wackelig. Schnell fange ich mich wieder. Blende die Hand aus, die auf meinem Oberarm ruht und deren Griff ich zum ersten Mal nicht als Bedrohung wahrnehme.

»Das Mädchen ist ganz erstarrt vor Angst«, ruft Fjodor und zieht mich fester an sich. Ich erstarre tatsächlich. *Zu nah*, schießt es mir durch den Kopf, *das ist zu nah*. Doch das Gefühl von Unbehagen, das ich erwartet habe, stellt sich nicht ein. Im Gegenteil. Es fühlt sich … gut an. Gut? Ich winde mich. Ich muss raus aus seinem Arm, ehe er mich noch mehr verwirrt. Aber etwas in mir will Fjodor nicht abschütteln. Etwas in mir möchte den Kopf gegen ihn lehnen. Das muss sein Duft sein, der mir die Sinne benebelt.

»Kommt zurück, wir finden schon einen anderen Weg«, ruft Fjodor den anderen zu.

»Das Mädchen soll sich nicht so anstellen, ein Umweg kostet uns einen Tagesmarsch!«, ruft Darius.

»Das spielt keine Rolle. Kommt alle zurück, das Mädchen lässt sich einfach nicht dazu bewegen, die Brücke zu betreten.«

Ich blitze Fjodor zornig an. Mit einem Mal habe ich nicht mehr das geringste Bedürfnis, meinen Kopf gegen ihn zu lehnen. Ganz im Gegenteil. Eher würde ich ihm eine Kopfnuss verpassen.

»Seid Ihr wirklich sicher, Hoheit?« In Lings Stimme schwingt Skepsis mit.

»Ja.«

»Nun gut. Dann los, Männer! Zuerst die Pferde.«

Falke, der schwarze Hengst des Prinzen, setzt als Erster seine Vorderhufe auf die Holzbretter. Augenblicklich gibt die Brücke nach. Die Seile, die sie eben noch mit dem anderen Ende der Schlucht verbunden haben, fliegen wie Peitschen durch die Luft. Alles stürzt unter Falke in sich zusammen. Er wiehert kläglich. Bretter landen im Fluss. Falkes Hufe treten ins Leere. Seine Schreie schneiden mir tief ins Herz.

»Nein!« Fjodor lässt mich los und stürmt nach vorne. Vor dem Abgrund hält er inne und erstarrt.

Brett für Brett stürzt in die Tiefe. Falkes Hinterhufe haben noch Halt am rettenden Felsen. Er versucht, rückwärts zu gehen, doch seine Vorderhufe rutschen immer wieder an der Felswand ab.

»Helft ihm!«, brüllt Fjodor. »Helft ihm!«

Ling und die anderen stürzen sich auf Falke und greifen nach seinem Schweif, seinen Hinterläufen. Panisch zuckt er hin und her, versteht nicht, dass sie ihn retten wollen. Er reißt den Kopf ruckartig nach links und rechts, als wolle er lästige Fliegen verjagen. Doch niemand lässt los. Niemand wagt es, das Pferd des Prinzen im Stich zu lassen.

Endlich gelingt es den Männern, Falke Stück für Stück rückwärtszuführen, bis er wieder festen Grund unter den Hufen hat. Fjodor steht noch immer wie versteinert am Rand des Abgrunds.

»Was nun?«, rufe ich Ling zu. Von der Brücke ist nichts mehr übrig als die Seile, die an unserer Seite der Schlucht an einen Felsen gebunden sind.

»Führe den Prinzen nach Norden!« Ling deutet in die besagte Richtung. »Bleibt im Schutz der Bäume, meidet weite Flur. Irgendwann endet die Schlucht, und ihr könnt auf die andere Seite wechseln. Wir reiten euch entgegen.« Mit einem Satz ist Ling auf dem Rücken seines Schimmels.

»In Ordnung«, rufe ich. »Kommt, Eure Hoheit.«

Doch der Prinz rührt sich nicht vom Fleck. Auf der anderen Seite setzt sich die Truppe in Bewegung. Grete sieht ihren Freunden wehmütig hinterher. Fjodor blickt noch immer starr Richtung Abgrund.

»Hoheit?«

Er reagiert nicht. Ich trete neben ihn und berühre ihn leicht am Arm. Er zuckt zusammen, sieht mich aber nicht an.

»Lasst uns aufbrechen. Wir haben einen langen Weg vor uns.«

»Ich … kann … nicht.« Seine Augen sind schreckgeweitet, sein Mund ist zu einem dünnen Strich zusammengepresst.

»Wir müssen wirklich los«, sage ich, diesmal eindringlicher.

Fjodor regt sich nicht. Ich reibe mir die Stirn, hinter der sich Kopfschmerzen ankündigen. Was für ein Tag!

»Hoheit, geht einfach ein paar Schritte rückwärts, dann ist alles gut«, sage ich bestimmt.

Fjodor bewegt sich nicht. Er starrt weiter in die Tiefe. Ich seufze und trete vor ihn. Wenn ich jetzt eine falsche Bewegung mache, stürze ich rücklings in den Abgrund.

Fjodor sieht durch mich hindurch. Ich nehme sein Gesicht in die Hände und zwinge ihn, mich anzusehen. Er fährt erschrocken zusammen, so als würde ihm erst jetzt bewusst, dass ich genau vor ihm stehe. Die Panik in seinen Augen flackert, erlischt aber nicht.

»Wir werden uns jetzt gemeinsam vom Abgrund wegbewegen«, sage ich mit fester Stimme. »Ganz langsam.«

»Ich … kann …«

»Doch, Ihr könnt! Seht mich an. Seht nicht in die Schlucht. Ich stehe zwischen ihr und Euch. Euch kann also nichts passieren. Vertraut mir.«

Er windet sich. Immer wieder huscht sein Blick an mir vorbei. Er beißt sich auf die Unterlippe, und unter meinen Fingern spüre ich seinen angespannten Kiefer.

»Seht. Mich. An«, sage ich laut und betone dabei jedes Wort. »Wir müssen weg von der Schlucht.«

Endlich hält sein Blick sich an meinem fest. Er gräbt seine Hände in meine Oberarme. Ich unterdrücke ein Stöhnen.

»Gut so«, sage ich aufmunternd. »Und nun gehen wir ganz langsam rückwärts.«

Zögerlich setzt Fjodor sich in Bewegung, und ich folge ihm. Dabei ruhen meine Hände die ganze Zeit über auf seinem Gesicht.

»Sehr gut. Noch ein Stück.«

Immer wieder will er den Kopf drehen und an mir vorbeisehen, doch ich halte ihn mit sanfter Gewalt umschlossen und lasse nicht zu, dass seine Panik ihn überrollt.

Wenige Schritte später ist der Abgrund weit genug entfernt, dass ich es wage, ihn loszulassen. Fjodors Augen werden langsam wieder klar, und er schüttelt sich.

»Alles in Ordnung?«

»Ich denke schon.« Er sieht immer noch blass aus, doch ganz allmählich nehmen seine Wangen wieder ihre ursprüngliche leichte Bräune an.

»Gut, dann können wir uns ja auf den Weg machen.«

Ich schwinge mich auf Gretes Rücken, lenke sie neben den Prinzen und strecke ihm die Hand entgegen. »Los, steigt auf.«

»Ich sitze vorne«, sagt er mit einem entgeisterten Blick auf meine Hand.

»Kommt gar nicht infrage. Grete lässt sich nicht einfach von jedem reiten.«

»So weit kommt es noch, dass ich hinter einer Frau zu Pferde sitze!«

Ich verdrehe genervt die Augen. »Keine Sorge, Eure Hoheit. Niemand wird uns sehen.«

Er blickt sich um, als wolle er auf Nummer sicher gehen. Ling und die anderen sind verschwunden.

Fjodor scheint abzuwägen, ob er das Risiko eingehen kann. Er beißt so lange auf seiner Lippe herum, dass ich mich nicht wundern würde, wenn sie jeden Moment zu bluten beginnt.

»Na schön … Aber wehe, du erzählst jemandem davon.«

Zögerlich ergreift er meine Hand. Seine Finger sind ganz warm, sein Griff fest. In meinem Nacken stellen sich ein paar Härchen auf. Ich schüttele mich.

Einen Wimpernschlag später sitzt Fjodor hinter mir. Seine Oberschenkel liegen eng an meinen. Die plötzliche Nähe fühlt sich seltsam an. Fjodor scheint das genauso zu empfinden, denn er rückt unwillkürlich ein Stück von mir weg.

Verlegen rutsche auch ich etwas nach vorne, um den Abstand zwischen uns so weit wie möglich zu vergrößern. Grete schnaubt und trottet los.

Wir reiten am Waldrand im Schutz der Bäume entlang, so wie Ling es mir befohlen hat. Rechts von uns verläuft die Schlucht, so weit das Auge reicht. Ich kann nur hoffen, dass Ling recht behält und wir irgendwann auf die andere Seite wechseln können. Hätten wir geahnt, dass die Brücke einstürzen würde, hätten wir sofort den längeren Weg einschlagen können. Alle zusammen. Dann würde die Verantwortung für den Prinzen nicht allein auf mir ruhen. Eine Verantwortung, die mir angesichts des Gefühls, das mich schon den ganzen Tag begleitet, Angst einjagt.

»Wieso nur habt Ihr zugelassen, dass die Männer die Schlucht überqueren, wenn Euch schon klar war, dass Ihr es nicht schaffen würdet?«, frage ich und gebe mir keine Mühe, den Vorwurf in meiner Stimme zu unterdrücken.

»Ich stand völlig neben mir. Es ging alles so schnell, ich wusste nicht, was ich tun sollte.«

»Ihr habt alle in Gefahr gebracht.«

»Ich weiß.« Er spricht jetzt so leise, dass ich Mühe habe, ihn zu verstehen. »Als Ling über der Schlucht baumelte, da … es wäre meine Schuld gewesen.« Seine Stimme bricht, und schon bereue ich, das Thema angeschnitten zu haben. Immerhin habe ich eben selbst erlebt, wie sehr seine Angst ihn lähmt.

Dennoch, warum hat er sich den anderen nicht einfach offenbart, bevor sie die Brücke betraten? Sicher hat auch das etwas mit Ehre zu tun. Das werde ich wohl nie begreifen.

Ein Windstoß umweht meine Ohren und bringt etwas mit, das mich alarmiert. »Wir sollten schneller reiten. Ich spüre etwas näher kommen. Es hat aufgeholt, während wir vor der Brücke gewartet haben.«

»Nein«, sagt Fjodor entschieden, »wir machen langsam. Ich möchte den Anblick des Waldes genießen.«

»Wie bitte?« Verblüfft drehe ich mich zu ihm um.

»Den Anblick des Waldes genießen.«

»Ich habe Euch verstanden. Aber wie meint Ihr das?«

»Ich bin viel zu selten hier draußen. Außer den Bäumen im Schlossgarten sehe ich nicht so oft welche, und hier ragen sie viel höher in den Himmel als irgendwo sonst. Siehst du die Tanne dort drüben?« Er deutet über meine Schulter, sein Blick leuchtet wie der eines Kindes. »Sie kitzelt beinahe den Himmel. Sie muss uralt sein. Ist es nicht unglaublich, wie die Bäume den Jahrhunderten mit all ihren Unwettern trotzen? Als Kind lag ich oft tagelang auf dem Waldboden und habe in die Baumkronen gestarrt. Ich habe mir vorgestellt, sie seien Riesenkönige, die Seite an Seite über das Waldgebiet herrschen. Friedlich und mit- statt gegeneinander. Meine Mutter hat immer gesagt, dass die wahre Stärke eines Königs nicht in seiner ...« Er bricht ab.

»Ich hätte nicht gedacht, dass Euch der Wald irgendwas bedeutet«, sage ich überrascht und lenke Grete an einem Teppich saftigen Farns vorbei, ehe ich mich wieder Fjodor zuwende.

Er blickt mich lange an, und ich unterdrücke den heftigen Impuls, mich einfach von seinen tiefblauen Augen schlucken zu lassen wie von einem See, in den man eintaucht. »Ich liebe den Wald«, sagt er schließlich. Es klingt traurig.

»Aber wenn Ihr ihn so liebt, wieso seid Ihr dann so selten dort?«

»Ich habe eine Menge Verpflichtungen. Außerdem gehört es sich für einen Prinzen nicht, sich in Laub und Dreck herumzuwälzen.« Es klingt, als habe er diese Worte schon unzählige Male aufgesagt. Oder jemand anderes.

»Ihr seid der Prinz. Ihr könnt tun und lassen, was Ihr wollt«, erinnere ich ihn.

Er lacht auf. Es klingt kein bisschen fröhlich. »Du hast ja keine

Ahnung. Du weißt nicht, wie es ist, wenn man Aufgaben und Erwartungen eines ganzen Königreiches zu erfüllen hat. Du lebst frei und kannst tun, was immer dir gefällt.«

Nun ist es an mir zu lachen. Die Gefahr, im See seiner Augen zu versinken, ist gebannt. Abrupt drehe ich den Kopf nach vorne.

»Tun und lassen, was mir gefällt? Das war einmal so. Bis Ihr Euch entschieden habt, mir alles zu nehmen, was mir wichtig ist.«

»So kannst du das ja wohl nicht sagen.«

»Ach nein? Eure Männer haben meine Geschwister umgebracht. Mitten aus dem Leben gerissen haben sie sie.« Ich wirbele zu ihm herum. »Bloß, um an meine Eltern heranzukommen, die für Euren Kampf gefangen wurden!«

Fjodor weicht meinem anklagenden Blick aus. Er zögert, dann sagt er gedehnt: »Ich habe dir schon einmal gesagt, dass ich es ihnen nicht befohlen habe.«

»Aber dass meine Eltern in Eurem Kerker sitzen, das hättet Ihr verhindern können.«

»Mein Vater hat es entschieden, nicht ich.«

»Ihr hättet mit Eurem Vater reden können.«

»Mein Vater ist stur.«

»Ach so, na, dann seid Ihr natürlich fein raus!«, sage ich sarkastisch.

»Wenn du glaubst, ich könnte mich einfach so über die Traditionen der Krone hinwegsetzen, überschätzt du meinen Einfluss.«

»Und Euer Mitgefühl.«

Er sieht mich verletzt an. Meine Worte haben ihn zum Verstummen gebracht. Er rutscht auf Gretes Rücken hin und her und kaut auf seiner Unterlippe herum.

»Wenn ich ehrlich bin, hätte ich am liebsten dich in diesen Kerker gesperrt, dafür, dass du …«

»Seid still!«

»Ich war noch nicht fertig! Ich hätte …«

»Still!« Ich versuche, ihm den Mund zuzuhalten. Er wehrt sich, doch ich schüttele energisch den Kopf und lausche in den Wald hinein. Irgendetwas kommt auf uns zu. Und es ist verdammt schnell. Fjodor sieht mich fragend an.

»Da ist was«, flüstere ich.

Meine Nasenflügel weiten sich. Es riecht nach einem Tier. Nein, nach mehreren. Ja, jetzt kann ich sie auch hören. Noch ein gutes Stück entfernt zwar, aber doch klar vernehmbar. Tiere. Tiere, die auf uns zurennen.

»Wir sollten uns beeilen«, sage ich.

Fjodor funkelt mich zornig an. Es scheint ihm nicht zu gefallen, dass ich ihm Anweisungen gebe. »Was hast du gehört?«, fragt er skeptisch.

»Tiere. Ich kann noch nicht genau sagen, welche.«

»Mit Tieren kennst du dich doch aus. Das wirst du doch wohl regeln können.«

In meine Nase mischt sich ein neuer Geruch. Während ich noch versuche, ihn aus den anderen Eindrücken herauszufiltern, donnern die Schritte der Tiere weiter auf uns zu. Grete wiehert und wirft den Kopf herum. Und in diesem Moment weiß ich, um was für Tiere es sich handelt.

Grete hat sie auch gewittert. Im Gegensatz zu mir findet sie es keineswegs beunruhigend, dass da ganz offensichtlich Artgenossen von ihr auf uns zusteuern. Den ungleichmäßigen Hufschlägen nach zu urteilen, mindestens zwei. Das alleine würde mich nicht weiter beunruhigen, doch der Geruch, der erst jetzt an meine Nase dringt, tut es dafür umso mehr. Menschen. Männer.

Fremde Männer.

16. Kapitel

Schnell!« Ich presse meine Schenkel in Gretes Flanken, und als sie losgaloppiert, wird der Prinz nach vorne geschleudert. Sein Brustkorb trifft schmerzhaft auf meinen Rücken.

»Hey!«, ruft er, doch ich habe keine Zeit für Erklärungen.

Grete springt über Steine und Baumwurzeln, und ich hoffe, dass es noch nicht zu spät ist. Dass wir nicht zu lange gezögert haben. Plötzlich fühle ich Fjodors Arme um meine Hüften. Bei diesem Tempo hat er keine Wahl, als sich an mir festzukrallen. Eine Tatsache, die ihm wahrscheinlich noch viel unangenehmer ist als mir.

»Nicht so fest!«, rufe ich über die Schulter, und er lockert seinen Griff ein kleines bisschen.

»Was hast du wahrgenommen?«, ruft er. Bei dem Wind, der uns um die Ohren peitscht, kann ich ihn kaum verstehen.

Noch bevor ich antworten kann, höre ich ein neues Geräusch. Diesmal ist es weder menschlich noch tierisch. Ich habe es bereits viele Male gehört. Und es hat stets Unheil verkündet. Unheil und drohenden Tod.

Ein Surren, das die Luft durchschneidet. Schnell wie ein Blitz jagt es hinter uns her. Wird lauter.

Nur einen Fingerbreit fliegt der Pfeil an Fjodors Ohr vorbei und bleibt in einer halbwüchsigen Tanne stecken.

»Was zum …?« Fjodor wirbelt herum, und auch ich wage einen Blick nach hinten.

Im Abstand von einigen Pferdelängen galoppieren zwei vermummte Reiter hinter uns her. Sie sind in graue Mäntel gehüllt. Die Kapuzen haben sie so weit nach unten gezogen, dass man ihre Gesichter nicht erkennen kann.

Erneut jagt ein Pfeil durch die Luft. Diesmal verfehlt er nur knapp Gretes Hinterbein.

»Übernehmt Ihr die Zügel!«, rufe ich dem Prinzen zu und streife meinen Bogen von der Schulter. Es ist ein wenig umständlich, mich zwischen Fjodors Armen vorbeizudrehen und auf die Angreifer zu zielen. Hinzu kommt, dass meine Arme bei jedem von Gretes Sprüngen auf und ab wippen. So verfehlen meine Pfeile immer wieder ihr Ziel.

Immerhin ist Grete trotz der doppelten Last so schnell, dass sich der Abstand zwischen uns und unseren Verfolgern nicht verringert.

»Mach schon!«, ruft Fjodor. In seiner Stimme der übliche Vorwurf.

»Ich tu mein Bestes«, zische ich.

»Dann tu es schneller.«

»Möchtet Ihr vielleicht übernehmen?«, rufe ich gereizt. Ein weiterer Pfeil trifft ins Leere. »Helft mir mal. Haltet mich fest.«

Fjodor sieht mich irritiert an. Ich nehme seinen linken Arm und schlinge ihn fest um mich, sodass ich mich ein Stück weiter seitlich von Gretes Rücken lehnen kann. Fjodor blickt verbissen nach vorne. Seine rechte Hand umklammert die Zügel.

Immer wieder zieht er den Kopf unter den vorbeifliegenden Pfeilen der Angreifer ein. Sein Griff um meine Taille bleibt eisern.

Ich kippe meinen Oberkörper so weit nach links, wie es möglich ist, ohne von Gretes Rücken zu fallen, und lasse einen Pfeilregen auf die Reiter hinter uns prasseln. Entsetzt beobachte ich, wie die

Pfeile nutzlos an ihnen vorbeifliegen. Dann ein Aufschrei. Einer meiner Pfeile hat den vorderen der beiden Männer am Bein getroffen. Er flucht lautstark.

Grinsend beobachte ich, wie er langsam von seinem Pferd rutscht und mit einem dumpfen Aufprall zu Boden fällt. Sein Pferd läuft ein paar Schritte weiter und bleibt dann irritiert stehen. Der andere Mann bremst neben seinem Gefährten ab und streckt die Hand nach ihm aus.

Mehr brauche ich nicht zu sehen. Ich drehe mich wieder nach vorne, reiße Fjodor die Zügel aus der Hand und wende Grete in einer scharfen Kurve nach links, tiefer in den Wald hinein. Rechts liegt die Schlucht. Dort hätten wir keine Deckung und säßen in der Falle. Links wird der Wald wieder dichter.

»Wir müssen zu Fuß weiter!«, rufe ich Fjodor zu, nachdem Grete einigen Abstand zwischen uns und die Verfolger gebracht hat. »Sie werden Grete hinterherjagen, und ehe sie bemerken, dass wir nicht auf ihr sitzen, sind wir hoffentlich in Sicherheit.«

»Das ist nicht dein Ernst!«

»Habt Ihr vielleicht eine bessere Idee? Es ist nur eine Frage der Zeit, bis sie wieder hinter uns her sind.«

»Na gut.« Fjodor schnaubt, und ich beuge mich zu Gretes Ohr vor. Sie rennt noch immer wie der Blitz durchs Unterholz.

»Lauf weiter, meine Gute«, flüstere ich. »Lauf, so weit und so schnell du kannst. Halte erst an, wenn niemand mehr hinter dir her ist.«

Ich lasse die Zügel los und drehe mich zu Fjodor um. »Seid Ihr bereit, abzuspringen?«

»Abspringen? Bist du von allen guten Geistern …«

Weiter kommt er nicht. Ich packe seine Schultern und lasse mich fallen. Mein Gewicht reißt ihn mit nach unten. Unsanft knallen wir auf dem Waldboden auf. Fjodor liegt neben mir und stöhnt. Gretes Hufgedonner wird schnell immer leiser.

»Geht es Euch gut?«

»Gut genug, um dich in die Schlucht zu stoßen«, zischt er.

Ich erhebe mich ächzend und reibe mir den schmerzenden Rücken.

»Wir sollten uns verstecken«, flüstere ich.

Ich strecke Fjodor meine Hand entgegen, doch er ignoriert sie. »Du solltest dich besser vor *mir* verstecken.«

Ich gehe nicht auf seine Bemerkung ein und schlage den Weg geradeaus ein, wo die Bäume am dichtesten aneinandergedrängt stehen. »Hier entlang.«

»Ich kann mich nicht mehr bewegen«, mault er, folgt mir dann aber doch. Allerdings so langsam, als sei er hundert Jahre alt.

»Geht es vielleicht auch ein bisschen schneller?«

»Tut mir leid, wenn ich ein Pferd hätte, wäre ich sicher schneller. Ach ja: Das Pferd hat ja irgendjemand ohne Sinn und Verstand weggeschickt!« Seine Augen blitzen wütend.

Besorgt blicke ich hinter mich. »Seid still, oder wollt Ihr die beiden Männer auf unsere Fährte führen?« Ich ziehe ihn am Arm hinter eine besonders breite Tanne. Er hält sich am Stamm fest, als fürchte er, umzukippen.

»Also für diese Aktion sollte ich dich …«

»Scht!« Ich lege mir den Finger an die Lippen und deute hinter ihn. Er reißt die Augen auf. Offenbar bemerkt er es nun auch. Hufgetrappel, das sich nähert.

Einen Augenblick später hören wir die Stimmen. Im Gegensatz zu uns geben sie sich keine Mühe, leise zu sprechen.

»Wo sind sie hin?«, ruft einer der Männer. Seine Stimme klingt gereizt und kehlig. Wie ein Wolf.

Das Getrappel wird langsamer und stoppt dann vollständig.

Alle Gerüche prasseln gleichzeitig auf mich ein. Männer, Pferde, Leder, Blut, Schweiß und leichter Moder – als seien sie gerade erst einem Keller entstiegen.

Ich halte den Atem an und sehe, dass Fjodor dasselbe tut. Wir verharren völlig regungslos. Wir wissen beide, dass uns bereits das kleinste Geräusch verraten könnte.

»Ich habe keine Ahnung«, sagt der andere Mann, dessen Stimme viel höher, aber nicht minder bedrohlich klingt wie die des ersten. Er spricht jedes Wort überdeutlich aus. Scharf und unheimlich präzise.

»Es kann doch nicht wahr sein, dass uns dieser Prinz schon zum zweiten Mal entwischt ist!« Das Knurren des Wolfes wird von den Baumkronen zurückgeworfen. Von allen Seiten prasselt es auf uns ein. Gänsehaut breitet sich auf meinem Körper aus. Fjodors Augen weiten sich.

»Den kriegen wir schon noch«, sagt der andere. »Vielleicht sind sie dort lang.«

Ich kann nicht sehen, wohin er deutet, doch allein bei der Vorstellung, er könne auf die Tanne zeigen, hinter der wir kauern, überkommt mich Übelkeit.

Fjodor tippt auf meinen Bogen. Natürlich, wieso habe ich nicht gleich daran gedacht? Aber kann ich schnell genug einen Pfeil abschießen, bevor ich selbst getroffen werde? Und selbst wenn es mir gelingt, einen der Männer auszuschalten, ist da immer noch ein zweiter. Aber auch wir sind zu zweit. Ich nicke und greife ganz langsam in den Köcher. Es sind nur noch wenige Pfeile übrig. Ich darf jetzt keinen Fehler machen. Fjodor umfasst den Knauf seines Schwerts. Ich spanne die Sehne meines Bogens. Wir halten die Luft an. Wir müssen das Überraschungsmoment für uns nutzen.

»Vielleicht dort drüben«, sagt der Mann mit der hohen Stimme, und ich kann hören, wie auch er ein Schwert zieht.

Ich sehe Fjodor fest in die Augen und bewege den Mund, ohne ein Wort zu sagen. Ich hoffe, er versteht mich trotzdem.

»Eins«, forme ich mit den Lippen. Sämtliche Muskeln meines Körpers sind genauso gespannt wie die Sehne des Bogens.

»Zwei.«

Fjodor nickt. Er hebt die Hand mit dem Schwert bis zu seinem Kopf.

»Dr…«

»Dort vorne sind Hufspuren!«, ruft der Wolf. »Von einem einzelnen Pferd. Da müssen sie langgeritten sein.«

Fjodor und ich rühren uns nicht.

»Na, dann nichts wie hinterher!«

Einen Wimpernschlag später hören wir, wie zwei Pferde davonjagen.

Wir verharren noch einen Moment bewegungslos in unserem Versteck, dann stecke ich meinen Pfeil zurück in den Köcher und richte mich auf. »Kommt!«

Fjodor folgt mir. »Vielleicht war es doch keine so schlechte Idee, vom Pferd zu springen«, sagt er, und ich kann mir ein »Seht Ihr!« einfach nicht verkneifen.

Zu Fuß schlagen wir uns durch das Unterholz, und ich bin erstaunt, wie leichtfüßig sich Fjodor über den Waldboden bewegt. Nur selten stolpert er über einen Stein oder bleibt an einer Wurzel hängen. Zwar bewegt er sich nicht so sicher wie Ling, kommt dem aber schon sehr nahe.

»Hast du gehört, was sie gesagt haben?«, fragt Fjodor.

Ich nicke. Er sieht genauso besorgt aus, wie ich bin. Es wird höchste Zeit, dass ich ihn zurück zur Gruppe bringe.

»Dann waren sie das also letzte Nacht.«

»Ja«, sage ich, »und seitdem verfolgen sie uns.«

»Was wollen sie von mir?«

»Habt Ihr irgendetwas Wertvolles bei Euch? Gold? Edelsteine?« Ich frage es eher beiläufig, immerhin glaube ich nicht wirklich, dass er Gold, das ihm hier sowieso nichts nützt, quer durch den Wald schleppt.

Umso überraschter bin ich, als er nickt.

»Wirklich?«

»Ja. Die Brautgeschenke für Prinzessin Johanna. Edles Geschmeide aus Gold und Rubinen. Doch ich trage es nicht bei mir. Ich habe es gestern Abend Ling anvertraut.«

»Vielleicht haben es die beiden darauf abgesehen«, überlege ich. »Andererseits: Woher wissen sie, wer Ihr seid? Und vor allem, woher sollten sie von dem Schmuck wissen?«

»Es ist üblich, seiner Braut edle Geschenke mitzubringen«, sagt Fjodor schulterzuckend. »Und jeder im Königreich weiß, dass wir uns zu ihr aufgemacht haben. Ich habe ihre Stimmen nicht erkannt, aber das will nichts heißen. Ich kenne nicht jeden Mann in meinem Reich.« Nun stolpert er doch über eine Wurzel, die ungewöhnlich hoch aus der Erde ragt.

»Au.« Er rappelt sich hoch und klopft sich den Schmutz von den Knien. »Sag mal, wie machst du das bloß?«

»Wie mache ich was?«

»Dich barfuß fortbewegen, ohne dir die Füße wund zu laufen?«

»Ich habe noch nie darüber nachgedacht«, sage ich wahrheitsgemäß. »Ich tue es schon mein ganzes Leben.«

»Dein ganzes Leben?«

»Nun ja, seit ich mit den Löwen im Wald lebe zumindest.«

»Und seit wann ist das?« Er mustert mich mit ehrlichem Interesse. Die Kühle, die normalerweise in seinem Blick liegt, wenn er mich ansieht, ist fast vollständig verschwunden. Ausweichend blicke ich auf eine Ansammlung von Habichtskraut vor mir, ein Wort, das sich erst in meinem Kopf zusammensetzt, als ich es denke. Kurz bin ich irritiert davon.

»Seit ich ein Baby war«, sage ich und schiebe dann leise hinterher: »Zumindest glaube ich das.«

»Und diese Löwen, deine ... Eltern ... die haben nie versucht, dich zu fressen?«

Ich lache. »Nein. Im Gegenteil. Sie haben all ihre Kräfte dafür eingesetzt, zu verhindern, dass ich gefressen werde. Gar nicht so leicht bei einem Kind, das am liebsten mit den Wolfsjungen herumtollen und unbedingt einen ausgewachsenen Bären aus dem Winterschlaf wecken wollte.«

Er zieht die Brauen hoch.

»Es war eine Mutprobe zwischen zwei Löwenkindern und mir.«

»Deinen Geschwistern?«

»Nein. Die waren damals noch gar nicht geboren.« Ich schlucke den Kloß herunter, der jedes Mal entsteht, wenn sich Timur und Finja in meine Gespräche oder Gedanken schleichen.

»Und jetzt versuchst du im Gegenzug zu verhindern, dass deine Eltern getötet werden.«

»Würde das nicht jeder an meiner Stelle tun?«

Diesmal ist es Fjodor, der meinem Blick nicht standhalten kann. Er scharrt mit den Füßen über ein paar am Boden liegende Blätter und tritt dabei beinahe auf ein verwaistes Schneckenhaus.

»Ich wünschte, ich hätte die Chance dazu gehabt.«

»Wie meint Ihr das?«

»Nicht so wichtig.« Er winkt ab. »Erzähl mal: Wie bist du in den Wald gekommen? Zu den Löwen?«

»Ich kann mich nicht daran erinnern«, sage ich und schmecke mit einem Mal Bitterkeit auf der Zunge. »Ich weiß weder, wo ich herkomme, noch, wie ich im Wald gelandet bin.«

Fjodor streicht sich eine lange Haarsträhne hinter das Ohr. Beim Sturz von Gretes Rücken hat sich sein Zopf gelöst, und sein goldbraunes Haar rahmt nun sein Gesicht ein.

»Es muss wunderbar gewesen sein, mitten in der Natur aufzuwachsen«, sagt er. In seiner Stimme schwingen Melancholie und Sehnsucht mit. »Ich habe die ersten zehn Jahre meiner Kindheit fast täglich im Wald verbracht. Meine Mutter sagte immer, die frische Luft helfe, die Lasten auf den Schultern zu tragen. Mein Vater war da anderer Meinung. Er hat uns nur selten auf unseren Ausflügen begleitet. Ich glaube, am liebsten wäre es ihm gewesen, wenn wir das Schloss nie verlassen hätten.« Er reibt sich den Nacken. »Die meisten denken, es gäbe kein besseres Zuhause als ein Schloss voller Gold und Prunk. Aber ein Zuhause mitten zwischen Blättern und dem Duft nach Baumrinde ist sicher auch sehr schön.«

»Das schönste überhaupt«, entgegne ich, und die Erinnerungen prasseln ohne Vorwarnung auf mich ein. Finjas erste Gehversuche, Timur, der zwar rasend schnell einen Baum hinaufklettern kann, dessen Abstiege aber eher Abstürze sind. Corbin und Aylela, die mich zwischen ihren Vorderbeinen einklemmen, damit ich nicht mitten in der Nacht auf Bärenjagd gehe.

Ein Lächeln stiehlt sich auf Fjodors Gesicht, das sofort wieder verschwindet, als er meinen Blick bemerkt. Er hält inne und sieht zu Boden. »Das mit deinen Geschwistern«, sagt er, und seine Stimme klingt so belegt, dass ich Mühe habe, ihn zu verstehen. »Ich wusste wirklich nichts davon. Es tut mir sehr leid, dass das passiert ist.«

Ich starre ihn mit offenem Mund an. Hat er das gerade wirklich gesagt? Er hebt den Kopf und sucht meinen Blick. Er sieht so geknickt aus, dass ich einfach nicht anders kann, als zu sagen: »Es ist nicht Eure Schuld.«

Fjodor nickt langsam und geht dann mit schnellen Schritten weiter.

»Woher weißt du, wo wir langmüssen?«, fragt er. Seine Stimme hat wieder den üblichen leicht überheblichen Klang angenommen. Für einen kurzen Moment bin ich nicht sicher, ob ich mir seine Entschuldigung gerade nur eingebildet habe.

»Ich orientiere mich am Fluss.«

»Am Fluss?« Er hält inne und lauscht. »Also ich höre nichts.«

Es ist in der Tat nicht leicht, den Fluss bis hierhin wahrzunehmen, immerhin sind wir inzwischen ein gutes Stück vom Waldrand entfernt und immer wieder abgebogen. Dennoch rieche ich ganz schwach die Algen auf den Felsen, die überall aus dem Wasser herausragen. Höre das Knallen, wenn das Wasser sich an ihnen bricht.

»Dann ist es wohl besser, wenn ich vorgehe«, sage ich knapp und überhole Fjodor. Ich deute auf die Richtung, in der ich den Fluss wahrgenommen habe. »Dort entlang.«

»Wie machst du das?«, fragt er.

»Jahrelange Übung«, sage ich und deute auf meine nackten Füße. »Genau wie das Barfußlaufen.«

»Und woher wissen wir, ob unsere Verfolger nicht doch noch unsere Spur aufnehmen?«, fragt Fjodor zögerlich.

»Das wissen wir nicht. Aber falls sie es tun, werde ich sie hoffentlich rechtzeitig wittern.«

Ich wittere sie nicht. Zum Glück. Nachdem die Sonne schon so tief steht, dass ich sie durch die Baumwipfel nicht mehr sehen kann, höre ich den Fluss nicht mehr. Ich führe den Prinzen nach rechts, bis wir den Waldrand erreicht haben. Hinter uns können wir noch die letzten Ausläufer der Schlucht erkennen. Der Fluss hat einen Rechtsknick gemacht und fließt nun ein ganzes Stück entfernt von uns. Vor uns erstreckt sich breiter Fels, den wir problemlos beschreiten können.

»Besser als eine Brücke, was?«, sage ich mit Blick auf Fjodors Gesicht, das beim Weg auf die andere Seite immer noch angespannt ist, wenn auch längst nicht mehr so wie heute Vormittag.

Auf dieser Seite der Schlucht herrscht eine vollkommen andere Vegetation vor. Brachland. Steine. Sandiger Boden. Unterbrochen lediglich von einigen Grasbüscheln und Disteln. Die werden uns wohl kaum Schutz bieten.

»Los, weiter!«, treibe ich Fjodor mit einem Blick zum Himmel an. Ein paar Wolken haben sich vor die Sonne geschoben, und ich kann unmöglich sagen, wie viel Zeit uns noch bleibt, bis sie untergehen wird.

Fjodor und ich laufen über den trockenen, staubigen Boden genau in die Richtung, aus der wir gekommen sind. Rechts von uns klafft der tiefe Abgrund der Schlucht. Ich achte darauf, ihm nicht allzu nahe zu kommen, damit Fjodor nicht wieder in Schockstarre verfällt. Eine weitere Verzögerung können wir nicht gebrauchen.

Kein Wind weht. Das Wasser, das ich in einem Krug in Gretes Satteltasche mitgeführt habe, ist zusammen mit ihr auf und davon. Bis auf ein paar Schlucke aus einer Quelle im Wald heute Nachmittag haben Fjodor und ich nichts getrunken. Mein Mund ist völlig ausgetrocknet. Die Zunge klebt am Gaumen, und die schattenlose Einöde macht es noch schlimmer.

In der Abenddämmerung treffen wir endlich auf Ling und die anderen. Sie haben bereits ihre Zelte aufgeschlagen und Feuer gemacht. Ling erklärt uns, dass auch ihnen das Wasser irgendwann ausging und ein Weitergehen in der Mittagshitze für Pferd und Reiter nicht mehr möglich war. An einer Stelle der Schlucht, an der keine spitzen Felsen aus dem Wasser ragten, habe er Kalle und den ebenfalls leichten Friedrich abgeseilt, um Wasser zu schöpfen. Es muss ewig gedauert haben, bis genug Wasser nach oben geholt worden war, um alle Pferde und Männer zu versorgen. Zum Glück haben Kalle und Friedrich darüber hinaus die Vorräte aufgefüllt, sodass auch Fjodor und ich endlich unseren Durst löschen können.

Meine Füße weigern sich, mich noch einen Schritt weiter zu tragen, und ich sinke in den Sand. Falke nähert sich und schiebt seinen gewaltigen Kopf unter Fjodors Achsel, als wolle er ihn auffordern, ihn zu umarmen.

Fjodor tätschelt ihn liebevoll. Falke legt sein Kinn auf der Kuhle zwischen Fjodors Hals und Schulter ab und pustet dagegen. Fjodor lacht, und mir wird bewusst, dass ich diese Art Lachen bisher noch nie bei ihm gehört habe. Schade eigentlich. Es klingt jungenhaft und unbeschwert. Beinahe ansteckend.

Das Gefühl, ein Eindringling in einem intimen Moment zu sein, überkommt mich. Trotz meiner Erschöpfung rappele ich mich hoch und gehe an Fjodor und Falke vorbei zu den anderen. Kaum bin ich weit genug vom Prinzen entfernt, fallen meine Kameraden verbal über mich her.

»Du hast uns einen ganzen Tag gekostet!«

»Wer zu feige ist, eine Brücke zu überqueren, ist hier fehl am Platz.«

Ich bemühe mich, den Blick gerade nach vorne zu richten und die Worte nicht bis in mein Herz vordringen zu lassen, wo sie sicher größeren Schaden anrichten würden, als mir lieb ist. Auch wenn ich die Wahrheit kenne, tut es weh, zu hören, wie wenig sie von mir halten. Dass sich nicht ein Einziger hinter mich stellt. Nicht einmal Kalle. Er sitzt am Lagerfeuer und brät Gemüse. Als ich ihn passiere, senkt er den Blick.

»Ist alles gut gegangen?« Ling, der neben Kalle sitzt und seine Schwertklinge mit einem Stein schleift, geht als Einziger nicht auf meine vermeintliche Höhenangst ein.

»Ja und nein. Der Prinz ist unversehrt. Aber wir wurden angegriffen. Zwei Männer. Ihre Gesichter konnte ich nicht erkennen. Sie waren es auch, die letzte Nacht das Zelt aufgeschlitzt haben. Sie haben es auf Fjodor abgesehen.«

»Ach ja? Und woher willst du das wissen?« Darius ist hinter Ling getreten und sieht mich abschätzig an. Er hat keinen Spott über mich regnen lassen wie die anderen.

»Weil sie es selbst gesagt haben«, entgegne ich und sehe dabei Ling an.

»Du hast mit ihnen geredet?«, fragt Darius ungläubig.

»Nein, natürlich nicht.«

»Dann ist davon auszugehen, dass sie uns weiterhin folgen werden.« Ling lässt sein Schwert sinken. »Wie seid ihr ihnen entkommen?«

»Ich habe Grete freigelassen«, sage ich. »Sie hat sie auf eine falsche Fährte gelockt.«

»Du hast ein Pferd des Königs freigelassen?«, fragt Darius scharf. »Weißt du eigentlich, wie wertvoll so ein Tier ist?«

»Das war in diesem Moment nicht wichtig«, fauche ich. »Der Prinz war – wertvoller.«

»Du hast richtig gehandelt«, sagt Ling. Ich warte darauf, dass er ein »Aber« anfügt und mein Verhalten vor der Brücke rügt, doch er sagt nichts weiter.

»Hast du die Männer ausgeschaltet?«, hakt Darius nach. Offenbar sucht er hartnäckig nach einem Grund, um mich vor Ling schlechtzumachen.

»Nein. Ich habe einen von ihnen am Bein verletzt, aber er konnte noch reiten, also war es wohl nicht so schlimm.«

»Na wunderbar.« Darius verdreht die Augen. »Jeder andere hätte die Männer getötet, aber das Löwenmädchen fügt ihnen einen leichten Kratzer zu und opfert noch dazu eine wertvolle Stute.«

Ich will erwidern, dass er noch vor einer Weile gesagt hat, man solle Grete schlachten, aber da macht er schon auf dem Absatz kehrt und geht auf Fjodor zu. Der klopft ihm freundschaftlich auf die Schulter. Dann stecken sie die Köpfe zusammen und sprechen leise miteinander.

Mir steht der Mund offen vor Wut über diese Ungerechtigkeit. Ich habe Fjodor sicher zum Lager zurückgebracht. Ist es zu viel verlangt, das anzuerkennen? Oder wenigstens den Mund zu halten?

»Lass gut sein, Borka«, murmelt Ling, obwohl ich gar nichts gesagt habe. »Er hat sich den ganzen Tag große Sorgen um Fjodor gemacht. Die beiden waren schon als Kinder befreundet und haben mehr Zeit miteinander verbracht als mit ihren Vätern.«

Er deutet auf das Gemüse, das in der Pfanne über dem Feuer brutzelt. »Du hast doch sicher Hunger, oder?«

Ich nicke eifrig und verbrenne mir die Zunge, als ich die Karotten viel zu hastig hinunterschlinge.

»Wie hast du das eigentlich gemacht?«, fragt Ling plötzlich.

»Was meint Ihr?«, frage ich mit vollem Mund. Auch Kalle, der noch immer mit uns am Feuer sitzt und bisher kein Wort gesagt hat, mustert Ling interessiert.

»Auf den Baum neben der Arena zu klettern, wo du doch solche Höhenangst hast?«

Ich verschlucke mich an einem Stück Sellerie und huste heftig. »Ich … ich habe …«

Ling zwinkert mir zu, und es bedarf keiner weiteren Worte. Als Einziger hier hat er die Wahrheit begriffen.

Am nächsten Morgen bauen wir bereits vor Sonnenaufgang unsere Zelte ab. Ling will nicht länger als nötig verweilen und drängt zur Eile.

Nachdem Zelte, Waffen und Vorräte auf den Pferderücken verstaut sind, richtet Ling das Wort an alle. »Borka und der Prinz sind gestern auf der anderen Seite der Schlucht angegriffen worden. Die Männer hatten es gezielt auf Prinz Fjodor abgesehen. Haltet also die Augen offen, es ist gut möglich, dass sie uns inzwischen wieder auf den Fersen sind.«

»Was wollen sie von Prinz Fjodor?«, fragt Georg.

»Ich weiß es auch nicht«, entgegnet Ling schulterzuckend. »Seid einfach alle auf der Hut. Und schirmt den Prinzen ab.«

Die Reiter positionieren sich so um Fjodor herum, dass bloß noch sein wippender Zopf zu sehen ist. Ich schaue ratlos zu Ling.

»Du kannst mit mir reiten.« Als hätte er meine Gedanken gelesen, streckt Kalle mir die Hand entgegen. Dankbar ergreife ich sie und lasse mich von ihm auf sein Pferd ziehen.

Etwas verlegen lege ich die Arme um Kalle. Er ist so hager, dass ich seinen Rumpf ohne Probleme zweimal umfassen könnte. Ein Wunder, dass er nicht beim ersten Windstoß vom Pferd geweht wird. Doch er reitet erstaunlich sicher und kontrolliert sein Pferd lediglich durch leichten Druck der Beine und leises Zungenschnalzen. Das Tier scheint auf seine feinfühlige Art gut anzuspringen. Ohne Weiteres hat es akzeptiert, dass sich das Gewicht auf seinem Rücken soeben verdoppelt hat.

Wir galoppieren los, und alle achten peinlich genau darauf, dass die Mauer aus Pferderücken, die Fjodor verhüllt, kein Loch bekommt.

Unter den Hufen wirbelt der Sand auf und lässt meine Augen tränen. Die Sonne schält sich hinter dem weit entfernten Gebirge hervor, auf das wir zureiten. Ihr Morgenrock ist so rot wie der Sand am Boden; erst ganz allmählich wirft sie ihn ab und kleidet sich in sattes Gelb.

Auf dieser Seite der Schlucht stehen weit und breit keine Bäume. Nicht einmal Büsche. Nichts, das Schutz vor der Hitze oder gar möglichen Angreifern bieten würde. Hinter den Disteln, die lila Sprenkel auf dem roten Boden hinterlassen, könnte sich nicht einmal ein Kind unbemerkt verstecken.

»Werden wir noch verfolgt?« Kalle fragt es so, als könne ich ihm darauf eine zuverlässige Antwort liefern.

»Ich weiß es nicht. Ich wittere die Männer nicht mehr. Aber das heißt nichts. Meine Nase ist voller Sand«, erwidere ich und muss prompt niesen.

Kalles Pferd zuckt bei dem Geräusch zusammen. Kalle streicht ihm sanft über die Mähne und redet beruhigend auf es ein. Das Tier ist noch sensibler als Grete.

Mit dem Ärmel meines Hemdes versuche ich, die Sandkörner aus meiner Nase zu reiben, doch es kommen immer wieder neue hinzu. Also muss ich wohl auf meine Ohren vertrauen. Aber über das Getrappel von mehreren Dutzend Hufen hinweg noch irgendetwas anderes zu hören, ist auch für mich ein Ding der Unmöglichkeit.

Erst als die Sonne bereits hoch am Himmel steht, erlaubt Ling uns die erste Pause. Gierig reichen wir die Wassergefäße herum. Ein Großteil des Wassers geht für die Pferde drauf. In dieser Einöde gibt es nicht einmal eine Pfütze, aus der sie trinken könnten. Also müssen wir unsere Vorräte wohl oder übel mit ihnen teilen. Es wird wirklich Zeit, dass wir einen Bach oder Fluss finden, bevor die Tiere vollständig schlappmachen. Oder wir.

»Wenn wir Glück haben, erreichen wir das Gebirge noch vor Sonnenuntergang«, höre ich Ling zu Fjodor sagen. »Dann können wir es überqueren. Ich denke, das wird mindestens einen Tag dauern.«

Ich bin erleichtert. Die Berge leuchten grün unter der gleißenden Sonne. Grün bedeutet Wald. Und Wald wiederum bedeutet Schatten, Schutz – und Wasser.

Tatsächlich schlängelt sich ein schmaler Bach das Gebirge herab, das wir in der Abenddämmerung erreichen. Nachdem alle ihren Durst gestillt haben, schickt Ling Ignazius und Friedrich los, um Brennholz zu sammeln. Die Berge sind von Tannen überwuchert, der Boden ist ein einziger Farnteppich. Soweit ich es erkennen kann, führen keine Wege durch den Tannenwald.

Irgendwo hoch über unseren Köpfen höre ich ein Donnern, das wie ein Wasserfall klingt. Er scheint in einen See oder einen Fluss zu münden, denn was außer einer Wasserstelle sollte es sein, das all die Tiere anlockt, deren Gerüche mir nun in die Nase steigen. Endlich ist sie wieder frei von Sand. Nun ist Platz für frische Luft und den wohlvertrauten Geruch von Hasen, Rehen und Füchsen.

»Ich könnte uns ein Abendessen schießen«, schlägt Georg mit einem Blick auf die restlichen Vorräte vor.

Ling nickt, und zusammen mit zwei anderen Männern macht Georg sich auf den Weg in den Wald. Ich kann nur hoffen, dass die Tiere ihn früher wittern als er sie.

In der Tat kehren Georg und die anderen ohne Beute zurück. »Es war zu dunkel. Ich konnte meine eigene Hand nicht mehr vor Augen sehen«, flucht er.

Im Lager hingegen sorgt neben dem Mond, der inzwischen am Himmel steht, ein Feuer für ausreichend Licht. Aus Karotten, Zwiebeln und Lauch hat Kalle eine Suppe zubereitet, die wir uns nun alle schmecken lassen. Kalle läuft rot an, als Georg ihn für seine Kochkünste lobt. Ich kann nicht sagen, ob er es freundlich oder ironisch meint. Jeder Satz aus seinem Mund ist ein zweischneidiges Schwert.

Ich konzentriere mich auf meine Suppe. Genieße es, endlich eine warme Mahlzeit zu bekommen. Die anderen schwatzen und lachen ausgelassen. Wieder einmal habe ich das Gefühl, hier völlig fehl am Platz zu sein. Der Prinz ist in ein Gespräch mit Darius vertieft. Immer wieder fliegen einzelne Wortfetzen zu mir herüber. Es klingt, als schwelgen sie in Erinnerungen an frühere Zeiten. Ich beneide sie um ihre Vertrautheit. Auch ich hätte so gerne einen Anker aus der Vergangenheit an meiner Seite. *Der Wald*, flüstert eine Stimme in meinem Kopf. *Er war und ist für immer dein Vertrauter.*

Nach dem Essen zieht Fjodor sich in sein Zelt zurück. Ling positioniert zwei Männer davor und verabschiedet sich dann von uns, um sich schlafen zu legen. Kalle sammelt die leeren Teller ein, und ich biete mich an, sie im Bach zu spülen.

Georgs Kommentar, dass das ja endlich mal etwas sei, wozu ich nützlich wäre, ignoriere ich. Ich möchte zumindest für einen kurzen Moment alleine sein. Und wenn das bedeutet, mich verspotten zu lassen und die Essensreste meiner Kameraden von den Tellern zu kratzen, dann ist das eben so.

Ich genieße die Ruhe am Bach. Die Zelte sind in einigem Abstand zu ihm aufgeschlagen, und so dringen nur dumpfe Stimmen zu mir herüber. Einzelne Worte kann ich nicht verstehen.

Ich fülle einen Teller mit Wasser und schrubbe mit einem groben Leinentuch darüber, bis sich die eingetrockneten Zwiebelstückchen lösen. Dabei betrachte ich mein Spiegelbild im Wasser. Das letzte Mal, als ich das getan habe, wusste ich noch nicht, dass mein Leben wenig später eine völlig neue Richtung nehmen würde. Hätte ich es gewusst, wäre ich womöglich in den See ein- und nie wieder aufgetaucht. Doch egal, wie schwierig alles auch sein mag, ich darf nicht aufgeben! Die Hoffnungen meiner Eltern ruhen auf mir. Ich schlucke. Sofern sie noch hoffen dürfen. Ob Lotti ihnen inzwischen helfen konnte? Ich wage gar nicht, daran zu denken, was wäre, wenn nicht …

»Hey, Löwenmädchen, bist du immer noch nicht fertig?« Georgs Gesicht taucht neben meinem auf der Wasseroberfläche auf.

»Nein, wieso? Möchtest du etwa noch Nachtisch?«, frage ich genervt und tunke einen weiteren Teller in den Bach.

»Nur nicht frech werden«, sagt Georg. Sein Atem riecht nach Alkohol. Es war uns strikt verboten, welchen mit auf die Reise zu nehmen. Doch es wundert mich nicht, dass Georg nichts von solchen Verboten hält. Seit ich ihn kenne, hält er sich bloß an seine eigenen Regeln. Und die decken sich nicht unbedingt mit Lings.

»Willst du mir helfen, oder was?«, frage ich Georgs Spiegelbild. »Falls nicht, wäre ich dir dankbar, wenn du verschwinden und mich in Ruhe weitermachen lassen würdest.«

Zu meiner großen Verblüffung nickt Georg. »Ja, ich will dir helfen.«

Im Wasser sehe ich, wie sein Arm langsam über meine Schulter wandert. Er streicht über mein Schlüsselbein und lässt seine Finger von dort aus abwärtswandern. Noch ehe ich begreife, was passiert, hat er sie auch schon von oben in mein Hemd geschoben.

»Ich will dir da raushelfen«, sagt Georg mit einem widerlichen Grinsen im Gesicht. Seine raue Hand arbeitet sich grob zu meiner Brust vor. Für einen Augenblick bin ich wie erstarrt. Dann wirbele ich zu ihm herum und reiße seinen Arm aus meinem Hemd. »Bist du von allen guten Geistern verlassen?«

Ich erwarte Verlegenheit, Schuldbewusstsein oder Überraschung über sich selbst in seinem Gesicht zu sehen. Irgendetwas in der Art. Doch die Belustigung und Lüsternheit, die ich stattdessen sehe, jagt mir eine Angst durch die Eingeweide, die mich ebenso lähmt wie zuvor Georgs Hand.

»Komm schon, Löwenmädchen, ich will dir doch nur zeigen, was du verpasst hast«, sagt Georg und packt meine Arme. »Ich bin sicher, du hattest noch keinen Mann bisher. Im Wald gibt's nicht so viele, was?«

Ich will ihn schlagen. Treten. Kratzen. Beißen. Doch ich schaffe es einfach nicht. Er hält meine Arme mit so eisernem Griff fest, dass ich unfähig bin, mich daraus zu befreien. Meine Füße treffen ins Leere, und selbst wenn sie Georgs Beine einmal streifen, zeigt er sich unbeeindruckt.

»Lass mich los!«, fauche ich, aber Georg denkt gar nicht daran. Er schleift mich zum Lager, wo noch ein paar Männer ums Feuer sitzen. Kalle ist nicht mehr dabei. Für einen Moment macht mir diese Tatsache große Angst, im nächsten frage ich mich, ob von ihm wirklich Hilfe zu erwarten gewesen wäre. Oder hätte er wieder einmal beschämt zu Boden gesehen?

»Das Löwenmädchen war aufsässig«, lallt Georg und dreht mich an den Schultern zu den anderen um. Sie lachen und heben ihre Becher. Der Geruch von Wein steigt mir in die Nase. Viel Wein.

»Ich glaube, es ist an der Zeit, die kleine Wildkatze hier zu zähmen«, sagt Georg, und ich winde mich panisch in seinem Griff.

»Gute Idee!«, ruft Ignazius und lacht. Durch die Lücke in seinen Schneidezähnen pfeift er anzüglich in meine Richtung.

Vor den Augen der anderen lässt Georg seine Hand beinahe bedächtig über meinen Hals gleiten. Wenn ich es nicht besser wüsste, könnte man es mit Zärtlichkeit verwechseln. Doch sein Blick verrät etwas anderes. Er streichelt über die kleine Vertiefung unter meinem Kehlkopf und schiebt seine Finger dann tiefer.

»Na, Löwenmädchen, vielleicht ist es ja doch ganz gut, dass du dabei bist«, ruft Ignazius. »So können wir wenigstens ein bisschen Spaß haben.«

Georg kommt nun ganz nah an mein Gesicht heran. Seine Lippen streifen mein Ohr. Mein Körper ist eine einzige Gänsehaut. Ich spucke ihm ins Gesicht. Georg stößt einen Fluch aus, und einen Wimpernschlag später liegen seine Hände erneut an meinem Hals. Diesmal grob und unbarmherzig. Er drückt zu und lässt dann wieder los. Immer wieder.

Ich ringe nach Atem. Die Männer um mich herum lachen.

»Du magst es wohl härter, was?« Georg hält meinen Hals noch immer umschlossen und lässt seine Zunge von meinem Ohrläppchen bis hin zu meinem Mund gleiten. Vor Ekel muss ich würgen. Dabei verschlucke ich mich und bekomme nun noch schlechter Luft.

»Hilfe«, presse ich hervor. Es klingt kläglich. Georg grinst breit. Mit ein paar schnellen Schritten haben uns die anderen umringt. Mein Blick flackert zu Darius hinüber. Er steht teilnahmslos ein wenig abseits der anderen. Er sieht mich nicht wie sie gierig an, macht aber auch keine Anstalten, mir zu helfen. Georg lässt mich los und schleudert mich in Friedrichs Richtung. Der fängt mich auf und drückt mir einen feuchten Kuss auf den Mund. Noch bevor ich ihn wegwischen oder wahlweise Friedrich eine verpassen kann, hat er mich auch schon an Ignazius weitergereicht, dessen schwitzige Hände mein Haar zerwühlen.

Mein Blick fliegt von Mann zu Mann. Breitbeinig haben sie sich im Kreis aufgestellt und reichen mich weiter, wie heute Vormittag die Wassergefäße. Als sei auch ich etwas, an dem sich jeder von ihnen bedienen könne.

Wieder lande ich in Georgs Armen, und diesmal macht er sich nicht die Mühe, mich unter meinem Hemd zu begrapschen. Er zerreißt es lieber gleich.

Ich schlage mir die Arme um den Körper, um meine Brüste zu verbergen, doch Georg zieht gewaltsam meine Hände weg und betrachtet mich mit offenem Mund. So als könne er nicht glauben, dass da unter Kalles abgelegter Kleidung tatsächlich eine Frau zum Vorschein gekommen ist.

»Hilfe!«, rufe ich noch einmal. Meine Stimme hat wieder Kraft. Doch sofort legt sich eine Hand von hinten auf meinen Mund. Gleich danach eine weitere auf meine Brust. Tränen steigen mir in die Augen. Es sind einfach zu viele. Ihre Hände sind überall.

Meine Hose wird aufgerissen und hängt nun nur noch von wenigen Fäden gehalten um meine Hüften. Jemand dreht mich um, und ich blicke Ignazius ins Gesicht. Die Hand auf meinem Mund gehört ihm. Mit der anderen zieht er mich ganz nah an sich heran. Seine Lenden drücken gegen mich. Panik überfällt mich. Gleich wird er mich zu Boden werfen und das mit mir tun, was er »Spaß« nennt und wofür es in meinem Kopf keine Worte gibt. Nur Grauen.

Ignazius' Hand wandert über meinen Bauch bis zu meiner Hüfte und presst mich fest an seinen Körper. »Wer möchte ihr zeigen, wozu eine Frau da ist?«, fragt er in die Runde.

Friedrich sieht zu Boden. Offenbar wird es ihm langsam zu bunt. Theodor meldet sich. Er meldet sich tatsächlich wie in einer Unterrichtseinheit. Als sei ich ein Objekt wie ein Schwert oder ein Bogen und Ignazius hätte gefragt, wer denn als Erster den Umgang damit demonstrieren wolle.

»Darius, was ist mit dir?«, fragt Ignazius.

»Ach lass mal, ich bin müde«, sagt dieser.

»Komm schon!«, ruft Georg. »Du warst schon den ganzen Abend so wortkarg. Vielleicht hebt die Kleine deine Laune.«

Darius schüttelt den Kopf, aber schon hat Georg ihn in die Mitte des Kreises geschoben. »Los, Löwenmädchen, mach ihm eine kleine Freude. Er ackert sich seit Jahren ab und hat nie Zeit für die schönen Dinge des Lebens.« Er lacht grölend.

Darius winkt ab, doch die anderen feuern ihn an, und schon hat Ignazius mich in seine Arme geführt. Dabei hält er mir noch immer von hinten den Mund zu. So eingekesselt zwischen den beiden Männern, habe ich keine Möglichkeit, mich zu befreien.

Darius' kalte Augen blicken mich an, als wüssten sie nicht so recht, was sie mit mir anfangen sollen.

»Besorg's ihr, Darius!«, sagt Georg und klopft ihm aufmunternd auf die Schulter. Darius presst seinen Unterleib fest gegen meinen.

Trotz meiner Panik registriere ich, dass dort keine Spur von Erregung zu finden ist. »Ich bin nicht in Stimmung dafür«, sagt er und weicht von mir ab.

»Gut, dann eben Theodor«, sagt Ignazius und schiebt mich in Richtung des jungen Mannes, dessen Ohren augenblicklich zu glühen beginnen. Dabei lässt Ignazius meinen Mund für einen winzigen Augenblick los. Ich beiße zu. Er schreit auf und zieht seine Hand zurück, und voller Genugtuung registriere ich den Abdruck meiner eigenen Zähne darauf.

»Du verdammtes kleines Mist…«

»Was ist denn hier los?«

Ignazius, der seine unverletzte Hand zur Ohrfeige erhoben hat, hält mitten in der Bewegung inne. Über die Flammen des Lagerfeuers hinweg sehe ich, wie Ling mit zornigem Blick näher kommt.

»Was denn? Wir wollen doch nur ein bisschen den Feierabend genießen«, lallt Georg. »Ihr solltest Euch besser wieder schlafen legen.«

»*Ihr* solltet besser Eure Zunge hüten.« Lings sonst so blasse Haut ist rot angelaufen vor Zorn. Seine schmalen Augen haben sich noch weiter verengt.

Georg gibt sich unbeeindruckt. »Sonst was? Werdet Ihr mit dem Schwert auf mich losgehen? Auf uns alle?«

»Lass gut sein, Georg.« Darius legt Georg beschwichtigend die Hand auf den Arm. Ich stehe noch immer regungslos inmitten des Kreises, den die Männer gebildet haben.

»Geht es dir gut, Borka?«, fragt Ling, und ich verberge meine Nacktheit, so gut es geht, hinter meinen Armen.

»Ich … ich …« Ich bin nicht in der Lage, einen vollständigen Satz herauszubringen.

»Ihr habt den Bogen eindeutig überspannt. Ihr alle.« Lings Stimme bebt.

»Ach was.« Georg zuckt mit den Schultern. »Wir wollten doch nur, dass sie etwas lernt, was ihr im Wald keiner beigebracht hat.« Er packt mich und zieht mich eng an seinen schwitzigen Körper. »Und wir sind noch nicht fertig.«

Es geschieht so schnell, dass ich keine Chance habe, einzugreifen. Ling stößt zwei der Männer zur Seite und stürmt zu Georg und mir in die Mitte des Kreises. Georg lässt mich los. Ich stolpere. Falle zu Boden. Ling streckt mir die Hand entgegen, um mir aufzuhelfen.

Dann ein Fluch. Gefolgt von einem Keuchen. Ling sackt neben mir in sich zusammen. Er reibt sich den Rücken und blickt zu Georg hoch, der mit erhobener Faust über ihm steht. Er hat es tatsächlich gewagt, Ling zu Boden zu stoßen. Dass er bei mir keine Konsequenzen befürchtet, gut – aber bei Ling?

Ich erwarte, dass Ling ihn anbrüllt, ihn seinerseits zu Boden ringt, ja, selbst wenn er ihm an Ort und Stelle den Kopf abschlagen würde, wäre ich nicht verwundert. Doch mit seinem Schweigen habe ich nicht gerechnet. Sein Blick klebt anklagend auf Georg. Der scheint zum ersten Mal, seit ich ihn kenne, aus der Fassung zu sein. So als sei er selbst erschrocken darüber, was er getan hat.

»Kann man hier nicht einmal in Ruhe schlafen?« Wir alle fahren herum. Fjodor hat den Kopf aus seinem Zelt geschoben. Verdattert sieht er erst auf den am Boden liegenden Ling, dann zu den Männern, die nun allesamt den Blick gesenkt haben.

»Was ist hier los?« Fjodor spricht gefährlich langsam. Niemand wagt es, zu antworten.

Lings Blick ruht noch immer anklagend auf Georg, der den Kopf vor Fjodor gebeugt hat.

Ich sehe zwischen den Umstehenden hin und her. Meine Kehle brennt vor Schmerz und Wut. Das kann nicht wirklich passiert sein! Es darf einfach nicht passiert sein! Doch wie viel ist schon passiert, von dem ich geglaubt hatte, dass es niemals geschehen würde.

»Ling?« Fjodor schiebt sich an den Umstehenden vorbei und hilft ihm auf. »Ist alles in Ordnung?«

Ich sehe, wie Lings Kiefer vor unterdrücktem Zorn mahlen. Noch immer sagt er kein Wort.

»Ich habe gefragt, was hier los ist!«, brüllt Fjodor. Ich fahre erschrocken zusammen.

»Ich habe mich für einen Moment vergessen«, flüstert Georg, und sein Blick huscht zu Ling hinüber.

Fjodor starrt ihn fassungslos an. Georg hält seinem Blick nur für einen Augenblick stand, dann betrachtet er wieder seine Stiefelspitzen.

»Ich habe zu tief in den Becher geschaut«, sagt er kaum vernehmbar. »Ich wusste nicht mehr, was ich tue. Es tut mir leid.«

Ich fröstele trotz des Feuers, das nur wenige Schritte von mir entfernt seine Funken in den Nachthimmel versprüht.

Fjodor runzelt die Stirn. »Das wird ein Nachspiel haben. Ich dulde so ein Verhalten nicht in meiner Truppe.«

»Er verträgt den Wein nicht gut«, sagt Darius leise. »Wir hätten ihn davon abhalten sollen, wir hätten es nicht so weit kommen lassen dürfen.«

Fjodor nickt langsam.

»Ich bin sicher, Georg bereut, was geschehen ist«, sagt Darius, und Georg nickt beipflichtend. »Ja, Hoheit, ich wollte nicht …«

»Schweig!«, unterbricht Fjodor ihn. »Ihr habt mich schwer enttäuscht. Alle.«

Die Männer scharren nervös mit den Füßen am Boden, der ihre Blicke wie magisch anzuziehen scheint. Niemand von ihnen wagt es, dem Prinzen ins Gesicht zu sehen.

»Georg, du wirst dich bei Ling entschuldigen«, sagt Fjodor, »und die Finger vom Wein lassen, solange wir auf Reisen sind.«

Georg nickt. »Selbstverständlich. Es ist mir so fürchterlich unangenehm.«

Ignazius tritt neben ihn und sagt. »Mir auch, Hoheit. Es wird nicht wieder vorkommen.«

Die anderen murmeln zustimmende Worte, und Fjodor scheint zufrieden, wenn auch nicht besänftigt. Einer nach dem anderen verlassen die Männer die Feuerstelle und ziehen sich in ihre Zelte zurück. Kopfschüttelnd sieht der Prinz ihnen nach. Als Letzter verschwindet Ling in seinem Zelt. Sein Gesicht ist rot vor Zorn. Auch ich will mich in Bewegung setzen, doch meine Beine sind wie festgewachsen. Der Prinz hat mir den Rücken zugewandt. Bis jetzt hat er mich noch keines Blickes gewürdigt.

»Und was ist mit dir? Hast du dich etwa auch an der Meuterei beteiligt, Löwenmädchen?«, fragt Fjodor und dreht sich zu mir herum.

Ich starre ihn entgeistert an. Zum ersten Mal, seit er aus seinem Zelt gekommen ist, scheint er mich richtig wahrzunehmen. Sein Blick wandert über meinen Hals, hinunter über das zerrissene Hemd und die herabhängende Hose. Ich schlinge die Fetzen meiner Kleidung notdürftig um meinen Körper. Meine Haut scheint in Flammen zu stehen unter dem Blick des Prinzen. Doch es ist kein Schmerz, den ich fühle. Eher eine riesige Scham. Eine Scham, die für Georg und die anderen bestimmt sein sollte statt für mich.

»Wer hat das getan?«, fragt Fjodor, ohne wegzusehen.

Ich schüttele nur den Kopf, und endlich kommen die Tränen, die die ganze Zeit von der Wut zurückgehalten wurden. Mit einem Mal fühle ich mich noch hilfloser als im Kreis der Männer.

Fjodors Blick lässt mich nicht los. Er drängt mich, einen Namen zu nennen. Doch meine Zunge ist wie gelähmt. Wie ein pelziges, unbewegliches Etwas liegt sie in meinem Mund und weigert sich zu sprechen und mich damit alles noch einmal durchleben zu lassen.

»Borka?« Noch nie hat er mich so genannt. Bisher war ich für ihn wie für alle anderen immer bloß das Löwenmädchen. Ein namenloses Wesen, halb Tier, halb Mensch, das durch einen dummen Zufall an einen Ort geraten war, an den es nicht gehört und an dem niemand es haben will.

Ich öffne meinen Mund einen winzigen Spalt weit und schmecke das Salz meiner Tränen. »Alle«, flüstere ich so leise, dass ich es selbst kaum verstehen kann.

Fjodor tritt näher an mich heran. Ich kann den Geruch seiner Haut ganz deutlich wahrnehmen. Sie hat sich den ganzen Tag über mit Sonne vollgesaugt und sendet nun den Duft des Sommers an meine Nase. »Was sagst du?«

»Alle«, wiederhole ich etwas lauter.

Fjodor nickt. »Das habe ich befürchtet.«

»Ling hat versucht, mir zu helfen«, stammele ich. »Und dann …«

»Die Männer waren nicht sie selbst. Die Hitze des Tages, die Anstrengungen der Reise, der Wein. Da kam einiges zusammen.« Ich starre ihn mit weit aufgerissenen Augen an. Sucht er gerade nach Entschuldigungen?

»Ich rede morgen mit ihnen«, sagt Fjodor. »Das hätte nicht passieren dürfen.«

Er öffnet die goldene Schnalle, die seinen Umhang zusammenhält, und legt ihn mir über die Schultern. Ich schlinge ihn fest um mich, bis ich sicher bin, dass nicht das winzigste Stück meiner Haut mehr sichtbar ist.

»Danke«, murmele ich.

»Keine Ursache.« Seine Stimme ist ungewohnt weich. Er tritt ein Stück zurück, sein Duft hängt nun um meine Schultern.

»Du solltest auch schlafen gehen. Morgen liegt ein anstrengender Aufstieg vor uns.«

Ich sehe ihm nach, wie er, ohne sich noch einmal umzudrehen, in seinem Zelt verschwindet.

Schlafen gehen. Ich bin sicher, dass ich in dieser Nacht kein Auge zubekomme.

Und genauso ist es. An der Decke meines Zeltes tanzen die Gesichter von Georg, Ignazius und den anderen. Sie lachen und grölen. Lecken mit ihren Zungen über meinen Hals. Verspotten mich so lange, bis es draußen dämmert und die Sonne mein Zeltdach mit Licht flutet. Mit Licht, das die nächtlichen Schattengestalten verschluckt, auch wenn ich weiß, dass sie von heute an nie wieder ganz verschwinden werden.

17. Kapitel

»Was war denn los gestern Nacht? Ich habe eben gehört, dass Ling Georg aufgebrummt hat, alles zusammenzupacken.«

Ich bin gerade erst aus meinem Zelt gekrochen und kämme mein widerspenstiges Haar mit einem Holzkamm, als Kalle neben mich tritt. Er deutet auf Georg, der mit missmutiger Miene die Stangen von Lings Zelt aus dem Boden zieht.

Ich sehe zu ihm, wende meinen Blick aber sofort wieder ab. »Hast du denn gar nichts mitbekommen?«, frage ich überrascht.

»Ich habe geschlafen wie ein Baby. Ich war so fertig wie noch nie in meinem Leben. Diese Reise schafft mich.«

Widerwillig setze ich ihn über das, was sich in der vergangenen Nacht abgespielt hat, in Kenntnis. Jeder Satz schnürt mir die Kehle zu, wie Georgs Hand es getan hat. Als ich geendet habe, fühle ich mich völlig ausgelaugt.

Kalle, der mir aufmerksam gelauscht hat, starrt mich ungläubig an. »Kein Wunder, dass Ling sauer war. Ich habe ihn noch nie so erlebt. Georg hat gerade im Fluss gebadet, als ich die Wasservorräte aufgefüllt habe. Da kam plötzlich Ling dazu und hat ihn förmlich aus dem Wasser gezogen, um ihn zu Strafdienst zu verdonnern.«

Mein Mitleid hält sich in Grenzen.

»Georg hat seine Triebe offensichtlich noch weniger im Griff, als ich dachte. Ich meine, man hört allerlei Gerüchte, aber das …«

»Hier scheint es eine Menge Männer zu geben, die ihre Triebe nicht im Griff haben«, sage ich und schlinge Fjodors Mantel beim Gedanken an die vergangene Nacht fester um mich. »Bei Darius weiß ich das ja spätestens, seit er Lotti bedrängt hat, aber …«

»Er hat Lotti bedrängt?« Kalle sieht mich entsetzt an, und ich beiße mir schnell auf die Zunge. Doch es ist zu spät. Er hat genug gehört. »Dieser verdammte Mistkerl!«

»Sag ihr bitte nicht, dass ich es dir erzählt habe, sie wollte nicht, dass jemand davon erfährt.«

»Glaubst du, es würde auffallen, wenn wir Darius und Georg einfach verschwinden ließen?« Kalle sieht mich so ernst an, dass ich nicht sicher bin, ob das ein Scherz ist oder ein handfester Plan.

»Irgendetwas sagt mir, das würde nicht unbemerkt bleiben …«, antworte ich, und Kalle lässt ein trockenes Lachen hören.

»Tja, da könntest du recht haben.« Er senkt den Blick. »Was trägst du da eigentlich, das ist doch …«

»Der Mantel des Prinzen, ja.«

»Aber wieso …?«

Ich öffne den Mantel ein winziges Stück, und meine zerrissene Kleidung, die ja streng genommen Kalles Kleidung ist, kommt darunter zum Vorschein. »Tut mir leid um deine Sachen«, sage ich und schließe den Mantel sofort wieder.

Kalle winkt ab. »Das muss es nicht. Warte einen Moment.«

Er läuft zu den Pferden, die friedlich in der Nähe des Bachs grasen. Neben ihnen stehen einige Ledertaschen, denen ich selbst auf die Entfernung ansehen kann, dass sie bis zum Bersten gefüllt sind. Kalle durchsucht ein paar davon, bis er fündig wird. Triumphierend hält er eine braune Hose und ein weißes Leinenhemd in die Höhe, als handele es sich dabei um einen wertvollen Schatz.

»Wie gut, dass ich was zum Wechseln dabeihabe«, sagt er, als er mit den Sachen auf mich zukommt. »Hier.« Er reicht mir die

Kleidungsstücke, und ich schlüpfe im Schutz einer breiten Tanne hinein.

Fjodors Mantel lege ich sorgfältig zusammen und bringe ihn zu seinem Zelt hinüber, das Georg noch nicht abgebaut hat. Karl und Erwin, die Männer, die das Zelt in der Nacht bewacht haben, sind bereits dabei, ihre Pferde zu beladen.

»Hoheit?«, frage ich zaghaft. Als niemand antwortet, stecke ich den Kopf durch den schweren Stoff.

Fjodor liegt unter einem Haufen Decken in der Mitte des riesigen Zeltes. Seine nackte Brust, die unter dem Deckenhaufen hervorlugt, hebt und senkt sich in regelmäßigen Atemzügen. Sein langes Haar ist um sein Gesicht herum ausgebreitet. Ein wenig erinnert es an eine Löwenmähne. Der Gedanke versetzt mir einen Stich.

Schnell lege ich den Mantel neben ihm ab und verlasse das Zelt wieder.

Draußen herrscht geschäftiges Treiben. Georg hat immer noch nicht alle Zelte abgebaut, Friedrich und Theodor haben begonnen, die Pferde zu satteln, und Ignazius spült die Teller im Bach. Sie machen einfach weiter, als sei nichts geschehen. Als mich Ignazius' Blick trifft, stellen sich sämtliche Härchen auf meiner Haut auf. Schnell drehe ich mich weg.

Das Feuer ist über Nacht vollständig heruntergebrannt. Daneben stehen zwei Teller mit Haferschleim. Ich nehme mir einen davon und schlinge mein Frühstück hinunter. Anschließend bringe ich den leeren Teller zum Bach. Ich muss meine Füße zwingen, nicht einfach in die entgegengesetzte Richtung zu rennen. Aber ich werde nicht zulassen, dass die Männer Macht über mich ausüben, selbst ohne mich zu berühren!

Ignazius blickt mich überrascht an, als ich ihm wortlos den Teller in die Hand drücke. In seiner Miene liegt Verachtung. Dieselbe, die ich auch in meinen Augen sehe, die sich in seinen spiegeln. Ich unterdrücke den Impuls, ihn einfach ins Wasser zu stoßen. Jetzt, da ihn weder Dunkelheit noch ein Kreis betrunkener Männer beschützen können, wäre das eine gute Gelegenheit.

Doch ich beherrsche mich und gehe zurück zum Lager. Fjodor ist inzwischen aufgestanden. Er steht mit Darius neben seinem Zelt. Sie haben die Köpfe zusammengesteckt, während Fjodor auf Darius einredet. Dieser nickt immer wieder. Schließlich lässt Fjodor ihn stehen und nimmt sich den letzten verbliebenen Teller.

Ich beobachte, wie Georg mit rotem Kopf Fjodors Zelt abbaut. Er scheint meinen Blick zu spüren und dreht sich zu mir um. Seine Lippen formen Worte, obwohl niemand in seiner Nähe steht. Ich will mir gar nicht ausmalen, was er sagt. Seinem Gesichtsausdruck nach zu urteilen, sind es Worte, die verboten gehören.

Das Gebirge erweist sich als Tortur für die Pferde. Der Aufstieg ist so steil, dass sie es nicht schaffen, uns hinaufzutragen. Also sitzen wir ab und nehmen einen Teil des Gepäcks auf unsere Schultern, um die Tiere zu entlasten. Dass wir sie nicht noch anschieben müssen, ist alles. Ich kann es ihnen nicht verdenken. Für uns ist die Reise schon anstrengend. Doch sie müssen uns seit Tagen tragen. Da reichen die kurzen Nächte zur Erholung kaum aus.

Georg, der aufgrund seiner Körpergröße das meiste Gepäck zu schultern hat, beklagt sich lautstark. In Lings Miene liegt so etwas wie Genugtuung. Und obwohl ich sie voll und ganz teile, hätte ich sie bei ihm nicht erwartet. Kalle steigt direkt vor mir den steinigen, schmalen Weg empor, der sich durch den Tannenwald schlängelt. Bei jedem Schritt höre ich ihn vor Anstrengung keuchen. Ich selbst trage neben meinem Schwert, Köcher und Bogen eine Tasche mit dem Gemüse, das bisher noch nicht verzehrt wurde oder verdorben ist. Viel ist es nicht mehr.

Kurz vor Einbruch der Dämmerung kommen wir auf dem Gipfel an. Die Aussicht offenbart auch auf der anderen Seite endlose Weite. Doch ganz am Horizont verwandelt sich der braune Sandboden immer mehr in sattes Grün. Und dort, wo er am grünsten ist, ragen Türme in den Himmel. Strahlend weiß heben sie sich vom inzwischen dunkelblauen Abendhimmel ab.

»Dort liegt das Schloss von König Jonathan«, sagt Ling. »Es wird noch ein paar Tage dauern, bis wir es erreicht haben. Immerhin geht es nun nicht mehr bergauf.«

Erleichterung macht sich in mir breit. Das Ziel unserer Reise ist greifbar nah. Bisher habe ich alles überstanden. Irgendwie. Und, was das Wichtigste ist: Der Prinz ist am Leben und unversehrt. Während des gesamten Aufstiegs habe ich Augen und Ohren nach irgendwelchen Geräuschen und Gerüchen aufgehalten, die nicht hierhergehören. Nichts. Wir scheinen unsere Verfolger endgültig abgehängt zu haben.

Auf einem Steinplateau schlagen wir unser Nachtlager auf. Auch das Aufbauen der Zelte übernimmt Georg alleine. Fluchend müht er sich mit dem festen Untergrund ab, in dem es nahezu unmöglich ist, die Zelte zu fixieren. Als er fertig ist, schickt Ling ihn los, um Holz für das Feuer zu sammeln. Friedrich und Theodor werden angewiesen, die Pferde zu versorgen. Da auf dem Plateau kaum Gras wächst, sollen sie sich im angrenzenden Wald nach geeignetem Futter umsehen. Die anderen Männer stehen ein wenig ratlos herum und warten auf Anweisungen von Ling oder Fjodor. Doch Ling lässt sich in der Mitte des Plateaus auf einem großen Stein nieder und macht sich daran, ein Stück Holz mit einem Messer zu bearbeiten, und Fjodor …

Fjodor ist verschwunden.

Mir entfährt ein löwisches Grummeln. Ich laufe den Waldrand ab, bis ich frische Fußspuren zwischen zwei kleinen Tannen entdecke. Hier oben auf der Bergspitze wachsen nur wenige Bäume, so als habe die Natur den Berg von unten nach oben bepflanzt und irgendwann seien ihr die Tannen ausgegangen. Der Himmel ist wolkenleer, der Mond hat die Sonne inzwischen abgelöst.

Durch die vereinzelten Bäume sehe ich Fjodor, der in einigem Abstand zum Abhang auf dem Boden sitzt und in die Ferne starrt. Ich trete neben ihn und folge seinem Blick. Die Türme des Schlosses wurden bereits von der Dunkelheit verschluckt, aber ich ahne, dass sie genau vor uns liegen.

»Warum seid Ihr nicht im Lager?«, frage ich, eine Spur unfreundlicher als beabsichtigt. Langsam bin ich seine Alleingänge leid.

»Ich wollte meine Ruhe haben.« Er wirft mir einen vorwurfsvollen Blick zu. »Aber das klappt nicht, wenn du mir jedes Mal folgst.«

»Mir wäre es auch lieber, ich müsste Euch nicht folgen«, entgegne ich gereizt. »Bloß, weil ich heute niemanden gewittert habe, heißt das noch lange nicht, dass Ihr außer Gefahr seid. Es gibt auch Wölfe, Bären, Abhänge, die man im Dunkeln schnell mal übersieht …«

»Ich passe schon auf.« Mit einem Kopfnicken deutet er auf sein Schwert, das neben ihm liegt. Der Mond spiegelt sich in der Klinge und beleuchtet Fjodors Gesicht. Seine Züge sind verhärtet.

»Es tut mir leid, aber ich kann Euch hier nicht alleine lassen«, sage ich, obwohl ich nichts lieber tun würde. Ich verspüre keine große Lust, neben einem schlecht gelaunten Prinzen zu stehen, der den Mond anstarrt und mich genauso wenig in seiner Nähe haben will wie ich ihn.

Doch Fjodor macht keine Anstalten, sich zu erheben. Unverwandt blickt er in die Ferne. »Ling meint, in drei Tagen erreichen wir das Königreich«, sagt er leise.

Wunderbar! Nur noch drei Tage. Ein, vielleicht zwei Nächte Aufenthalt am Hof. Dann der Rückweg. Und dann kann ich endlich meine Eltern in die Arme schließen und ein Leben in Freiheit mit ihnen führen.

»Ich wünschte, ich könnte es hinauszögern.« Auf Fjodors Stimme liegt eine Last, die ich beinahe körperlich fühle.

»Hinauszögern? Wieso?«

Er sieht mich mit großen Augen an. »Wieso? Weil ich Prinzessin Johanna bisher nur ein einziges Mal gesehen habe. Und ehrlich gesagt habe ich keinerlei Erinnerung mehr an diesen Tag. Und nun soll ich sie heiraten. Eine Fremde. Ich wünschte, diese Reise würde ewig andauern.«

Obwohl meine Wünsche sich in keinster Weise mit seinen decken, ich im Gegenteil die Zeit am liebsten beschleunigen würde, um endlich am Ziel zu sein, verspüre ich Mitleid mit ihm. Nicht für jeden von uns liegt Freiheit am Ende dieser Reise. Ich beginne zu verstehen, dass ein Käfig nicht immer aus Gitterstäben besteht.

»Müsst Ihr sie denn heiraten, auch wenn Ihr nicht möchtet?«

»Natürlich. Wir sind einander seit vielen Jahren versprochen. Mein Vater würde sein Gesicht verlieren, wenn ich dieses Versprechen brechen würde.«

Ehre. Da ist sie wieder. Die Ehre seines Vaters steht über allem anderem. Auch über dem freien Willen.

»Vielleicht wird es Zeit, die alten Regeln zu überdenken«, sage ich. »Vielleicht war es schon seit jeher falsch, über die Zukunft junger Menschen zu entscheiden und ihre eigenen Wünsche zu ignorieren.«

Fjodor sieht mich überrascht an. Er runzelt die Stirn und legt den Kopf schief, wie Finja es immer tut, wenn sie etwas nicht versteht. *Getan hat*, korrigiere ich mich. *Wie sie es getan hat …*

»Vielleicht«, sagt Fjodor schließlich. »Aber wer bin ich, meinen Vater so zu kränken und seine Entscheidung anzuzweifeln? Er hat stets nur zu meinem Besten gehandelt. Er hat immer bloß mein Glück im Sinn.«

Ich denke an Corbin und Aylela. Auch sie haben stets das Beste für mich gewollt, da bin ich sicher. Und doch haben sie mich, wenn meine Theorie stimmt, belogen. War das das Beste für mich? Und wenn ja, warum?

Ich lasse mich neben den Prinzen sinken und sehe ihm fest in die Augen. In der Dunkelheit sehen sie fast schwarz aus. Als wechselten sie bei Nacht die Farbe wie der Himmel.

»Wenn es nach Euch ginge«, sage ich langsam, »nur nach Euch: Was würdet Ihr tun?«

»Ganz ehrlich?«

Ich nicke.

»Ich würde davonlaufen. Einfach irgendwohin, wo mich niemand kennt. Ich würde ein Leben in Freiheit führen, ohne jede Pflicht. Ohne die Blicke aus Tausenden Augen, die jeden meiner Schritte verfolgen und jede meiner Bemerkungen mit Anerkennung oder Groll quittieren. Ich würde einen Wald betreten können, ohne Angst haben zu müssen, dass mich jeden Moment ein Pfeil durchbohrt …« Er zögert, ein schiefes Grinsen wandert auf sein Gesicht. »Oder irgendein Löwenmädchen meiner Spur folgt, um mich mit indiskreten Fragen zu löchern.«

Ich zucke mit den Schultern. »Ihr hättet nicht antworten müssen.«

Fjodor richtet seinen Blick wieder auf den Horizont. »Nein.

Aber irgendetwas sagt mir, dass du meinen Wunsch nach Freiheit besser verstehst als die Tölpel, die alles dafür geben würden, einmal die Aufmerksamkeit zu bekommen, mit der ich seit meiner Geburt überschüttet werde.«

In seinen Worten schwingt dieselbe Sehnsucht mit, die ich in mir spüre. Die Sehnsucht, einfach tun und lassen zu können, was ich möchte. Bisher war mir gar nicht bewusst, wie glücklich ich mich schätzen konnte.

Schweigend starren wir in die Nacht. Langsam wird es immer kühler. Fjodor trägt seinen Mantel, und fast bereue ich, ihn ihm zurückgegeben zu haben. Ich schlinge die Arme um meinen Körper und reibe mir die Schultern.

»Gibt es denn niemanden, der an Eurer Stelle die Nachfolge Eures Vaters antreten kann?«, frage ich. »Einen Vetter, einen Onkel oder einen anderen Verwandten?«

»Nein, niemanden.«

»Und was ist mit anderen Adeligen? Es gäbe sicherlich eine Menge Männer, die ganz versessen darauf wären, an Eurer Stelle das Land zu regieren.«

»Die gibt es mit Sicherheit. Aber wäre Gier nach Macht eine gute Basis, um ein Land zu führen? Das kann ich meinem Volk nicht antun. Ich würde mir nie verzeihen, wenn jemand aus reiner Geltungssucht mein Königreich ins Verderben führt. Davon abgesehen, würde mein Vater das nicht zulassen. Er möchte sich zur Ruhe setzen, sobald ich die Krone übernehme. Wenn ich es nicht tue, wird er niemals dulden, dass es irgendjemand sonst tut. Lieber herrscht er so lange, bis er tot vom Thron fällt.«

»Eure Hoheit! Ist alles in Ordnung?« Georgs tiefer Bass durchschneidet die kühle Nachtluft. Er steht nur wenige Schritte von uns entfernt, bis unters Kinn beladen mit Holz.

»Ja, alles bestens. Wir wollten gerade zurück zum Lager.« Fjodor erhebt sich und klopft sich ein paar Steinchen von der Hose.

»Danke, dass du mich bei meinem Spaziergang begleitet hast«, sagt er und nickt mir zu. Ich deute eine Verbeugung an und greife nach seinem Schwert. »Soll ich es wieder für Euch tragen?«

»Nicht nötig, du sollst auch einmal Feierabend haben.«

Wir grinsen uns an. Mir wird ganz flau im Magen. Schnell setze ich eine ernste Miene auf, und zusammen mit Georg gehen wir zurück zum Lager.

Wenig später knistert das Holz, das Georg zusammengetragen hat, im Feuer. Die Flammen werfen ständig neue Schatten auf die Gesichter der Männer, die dicht gedrängt darum herumsitzen. Kalles Schulter berührt meine, und ich drücke mich noch etwas enger an ihn. Die Kälte hat sich mittlerweile bis in meine Knochen vorgetastet, selbst das Feuer kann sie nicht vertreiben.

Immer wieder wandert mein Blick zu Georg. Er hat mich den ganzen Tag über ignoriert, was mir nur recht war. Andererseits befürchte ich, er könnte plötzlich wie eine Schlange zuschnappen, wenn niemand hinsieht. Immerhin hat er meinetwegen Strafarbeiten aufgebrummt bekommen, und das dürfte ihm so gar nicht schmecken. Auch jetzt würdigt Georg mich keines Blickes. Und auch sonst niemanden. Der Einzige, mit dem er sich beim Abendessen leise flüsternd unterhält, ist Darius. Sie haben sich mit ihren Tellern ein wenig abseits der anderen auf den Boden gesetzt und die Köpfe zusammengesteckt. Georgs Blick huscht zu mir hinüber, zuckt aber direkt zurück, als er meinen trifft. Mein Herz beginnt zu hämmern. Reden Darius und er etwa über mich? Mein Hals schnürt sich zu. Was, wenn sie noch nicht fertig mit mir sind?

Auch in dieser Nacht bekomme ich kaum ein Auge zu. Ich starre im Dunklen auf den Zelteingang, jederzeit bereit, nach meinem

Schwert zu greifen, sollte sich dort eine Silhouette abzeichnen. Meine Erschöpfung ist so groß, dass ich eine ganze Woche durchschlafen müsste, um sie zu vertreiben, trotzdem wehre ich mich gegen den Schlaf.

Nachdem er mich schließlich doch irgendwann überrollt hat, schrecke ich immer wieder aus unruhigen Träumen hoch, in denen Darius, Ignazius und Georg die Hauptrollen spielen. Einmal legt Fjodor mir im Traum seinen Mantel um, nur damit Georg ihn kurz darauf in Fetzen reißt. Keuchend schlage ich die Augen auf. Meine Haare sind schweißnass und kleben mir in der Stirn. Ich nehme einen kräftigen Schluck aus dem Becher, den ich mit in mein Zelt genommen habe, und blinzele, um die Nachwehen des Albtraums zu vertreiben. Draußen höre ich das laute Schnarchen der anderen. Dass ich bei dieser Dauerbeschallung überhaupt Schlaf gefunden habe, grenzt an ein Wunder. Ich strecke mich wieder auf dem harten Boden aus und schließe die Augen. Doch das Rasseln und Gurgeln meiner Kameraden lässt sich einfach nicht ausblenden.

Und da ist noch etwas anderes. Ein leises Atmen. So unterdrückt, als wolle es nicht gehört werden. Direkt vor meinem Zelt.

Mit einem Satz bin ich aufgesprungen. Mein Schwert zielt auf den Eingang. Das Atmen hat aufgehört. Ich lausche in die Dunkelheit. Zähle innerlich bis drei. Das Atmen setzt wieder ein. Und noch ehe ich begreife, dass dort mindestens zwei Gestalten in der Nacht lauern, bin ich auch schon mit einem unterdrückten Schrei nach draußen gerannt, das Schwert zum Schlag erhoben.

Ich habe alles erwartet. Und nichts davon war harmlos. Unsere Verfolger, die uns doch noch aufgespürt haben, Georg und Darius, die mich im Schlaf überwältigen wollen. Doch nie und nimmer habe ich mit diesem Anblick gerechnet.

Zwei eisblaue Augenpaare starren mich an. Der Mond wirft

seine Strahlen auf die Gestalten, die geduckt vor mir stehen. Auf vier Beinen. Zwei Löwinnen. Wunderschön, mit glattem, schneeweißem Fell. Ihre Körper und Köpfe sind geduckt. Zum Sprung bereit. Doch nicht, wie ich für einen Herzschlag fürchte, auf mich, sondern den Berghang hinab – zurück in den Schutz des Waldes. Sie sind so schnell verschwunden, dass ich nicht einmal Gelegenheit habe, nach ihnen zu rufen. Ihnen zu signalisieren, dass ich eine von ihnen bin. Gekleidet in Menschengestalt.

Was wollten sie hier? Haben wir unwissentlich ihr Revier durchquert? Wollten sie uns vertreiben? Doch dann wären sie wohl kaum sofort wieder umgekehrt. Der Gedanke an die Löwinnen überlagert all die negativen Bilder in meinem Kopf und lässt mich schließlich wieder zurück in den Schlaf gleiten.

Am nächsten Morgen weiß ich, was die Löwinnen hier gesucht haben.

»Unsere Vorräte sind weg!«, höre ich Georg fluchen, als ich den Kopf aus meinem Zelt stecke.

»Alles?« In Windeseile hat Ling die Satteltaschen durchwühlt.

»Nein«, sagt Georg, »ein bisschen Obst ist noch da. Aber es wird wohl kaum für die nächsten drei Tage reichen.«

»Dann müssen wir jagen gehen«, sagt Darius, und obwohl Ling zur Eile mahnt, ist Fjodor sehr angetan von dem Vorschlag.

Da eine Jagd im Brachland unterhalb des Berges kaum Sinn macht, schickt Fjodor Darius und ein paar andere zurück in den Wald, aus dem wir gekommen sind. Unsere Abreise verlegt er kurzerhand auf den Nachmittag. So können auch die Pferde noch ein wenig länger ausruhen – vielleicht kommen wir dadurch sogar schneller voran. Das sieht auch Ling ein.

Nachdem der Jagdtrupp ausgeschwärmt ist, diskutieren die verbliebenen Männer darüber, welches Tier sich an den Vorräten zu schaffen gemacht hat. Von Füchsen, über Eichelhäher bis hin zu Kaninchen ist alles dabei. Doch niemand denkt an Löwen, und ich kläre sie auch nicht auf.

Als die Sonne am höchsten steht, kehren Darius und die anderen zurück. Georg hat einen ausgewachsenen Hirsch geschultert. Sein riesiger Kopf hängt schlaff herab, sein Geweih mit rund einem Dutzend Enden schleift über dem Boden. Er stand in der Blüte seines Lebens. Bis er Georg und dessen Pfeil ihn traf.

Darius hält drei Kaninchen an den Ohren in der Hand. In ihren Hälsen klaffen tiefe Schnitte. Die Köpfe fallen beinahe vom Körper. Friedrich hat eine Tasche mit Brombeeren gefüllt, und Theodor trägt unter jedem Arm einen Auerhahn. Beim Anblick von so viel Tod wird mir übel.

Sobald wir alles verladen haben, reiten wir los. Für Kalles Pferd, das weiterhin die doppelte Last tragen muss, haben die Nacht und der halbe Tag kaum ausgereicht, um sich zu erholen. Sicher ist es genauso versessen darauf wie ich, diese Reise endlich hinter sich zu bringen.

Den ganzen Weg den Berg hinab wittere ich nichts, was nur im Entferntesten auf unsere Verfolger und zu meiner Enttäuschung auch nichts, was auf die Löwinnen hindeutet. Das bleibt auch an den kommenden Tagen so.

Fjodors Laune trübt sich immer mehr, je näher wir dem Schloss von König Jonathan kommen. Meine hingegen steigt. Bald haben wir den ersten Teil unserer Reise geschafft!

Als wir am dritten Tag nach unserem Abstieg endlich das weiße Schloss in seiner vollen Größe vor uns aufragen sehen, dreht Kalle sich zu mir um. »Sieh dir das an, es ist fast doppelt so hoch wie König Jerriks Schloss!«

Er hat recht. Die sieben schneeweißen Türme ragen so hoch in den Himmel, dass die Wolken ihre Spitzen verschlucken. Das Schlosstor ist groß genug, um einem Riesen Einlass zu gewähren. Saftig grüne Wiesen rahmen das Schloss ein. Die Häuser darauf stellen die Häuser in Fjodors Königreich weit in den Schatten, was Größe und Bauart betrifft. Menschen lehnen sich dicht aneinandergedrängt aus den Fenstern und winken uns zu. An der Fassade des Schlosses wachsen Kletterrosen empor, die in voller Blüte stehen. Lauter rote Blutstropfen auf weißem Schnee.

Kalles Mund klappt auf, als wir näher reiten und die Türme ihre Schatten über uns werfen. »Kein Wunder, dass Jerrik diese Verbindung wünscht. König Jonathans Reichtum reicht ja im wahrsten Sinne des Wortes bis zum Himmel.«

Ich werfe einen Blick zu Fjodor, der ein Stück seitlich vor uns reitet. Während alle anderen die Köpfe in den Nacken gelegt haben und ihr Staunen kaum verbergen können, ist Fjodors Blick ernst und wandert zwischen den Häusern und den überall verteilten Bäumen, deren Äste unendlich viele Birnen und Äpfel darbieten, hin und her – ganz so, als suche er nach einem Versteck. Unsere Blicke treffen sich, und ich sehe die Angst in seinen Augen. Es ist die Angst eines Tieres, das in der Falle sitzt. Sobald wir dieses Tor durchqueren, wird seine Freiheit auf der anderen Seite zurückbleiben.

Ich nicke ihm zu, will Aufmunterung in mein Lächeln legen. Doch entweder versteht er mich nicht, oder es ist ihm egal. Sein Blick bleibt unverändert.

Ling hat das gewaltige Tor bereits erreicht und steigt vom Pferd. Gerade als er die Hand hebt, um gegen das Holz zu klopfen, öffnet es sich mit einem ohrenbetäubenden Knarren. Kalle hat Mühe, sein Pferd im Zaum zu halten, und auch die anderen Pferde scheuen bei dem Geräusch.

Ein halbes Dutzend Menschen tritt durch das Tor, vorneweg der König und die Königin, wie ihre Kronen eindeutig verraten. König Jonathan ist ein hochgewachsener Mann mit schwarzem Bart, die Königin an seinem linken Arm eine bildschöne Frau mit hochgestecktem blondem Haar. Nun tritt eine junge Frau, etwa in meinem Alter, neben das Paar. Auch sie ist groß und blond, doch ihr Haar fällt in sanften Wellen über ihre schmalen Schultern. Sie zupft unsichtbare Fäden von ihrem himmelblauen Kleid, während ihr Blick scheu zu Fjodor hinüberflackert.

Hinter der Königsfamilie haben sich drei Wachen positioniert. Die Hände an den Gürteln, in denen lange Schwerter stecken, die Blicke ernst und wachsam.

»Prinz Fjodor, da seid Ihr ja endlich! Wir haben Euch schon sehnlichst erwartet.« König Jonathan breitet die Arme aus.

Fjodor steigt von Falkes Rücken und macht ein paar unsichere Schritte auf ihn zu. Er setzt zu einer Verbeugung an, doch da hat der König ihn bereits an seine Brust gezogen und drückt ihn.

»Ihr erinnert Euch noch an meine Frau, Königin Agathe?« Jonathan deutet auf die verkniffen dreinblickende Schönheit neben sich. Sie sieht aus wie das ältere Ebenbild ihrer Tochter. Im Gegensatz zu dem ihres Mannes ist das Lächeln der Königin kühl und beherrscht. Sie reicht Fjodor die Hand, und er küsst sie mit einer Verneigung.

»Und das hier ist sie: mein Augenstern. Mein Herz. Meine Tochter Johanna.« Jonathan macht eine ausladende Geste und deutet mit beiden Armen auf die Prinzessin, wie ein Marktschreier, der seine beste Ware präsentiert.

Gespannt beobachte ich, wie Fjodor nun auch der Prinzessin die Hand küsst. Sie errötet leicht, was ihrer Schönheit keinen Abbruch tut, und macht einen Knicks.

»Sie sieht bezaubernd aus«, keucht Kalle vor mir, und ich muss zugeben, dass er recht hat. Das verlegene Lächeln der Prinzessin wirkt unschuldig und freundlich. Keine Spur der Arroganz, die die Königin ausstrahlt, selbst wenn sie ihren kirschroten Mund zu einem Lächeln verzieht.

»Seid willkommen, Prinz Fjodor«, sagt Agathe und tastet nach ihrem gewaltigen Haarknoten, als wolle sie überprüfen, ob er noch an Ort und Stelle ist.

»Ich danke Euch.« Fjodor deutet hinter sich. Auf uns. »Diesen Männern habe ich es zu verdanken, dass ich wohlbehalten hier angekommen bin.«

Diesen Männern. Na wunderbar. Entweder hat er mich vergessen, oder es ist ihm unangenehm, zuzugeben, dass auch eine Frau es war, die ihn hierherbegleitet hat.

»Dann sollen sie alle meine Gäste sein«, sagt Jonathan strahlend. »Heute Abend gebe ich Euch und der Prinzessin zu Ehren einen Ball.« Er wendet sich an uns. »Und ihr seid alle eingeladen.«

Freudiges Murmeln hallt über die Wiese. Ich stimme nicht mit ein. Ich möchte endlich zurück. Keinen Tag länger als nötig verweilen. Für meine Eltern zählt jeder Tag. Wie kann ich tanzen und fröhlich sein, während sie im Kerker schmoren?

Auch die Königin scheint wenig von der Einladung ihres Mannes zu halten. Ihr Blick wandert über mich und meine Kameraden. Sie rümpft die Nase, als würde unser Gestank bis zu ihr hinüberwehen. Vielleicht tut er das tatsächlich. Als ihr Blick mich streift, verweilt er etwas länger auf mir als auf meinen Kameraden. Sie zieht abschätzig die Brauen zusammen. Dann setzt sie wieder ihr kühles Lächeln auf.

»Ein Ball«, flüstert Kalle. »Ich war noch nie auf einem Ball. Sicher werden viele Hofdamen anwesend sein.«

»Du wirst dich hüten, mit irgendwelchen Hofdamen zu tanzen!«, sage ich streng, Lottis Bitte noch gut in Erinnerung. »Am besten redest du gar nicht erst mit ihnen.« Beim Anblick von Kalles überraschtem Gesicht muss ich lachen und füge hinzu: »Na gut – aber nur übers Wetter.«

Ling weist Georg und Ignazius an, die Pferde abzusatteln und in Jonathans Stall unterzubringen, der hinter dem Schloss liegt.

Wir anderen betreten eine prunkvolle Halle, von der zwei geschwungene und mit rotem Teppich ausgelegte Treppen in die oberen Stockwerke führen. Ein weiterer breiter Gang führt mitten hinein in das Schloss, bis in die hinteren Gärten, wie uns eine der Wachen erklärt. Jonathan und Agathe gehen voran, dicht gefolgt von Fjodor, der Prinzessin Johanna den Arm angeboten hat. Hat er seine Meinung so schnell geändert, oder spielt er einfach nur perfekt die Rolle, die alle von ihm erwarten?

Die Decken sind so hoch, dass mir schwindelig wird, als ich nach oben sehe. Die Bilder, die sie zieren, kann ich mit bloßem Auge kaum erkennen. Es scheinen rundliche Kinder mit Flügeln zu sein. Halb nackte Kinder auf gold-blauem Grund. Überall ragen weiße Säulen empor. Ich fühle mich wie erschlagen von all dem Prunk. Riesige Vasen, goldumrahmte Gemälde, die die königliche Familie zeigen, und marmorne Statuen finden sich in jedem Winkel des Schlosses. Wir steigen die linke Treppe empor, die aus der Eingangshalle geradewegs in den Thronsaal führt. Er ist fast so groß wie die Arena in Fjodors Reich, unsere Schritte hallen von den Wänden wider. Meine nackten Füße hinterlassen dunkle Abdrücke auf dem blank gewienerten Parkett. Verlegen schiele ich zu den anderen hinüber, aber ihre Blicke schweifen ehrfürchtig durch den Saal, niemand nimmt Notiz von dem Dreck, den wir in diese glänzende Welt einschleppen. Von der Decke hängen majestätische Kronleuchter. Ihre Glasperlen funkeln im Licht der Sonne, das durch die mannshohen Fenster scheint. Die Rahmen sind aus purem Gold. So wie die beiden Throne, die am anderen Ende des Saales auf einem mit rotem Teppich ausgekleideten zweistufigen Podest stehen. Durch die gigantischen Spiegel an allen Wänden wirkt der Saal noch imposanter. Unendlich oft schaue ich mir darin selbst entgegen. Schnell wende ich den Blick ab. Mein weißes Hemd steht vor Dreck, und meine Hose hat ein Loch am Knie. Ich passe nicht in diesen Raum.

Doch ich bin nicht der einzige Schandfleck hier. Auch meine Kameraden und selbst der Prinz können die Spuren der Reise nicht verbergen. Ihre Kleidung ist genauso schmutzig wie meine, die Haare sind zerzaust, die Augen müde.

»Wir haben für Eure Männer bereits ein paar Zimmer im Gästeflügel herrichten lassen«, sagt König Jonathan an Fjodor gewandt. »Sicher sind sie erschöpft von der langen Reise.«

Er klatscht dreimal in die Hände, und eine der Wachen, die uns nach oben begleitet haben, tritt vor. »Ludwig, bitte bringt Prinz Fjodors Begleiter zu ihren Gemächern. Die Kammerdiener und Zofen wissen Bescheid und werden sich um alles Weitere kümmern.«

Ludwig verneigt sich und winkt uns zu sich hinüber. Beim Verlassen des Saals erhasche ich einen Blick auf Fjodor, der, die Prinzessin noch immer am Arm führend, über etwas lacht, was sie sagt. Es klingt echt, nicht aufgesetzt. Vielleicht wartet ja doch kein goldener Käfig auf ihn.

Im Gästeflügel werde ich endlich nicht mehr von strahlendem Gold geblendet. Hier sind die Wandfarben gedeckter. Auch gibt es kaum Dekorationen bis auf ein paar bunt verzierte Vasen, die hier jedoch deutlich kleiner ausfallen als im Rest des Schlosses.

Ludwig lässt die Kammerdiener und Zofen antreten und übergibt uns in ihre Obhut.

Eine junge Zofe namens Anja nimmt sich meiner an. Ihre Augen zieren ungewöhnlich viele Fältchen für ihr Alter, was ihr Lachen jedoch umso freundlicher wirken lässt. Den ersten Schock erleidet sie, als sie bemerkt, dass der schmutzige Jüngling mit dem langen verfilzten Zopf in Wirklichkeit eine Frau ist. Den zweiten, als sie meine Hände sieht. Die stinken laut ihrer Aussage so sehr nach Pferd, dass sie erst mal ein wenig Seife unter ihre Nase reiben muss, ehe sie mir beim Auskleiden hilft. Meinen Widerspruch quittiert sie mit einem Kopfschütteln. Sie hat die Aufgabe, sich um mich zu kümmern, und das nimmt sie sehr ernst.

Ein kleines Zimmer mit einem umso größeren Bett ist bereits für mich vorbereitet worden. Anja legt meine Sachen auf dem mit blauem Stoff bezogenen Schemel neben dem Bett ab.

»Braucht Ihr noch irgendetwas?«, fragt sie freundlich.

Auf dem kleinen Beistelltisch stehen ein Becher und ein voller Wasserkrug. Daneben eine Schüssel Obst. Ich erkenne die noch nicht ganz reifen Äpfel aus dem Schlossgarten. Ich schüttele den Kopf. Ich bin zu müde, um noch irgendetwas zu sagen.

»Gut. Ich werde mich vor Eure Zimmertür setzen und warten, bis Ihr Euch ausgeruht habt. Dann richte ich Euch für den Ball her.«

Wieder schüttele ich den Kopf. »Ich werde nicht zum Ball gehen.«

»Das müsst Ihr! Der König besteht darauf, dass alle Gefolgsleute des Prinzen seine Gäste sind. Ihr solltet ihn nicht verärgern.«

Ich seufze. Es hat keinen Sinn, mit ihr zu diskutieren, solange ich fürchten muss, jeden Moment im Stehen einzuschlafen. Also nicke ich schwach. Dann vertagen wir das Gespräch eben auf später, wenn ich hoffentlich wieder etwas bei Kräften bin.

Anja verlässt die Kammer, und ich lege mich auf den Berg aus Kissen in meinem Bett. Durch das kleine, blank geputzte Fenster fallen ein paar Sonnenstrahlen herein und kitzeln meine Wange.

Ich wälze mich hin und her. Die Kissen sind viel weicher als jedes Laub und jedes Moos. Noch nie habe ich in einem Bett geschlafen. Doch meine anfängliche Sorge, ich könnte Schwierigkeiten haben, dort Schlaf zu finden, erweist sich als Irrtum. Kaum habe ich die Augen geschlossen, gleite ich in tiefen, traumlosen Schlaf.

Jemand rüttelt mich. Erschrocken reiße ich die Augen auf. Automatisch taste ich nach meinem Schwert. Es ist nicht da. Himmel, es ist nicht da!

»Aufwachen, du Schlafmütze«, sagt eine freundliche Stimme über mir. Anja.

Erleichtert lasse ich mich zurück in die Kissen sinken. »Wie lange habe ich geschlafen?«

Statt einer Antwort deutet sie zum Fenster. Der Himmel hat sich bereits rot gefärbt.

»Wir haben noch viel vor«, sagt Anja mit einem kritischen Blick auf meine pechschwarzen Füße. Sie hilft mir aus dem Bett, hüllt meinen nackten Körper in ein riesiges Leinentuch und führt mich in den Waschraum. Dort steht ein hölzernes Fass, in dem ein ausgewachsenes Pferd Platz hätte. Ich blicke mich nach allen Seiten um. Bis auf Anja und mich ist der Raum menschenleer.

»Keine Sorge, hier kommt niemand rein«, sagt Anja, als habe sie meine Gedanken gelesen, und verriegelt die Tür. Langsam lasse ich das Leinentuch zu Boden gleiten und steige in das Fass. Das Wasser darin hat eine seltsam braune Farbe.

»Ein paar deiner Kameraden haben bereits vor dir gebadet«, erklärt Anja.

Bei der Vorstellung, dass dieses Wasser Darius', Ignazius' oder Georgs Körper berührt hat, will ich am liebsten sofort wieder aus dem Fass springen.

»Nichts da, hiergeblieben!« Mit sanfter Gewalt drückt Anja mich ins Wasser. Es ist lauwarm. Sie nimmt ein Stück Seife und einen Wasserkrug, den sie über meinem Haar auskippt. Ich pruste, als das Wasser mir in Mund und Nase läuft. Ungerührt beginnt Anja damit, einzelne Strähnen meines Haars mit der Seife einzuschäumen. Es ziept fürchterlich, doch Anja schaut mich jedes Mal streng an, sobald ich versuche, mich aus ihrem Griff zu winden.

»Wann hast du die zum letzten Mal gebürstet?«, fragt sie, und als ich bloß mit den Schultern zucke, sieht sie mich entsetzt an. »So lange nicht mehr?! Himmel!«

Sie schrubbt noch fester mit der Seife über meinen Hinterkopf. Das Wasser unter mir färbt sich langsam schwarz.

Als Anja mit meinen Haaren fertig ist, nimmt sie eine langstielige Bürste und scheuert damit meine Füße. Es kitzelt fürchterlich. Ich kann nicht anders, als zu kichern wie ein kleines Kind. Anja mustert mit ernstem Gesicht meine Zehennägel.

»Da müssen wir dringend etwas tun«, sagt sie, nimmt eine Schere und schneidet sie so kurz, dass ich fürchte, sie könnte mir jeden Moment die kompletten Zehen abschneiden.

»Schon besser.« Zufrieden betrachtet Anja ihr Werk.

Ich versuche mich zusammenzureißen, als sie erneut mit der Bürste meine Füße schrubbt, doch immer wieder breche ich in lautes Gelächter aus. Anja lässt sich nicht beirren: Hoch konzentriert arbeitet sie sich über meine Beine bis zu meinem Bauch vor.

Sie lässt die Bürste über das Seifenstück gleiten, bis die Borsten mit Seife bedeckt sind, dann bearbeitet sie damit akribisch meinen Bauch. Diesmal kitzelt es nicht. Kein bisschen. Im Gegenteil: Es tut weh. Meine Haut ist hier viel weicher als unter den Füßen, die durch das jahrelange Barfußlaufen einiges abkönnen.

Die Bürste erreicht meinen Bauchnabel. Schrubbt fest über mein Feuermal.

Ich reiße die Augen auf. Falle.

Schlage rittlings auf dem Wasser auf, das sich schmerzhaft in meinem Rücken bricht. Meine Haut steht in Flammen.

Anjas Gesicht löst sich vor meinen Augen auf. Stattdessen ist dort nur noch ein schwarzer Schatten. Ein Unbekannter, der unermüdlich meinen Bauch schrubbt. Brutal und ohne jede Gnade.

Ich schreie vor Schmerz. Schlage wild um mich. Das Wasser ist mit einem Mal kochend heiß. Es spritzt neben mir in die Höhe, als meine Arme daraufklatschen im hilflosen Versuch, mich zu befreien.

Die Gestalt über mir packt meine Schulter und hält mich mit einer Hand fest. Mit der anderen treibt sie die harten Borsten unablässig über meinen Bauch, bis die Haut sich Stück für Stück auflöst. Es ist nur noch eine Frage der Zeit, bis dort, wo einst mein Feuermal prangte, ein tiefes Loch klafft. Mitten in meinem Körper.

Blut mischt sich in das Wasser.

Ich brülle wie am Spieß, versuche nach dem Schatten über mir zu greifen, ihn wegzustoßen, ihm die Bürste aus der Hand zu schlagen.

»Lass – mich – los!«, rufe ich. Immer wieder. Die erste Hautschicht hat sich bereits gelöst. Nicht mehr bloß mein Feuermal ist nun flammend rot, mein ganzer Bauch ist ein einziges Feuermeer.

Warum tut der Schatten mir das an? Was will er von mir?

Ich fuchtele wie wild mit Armen und Beinen, treffe jedoch nichts als Wasser. Und mich selbst. Mein Kopf gerät unter Wasser, und ich japse nach Luft. Schlucke Wasser. Pruste.

Meine Kehle schnürt sich zu. Ich kann nicht mehr atmen.

Hilfe!

Ich schlucke noch mehr Wasser und paddele panisch mit den Armen. Ich werde ertrinken. Ich werde hier in diesem gottverdammten Fass ertrinken!

Hände packen mich. Verzweifelt kämpfe ich gegen sie an. Sie halten mich mit eisernem Griff an den Schultern fest. Ich reiße den Mund auf, um zu schreien, doch das führt nur dazu, dass noch mehr Wasser hineinläuft. Ich habe das Gefühl, dass mein ganzer Körper bereits voll davon ist.

Die Hände ziehen an mir. Ich versuche, sie von mir wegzureißen. Sie geben nicht nach. Meine Eingeweide brennen. Ich habe nicht mehr genug Luft, um mich zu wehren. Ich kann nicht mehr.

Meine Hände sacken auf den Grund des Fasses. Mein Kopf folgt ihnen. Ich schließe die Augen und warte darauf, dass es zu Ende ist.

18. Kapitel

Jemand zieht mich nach oben. Mein Kopf taucht aus dem Wasser auf. Ich spucke einen Strahl der schwarzen Brühe aus und schnappe nach Luft. Ich kann wieder atmen.

Hör auf!, will ich rufen, doch mir entfährt nur ein leises Wimmern. »Hör auf!«

Eine andere Stimme übertönt meine. »Hör auf!«, ruft auch sie.

Der Schatten löst sich auf. Verwandelt sich zurück in Anjas Gesicht. Sie steht, die Bürste an ihrer Hand herabbaumelnd, über mir und starrt mich fassungslos an. »Was sollte das? Was war los mit dir?«

Ich betrachte meinen Bauch unter Wasser. Er ist nicht rot. Er sieht aus wie immer. Und er tut auch nicht weh.

»Ich weiß nicht«, sage ich und wünsche mir, ich könnte etwas anderes antworten. Denn ich möchte mindestens genauso sehr wie Anja erfahren, was es mit dieser erneuten Vision auf sich hatte. Wer war die Gestalt, die mir den Bauch blutig geschrubbt hat? Und was wollte sie von mir?

»Geht es dir gut?«, fragt Anja besorgt. Ich nicke, obwohl ich am ganzen Körper zittere.

Mit äußerster Vorsicht reinigt Anja meine Arme und meinen Rücken. Keine von uns sagt ein Wort. Anjas Gesicht wirkt angespannt, so als habe sie Sorge, ich könne jeden Augenblick wieder einen solchen Anfall bekommen. Nachdem sie meine Fingernägel zurechtgeschnitten hat, deutet sie mit fragendem Blick auf meine Haare.

»Die sind ganz schön mitgenommen. Soll ich vielleicht ein kleines Stück …« Sie hält Zeigefinger und Daumen so weit auseinander, wie es möglich ist, ohne sich die Hand zu brechen.

Ich zucke mit den Schultern. Meine Haare sind im Moment mein geringstes Problem.

Wer ist diese Frau in dem Handspiegel, den Anja mir entgegenhält? Die Augen könnten tatsächlich meine sein. Auch wenn sie in dem Gesicht, das nun nur noch von der Sonne und nicht länger von Schmutz gebräunt ist, strahlender leuchten als je zuvor. Das Haar ist zu einem lockeren Knoten gewickelt, zumindest das, was davon noch übrig ist. Der Rest liegt auf dem Fußboden des Waschraums.

»Alles kaputt«, wie Anja sagte.

Doch die größte Veränderung ist das dunkelgrüne Kleid, das mir bis über die Knöchel reicht und meine Füße verbirgt, die zum ersten Mal in meinem Leben in Schuhen stecken. Anja hat sich nicht davon abbringen lassen. Auf einem Ball gäbe es gewisse Standards, hat sie gesagt, und man sollte sich nie mit jemandem anlegen, der einem gerade mit einer Schere das Haar bearbeitet.

Obwohl die silbernen Schuhe laut Anja genau meine Größe haben, zwicken sie an allen Ecken und Enden. Meine Füße fühlen sich wie zusammengepresst an. Gefangen in einem Fremdkörper, der ihnen das Blut abschnürt. Wie können die Menschen nur tagtäglich mit diesen Dingern herumlaufen? Wie spüren sie so den Puls der Erde unter sich? Immerhin trennt mich der Absatz unter meiner Ferse nun gut eine Handbreit vom Boden. Ich bin sicher, dass ich beim ersten Schritt umknicken und mir mindestens einen – wenn nicht gar alle – Knochen brechen werde.

Das Kleid hingegen fühlt sich weich und geschmeidig auf der Haut an. Es ist weit ausgeschnitten, und mein Brustkorb hebt und senkt sich nervös, während ich mich selbst im Spiegel betrachte. Eine einzelne Strähne meines braunen Haars hat sich aus der Hochsteckfrisur gelöst und fällt mir in die Augen. Ich puste sie weg und verschmiere dabei prompt etwas von der roten Farbe auf meinen Lippen. Anja seufzt dramatisch und wischt mir den entstandenen Fleck mit einem feuchten Tuch weg. Sie streicht mir die Strähne hinters Ohr und sieht mich an, als sei ich ein Gemälde, das sie gerade nach jahrelanger Arbeit beendet hat. »Du siehst umwerfend aus.«

Meine Füße klopfen nervös auf den Steinboden. Ich fühle mich wie eine Maus, die sich als Katze verkleidet hat. Größenwahnsinnig.

»Ich bringe dich jetzt nach unten«, sagt Anja und greift nach meinem Arm.

Ich lasse zu, dass sie mich über mehrere Flure bis zum Thronsaal führt. Dankbar um ihre Hand, an der ich mich festkrallen kann und ohne die ich vermutlich längst zu Boden gegangen wäre. Schon nach wenigen Schritten tun mir die Füße weh. Als Anja nicht hinsieht, streife ich schnell die Schuhe ab und lasse sie hinter einer Marmorsäule verschwinden.

»So, da sind wir!« Anja strahlt. »Ich wünsche dir einen wunderbaren Abend.«

Die Türen zum Thronsaal werden von einem guten Dutzend Wachen flankiert, die mir steif zunicken. Mit klopfendem Herzen trete ich über die Schwelle, das Gold fühlt sich kühl unter meinen nackten Füßen an. Sicher ist der Boden nicht für die Füße einer Waldbewohnerin gemacht.

Überall an den Wänden stehen nun Tafeln mit prachtvoll aufgetürmten Speisen und goldenen Karaffen voll Wein und Wasser. Zwischen all den Adeligen, deren ausladende Kleider selbst diesen riesigen Saal plötzlich klein erscheinen lassen, entdecke ich Kalle und ein paar weitere meiner Kameraden. Wie ich haben sie sich fein herausgeputzt. Auch ihnen wurde edle Kleidung aus dem Schloss zur Verfügung gestellt. Kalle, der neben dem Büfett steht und unschlüssig, wonach er als Erstes greifen soll, all die Speisen betrachtet, sieht mit den Schulterpolstern seiner gelben Jacke deutlich breiter aus als gewohnt. Außerdem machen sie irgendetwas mit seiner Haltung. Er bewegt sich aufrechter und nicht ganz so verhuscht wie sonst.

Erleichtert über das bekannte Gesicht, steuere ich direkt auf Kalle zu. Ich schiebe mich an einer Gruppe Adeliger vorbei, die etwas zu bunt gekleidet sind und etwas zu laut lachen. Meine Augen und Ohren sind unablässig damit beschäftigt, unter all den Eindrücken nicht einfach dichtzumachen.

Eine rundliche Frau wirft mir einen missbilligenden Blick zu, als ich versehentlich auf ihre blaue Schleppe trete und sie damit fast zu Fall bringe. Ich mache einen Knicks, und dabei verrutscht der Saum meines Kleides ein wenig, sodass ein nackter Fuß zum Vorschein kommt. Die Frau schnappt nach Luft und wedelt sich dann so hektisch mit ihrem Fächer vor dem Gesicht herum, dass es mich nicht wundern würde, wenn sie einen Orkan zustande brächte.

»Borka?« Kalles Augen weiten sich. »Ich hätte dich beinahe nicht erkannt. Steht dir wesentlich besser als meine alten Hosen.« Er lacht, und auch ich ringe mir ein Lächeln ab.

Eine junge Frau, höchstens sechzehn, winkt zu uns herüber. Kalle errötet und sieht mich entschuldigend an. »Das ist Bruna, die Zofe der Prinzessin. Ich bin gleich wieder da.« Schon eilt er zu Bruna und verneigt sich mit einem Handkuss vor ihr. Die Zofe kichert und sieht ihm länger als nötig in die Augen.

Für einen Moment fühle ich mich vollkommen verloren. Wohin jetzt? Ein paar Schritte entfernt stehen einige Kameraden von mir, würdigen mich aber keines Blickes. Sie sind viel zu sehr damit beschäftigt, lautstark und wiederholt miteinander anzustoßen. Ich schlendere zu einer der langen Tafeln hinüber und nasche ein paar Trauben, ohne meinen Blick von Kalle und Bruna abzuwenden. Aus dem Augenwinkel sehe ich Darius, der mit einem goldenen Becher in der einen und einer hübschen jungen Frau an der anderen Hand durch den Thronsaal schreitet, als wäre er hier zu Hause. Sein blondes Haar liegt akkurat am Kopf an, seine silberne Jacke sitzt perfekt.

In der Nähe der Königsthrone entdecke ich Fjodor, der sich angeregt mit Johanna unterhält. Sie lacht herzhaft über seine Worte. Auch sein Gesicht ist von einem Lächeln erhellt. Offenbar hat ihr Strahlen bereits auf ihn abgefärbt.

Mein Magen meldet sich. Ein seltsames Grollen. Sicher der Hunger. Gerade als ich zu einem Stück Brot greifen will, klopft eine der Wachen mit einem goldenen Stab dreimal auf den Boden. Augenblicklich verstummen die Gespräche im Saal.

König Jonathan und seine Gemahlin haben auf ihren Thronen Platz genommen. Alle Augen sind nun auf sie gerichtet.

»Die Königin und ich freuen uns sehr, dass ihr alle zur Verlobungsfeier unserer Tochter mit Prinz Fjodor erschienen seid.« Der König macht eine Geste in Richtung von Johanna, woraufhin die Prinzessin Fjodors Hand ergreift und ihn auf das Podest zu ihren Eltern führt.

»Heißen wir gemeinsam meinen zukünftigen Schwiegersohn willkommen.« Der König schiebt Fjodor an den Rand des Podestes, damit seine Gäste ihn besser sehen können. Fjodor tritt nervös von einem Fuß auf den anderen. Er hält noch immer Johannas Hand umklammert, und ich sehe, wie sie sich unter dem festen Druck seiner Finger auf die Lippen beißt.

»Das junge Paar, es lebe hoch!« König Jonathan hebt die Arme.

»Hoch!«, rufen die Adeligen im Saal. »Hoch!«

Fjodors Gesichtszüge sind angespannt. Johanna hingegen strahlt von einem Ohr zum anderen. Die Gäste heben ihre Gläser, und König Jonathan sagt: »Auf Prinzessin Johanna und Prinz Fjodor. Mögen sich eure Herzen verbinden, so wie eure Königreiche es tun. Und möget ihr euch stets Liebe und Halt schenken, wenn Stürme euch bedrohen.«

»Prost!«, ruft ein älterer Mann, der ganz nahe am Podest steht und dessen Gewand von Goldfäden durchzogen ist. Sein langer Bart saugt sich mit Rotwein voll, als er zum Trinken ansetzt. Auch alle anderen leeren nun ihre Gläser. Bloß ich nicht. Ich kann noch immer meinen Blick nicht von Fjodor abwenden, dem der ganze Wirbel um seine Person sichtlich unangenehm ist.

»Ich danke Euch, auch im Namen meiner Tochter, für die großzügigen Geschenke.« König Jonathan deutet auf einen Tisch, auf dem sich Schmuck, Kleider und Süßspeisen türmen.

»Ich danke Euch für die Ehre, König Jonathan«, sagt Fjodor und verbeugt sich vor seinem Schwiegervater in spe. Dabei lässt er endlich Johannas Hand los, und ich atme gleichzeitig mit der Prinzessin aus.

Der König legt Fjodor die Hand auf die Schulter und schenkt ihm das strahlende Lächeln, das er an seine Tochter vererbt hat. Dann wendet er sich an die Umstehenden. »Der Ball ist eröffnet.«

Die Gäste applaudieren, und eine Gruppe Musiker, die direkt neben dem Podest des Königs steht, spielt zum Tanz auf. Einen

Augenblick später wirbeln bunte Kleider durch den Saal. Paare drehen sich im Takt der Musik. Überall leuchtende Augen und glückliche Gesichter. Vertausendfacht durch all die riesigen Spiegel.

Ich suche den Saal nach Kalle ab, den ich seit der Ansprache des Königs aus den Augen verloren habe, und entdecke ihn inmitten der Tanzenden. Er hält Bruna dicht an sich gedrückt und macht ein paar unbeholfene Schritte übers Parkett. Bruna lacht jedes Mal auf, wenn Kalle ihr auf die Füße tritt.

Zum Glück muss Lotti das nicht sehen. Ich hoffe, dass Kalle es beim Tanzen belässt, denn sonst werde ich mein Versprechen wohl einhalten und ihn an der nächstbesten Säule festbinden müssen. Kalle und Bruna werden von schwingenden Röcken verschluckt. Ich will ihnen folgen, doch die Tanzpaare drängen mich mit ihren schnellen Bewegungen immer wieder an den Rand des Saals. Resigniert gieße ich mir einen Becher Wasser ein und beobachte das bunte Treiben aus einigem Abstand.

»Was für ein Trubel«, murmelt jemand neben mir. Fjodor hat sich an die Festtafel gelehnt und sich ebenfalls einen Becher gefüllt, den er nun mit einem Zug leert. Johanna hängt ausnahmsweise nicht an seinem Arm.

»Ja, allerdings«, erwidere ich, obwohl ich nicht sicher bin, ob er mit mir oder mit sich selbst gesprochen hat.

Er dreht den Kopf zu mir. Sein Blick dringt tief in mich ein. So als suche er etwas in meinen Augen. Dann wandert sein Blick weiter über mein Gesicht, bis er an meinem Mund hängen bleibt.

»Du bist das!«, ruft er überrascht. »Ich hatte dich gar nicht erkannt. Du siehst so … anders aus.«

Ich verdrehe die Augen, und er lacht. »Ach ja! Jetzt merkt man, dass du es bist.«

»Macht Ihr Euch nur lustig. Ich weiß auch, dass ich hier nicht hingehöre.«

»Da sind wir schon zu zweit.«

Ich mustere ihn von der Seite. Sein Haar ist ordentlich gekämmt und zu einem Pferdeschwanz zusammengebunden. Die Knöpfe auf seiner roten Uniform funkeln im Licht der vielen Kerzen. Es gibt im ganzen Saal nicht einen Menschen, der perfekter hierherpasst. Der genauso erstrahlt wie der Saal selbst im Glanz der unzähligen Kronleuchter.

Fjodor bemerkt meinen skeptischen Blick und füllt seinen Becher – diesmal mit Wein. »Mir ist dieser ganze Wirbel um die Verlobung viel zu viel. Ich meine, Johanna ist netter, als ich gedacht habe, aber ich kenne sie doch gar nicht, und plötzlich sind Hunderte fremder Augen auf uns gerichtet, die ein glückliches Paar erwarten.«

»Vielleicht werdet ihr ja eines Tages eines sein«, sage ich.

Fjodor sieht mich lange an. Sein Blick ist voller Bitterkeit. »Ich beneide dich, Löwenmädchen. Wenn wir zurückkehren, wirst du wieder in den Wäldern verschwinden. Ich hingegen werde keinen einzigen Moment mehr für mich alleine haben.«

»Ihr könnt mich gerne besuchen, wenn Ihr eine Auszeit von all dem Trubel braucht.« Ich weiß nicht, woher die Worte plötzlich gekommen sind. Erschrocken beiße ich mir auf die Zunge. Doch Fjodor lacht mich nicht aus. Er lächelt mich an und sagt leise: »Ich bin mir nicht sicher, ob deine Eltern das erlauben würden.«

»Ich kann ja mal mit ihnen reden.« Das mit dem Auf-die-Zunge-Beißen klappt nicht wirklich gut.

»Das solltest du unbedingt tun.«

Fjodor ist unmerklich näher gekommen, sodass sein Mund nun beinahe mein Ohr streift.

»Wo ist eigentlich Eure Braut?«

»Sie unterhält sich gerade mit ihrer Cousine. Die hat im vergangenen Jahr Prinz Wendelin aus dem Reich der Sonnenwende geheiratet und ist nun ganz erpicht darauf, Johanna ein paar Ratschläge für eine imposante Hochzeitsfeier mit auf den Weg zu geben.« Er seufzt und genehmigt sich einen Schluck Wein.

»Habt Ihr einen schönen Abend?« Ling ist neben uns aufgetaucht. Er trägt einen langen grünen Mantel über einem weißen Hemd und weißer Hose. Sein Schwert hat er selbst zu diesem Anlass nicht abgelegt, und ich frage mich, ob es unbedacht war, meins in meinem Gemach liegen zu lassen. Mein Blick huscht zur Tür hinüber, vor der noch immer Wachen stehen. Auch neben dem Königsthron sind welche postiert. Heute Abend werden wohl sie im unwahrscheinlichen Falle eines Angriffs den Prinzen beschützen müssen.

»Wunderbar, nicht wahr?« Ling deutet auf die Paare, die in einigem Abstand an uns vorbeiwirbeln. »Der Tanz lässt die Leute all ihre Sorgen vergessen.«

»Warum tanzt Ihr dann nicht?«, fragt Fjodor lachend.

»Gott hat mich mit zwei rechten Händen gesegnet«, sagt Ling und deutet auf das Schwert an seinem Gürtel. »Aber mit zwei linken Füßen.«

Fjodor nickt. »Eure Hände nützen mir bedeutend mehr.«

»Aber Ihr solltet tanzen«, sagt Ling. »Ich sehe Euch lächeln, doch Eure Augen sind voller Sorge.«

Fjodor will widersprechen, da hebt Ling die Hand, um ihm Einhalt zu gebieten. »Ich kenne Euch nun so viele Jahre, Hoheit, glaubt Ihr wirklich, Ihr könntet mir noch etwas vormachen?«

Fjodor nippt kommentarlos an seinem Becher. Schweigend beobachten wir zu dritt die Paare. Kalle und Bruna schweben an uns vorbei. Vielmehr schwebt sie. Er tänzelt neben ihr her wie ein junger Hund neben seinem Herrn. Dabei ruht seine Hand etwas zu tief auf Brunas Rücken.

Ich will hingehen und dem Ganzen Einhalt gebieten, aber Ling hält mich zurück. »Lass ihn für einen Augenblick sorgenfrei und fröhlich sein.«

Ich schnaube genervt, bleibe aber stehen. Fjodor starrt weiterhin wortlos in den Raum. Lings Blick wandert von ihm zu mir und wieder zurück: »Also was ist nun, Hoheit? Tanzt!«

Fjodor deutet quer durch den Saal zu den Musikern. Dort steht Johanna mit ihrer Cousine und lacht. Dabei wirft sie den Kopf in den Nacken, und ihr langes Haar breitet sich wie ein Teppich aus Sonnenlicht über ihren Rücken aus. »Sie ist beschäftigt.«

Ling schüttelt den Kopf. Er nimmt meine Hand. Ohne auf meinen Protest zu achten, legt er sie in Fjodors. »Sie ist es nicht.«

Ich sehe Fjodor an. Er sieht mich an.

»Aber …«, sagen wir gleichzeitig.

»Tanzt!«, sagt Ling noch einmal, und da ich es gewohnt bin, seine Befehle zu befolgen, verstumme ich.

Fjodor hebt die Brauen. Seine Gesichtszüge entspannen sich langsam. Er drückt leicht meine Hand. »Möchtest du?«

»Ich … ich kann nicht tanzen …«, stammele ich und bemühe mich, meinen Blick von seinem zu lösen. Doch ich schaffe es einfach nicht. Es ist, als hielte sein Blick mich genauso fest wie seine Hand. Auch Fjodor sieht nicht weg. Patt.

»Unsinn, Borka! Deine Beinarbeit ist hervorragend«, mischt Ling sich ein und antwortet auf meinen vorwurfsvollen Blick mit einem breiten Lächeln.

»Also?«, fragt Fjodor leise. Ehe ich antworten kann, hat er mich bereits Richtung Tanzfläche gezogen. Ich befehle meinen Füßen, stehen zu bleiben, doch zu meinem Ärger gehorchen sie mir kein bisschen.

Fjodor legt mir den rechten Arm um die Taille und zieht mich so nah an sich, dass ich seinen Atem an meinem Hals spüren kann. Mein Nacken beginnt augenblicklich zu kribbeln. Unsicher blicke ich zu einer Frau im rosa Ballkleid, die an mir vorbeischwebt. Ich beobachte genau, wie sie ihren Arm auf der Schulter ihres Tanzpartners platziert hat, und lege meinen genauso auf Fjodors Schulter.

»Ich habe noch nie getanzt«, warne ich ihn, doch er zuckt bloß mit den Schultern. »Ling sagt, deine Beinarbeit sei hervorragend – also zeig, was du kannst.«

Zum Klang der Streicher bewegen wir uns durch den Raum. Erst langsam, dann immer schneller. Meine Füße gehorchen mir immer noch nicht. Doch diesmal stört es mich nicht, denn sie scheinen genau zu wissen, was sie tun. Sicher führen sie Fjodor und mich an all den anderen Paaren vorbei, ohne mit ihnen zu kollidieren.

»*Ich* führe«, sagt Fjodor mit gespielter Strenge und zieht mich noch ein Stück näher an sich. Ich schnappe nach Luft, als ich gegen seinen Brustkorb stoße.

Fjodor zieht mich mit sich, und meine Füße folgen ihm wie von selbst. Meine Arme sind angespannt und wollen die Richtung vorgeben, in die wir uns bewegen.

»Vertrau mir, Löwenmädchen«, flüstert Fjodor, »*meine* Beinarbeit ist auch nicht zu verachten.«

Ich seufze und versuche, mich zu entspannen, während Fjodor mich wie ein Puppenspieler durch den Raum bewegt. Mein Herz pocht heftig an seiner Brust. Unmöglich, dass er das nicht spürt.

Ich bin so konzentriert auf meinen Herzschlag, dass ich gar

nicht merke, dass mein Blick auf Fjodors Brustkorb gerichtet ist. Mitten in der Bewegung hält Fjodor inne, hebt mein Kinn an und zwingt mich, ihm in die Augen zu sehen. »Nicht nach unten schauen, sonst stolperst du noch über deine eigenen Füße.«

Sein Blick ist freundlich, sein Lächeln warm. Ich kann einfach nicht anders, als es zu erwidern.

»Besser?«, frage ich leise.

»Viel besser«, sagt er. Sein Atem streift meinen Mund. Luftzüge umwehen uns, während wir mitten im Saal stehen und die anderen Tanzenden uns umkreisen. Doch mir ist nicht kalt. Im Gegenteil. So warm war mir schon lange nicht mehr.

Fjodors Blick ruht auf meinem Gesicht. Er sieht mich an, als wolle er ergründen, was ich denke. Die Bitterkeit ist aus seinen Augen gewichen. Ling hatte recht: Beim Tanzen vergisst man seine Sorgen. Doch eines hat er nicht bedacht: dass es auch neue Sorgen hervorrufen kann. Weil das eigene Herz plötzlich schneller schlägt als der Takt der Musik …

»Ich übernehme.« Johanna hat sich durch das Meer aus Röcken, Rüschen und Beinen zu uns gedrängelt. Wie selbstverständlich zieht sie Fjodors Hand von meiner Taille und legt sie stattdessen auf ihre eigene. Ich bin so verdutzt, dass ich kein Wort herausbringe. Fjodor sieht mich immer noch an. Bedauern schleicht sich in seinen Blick, als Johanna sich an ihn schmiegt. Da schiebt sich ein eng umschlungenes Paar zwischen uns, und im nächsten Moment sind die beiden inmitten der Tanzenden verschwunden.

Verwirrt gehe ich zurück zum Büfett. Was ist da gerade passiert? Wieso hat es sich wie ein Schlag mitten ins Gesicht angefühlt, als Fjodors Arm plötzlich um Johanna lag?

Obwohl mir ohnehin schon übel ist, stopfe ich so viel Obst in mich hinein, wie ich kann.

Ling mustert mich belustigt von der Seite. »Habe ich es mir doch gedacht«, sagt er, und ich bin nicht sicher, ob er damit meine gute Beinarbeit meint oder etwas anderes.

Fjodor und Johanna tanzen an uns vorbei. Sie hat den Kopf gegen seine Schulter gelehnt und die Augen geschlossen. Wunderbar, dann muss er ja keine Angst haben, dass sie das Führen übernimmt. Sein Blick sucht meinen, und ich drehe schnell den Kopf zur Seite. Er soll nicht denken, dass ich ihn beobachte.

»Ich gehe jetzt besser«, murmele ich und schiebe mir eine letzte Traube in den Mund.

»Bleib doch noch ein bisschen«, sagt Ling. »Es ist dein erster Ball, nehme ich an.«

»Und mein letzter.« Es klingt bitterer als beabsichtigt. Was will ich eigentlich? Eben noch hätte ich lieber den grünen Berg hundertmal bestiegen, als zu diesem Ball zu gehen. Und jetzt? Jetzt würde ich am liebsten weitertanzen. Die ganze Nacht.

Gleichzeitig will ich am liebsten verschwinden. Mich in meiner Kammer einsperren und niemanden sehen. Am allerwenigsten Fjodor.

»Ich gehöre einfach nicht hierher«, sage ich.

Ling legt mir eine Hand auf die Schulter und blickt mich ernst an. »Es ist nicht immer bloß ein Ort, zu dem wir gehören.«

Was will er mir damit sagen?

»Ich weiß, wie es dir geht, Borka. Ich habe mich auf Festen wie diesen auch immer fehl am Platz gefühlt. Aber man gewöhnt sich daran. Und beim Himmel, es gibt schlimmere Orte.«

Gitterstäbe schieben sich vor mein inneres Auge. Ja, die gibt es.

»Wann reisen wir ab?«, frage ich und hoffe inständig, dass es bald sein wird.

»Morgen nach dem Frühstück.« Ling drückt meine Schulter

und lächelt. »Du hast deine Sache bisher sehr gut gemacht, Borka. Du solltest allerdings nicht bloß auf den Prinzen achtgeben, sondern auch auf dich selbst.«

Wieder verstehe ich nicht, was er meint. Ich passe doch auf mich auf. Natürlich, die eine oder andere Schramme hat die Reise mir zugefügt. Körperlich wie seelisch. Aber es geht mir gut. Bis auf dieses flaue Gefühl im Magen.

»Gute Nacht, Ling«, sage ich und wende mich zum Gehen.

Neben der Tür sehe ich Kalle, der neben Georg und Darius steht. Darius hat seinen Becher erhoben und Kalle lässig einen Arm um die Schulter gelegt. Georgs Hand ruht auf Kalles Arm. Kalles Blick irrt hektisch durch den Raum. Vermutlich sucht er nach Bruna. Kopfschüttelnd gehe ich an den dreien vorbei und werfe noch einen letzten Blick auf die umherwirbelnden Paare. In einem der Spiegel sehe ich Johannas goldenes Kleid aufleuchten. Wie tausend Sterne funkelt es und lässt all die anderen bunten Farben im Saal mühelos verblassen. Fjodors Blick ruht auf ihrem Gesicht wie zuvor auf meinem. Er lächelt.

Mein Herz stolpert über sein eigenes schnelles Pochen.

Es ist gut so. Richtig. Er soll ja lächeln. Auch wenn ich es gerade nicht kann.

19. Kapitel

»Haben wir alles?« Zum gefühlt hundertsten Mal überprüft Ling die Satteltaschen.

Wie automatisch greife ich über meine Schulter auf meinen Rücken, an dem der Köcher hängt. Alles da. Heute erinnert nichts an mir mehr an die Frau, die gestern für einen kurzen Moment ihre Rolle vergessen und einfach nur getanzt hat. Heute bin ich wieder die Leibwächterin.

Mein Schwert ist mit einem Gurt an der gescheckten Stute befestigt, die König Jonathan mir freundlicherweise zur Verfügung gestellt hat. So muss ich nicht mehr hinter Kalle sitzen. Das ist mir nur recht, denn ich habe keine Lust, irgendwelchen Geschichten über Bruna zu lauschen.

Auch Johanna sitzt entgegen meiner Erwartung auf einem eigenen Pferd. Ihr dunkelrotes Kleid fällt wie ein Wasserfall über die schneeweiße Stute. Johanna richtet ihren farblich passenden Reisehut und wirft immer wieder lange Blicke zu Fjodor hinüber, der heute Morgen in gewohnt mürrischer Stimmung ist.

Kalle sieht noch blasser aus als sonst. Vermutlich zu viel Wein. Mein Mitleid hält sich in Grenzen.

»Passt mir gut auf meine Tochter auf«, sagt König Jonathan und drückt Fjodor an sich, ehe der sich auf Falkes Rücken schwingt.

»Das werde ich. Seid unbesorgt«, sagt Fjodor. »Wir sehen uns dann zur Hochzeitsfeier im Herbst.«

Die Königin steht auf den Arm ihres Mannes gestützt neben ihm und kämpft mit den Tränen. Als Johanna ihr mit einem Seidentuch zuwinkt, kann sie sich nicht länger zurückhalten: Ganze Sturzbäche fließen aus ihren Augen und hinterlassen schwarze Schatten auf ihren Wangen.

Ling blickt sich um, zählt die Männer ab und hebt sein Schwert. Es geht los. Fünfzehn Pferde setzen sich gleichzeitig in Bewegung. Die Menschen aus den umliegenden Häusern sind nach draußen gekommen und winken uns zu, wie die Menschen in Fjodors Reich es bei unserer Abreise getan haben. Johanna winkt mit großer Geste zurück. Fjodor nickt ihnen lediglich zu.

Ich werfe einen Blick über die Schulter auf das immer kleiner werdende Schloss. Nur noch ein paar Tage! Nur noch ein paar Tage, dann werde ich meine Aufgabe erfüllt haben. Mein Blick fällt auf Fjodor, der Falkes Zügel fest umklammert und konzentriert wirkt. *Bring dich bloß nicht in Schwierigkeiten*, denke ich, *sonst bekommst du ganz gewaltige mit mir!*

Erst am Abend machen wir die erste richtige Rast mitten in der sandigen Einöde. Kalle wird angewiesen, sich ums Essen zu kümmern, und ich setze mich neben ihn auf einen Felsbrocken und helfe ihm, die Karotten zu schälen. König Jonathan hat uns mit jeder Menge neuer Vorräte für die Rückreise versorgt. Darius baut zusammen mit Georg die Zelte auf, und Kalle wirft immer wieder nervöse Blicke zu ihnen.

»Was ist los?«, frage ich.

»Nichts.« Kalle fixiert die Möhre in seiner Hand, als hätte er noch nie etwas Spannenderes gesehen. Darius wuchtet gerade ein Zelt nach oben, das mit Gold überzogen zu sein scheint. Es ist doppelt so groß wie alle anderen.

»Gehört das Johanna?«, frage ich beeindruckt.

»Ja, darin schlafen Fjodor und sie.«

»Zusammen?«, rufe ich überrascht. Mein Messer schneidet in meinen Finger, Blut tropft auf den Boden. »Au! Verdammt!«

Kalle reicht mir ein Tuch, das ich auf die pochende Wunde presse. »Ja, selbstverständlich zusammen. Sie sind schließlich verlobt.« Er mustert mich mit zusammengezogenen Brauen. »Stört dich das?«

»Nein. Natürlich nicht. Ich … wollte nur … Was ist eigentlich mit Bruna?«

Kalles Gesicht wechselt ebenso schnell die Farbe wie ich das Thema. Offenbar habe ich ihn kalt erwischt. »Wieso? Was meinst du?«

»Habt ihr noch lange getanzt?«

Kalle zögert und runzelt nachdenklich die Stirn. »Eine Weile. Sie wurde irgendwann müde und hat sich zurückgezogen.«

»Und dann?«

»Wie: und dann?«

»Bist du noch länger auf dem Fest geblieben?«, frage ich betont unschuldig.

»Kann schon sein.« Er weicht meinem Blick aus.

»Und was … hast du noch so getrieben?«

»Sag mal, was soll die ganze Fragerei?« Kalle springt auf, und ein gutes Dutzend Karotten kullert von seinem Schoß auf den Boden.

»Wieso? Ich wollte doch nur …«

»Was soll ich denn deiner Meinung nach *getrieben* haben?«, ruft Kalle. Einige Köpfe drehen sich zu uns um. »Ich bin schlafen gegangen, was sonst?« Er klingt nicht überzeugend.

»Sicher?«

»Sicher.«

»Hör mal, Kalle, du bist mir keine Rechenschaft schuldig …«

»Ganz genau!«

»Aber Lotti schon!«

»Lass Lotti aus dem Spiel«, knurrt er. Seine Augen verengen sich. Diesen Blick habe ich noch nie bei ihm gesehen.

Langsam werde ich sauer. »Nein, tue ich nicht. Du kannst tanzen und lachen, mit wem du willst, aber wenn du danach noch mit auf eine fremde Kammer gehst, dann finde ich das Lotti gegenüber alles andere als in Ordnung!«

»Ich bin nicht mit auf Brunas Kammer gegangen!«

»Und warum bist du dann so gereizt?«

»Ich bin überhaupt nicht gereizt!«

»Natürlich nicht …«

»Hör zu: Es geht dich nichts an, wann ich wo war, klar? Du bist schließlich nicht *meine* Leibwächterin!«

Ich setze zu einer Erwiderung an, aber Kalle hat mir bereits den Rücken zugekehrt. Er läuft zu Darius, der Schwierigkeiten mit der riesigen Zeltplane zu haben scheint. Kalle ist schon fast an ihm vorbei, als Darius seinen Namen ruft. Sofort ist Kalle an seiner Seite und hilft ihm, die Plane über die Stäbe zu wuchten, die bereits in der Erde stecken. Kopfschüttelnd betrachte ich Kalles knallrotes Gesicht. Na wunderbar … Ich hätte ihn wohl doch an eine Säule binden sollen. Es scheint, als hätte ich mit meiner Vermutung genau ins Schwarze getroffen, so ertappt, wie er reagiert hat.

Enttäuscht hebe ich die heruntergefallenen Karotten vom Boden auf und schäle sie. Dabei beobachte ich, wie Johanna zu Darius und Kalle geht und sie fröhlich anspricht. Kalles Gesicht bleibt verhärtet. Die Prinzessin strahlt, als die beiden Männer ihr Zelt aufgerichtet haben. Sie hält Darius die Hand hin, und er küsst sie galant. Kalle tut es ihm gleich, doch selbst von Weitem sehe ich, wie unangenehm ihm die Situation ist.

Traue ich ihm wirklich zu, dass er diese Bruna noch auf ihr Zimmer begleitet hat? Andererseits kann man bei Wein, Tanz und Musik schon mal den Kopf verlieren. Immerhin habe auch ich … Was? Was habe ich denn? Ich hatte ein bisschen zu viel Herzflattern bei einem Tanz. Nichts weiter. Ich schreie jedenfalls nicht meine Freunde an, bloß weil sie mich darauf ansprechen, dass ich am liebsten …

»Borka?«

»WAS?!«

Erschrocken reiße ich die Augen auf. Fjodor ist neben mich getreten. Er greift nach einer bereits geschälten Karotte.

»Hey!«

»Ich will bloß probieren.« Er beißt ein großes Stück ab und kaut genüsslich. Als er meine wütende Miene sieht, lacht er. »Es sind ja noch genug da.«

»Darum geht es doch gar nicht.«

»Und worum geht es dann?«

»Dass … dass Ihr Euch ganz selbstverständlich etwas nehmt, ohne zu fragen«, sage ich erbost. Mir ist selbst klar, wie dämlich das klingt, aber ich kann die Worte einfach nicht stoppen.

Er mustert mich amüsiert. »Es ist bloß eine Karotte.«

»Trotzdem könnt Ihr nicht einfach zugreifen, wie es Euch beliebt. Ihr nehmt die Karotte, brecht sie entzwei, esst ein Stück und legt den Rest dann wieder zurück, ohne Euch weiter darum zu kümmern!« Mein Herz hämmert wild in meiner Brust. Wieso nur macht er mich immer so wütend?

»Wie bitte?«

»Ich habe gesagt, dass …«

»Ich habe dich schon verstanden, aber warum bist du so gereizt?«

»Ich bin überhaupt nicht gereizt!«

»Natürlich nicht …«

»Würdet Ihr mich jetzt bitte in Ruhe meine Arbeit machen lassen?«

Er schweigt, und ich schäle weiter, ohne ihn anzusehen. Als er weiterhin keine Anstalten macht, zu gehen, werfe ich einen genervten Blick zu ihm hinauf. »Was wollt Ihr?«

»Nur noch eine winzige Karotte.« Er lacht und greift nach meiner Hand, um mir eine weitere Karotte zu entreißen. Ich kämpfe gegen ihn an, obwohl ich weiß, wie albern ich mich verhalte.

»Lass schon los. Ich bin der Prinz, ich darf so viele Karotten nehmen, wie ich möchte.« Er grinst mich frech an, doch wenn er denkt, dass ich sein Spiel mitspiele, hat er sich gewaltig geschnitten.

»Wie Ihr meint! Dann nehmt sie doch!« Ich drücke ihm alle Karotten auf einmal in die Hand und stapfe wütend zu meinem Zelt. Es ist noch nicht fertig aufgebaut. Ich stoße ein wütendes Fauchen aus. Einige Männer sehen mich kopfschüttelnd an. Ich kann nicht genau sagen, ob das Verachtung oder Mitleid in ihren Mienen ist.

»Soll ich dir helfen?«

Darius. Was will er hier?

»Nein danke, ich schaffe das auch allein«, sage ich kühl und wuchte den Stoff in die Höhe. Wie selbstverständlich hält er ihn in dieser Position, damit ich ihn mit Stöcken stützen kann. Er knotet den Stoff an einem langen Stab fest und macht sich daran, das nächste Zelt aufzubauen. Irritiert sehe ich ihm nach. War das mal wieder eine meiner Visionen, oder haben Kalle und Darius die Körper getauscht??

Die nächsten Tage verlaufen ohne größere Zwischenfälle. Kalle ist nach wie vor mürrisch und geht mir, so gut er kann, aus dem Weg.

Ab und an sind wir zusammen zu Diensten wie Holzsammeln, Tellerwaschen oder Zelteerrichten eingeteilt, doch auch dann spricht er nur das Nötigste mit mir, und ich wage es nicht mehr, das Gespräch auf den Ball und Bruna zu lenken.

Darius spricht ebenfalls kaum mit mir, aber zumindest sieht er mich nicht mehr an, als sei ich ein Stein in seinem Stiefel.

Allen stehen Anstrengung und Müdigkeit ins Gesicht geschrieben. Auch ich bin vollkommen erschöpft, da ich kaum ein Auge zubekomme. Ohne es zu wollen, liege ich Nacht für Nacht wach und lausche auf die Geräusche aus den anderen Zelten. Nur für alle Fälle.

Die Einzige, die alle trübe Stimmung einfach wegstrahlt, ist die Prinzessin. Ihr Lächeln versiegt weder, als wir einen ganzen Tag lang von heftigen Regenfällen begleitet werden, noch, als die Sonne uns beinahe die Haut von den Knochen brennt, und auch nicht, als wir das Gebirge zu Fuß erklimmen und unsere Pferde wieder förmlich hochschieben müssen.

Immer, wenn ich nach Johanna Ausschau halte, finde ich sie in Fjodors Nähe. Je näher wir seinem Königreich kommen, desto heller scheint Johanna zu leuchten. Ihre Wangen sind stets gerötet und ihre Augen immer wach und fröhlich. Lediglich ihr Kleid wechselt täglich die Farbe, wobei ihr eine besser steht als die andere.

Am sechsten Tage nach unserem Aufbruch sind wir an der Schlucht angelangt und schlagen den Weg ein, den ich mit Fjodor alleine beschritten habe. Es kommt mir endlos lange her vor, seit wir Grete weggeschickt und uns vor unseren Verfolgern versteckt haben.

Die Bäume heißen mich mit ihren altbekannten Düften willkommen. Sie flüstern mir zu, dass es nun bald geschafft ist. Nur noch zwei Tage durch den Wald, dann sind wir am Ziel.

»Hier schlagen wir unser Nachtlager auf«, ruft Ling, als wir eine kleine Lichtung erreichen, in deren Mitte eine Gruppe umgefallener Bäume zum Sitzen einlädt. »Borka, bau bitte das königliche Zelt auf. Ihr anderen zieht los und sammelt Holz und Kräuter fürs Abendbrot.«

Ich blicke meinen Kameraden nach, wie sie zu allen Seiten ausschwärmen, und greife nach dem gigantischen goldenen Stoff und den goldenen Stäben, die das Zelt des Prinzenpaares halten. Ich will mich gerade an die Arbeit machen, da hält Ling mich auf. »Warte. Wir müssen erst etwas besprechen.«

Fjodor und Johanna stehen direkt neben Ling auf der Lichtung. Was soll das werden? Hat Fjodor sich über mich beschwert? Dabei habe ich mir in den letzten Tagen alle Mühe gegeben, ihm aus dem Weg zu gehen. Seit meinem Ausbruch mit den Karotten habe ich kein Wort mehr mit ihm geredet. Wenn er mir das noch nachträgt, wieso bringt er es dann erst jetzt zur Sprache?

Oder hat Johanna die Blicke bemerkt, die ich ihm zugeworfen habe, wenn ich dachte, dass niemand hinsieht? Will sie mich loswerden? So kurz vor dem Ende unserer Reise?

»In diesem Wald wurdet ihr angegriffen, Borka«, sagt Ling ernst.

»Ich weiß.«

»Ich habe ein ungutes Gefühl deswegen.«

Mir geht es ähnlich. Seit wir den Wald betreten haben, habe ich meine Sinne geschärft. Auch wenn ich bisher keinen unserer Verfolger gewittert habe, lässt sich das seltsame Gefühl in der Magengegend nicht vertreiben. Vielleicht ist es lediglich eine schlechte Erinnerung, die dieser Wald heraufbeschwört, aber wenn ich eins gelernt habe, dann, dass es wichtig ist, auf alles vorbereitet zu sein.

»Glaubt Ihr wirklich, diese Männer sind immer noch hier?«, fragt Fjodor.

Ling spielt mit den Perlen in seinem Bart. »Ich weiß es nicht, Hoheit. Aber ich möchte kein unnötiges Risiko eingehen.«

»Die sind doch bestimmt längst über alle Berge«, mischt Johanna sich ein, und Fjodor nickt zustimmend.

»Vielleicht«, sagt Ling gedehnt, »dennoch halte ich es für sinnvoll, Vorsichtsmaßnahmen zu ergreifen.« Er deutet auf mich. »Borka, du wirst dabei eine wichtige Rolle spielen.«

Verwirrt sehe ich ihn an. »Ich?«

»Ja.« Ling lässt eine Perle zwischen seinen Fingern auf und ab gleiten. »Du wirst mit Prinzessin Johanna den Platz tauschen.«

»Wie bitte?« Meine eigene Frage ertönt gleichzeitig auch aus Johannas und Fjodors Mund. Er klingt verwirrt, sie entrüstet.

»Was … wie meint Ihr das?« Fjodor verschränkt die Arme vor der Brust.

»So wie ich es sage.« Ling sieht mit ernstem Blick in die Runde. »Borka wird die Rolle der Prinzessin übernehmen, solange wir in diesem Wald sind. Wir fangen heute Nacht damit an.«

»Aber wie …«, stammele ich.

Ehe ich weitersprechen kann, reicht Ling mir einen langen blauen Mantel mit Kapuze und ein dazu passendes Kleid in einem helleren Blau. »Hier, zieh das an. Verzeiht, Prinzessin, ich war so frei.« Entschuldigend nickt Ling Johanna zu. Sie schnaubt kurz, sagt aber nichts.

»Was soll das denn bringen, Ling?«, fragt Fjodor, während ich bereits im Schutz eines Zeltes in das Kleid schlüpfe. Ling reicht meine – oder vielmehr Kalles – Sachen an Johanna weiter. Mit hochgezogenen Brauen betrachtet sie das Hemd. Anja hat es zwar gewaschen, während ich auf dem Ball war, doch in den letzten Tagen habe ich es problemlos geschafft, es schmutztechnisch wieder auf den alten Stand zu bringen.

»Sollte jemand die *Prinzessin* angreifen«, Ling deutet mit einem Kopfnicken auf mich, während ich mich damit abmühe, nicht über den Saum des Kleides zu stolpern, »wird sie sich zu wehren wissen. Außerdem fällt es so nicht auf, dass eine Leibwächterin immerzu in Eurer Nähe ist, Hoheit. Wir haben das Überraschungsmoment stets auf unserer Seite, sollte sich hier noch einer dieser Männer herumtreiben.«

Fjodor scheint einzusehen, dass jeder weitere Einwand zwecklos ist. Ling legt der Prinzessin einen schlammfarbenen Mantel um die Schultern und zieht ihr die Kapuze über das blonde Haar. Auch ich verberge meinen Zopf unter der Kapuze des blauen Mantels.

»Soll ich mich auch noch mit Dreck bemalen?«, fragt Johanna mit einem Blick in mein Gesicht.

»Nicht nötig«, entgegnet Ling, ehe ich etwas erwidern kann, das mich auf direktem Weg in den Kerker bringen würde.

Unter der Kapuze sehe ich, wie Fjodors Blick zwischen mir und seiner Verlobten hin- und herwandert, als sei er unschlüssig, ob er über ihren Spruch lachen oder sie zurechtweisen soll.

»Von der Größe her passt es schon mal«, stellt Ling erfreut fest, »und man sieht auf den ersten Blick wirklich nicht, wer wer ist.«

»Na wunderbar, soll ich dann vielleicht euer Zelt aufbauen?«, fragt Johanna schnippisch.

Ich bin erleichtert, dass sie offenbar doch ein menschliches Wesen mit Gefühlsschwankungen und kein dauergutgelaunter Sonnenschein ist.

»Nein danke«, ich schiebe mich an ihr vorbei, »ich mach das schon.«

»Halt!« Ling deutet auf meine nackten Füße. Er zieht ein Paar goldene Schuhe aus einer Satteltasche, die sich beim näheren Hinsehen als Johannas erweist – keine andere wird von goldenen Stickereien geziert. »Die müssen sein.«

Ich sträube mich, doch Ling duldet keinen Widerspruch.

Wie erwartet, bleibe ich mit dem Absatz an der nächstbesten Wurzel hängen. Johanna ist über die Tatsache, dass sie sich ihre zarten weißen Füße schmutzig machen könnte, ebenso wenig begeistert wie ich über die Foltergeräte, die mir die Zehen zerdrücken. Fjodor legt Johanna beide Hände auf die Schultern und redet leise auf sie ein.

»Sind wir dann fertig?«, frage ich genervt.

»Noch nicht ganz.« Ling streckt seine Hand nach Johanna aus und wirft einen Blick auf ihre Finger. »Hoheit?«

»Was? Nein. Das geht nicht.«

»Es muss leider sein. Wir dürfen kein Detail unbeachtet lassen.«

»Aber was, wenn sie ihn verliert?«

»Das wird sie nicht, das verspreche ich Euch.«

Ich muss mich zusammenreißen, um Ling und Johanna nicht anzupflaumen, dass ich direkt neben ihnen stehe und sie gefälligst aufhören sollen, über mich zu reden, als sei ich nicht da.

Johanna streift einen funkelnden Diamantring von ihrem linken Ringfinger. Überrascht reiße ich die Augen auf. Ich hatte gar nicht mitbekommen, dass Fjodor ihr einen Verlobungsring geschenkt hat. Wann hat er das getan? Noch im Schloss? Oder in einer der vielen Nächte, die sie gemeinsam in dem riesigen Zelt verbracht haben? Ist er vor ihr auf die Knie gegangen, oder macht man so etwas nicht, wenn man einander von Kindesbeinen an versprochen ist?

Das also war eins der wertvollen Geschenke, die er seiner Braut mitgebracht hat. Ein Grund, ihn zu überfallen? Falls ja, dann steckt dieser Grund jeden Moment an meinem Finger und macht mich damit zur Zielscheibe.

Johanna drückt Fjodor den Ring in die Hand und zieht eine Schnute. Trotzdem sieht sie unverändert schön aus.

»Ähm, ja, dann … zieh ihn mal an.« Fjodor kommt auf mich zu. Ich bleibe wie versteinert stehen, also greift er nach meiner Hand. Bei der Berührung zucke ich unwillkürlich zurück.

»Halt still«, sagt Fjodor leise, und sein Blick fängt meinen ein. Wir lassen uns nicht aus den Augen, während er den Ring über meine Fingerkuppe schiebt.

Für einen Moment vergesse ich, dass Johanna und Ling direkt neben uns stehen. Fjodors Finger glühen genauso sehr wie mein Gesicht. Ein Glühen, das sich nun in meinem gesamten Körper ausbreitet. Meine Augen beginnen zu brennen. Ich muss dringend blinzeln, aber ich möchte Fjodors Blick nicht einen Wimpernschlag lang loslassen. Im Gegenteil, am liebsten würde ich für immer …

»Au!«

»Entschuldige.«

»Nicht so grob!«

»Tut mir leid, aber der Ring ist wohl etwas zu klein. Johanna hat viel schmalere Finger als du.«

Wie schön für sie!

»Lasst mich das machen!« Zornig entreiße ich Fjodor meine Hand und schiebe den Ring, so fest ich kann, über meinen Finger. Es tut höllisch weh, doch ich beiße die Zähne zusammen.

»Seht ihr! Geht doch! Kann ich dann endlich Euer Zelt aufbauen, *Hoheit*?« Ich betone das letzte Wort überdeutlich und mache einen übertrieben tiefen Knicks.

»Beeilen wir uns, Borka«, drängt Ling, »die anderen können jeden Moment zurück sein.«

Gemeinsam machen wir uns daran, das goldene Zelt aufzubauen. Fjodor und Johanna bleiben etwas abseits stehen und reden leise miteinander. Dabei lässt Fjodor Johannas Hand nicht los. Schnell wende ich mich ab.

»Wieso darf niemand von alldem wissen?«, frage ich.

»Je mehr Menschen ein Geheimnis bewahren, desto mehr können es auch an Dritte preisgeben.« Ling zwirbelt nachdenklich eine Strähne seines Bartes zwischen den Fingern. »Und außerdem lässt mir eine Sache keine Ruhe.«

»Welche?«, flüstere ich.

»Woher diese Männer von Fjodor wussten. Wieso wussten sie, dass er in diesem Wald unterwegs sein würde?« Ling nimmt mir den goldverzierten Stoff aus der Hand und steckt ihn mit einer der Stangen fest.

»Nun, diese Reise war ja kein Geheimnis.«

»Das nicht«, sagt Ling. »Aber die Route. Niemand außerhalb der Truppe kannte sie.«

»Ihr meint …«

»Sagen wir einmal so: Es ist besser, nicht jedem zu verraten, wer unter diesem Mantel steckt.« Er nickt zu Johanna hinüber, die nun ihren Kopf gegen Fjodors Schulter gelehnt hat. Mein Herz verkrampft sich. Im Eiltempo baue ich mit Ling die restlichen Zelte auf.

Glaubt Ling ernsthaft, dass jemand unter uns ist, der die Männer auf unsere Fährte gelockt hat? Wieso sollte das jemand tun? Und wieso sind sie uns dann nicht bis ins Reich der sieben Türme gefolgt? Oder haben sie einfach entspannt hier in diesem Wald gewartet, bis wir den Rückweg antreten? Ich überlege, wer von meinen Kameraden ein möglicher Kontaktmann sein könnte. Spontan fallen mir da so einige ein. Ignazius, Georg oder Darius. Verschlagen genug sind sie ja. Aber Darius ist ein alter Freund von

Fjodor, und auch wenn er sich mir gegenüber nicht gerade wie ein Edelmann verhalten hat, war er gegenüber dem Prinzen und seiner Braut stets freundlich und zuvorkommend. Und Georg? Welchen Grund sollte er haben, mit diesen Männern gemeinsame Sache zu machen? Auch er hat sich nie abschätzig gegenüber Fjodor geäußert oder verhalten. Er hat schon oft sein Zelt bewacht. Da hätte er doch jede Gelegenheit gehabt, ihn anzugreifen, wenn er das gewollt hätte. Und Ignazius? Nach allem, was er getan hat, traue ich ihm so einiges zu, aber auch, ein Spion zu sein?

Mein Kopf raucht, und ich dränge all die Fragen, auf die ich ohnehin keine Antwort finden kann, zur Seite. Gerade habe ich das letzte Zelt fest im Boden verankert, als ich bereits die ersten Stimmen aus dem Wald höre. Die Männer kommen zurück. Ling drückt mir mein Schwert und meinen Bogen in die Hand und drängt mich in das Prinzenzelt. Johanna schiebt er in meines.

Ich sehe gerade noch, wie Kalle und Georg, beladen mit Ästen, aus dem Wald kommen, ehe der schwere Stoff hinter mir zufällt. Durch die Zeltwand kann ich gedämpft hören, wie Ling mit den beiden redet. Er erklärt ihnen, dass die Prinzessin erschöpft sei und sich bereits zur Ruhe gelegt habe. »Borka« habe er in ihr Zelt geschickt, da sie sich nicht wohlauf fühle.

Ich kann von hier drinnen nicht verstehen, was Kalle und Georg antworten, aber wenig später höre ich, wie sie das gesammelte Holz auftürmen und ein Feuer entzünden. Neben dem Prasseln und Knistern dringen die Stimmen des Waldes an mein Ohr. Ein Uhu lässt seinen Abendgruß hören. Der Wind weht durch die Baumwipfel und lässt die Blätter rascheln und die Äste knarren. Ein Gutenachtlied, das er schon so oft für mich gesungen hat.

Ich weiß noch, wie ich einmal mitten in der Nacht aufschreckte und meine Eltern nicht wie sonst neben mir schlafend fand. Wir hatten uns in dieser Nacht auf einen Baum zurückgezogen, da am Tag zuvor einige Töter durch den Wald gezogen waren. Vor Schreck über Corbins und Aylelas Abwesenheit wäre ich beinahe von dem dicken Ast gefallen, der sich an einer Stelle gabelte, sodass ich meinen Kopf in das so entstandene Loch betten konnte. Vom Baum zu klettern traute ich mich nicht, und so weinte ich still vor mich hin. Steigerte mich immer mehr in die Angst hinein, meine Eltern könnten bei ihrem nächtlichen Ausflug den Tötern in die Arme gelaufen sein. Ich war schon ganz nass von meinen Tränen, als der Wind aufzog. Er ließ die Blätter über mir tanzen und wiegte den Ast, auf dem ich lag. Er spendete mir Trost, und meine Tränen versiegten. Der Wind hielt meine Angst in Schach, bis Corbin und Aylela unter dem Baum auftauchten. Sie hatten einfach nur ein wenig Zeit allein verbringen wollen, waren aber stets in meiner Nähe geblieben. Seit dieser Nacht vertraue ich darauf, dass sich alles zum Guten wenden wird, wenn der Wind mein Nachtlied singt und die Bäume sich in seinem Takt bewegen.

Langsam kehre ich aus meiner Erinnerung zurück ins Hier und Jetzt und sehe mich im Zelt um. Es ist mindestens doppelt so groß wie mein eigenes. Während ich dabei war, die Zelte für meine Kameraden und Johanna aufzubauen, hat Ling dieses hier mit Decken und Kissen ausgestattet und ein paar Kerzen entzündet, die zumindest etwas Licht spenden. Auch eine Schale mit Obst und eine Karaffe voll Wasser stehen bereit. Ich beiße in einen Apfel, obwohl ich nicht wirklich hungrig bin. Fjodor isst mit den anderen zusammen am Lagerfeuer, es wird sicher eine Weile dauern, bis er kommt. Ich kann mich nicht entscheiden, ob ich die Zeit lieber anhalten oder verfliegen lassen würde, wenn ich könnte.

In was für eine Situation hat Ling mich da gebracht? Hat es ihm nicht gereicht, mein Herz aus dem Gleichgewicht zu bringen, indem er mich Fjodor auf der Tanzfläche in die Arme trieb? Muss ich jetzt auch noch die restlichen Nächte bis zu unserer Heimkehr nur eine Armlänge entfernt von dem Prinzen schlafen? Wenn ich überhaupt Schlaf finde …

Ich verstaue mein Schwert unter einem roten Kissen, auf das silberne Linien gestickt sind. Den Bogen und den Köcher platziere ich daneben und türme weitere Kissen darüber auf. Dann lehne ich mich dagegen. Sollte jemand den Kopf ins Zelt stecken, sieht es aus, als ruhe Prinzessin Johanna auf einem unschuldigen Kissenberg. Einem, der – wie ich jetzt feststelle – ihren Duft trägt. Nach Rosen. Er ist so intensiv, dass ich wieder ein Stück von den Kissen abrücke.

Doch ein zweiter Geruch hat sich längst in meine Nase gemischt. Nach Tannennadeln und frischer Luft. Fjodor.

Er klebt an all den Kissen. An der Decke, die ich nun so weit von mir wegschiebe, wie die Zeltwände es zulassen. Im Boden, in dem goldenen Stoff, der mich wie ein Kokon umgibt.

Ich presse mir ein Kissen aufs Gesicht und mache es dadurch bloß noch schlimmer. Es ist, als sei ich mitten in Fjodor hineingetaucht. Also werfe ich das Kissen weit von mir und schlage die Hände vors Gesicht. Pferdegeruch schlägt mir entgegen. Gut so.

Ich weiß nicht, wie lange ich so dagesessen habe, aber irgendwann raschelt die Zeltplane. Mein Herz fängt wie auf Kommando an zu hämmern. Das muss ich ihm unbedingt abgewöhnen. Ich muss mich auf meinen Körper verlassen können. Gerade jetzt.

Ling kommt zu mir herein, und ich atme aus.

»Die Männer haben sich schlafen gelegt«, flüstert Ling, »Fjodor wünscht gerade der Prinzessin eine gute Nacht, dann kommt er. Ich werde vor eurem Zelt Nachtwache halten. Morgen früh werde ich dich rausholen, wenn die anderen bereits auf ihren Pferden sitzen, dann erregst du am wenigsten Aufmerksamkeit und …«

Kalle schiebt den Kopf ins Zelt, und ich will ihn gerade schon ziemlich ruppig fragen, was er hier zu suchen hat, als mir meine Rolle wieder bewusst wird. Eilig beiße ich mir auf die Zunge und senke den Kopf.

Kalle trägt eine Karaffe und zwei Becher in der Hand. »Ich habe Tee gekocht«, sagt er. »Für das Prinzenpaar.« Sein Blick wandert im Zelt hin und her.

»Fjodor kommt jeden Moment«, sagt Ling schnell.

»Dann … stelle ich das wohl am besten hier ab.« Kalle schüttet die braungrüne Flüssigkeit in die Becher, reicht mir einen und stellt den anderen in der Mitte des Zeltes auf den Boden.

»Danke, Kalle«, sagt Ling.

Kalle macht keine Anstalten, zu gehen. Er beobachtet mich. Ahnt er, wer sich unter der Kapuze verbirgt? Er öffnet den Mund, als wolle er etwas sagen, schließt ihn dann aber rasch wieder.

»Also, dann gute Nacht!«, sagt Ling nachdrücklich und macht eine Handbewegung zum Ausgang.

»Oh … äh … ja«, stammelt Kalle. Bevor er den Stoff zur Seite schiebt, wirft er noch einmal einen Blick über die Schulter. Schnell senke ich den Kopf, um ganz sicherzugehen, dass er nicht unter meine Kapuze spähen kann.

Ich würde ihn gerne ins Vertrauen ziehen, doch das würde Ling niemals erlauben. Wie er schon sagte: Je weniger Leute die Wahrheit kennen, desto besser. Also schweige ich und beobachte, wie Kalle das Zelt verlässt.

Ling sieht ihm kopfschüttelnd nach. »Der Junge ist so bedrückt in den letzten Tagen.«

Ich nicke, sage aber nichts. Ich ahne schon, woran das liegt. Je näher wir dem Schloss von König Jerrik kommen, desto näher kommt Kalle Lotti. Sie wird ihm am Gesicht ablesen können, dass etwas nicht stimmt. Und sie wird sich nicht so leicht abspeisen lassen wie ich. Ob er ihr die Wahrheit über Bruna erzählt? Oder will sie die vielleicht gar nicht wissen?

Genauso wenig, wie ich wissen will, warum Fjodor so verdammt lange braucht, um seiner Braut eine gute Nacht zu wünschen. Das sind doch bloß zwei Wörter: Gute Nacht. Und danach kann man sich umdrehen und …

»Mist!« Ich habe mir ein paar Tropfen des heißen Tees über die Hand geschüttet.

Ling tupft ihn mit einem Zipfel seiner Jacke weg und träufelt dann etwas Wasser über die schmerzende Stelle.

»Geht es dir gut?«, fragt er mit besorgter Miene. »Du zitterst.«

»Nein, alles in Ordnung. Ich bin nur nervös wegen morgen«, sage ich ausweichend und verschweige, dass ich noch viel nervöser wegen heute Nacht bin. Morgen sind zwar alle Augen auf mich gerichtet, und ich muss meine Rolle überzeugend spielen, aber immerhin bin ich dann an der frischen Luft und nicht in einer engen Zelthöhle mit Fjodor und seinem Duft.

»Es wird schon alles gut gehen«, beruhigt mich Ling. »Ich neige manchmal zu übertriebener Vorsicht. Mach dich nicht verrückt.«

Ich puste in meinen Tee, um ihn etwas abzukühlen und um nicht antworten zu müssen.

Fjodors Haarschopf taucht im Zelteingang auf. Sein Blick wandert zwischen Ling, der neben mir kniet, und mir hin und her. »Was ist das? Eine Teegesellschaft?«

»Kalle hat einen Nachttee vorbeigebracht«, sage ich knapp und reiche Fjodor seinen Becher.

»Ich lasse euch dann mal allein.« Ling erhebt sich.

»Nicht nötig!«, rufen Fjodor und ich gleichzeitig.

Ling lächelt. »Ihr solltet euch ausruhen, morgen liegt ein weiterer anstrengender Tag vor uns. Gute Nacht, Hoheit. Borka.«

Der Zeltstoff schwingt hinter ihm zu.

Fjodor nimmt das Kissen, das ich zuvor zur Seite geschleudert habe, und setzt sich darauf. Ohne mich anzusehen, nippt er an seinem Tee. Ich beschließe, dasselbe zu tun, bloß um ihn nicht ansehen zu müssen. Schweigend trinken wir.

»Alles ein bisschen übertrieben, meinst du nicht?«, fragt Fjodor nach einer gefühlten Ewigkeit.

»Ling wird wissen, was er tut«, erwidere ich.

»Und wer passt auf Johanna auf?«

»Ling hat ihr Zelt von seiner Position aus genau im Blick.«

Fjodor gähnt und streckt sich auf dem Boden aus. »Dann versuchen wir wohl mal ein bisschen zu schlafen, was?«

Ich krieche so weit wie möglich von ihm weg und lege mich auf ein paar der Kissen. Die Kerzen lassen ihr Licht auf Fjodors Gesichtszügen tanzen, die plötzlich ganz weich wirken.

»Schon seltsam irgendwie«, sagt er und starrt dabei an die Decke.

»Was?«

»Na ja, vor einigen Wochen wollte ich dich noch am liebsten umbringen, und nun liegen wir hier.«

»Geht mir genauso«, entgegne ich.

Er dreht den Kopf zu mir. »Du wolltest mich auch umbringen?«

»Mehr als einmal.«

Er stöhnt. »Eine tolle Leibwächterin bist du.«

»Wieso? Ich habe es mir doch verkniffen.« Ich grinse ihn an. Ich kann einfach nicht anders.

Fjodor grinst zurück. »Ich mir auch.«

Wir schweigen. Sehen uns nur an. Ein Teil von mir will den

Blick von Fjodor losreißen, einfach die Augen schließen und ausblenden, dass er da ist. Ein anderer, stärkerer Teil will die Augen ewig auf ihn gerichtet lassen. Jeden Punkt in seinem Gesicht erforschen.

»Ich bin froh«, flüstert er.

»Worüber?«

»Dass ich es mir verkniffen habe.«

Mein Herz schlägt so schnell, dass ich Angst habe, es könne jeden Moment aus meiner Brust springen.

»Ich auch«, flüstere ich.

Das Kerzenlicht spiegelt sich in seinen Augen. Es sieht aus, als seien sie nicht länger blau, sondern aus purem Gold. Mir wird plötzlich warm, und ich schiebe die Kapuze ein Stück zurück, sodass ich mir mit dem Ärmel meines Kleides den Schweiß von der Stirn wischen kann.

Fjodor rückt ein Stück näher an mich heran. Er streckt den Arm nach mir aus und schiebt mir die Kapuze vollständig vom Kopf. Mein Zopf fällt mir über die Schulter. Ich starre Fjodor an. Er hält meinem Blick stand. Ich schiebe meinen Körper näher in die Zeltmitte. Fjodor tut das Gleiche.

Nasenspitze an Nasenspitze liegen wir da. Unsere Blicke halten einander gefangen. Ich will etwas sagen, irgendetwas, das die unerträgliche Spannung durchbricht, doch Fjodor legt mir einen Finger auf die Lippen, als ich sie öffne. Sein Finger wandert weiter, streicht über meinem Mund, die Wange entlang. Seine Hand legt sich in meinen Nacken, zieht mich noch ein Stück näher an sein Gesicht heran. Ich spüre seinen Atem auf meinem Mund. Rieche den wunderbaren Duft seiner Haut.

Doch da ist noch etwas anderes. Etwas, das ich am liebsten ignorieren würde, das aber einfach nicht zu ignorieren ist. Penetrant schiebt es sich in meine Nase, die doch eben noch bloß von Fjodor erfüllt war. Rosenduft.

»Stopp!« Mit einem Ruck habe ich Fjodors Hand von mir weggestoßen und bin von ihm abgerückt.

»Was ist los?«

»Seid Ihr verrückt geworden?«

»Aber ich dachte ...«

»Was? Dass Ihr ein nettes kleines Abenteuer nicht ausschlagen solltet, wenn es praktischerweise schon in Eurem Zelt liegt?« Meine Stimme überschlägt sich.

»Nein, so ist es nicht.«

»Euer Hals riecht nach Johanna. Sie ist Eure *Verlobte*.« Ich spucke ihm das Wort förmlich entgegen.

»Ich weiß«, sagt er ruhig.

»Was um alles in der Welt tut Ihr dann hier?«

»Ich weiß es nicht, verdammt!«, ruft er wütend. »Ich bin verwirrt.«

»Das ist wirklich eine originelle Entschuldigung.«

»Wieso Entschuldigung? Was habe ich getan? Es ist nichts passiert. Gar nichts.« Diesmal ist er es, der die Worte ausspeit, als seien sie Gift.

Sie treffen mich mitten ins Herz. Gerade noch war es weit offen. Nun zieht es sich tief ins Dunkel zurück.

»Und außerdem: Wieso machst du mir überhaupt Vorwürfe? Du warst ja schließlich auch nicht ganz unbeteiligt.«

»An was genau?« Meine Worte klingen dumpf und weit weg, meine Zunge gehorcht mir nicht mehr richtig. »An *nichts*, meint Ihr? Es ist ja schließlich *nichts* passiert!«

»Genau. Dann können wir uns ja jetzt wieder beruhigen.« Fjodors Lider fallen immer wieder zu.

Wie kann er jetzt einschlafen? Mitten in der Diskussion? *Für mich war es nicht nichts*, will ich sagen. *Für mich war es das reinste Glück, so nah neben Euch zu liegen und …*

Doch mein Mund öffnet sich nicht mehr. Und meine Augen ebenso wenig. Ich fühle eine Welle der Müdigkeit, die mich überrollt. Ich strecke den Arm nach Fjodor aus, um mich an ihm festzuhalten, erreiche aber nur seine Fingerspitzen. Dort sinkt meine Hand nieder.

Das Letzte, was ich wahrnehme, ist die Wärme seiner Haut. Und die tiefe Traurigkeit, die mir die Kehle zuschnürt.

20. Kapitel

Ein Knacken lässt mich hochschrecken. Es klingt nach Ästen, die zertreten werden. Ich will mich aufrichten, ergründen, woher das Geräusch kommt, doch ich schaffe es gerade mal, mich etwas zur Seite zu rollen. Ich drücke Fjodors Hand. Er regt sich nicht.

Was ist los mit ihm? Ich grabe meine Fingernägel in die weiche Haut seiner Hand. Nichts. Kein Lebenszeichen. Atmet er? In dem fahlen Licht der herabgebrannten Kerzen kann ich kaum etwas erkennen.

Wieder das Knacken. Es ist ganz in der Nähe. Hinter mir. Ich versuche, meinen Kopf zu drehen und Richtung Zelteingang zu kriechen, doch immer wieder fallen mir die Augen zu. Fjodor bleibt bewegungslos liegen.

Lings Stimme dringt an mein Ohr: »Was tust du denn hier mitten in der Nacht?«

Die Antwort verstehe ich nicht, nur ein undeutliches Murmeln ist zu hören. Mein Gehirn ist ein einziger Klumpen Matsch.

»Was *tust* du da?«, ruft Ling. Er klingt plötzlich gar nicht mehr so souverän und stark wie sonst. Er klingt erschrocken. Ich höre das Geräusch einer Klinge, die aus der Scheide gezogen wird. Vermutlich hat Ling gerade nach seinem Schwert gegriffen. Dann ein Röcheln, einen dumpfen Laut. Wie etwas Schweres, das zu Boden fällt.

Ich nehme all meine Kräfte zusammen und robbe langsam

wie eine Schnecke zum Zelteingang. Erreiche ihn schließlich und greife nach dem Stoff, um ihn zur Seite ziehen. Meine Hände fassen in etwas Nasses, das von draußen ins Zelt hineinsickert. Etwas Klebriges. Ich halte es ganz dicht vor meine Augen. Noch bevor ich sehe, was da an meinen Händen haftet, rieche ich es. Der Geruch ist unverkennbar – der Schmerz, den er heraufbeschwört, ebenso. Der Schmerz des Verlustes. Meine Hände sind voller Blut.

»Kalle, was hast du getan?«, ruft eine Stimme von draußen. Sie ist laut und schrill. Darius.

»Ich habe …«

Weiter kommt Kalle nicht. Darius schneidet ihm das Wort ab. »Du hast Ling getötet!« Seine Stimme überschlägt sich. So wie meine Gedanken.

Ling.

Ling!

Ich ziehe den Stoff ein winziges Stück zur Seite. Da liegt er. Die Augen starr zum Himmel gerichtet. Die Lippen wie zu einem stummen Schrei geöffnet. Aus einer klaffenden Wunde an seinem Hals fließt unaufhörlich Blut. Es tränkt den Boden, läuft ins Zelt hinein, umhüllt meinen ganzen Körper.

Mein Kopf explodiert vor Schmerz.

Neben Lings Leiche steht Kalle. Auch seine Hände sind voller Blut. Er starrt darauf, als könne er nicht fassen, was er getan hat. Und auch ich kann es nicht. Er war es. Er war es die ganze Zeit! Der Spitzel, von dem Ling geredet hat. Und wenn er es war, dann bedeutet das …

Hinter mir höre ich noch einmal das Knacken. Dann ein reißendes Geräusch wie von einem Messer, das etwas zerschneidet. Stoff. Ich will den Kopf drehen, bin aber inzwischen am Ende meiner Kräfte. Was ist nur los mit mir? Wieso fühlt sich mein Schädel an wie ein Stein? Und wieso nur bewegt Fjodor sich noch immer nicht?

Der Tee!, schießt es mir durch den Kopf. Der Tee, den Kalle gestern Abend gebracht hat. Vielleicht hat er mich gar nicht so intensiv beobachtet, weil er vermutete, dass etwas mit mir nicht stimmte, vielleicht wollte er nur sichergehen, dass ich etwas von dem Gebräu trinke, das er gekocht hat. »Nachtkraut«, flüstert Lottis Stimme in meinen Gedanken. »Haut dich um wie einen gefällten Baum.« Sicher war ich nicht die Einzige, der sie davon erzählt hat.

»Die Prinzessin will fliehen!«, ruft ein Mann hinter mir. Wovon redet er? Was ist mit Johanna?

Noch ehe ich begreife, dass der Fremde mich meint, packen mich bereits grobe Hände und ziehen mich durch die durchtrennte Rückwand aus dem Zelt. Ich spüre, wie ich hochgehoben werde. Mein Schwert! Wo ist mein Schwert?

Doch selbst, wenn ich es bei mir hätte, wäre ich nicht in der Lage, es zu benutzen. Immer wieder fallen mir die Augen zu. Meine Arme hängen schlaff und nutzlos nach unten.

»Ich hab den Prinzen«, sagt eine andere Stimme neben mir. »Lass uns abhauen.« Ich kenne sie.

Der Geruch von Pferden steigt mir in die Nase. Pferde, die nicht zu unserer Truppe gehören. Mit höchster Konzentration öffne ich ein Auge und sehe Fjodor, der über der Schulter des Wolfsmannes liegt, dem ich auf der Flucht einen Pfeil ins Bein gejagt habe. Er hinkt noch immer leicht. Fjodor hängt regungslos über ihm.

»Bitte, lass ihn nicht tot sein«, flehe ich stumm.

Dann kann ich die Augen endgültig nicht mehr offen halten.

Mein Schädel brummt, als hätte sich ein Hornissenschwarm darin eingenistet. Jede noch so kleine Bewegung schmerzt. Meine Augen gewöhnen sich nur langsam an das Halbdunkel. Von irgendwo weit über mir frisst sich ein schwacher Lichtschein zu mir durch. Ist das der Mond, der durch die Baumkronen scheint? Ganz vorsichtig hebe ich den Kopf. Die Hornissen rasen nun doppelt so schnell. Mir wird schwindelig, und ein saurer Geschmack steigt in meiner Kehle auf.

Ich schließe die Augen und zähle innerlich bis fünfzig. Ich will weitermachen, doch weiter komme ich nicht, sosehr ich es auch versuche. Langsam beruhigen sich die Hornissen wieder. Als ich zum zweiten Mal versuche, den Kopf zu heben, warten sie einen Moment, ehe sie wieder meine Schädeldecke von innen attackieren.

Dennoch erhasche ich einen kurzen Blick auf das Licht über mir. Es sieht tatsächlich aus wie Mondlicht. Trüb und doch voller Kraft. Aber es bricht nicht durch die Baumkronen. Über mir gibt es gar keine Bäume. Nicht einen einzigen. Stattdessen Mauerwerk. Steine, akkurat übereinandergestapelt. Ein Turm.

Wo um alles in der Welt bin ich?

Ich will mich erheben, doch als ich versuche, meine Hände zu Hilfe zu nehmen, merke ich, dass die Handgelenke hinter meinem Rücken an etwas festgebunden sind. Etwas Warmem, Lebendigem. Ich drehe den Kopf so weit, wie es die Hornissen erlauben, ohne in vollständige Raserei zu verfallen, und nehme aus den Augenwinkeln ein Gesicht wahr. Fjodor. Seine Augen sind geschlossen, sein Kinn ist ihm auf die Brust gesunken.

»Hey! Aufwachen!« Ich rüttele mit meinen Handgelenken an seinen.

»Wie … was?« Seine Stimme klingt schläfrig. Wie von ganz weit entfernt.

»Prinz Fjodor, wacht auf!«

Ein Ruck geht durch seinen Körper. Ich spüre es an meinem Rücken, an dem er lehnt.

Ein paar Atemzüge lang herrscht gespenstische Stille. Dann flüstert er: »Wo sind wir?«

»Ich habe keine Ahnung.«

»Das Letzte, woran ich mich erinnere, ist, dass du mich angeschrien hast«, murmelt Fjodor.

»Dann habt Ihr so einiges verschlafen«, sage ich und bringe ihn mit knappen Worten auf den neusten Stand.

Als ich geendet habe, schweigen wir, jeder von uns gefangen in seinem eigenen Schmerz. Kaum, dass ich Lings Namen ausgesprochen hatte, kamen die Tränen, die auch jetzt nicht versiegen.

»Ich kann das nicht glauben«, sagt Fjodor irgendwann, »das mit Ling.« Seine Worte klingen gepresst, so als kämpfe auch er vehement gegen die Tränen an.

»Es war ein schreckliches Bild«, stammele ich und schmecke Salz auf meiner Zunge. Noch ein Bild mehr, das sich in eine lange Linie grausamer Bilder einreiht, von der ich gehofft hatte, dass ihr Ende inzwischen erreicht sei.

»Ich kannte ihn mein ganzes Leben lang«, flüstert Fjodor. Die Traurigkeit, die seine Stimme belegt, schnürt mir das Herz zu. Ich kannte Ling nur wenige Wochen. Wie hart muss sein Verlust für Fjodor sein, wenn er schon für mich kaum zu ertragen ist?

»Aber Kalle«, flüstert er weiter. »Wieso hat er das getan?«

Das ist eine Frage, die ich mir in jedem wachen Moment gestellt habe, seit ich Darius schreien gehört habe. Eine Frage, auf die ich keine Antwort weiß. Wie konnte ich mich nur so in Kalle täuschen? Wir alle.

»Wir müssen hier irgendwie rauskommen«, sage ich, statt Fjodors Frage zu beantworten. Im fahlen Mondlicht sehe ich mich in unserem Gefängnis um. Es ist so eng, dass wir gerade so mit angewinkelten Beinen sitzen können. Unter uns liegt Stroh, ansonsten ist hier nichts als nackter Stein und ein paar Gitterstäbe, hinter denen schwarze Nacht liegt.

»Bist du bewaffnet?«, fragt Fjodor, doch ich höre schon an der Art, wie er es sagt, dass er nicht wirklich daran glaubt.

Ich schüttele den Kopf, bis mir einfällt, dass er mich nicht sehen kann. »Nein.«

»Na wunderbar.«

»Könnt Ihr irgendetwas sehen?«, frage ich. Vielleicht ist auf seiner Seite der Wand ja etwas, das uns hier raushelfen könnte.

»Ja«, sagt er, und für einen kurzen Moment schöpfe ich Hoffnung. »Steine, Steine und noch mal Steine.«

Ich seufze. Man müsste uns schon mehrmals übereinanderstapeln, um diesen Turm zu erklimmen. Und selbst das würde uns nicht helfen, denn unsere aneinandergefesselten Hände sind zum Klettern nicht zu gebrauchen. Außerdem kann ich keine Vorsprünge in der Mauer erkennen, auf die wir treten könnten.

Der einzige Weg hinaus führt durch die Gittertür, und ich gehe jede Wette ein, dass sie verschlossen ist. Dennoch streife ich Johannas Schuhe ab, um nicht mit den Absätzen an den Stäben hängen zu bleiben, und trete mit dem rechten Fuß so fest dagegen, wie ich nur kann. Aber außer dass mir ein heftiger Schmerz vom Knöchel bis ins Knie jagt, geschieht nichts. Ich bitte Fjodor, mit mir zusammen ein bisschen näher an das Gitter heranzurobben, und versuche es noch einmal. Und noch einmal. Immer fester, immer wütender. Mein Fuß pocht. Doch ich höre nicht auf. Nehme stattdessen den anderen. Trete gegen die Stäbe, die unnachgiebig standhalten.

»Lass gut sein, Borka, du brichst dir noch die Zehen.«

»Wir müssen hier irgendwie rauskommen!«, rufe ich. »Wenn ich Euch nicht zurückbringe, dann …«

»Was soll denn dieser Lärm?« Eine knurrende Stimme füllt den engen Raum. Gleichzeitig packt jemand meinen Fuß durch die Gitterstäbe und hält ihn fest. Im Schein zweier Fackeln sehe ich unsere Entführer. Sie mustern uns argwöhnisch.

»Du wirst die Burg des Herrn schön in Ruhe lassen, verstanden, Prinzessin?«

Ich bin nicht die verdammte Prinzessin!, will ich rufen, doch ein Ruck geht durch meine Handgelenke. Fjodor hat daran gezogen, und ich beiße mir im letzten Moment auf die Zunge. Ling hat mich nicht ohne Grund zu Johanna gemacht. Wenn diese Männer es auf sie abgesehen haben, dann werden sie mich wohl kaum am Leben lassen, wenn ich mich zu erkennen gebe.

Doch vielleicht spielt das ohnehin keine Rolle, denn der andere Mann sagt nun: »Bald werden wir ohnehin nicht mehr in dieser Bruchburg leben, Gustav.«

Gustav lässt seine knurrende Wolfsstimme hören. »Dennoch sollten die Gefangenen sich hüten, hier irgendetwas zu beschädigen.«

»Wir hätten sie gleich beim ersten Mal töten sollen«, sagt der andere. Seine Fackel jagt durch die Luft wie ein Schwert. Er lacht schrill auf, als ich erschrocken meinen Fuß zurückziehe.

»Keine Sorge, Kleine«, sagt er mit einem Lächeln, das das Gegenteil sagt wie seine Worte, »wir holen das schon noch nach. Der Herr hat nur um etwas Aufschub gebeten, bis ein paar wichtige Dinge erledigt sind. Kleine Planänderung.«

Gustav nickt eifrig. »Und bis dahin haben wir noch ein bisschen Zeit, uns zu überlegen, wie wir euch töten. Verbrennen ist ja nur eine von vielen schönen Möglichkeiten.«

Beide lachen, und Gustav muss sich sogar am Gitter abstützen, so sehr bebt sein Körper. Ich unterdrücke den Impuls, ihm mit voller Wucht auf die Finger zu treten. Immerhin ist er derjenige mit der Fackel und ich diejenige, die ihre Arme nicht benutzen kann.

»Also, Ruhe jetzt. Wir wollen schließlich auch noch ein wenig schlafen«, sagt Gustav. »Komm, Lothar! Lassen wir unser Liebespaar noch ein wenig davon träumen, wie ihr Ende aussehen könnte.«

»Feuer, Pfeile, Ertränken, bei lebendigem Leibe häuten«, flüstert Lothar vor sich hin, während die beiden sich langsam entfernen.

Im kleiner werdenden Schein ihrer Fackeln erkenne ich eine Burg, auf die sie zulaufen. Sie sieht aus, als habe eine Maus an ihr genagt wie an einem Stück Käse. Überall prangen Löcher in der Mauer. Einige der Zinnen fehlen. Ebenso ein Stück des Turms. Als habe man ihn einfach in der Mitte entzweigebrochen. Ich höre eine Tür quietschen, die einen Wimpernschlag später die beiden Männer und ihre Fackeln verschluckt.

»Du hättest mich doch töten sollen«, sagt Fjodor. »Ich nehme mal an, dass du mich zumindest nicht bei lebendigem Leib gehäutet hättest.«

»Das ist nicht lustig!« Wie kann er in dieser Situation nur so reden? Glaubt er, jeden Moment kommt jemand und rettet ihm den königlichen Hintern? Bloß weil das bisher immer so war, heißt das noch lange nicht, dass es auch heute so sein wird.

Ich frage mich, wo der Rest der Truppe ist. Wie schnell haben sie unser Verschwinden bemerkt? Was ist mit Kalle? Hat er es geschafft, zu fliehen? Oder ist es Darius gelungen, ihn zu überwältigen? Dann werden Gustav und Lothar ewig darauf warten, dass »ein paar wichtige Dinge erledigt sind«. Denn dass sie mit Kalle unter einer Decke stecken, davon bin ich überzeugt. Er hat uns betäubt und Ling aus dem Weg geräumt. Was, wenn er der Drahtzieher des Komplotts und nicht nur der Kontaktmann ist? Dann ist er es auch, der Gustav und Lothar Befehle erteilt. Befehle, auf die sie vergeblich warten werden, wenn Darius oder einer der anderen Kalle an der Flucht gehindert haben sollte. Was das wohl für Fjodor und mich bedeutet? Werden unsere Entführer uns dann am Leben lassen?

Und ist der Tod nicht sogar die bessere Option, wenn dieser Kerker die Alternative ist?

»Wir müssen hier raus«, sage ich entschlossen.

»Wenn du mir jetzt noch sagst, wie du das anstellen willst, bin ich ganz Ohr.« Fjodor rüttelt an den Seilen, mit denen wir aneinandergefesselt sind. Vergebens.

»Durch die Gitterstäbe schaffen wir es nicht, das ist zwecklos«, sage ich. »Aber ich kann dort oben den Mond sehen. Das bedeutet, es führt ein Weg nach draußen.«

»Und wie sollen wir deiner Meinung nach da hochkommen? Der Turm ist mindestens … er ist verdammt hoch.«

»Als Erstes sollten wir aufstehen.« Ich drücke meinen Rücken, so fest ich kann, gegen Fjodors. Sofort rutsche ich ab und lande unsanft auf dem Hintern.

»Ihr müsst schon ein bisschen mithelfen«, zische ich. Plötzlich spüre ich den Druck seiner Schultern auf meinen. Wir lehnen uns fest aneinander und schaffen es so tatsächlich, uns ohne Hilfe unserer Hände aufzurichten.

»Sehr gut«, sage ich. »Jetzt versuchen wir genauso zu klettern.« Ich lehne mich zurück, setze einen Fuß an der Wand an und steige ein Stück nach oben, den Rücken auf Fjodor gestützt. Es funktioniert! Mein zweiter Fuß folgt. Ich hebe vom Boden ab und …

Stürze.

»Au! Verdammt!« Ich will mir den Rücken reiben, doch meine Hände reichen nicht weit genug nach oben. Noch einmal setze ich zum Klettern an. Wieder stürze ich, kaum dass meine Füße den Boden verlassen haben.

»Ihr müsst schon mithelfen«, sage ich.

An meinem Rücken kann ich Fjodor schnell atmen spüren. »Es ist wahnsinnig hoch«, flüstert er.

»Seht einfach nicht nach unten.«

»Ich ... kann nicht ...« Seine Stimme ist belegt.

Ich atme tief durch und sage sanft: »Seht einfach immer auf die Wand. Wir machen das Schritt für Schritt. Euch kann nichts passieren.«

Das ist natürlich eine glatte Lüge. Ein Fehltritt, und wir stürzen in die Tiefe. Je nachdem aus welcher Höhe, kann uns das ein paar Knochen oder sogar das Leben kosten. Aber wenn wir hierbleiben, ist der Preis derselbe. Und so haben wir zumindest eine winzige Chance, heil hier rauszukommen.

»Lehnt Euch gegen mich«, flüstere ich, und Fjodor tut es. Die Wärme seiner Haut strahlt durch sein Hemd, und für einen kurzen Moment kann ich an nichts anderes denken.

Dann stemme ich meinen Fuß erneut gegen einen der Mauersteine.

Fjodors Druck gegen meinen Körper verstärkt sich, als auch er seine Füße auf der gegenüberliegenden Seite gegen die Mauer presst. Ich kann es nicht sehen, höre aber an seinem hektischen Atem, dass er nicht länger auf sicherem Boden steht.

Stück für Stück steigen wir nach oben. Rücken an Rücken. Stein um Stein. Fjodors Hemd ist mittlerweile klatschnass.

»Ich kann nicht mehr«, flüstert er. Er zittert am ganzen Körper, und auch ich habe angefangen zu beben, wenn auch vor Anstrengung statt vor Angst.

»Wir haben es gleich geschafft«, sage ich, so ruhig ich kann. »Schaut geradeaus auf die Steine! Immer nur geradeaus.«

Doch Fjodor bewegt sich kein Stück weiter. Unter uns ist dunkler Abgrund. Wenn wir jetzt unsere Füße von der Wand lösen, könnte der Sturz uns töten.

»Ich habe doch gesagt, dass ich nicht kann«, presst Fjodor hervor.

»Dann reißt Euch gefälligst zusammen!« Meine Nerven sind ebenso zum Zerreißen gespannt wie meine Muskeln.

»Rede nie wieder in diesem Ton mit mir!«

Jetzt reicht es mir aber! Ich riskiere doch nicht tagelang mein Leben für ihn, nur um es dann wegen seiner dämlichen Höhenangst zu verlieren.

»Nein!«, schreie ich. »Ich rede sehr wohl in diesem Ton mit Euch. Es ist nicht nur Euer Leben, das hier auf dem Spiel steht. Ich habe es satt, dass sich alles nur darum dreht, Eure Haut zu retten, und Ihr es mir immer wieder schwerer macht als nötig. Eure Alleingänge, Eure Weigerung, die Brücke zu überqueren, und jetzt das …«

»Ich habe dich nicht gebeten, mitzukommen.«

»Nein, das habt Ihr nicht. Aber Euer Vater hat mir keine Wahl gelassen.«

»Hast du nicht gesagt, man hat immer eine Wahl?«

Ich stoße einen wütenden Schrei aus. Mein rechter Fuß rutscht ein Stück an der Mauer nach unten. Nun schreit auch Fjodor. Ich stemme den Fuß wieder mit aller Kraft gegen die Steine. Mein ganzes Bein bebt vor Anstrengung.

»Und meine Wahl ist es, jetzt wieder hier runterzuklettern und uns zu überlegen, wie wir diese Fesseln aufbekommen«, sagt Fjodor. »Dann kannst du von mir aus gerne alleine den Turm erklimmen!«

»Und Euch zurücklassen? Ihr wisst genau, dass ich das nicht tun werde.«

»Nein, natürlich nicht. Du willst ja deine Familie retten, und dafür brauchst du mich. Unversehrt.«

»Das allein ist es nicht«, presse ich hervor. Dass ich ihn nie und nimmer zurücklassen würde, verschweige ich ihm.

»Ach nein? Was denn sonst? Immerhin gibst du dir seit Anbeginn der Reise keine Mühe zu verbergen, wie sehr es dir zuwider ist, mich zu beschützen, und du hast selbst gesagt, dass du mich am liebsten umbringen würdest.«

»Ja, jetzt gerade zum Beispiel.« Ich verfluche das Seil um meine Handgelenke. Wie gerne würde ich jetzt mit den Fäusten auf seine Brust eintrommeln. Seine Sturheit treibt mich in den Wahnsinn!

»Danke gleichfalls«, sagt Fjodor.

Ich atme genervt aus. Er ebenfalls.

»Können wir jetzt endlich wieder nach unten klettern?«, fragt Fjodor gereizt.

»Wir sollten wirklich …«

»Als dein Herr befehle ich es dir!«

Seine Worte treffen mich tiefer, als jeder Schwerthieb es vermögen würde. »Gut, wie Ihr meint, *Herr.*«

Wortlos klettern wir ganz langsam zurück Richtung Boden. Es ist noch schwieriger als der Aufstieg. Meine Beine zittern vor Erschöpfung, meine Oberschenkel brennen unerträglich.

Ein paar winzige Steinchen rieseln nach unten. Fjodor gerät ins Schwanken. Ich versuche, ihn auszubalancieren. Wie ein menschliches Pendel schwanken wir bedrohlich von links nach rechts. Ich habe keine Kraft mehr, mich noch lange in dieser Position zu halten. Und wir sind immer noch zu weit vom Boden weg, um einen Sturz unbeschadet zu überstehen.

»Mehr Druck!«, rufe ich. »Schnell!«

Beide pressen wir unsere Rücken mit aller Kraft gegeneinander.

»Bitte!«, rufe ich. »Was auch immer Euch solche Angst einjagt, vergesst es für einen Augenblick und denkt nur daran, wie wir nach oben klettern. Wie wir es nach draußen schaffen. In die Freiheit.«

»Dort draußen gibt es keine Freiheit für mich«, sagt Fjodor.

»Aber müsst Ihr mir dann auch die meine verweigern?«, frage ich.

Fjodor schweigt.

»Wenn wir hierbleiben, werden wir beide sterben«, sage ich, »und ich werde Euch hier auf keinen Fall sterben lassen.«

Fjodor schnaubt spöttisch. Ich weiß, was er denkt.

»Nicht bloß wegen meiner Eltern«, füge ich hinzu.

Ich spüre, wie er den Kopf dreht, und tue dasselbe, doch wir schaffen es nicht weit genug, um uns in die Augen zu sehen.

»Wir dürfen jetzt nicht aufgeben«, sage ich. »Wir werden es schaffen! Aber dazu brauche ich verdammt noch mal Eure Hilfe.«

Seine Handrücken drücken fest gegen meine. Ohne zu wissen, was ich tue, verschränke ich meine Finger mit seinen.

Ein Ruck geht durch Fjodors Körper. Wir pendeln weniger und kommen schließlich zum Stillstand.

Fjodor setzt wieder einen Fuß vor den anderen. Diesmal die Mauer hoch statt runter. Ich tue es ihm gleich – noch langsamer als zuvor. Keiner von uns sagt ein Wort. Wie zwei Schnecken kriechen wir das Mauerwerk entlang, bis ich ein Plateau sehen kann, das das Ende des Turms bildet. Gleich haben wir es geschafft! Möglicherweise kommen wir hier wirklich raus! Inzwischen zittern wir beide am ganzen Körper vor Erschöpfung, aber die Aussicht auf das Ende entfesselt unsere letzten Kraftreserven. Noch mal der rechte Fuß, der linke, ich beiße mir auf die Lippen, blende die Schmerzen in meinen Oberschenkeln aus, die Kante des Plateaus taucht auf, rechts, links, unsere Schultern sind auf Höhe des Plateaus, rechts, links.

Jetzt! Wir lassen uns seitlich daraufkippen und liegen erst mal nur da. Ich kann kaum glauben, dass wir es wirklich geschafft haben.

»Was ist es?«, frage ich leise, als mein Herzschlag sich einigermaßen beruhigt hat. »Was ist es, das Eure Angst vor der Höhe so geschürt hat?«

Fjodor presst einige unverständliche Worte hervor. Ich verstehe kein Wort.

»Wie bitte?«

»Da ist ein Stein«, ruft er plötzlich, er klingt immer noch atemlos.

»Ein Stein?«

Schon robbt Fjodor, die Füße voran, ein Stück von mir weg und zieht mich zwangsläufig mit sich.

»Au, meine Hände!« Einen Wimpernschlag später spüre ich die glatte, kalte Oberfläche des Steins auf meiner Haut und höre das Ratschen, mit dem Fjodor meine Fesseln durchschneidet. Erleichtert reibe ich meine schmerzenden Handgelenke. Dabei stelle ich fest, dass Johannas Ring nicht mehr an meinem Finger steckt. Gustav und Lothar müssen ihn mir abgenommen haben, während ich ohnmächtig war. Eilig befreie ich nun auch Fjodor von seinen Fesseln.

Wir sehen uns an, und unsere Angst verwandelt sich in Erleichterung. Dann in Lachen und dann in eine Umarmung. Eine Umarmung, die so fest ist, dass sie mir gleichzeitig die Luft nimmt und mich schweben lässt.

Nur widerwillig löse ich mich daraus und krieche auf allen vieren zu den Zinnen, die den Turm umrahmen. Unter uns erstrecken sich Wiesen, so weit das Auge reicht. Ein Stück entfernt ragt die Burg, in der unsere Entführer verschwunden sind, in den Nachthimmel.

»Wir müssen da irgendwie runter«, flüstere ich Fjodor zu.

Er drückt mir wortlos die Seile in die Hand, mit denen unsere Hände aneinandergefesselt waren. Hektisch knote ich sie aneinander und dann an einer der Zinnen fest. Das Seil reicht beinahe bis zum Boden. Perfekt!

Fjodor tritt neben mich und wirft einen Blick nach unten. Sofort keucht er auf und weicht ein paar Schritte zurück. »Was, wenn das Seil uns nicht hält?«, fragt er mit zittriger Stimme.

Am liebsten würde ich ihn schütteln. »Gut, dann mache ich es eben allein.« Ich klinge genervter als beabsichtigt. Eben noch wollte ich am liebsten in seiner Umarmung versinken, und nun das. Dieser Mann bringt mich noch um den Verstand! Ich greife nach dem Seil und setze einen Fuß zwischen zwei Zinnen.

»Es ist wegen meiner Mutter«, sagt Fjodor.

Überrascht wende ich mich zu ihm um.

Die nächsten Sätze spricht er so leise, dass ich Mühe habe, ihn zu verstehen. »Als ich etwa zehn Jahre alt war, ist sie dem Wahnsinn verfallen.«

Ich erinnere mich, dass Ling so etwas erwähnt hat.

»Es begann damit, dass sie ihre Kammerzofen beschuldigte, nachts neben ihrem Bett zu stehen. Später hat sie in allem und jedem einen Feind gewittert. Sie hörte auf zu trinken, da sie glaubte, jemand habe ihr Gift in den Becher geschüttet. Mein Vater ließ sie unter Zwang ernähren. Ihre Schreie hallen mir bis heute in den Ohren. Es war immer jemand an ihrer Seite. Doch eines Tages war jemand unachtsam.«

Auf Fjodors Stirn bilden sich tiefe Furchen. Er nestelt an dem Knopf herum, der seinen Umhang zusammenhält. Ich halte die Luft an.

»Ich sah sie fallen«, sagt er leise. »Ich war gerade mit Darius auf der Trainingswiese und übte, mit meinem Pferd über Hindernisse zu springen, als sie sich vom Schlossturm stürzte. Sie hat die Qualen in ihrem Kopf nicht mehr ertragen.«

Er senkt den Blick, doch ich habe die Tränen bereits gesehen. Ich unterdrücke den heftigen Impuls, sein Gesicht in meine Hände zu nehmen und sie wegzuküssen. »Das tut mir sehr leid«, sage ich.

»Ich habe die Schlosstürme seit diesem Tag nie wieder betreten. Bereits bei den ersten Stufen brach mir jedes Mal der Schweiß aus. Kurz darauf hörte ich auf, auf die Bäume im Schlossgarten zu klettern, wie ich es früher gerne getan hatte. Meine Angst band mich wie ein unsichtbares Seil am Boden fest, ich konnte nichts dagegen tun. Und sie wurde von Tag zu Tag schlimmer.«

Ich nicke und bereue, dass ich ihn nicht ernst genommen habe.

»Ich habe das noch nie jemandem erzählt«, stammelt Fjodor. Er hebt den Kopf und sieht mich direkt an. Trotz der kühlen Nachtluft wird mir plötzlich heiß.

»Ich sollte nach unten steigen, bevor unsere Gastgeber auf uns aufmerksam werden«, sage ich. »Ich suche nach einer Leiter oder etwas Ähnlichem. Glaubt Ihr, Ihr schafft es damit?« Ein Blick in sein erschrockenes Gesicht lässt mich daran zweifeln. »Seht mal, damit nähert Ihr euch Stufe für Stufe dem sicheren Boden, Euch kann nichts geschehen«, schiebe ich sanft hinterher.

Fjodor nickt zögerlich, und ich mache mich an den Abstieg.

Im Vergleich zum Hochklettern ist es ein Kinderspiel. Das Seil hält ohne Probleme. Unten angekommen, werfe ich noch einmal einen Blick nach oben und recke den Daumen in die Höhe.

Fjodor steht ein Stück von den Zinnen weg. Sein Körper ist genauso erstarrt wie damals vor dem Abgrund. Ich bezweifle, dass eine Leiter reichen wird, um ihn aus seiner Starre zu befreien. Doch es hilft nichts. Eine andere Möglichkeit habe ich nicht. Also kann ich nur hoffen, dass es in dieser verfluchten Burg eine gibt.

Ich lasse das Seil los und will mich an das Hauptportal heranschleichen, als ich ein Quietschen höre. Einen Herzschlag später öffnet sich das Tor. Panisch sehe ich mich nach einem Versteck um. Aber hier ist nichts außer dem Turm, aus dem ich gerade entkommen bin. Nicht einmal Bäume sind in der Nähe. Wenn ich doch wenigstens eine Waffe hätte!

»Die Prinzessin ist entkommen!« Lothars Schrei dringt mir durch Mark und Bein. Er klingt so wütend, dass ich sicher bin, dass er nicht zögern wird, mich auf der Stelle zu töten. Befehl seines Herrn hin oder her.

Schon donnern schnelle Schritte über die Wiese auf mich zu. Ich blicke zurück zum Kerker. Durch die Gitterstäbe komme ich auch von dieser Seite nicht, und selbst wenn, was sollte das nützen? Ich säße in der Falle.

Mein Blick fällt auf etwas Funkelndes in dem Verlies. Ich greife durch die Gitterstäbe und bekomme einen von Johannas Schuhen zu fassen. Einen Augenblick später saust ein Schwert direkt über mir durch die Luft. Gerade noch rechtzeitig rolle ich mich zur Seite. Schon durchschneidet eine zweite Klinge die Nacht. Ich ducke mich und springe nach rechts.

»Na warte!«, ruft Lothar. Sein Schwert leuchtet im Licht des

Vollmonds. Wie zwei Raubtiere kommen er und Gustav lauernd auf mich zu.

»Ich weiß zwar nicht, wie Ihr es geschafft habt, aus dem Turm zu fliehen, Prinzessin, aber seid sicher, dass Ihr es bitter bereuen werdet!« Gustav hebt seine Waffe und lässt sie auf mich niedersausen. Ich hechte zur Seite, rolle mich ab und lande wieder auf meinen Füßen. Lings hartes Training kommt mir nun zugute. Ich denke an meinen ersten Tag, an dem ich auch ohne Waffe dastand. Allerdings sah ich mich damals nur einem Gegner gegenüber. Und der hatte deutlich weniger Mordlust in den Augen.

Ich weiche weiteren Hieben aus, ducke mich unter Lothars Klinge weg. Dennoch streift sie meine Schulter und reißt mein Kleid auf. Blut sickert aus der Wunde. Der Schmerz ist die Hölle.

»Borka!« Fjodor ist aus seiner Erstarrung erwacht.

»Wer ist Borka?«, fragt Gustav verblüfft.

Nun ist es auch egal. Sie werden mich so oder so töten. Und wenn ich schon sterben muss, dann wenigstens als ich selbst. »Das bin ich!«, rufe ich.

Für einen Moment sind die beiden so verdutzt, dass sie vergessen, ihre Schwerter zu heben. Diesen Augenblick nutze ich. Mit voller Wucht lasse ich den spitzen Goldabsatz von Johannas Schuh auf Lothars Kopf krachen. Es gibt ein knackendes Geräusch, und Lothar sackt zusammen. Das Gras um ihn herum färbt sich rot. Doch er atmet noch, seine Brust hebt und senkt sich in gleichmäßigen Zügen.

»AAAARRG!« Gustavs Wutgebrüll scheint nicht von dieser Welt. Es lässt mein Herz verkrampfen vor Angst. Ich hebe meine klägliche Waffe an und halte sie schützend vor mich, während Gustav auf mich zukommt. Er sieht so wütend aus, dass es mich nicht wundern würde, wenn jeden Moment Schaum aus seinem

Mund käme. Ich taumle rückwärts. Mit wenigen Schritten ist er bei mir, tritt nach mir und trifft mich mitten auf die Brust. Es fühlt sich an, als hätte er mit dem Fuß meine Lunge zum Platzen gebracht. Ich falle hart auf den Rücken. Mein Brustkorb scheint zu bersten. Voller Panik japse ich nach Luft. Gustav steht mit einem breiten Grinsen über mir.

»Das wirst du bereuen.« Gustav streicht über die Klinge seines Schwertes, als sei sie der Körper seiner Geliebten. Zärtlich und mit einem lüsternen Blick in den Augen. Der Lust am Töten.

Ich lechze immer noch nach Luft und habe nicht die Kraft, mich aufzurichten. Als er das Schwert hebt, drücke ich mich tief in den Boden, auch wenn das natürlich sinnlos ist. Es gibt hier kein Loch, das mich verschlucken kann. Ich umklammere Johannas Schuh fest mit der rechten Hand und halte ihn über mein Herz. Doch wenn Gustav mit dem Schwert auf meinen Kopf zielt, wird mir das nichts nützen.

Ich sehe das Leuchten der Klinge über mir. Sehe Gustavs flackernde Augen. Seine gebleckten Zähne. Seine Hand, die das Schwert fest umklammert.

Ich presse die Lider zu und mache mich bereit für den Schmerz. Den letzten, den ich je fühlen werde.

Doch er kommt nicht.

Vorsichtig öffne ich ein Auge. Dann das andere. Ich sehe Gustav nicht mehr über mir. Stattdessen höre ich ihn. Er ringt nach Atem, genau wie ich.

Ich rolle mich auf die Seite und entdecke ein Knäuel aus zwei ineinander verschlungenen Körpern. Fjodor hängt an Gustavs Hals und drückt zu. Gustav ist bereits blau angelaufen. Sie wälzen sich übers Gras, kämpfen unerbittlich.

Ich öffne den Mund, und endlich füllen sich meine Lungen wieder mit Luft. Doch meine Kraft reicht noch immer nicht aus, um aufzustehen. Gustavs Körper zuckt nur eine Armlänge von mir entfernt. Er zappelt mit den Beinen und versucht, Fjodor zu treffen. Dessen Gesicht hat einen Ausdruck von fester Entschlossenheit angenommen. In diesem Moment weiß ich, dass er Gustav nicht loslassen wird, bis dieser sich nicht mehr rührt.

»Genug«, flüstere ich. Fjodors Miene bleibt versteinert. »Genug!«, rufe ich noch einmal. Diesmal lauter.

Fjodors Hände lösen sich von Gustavs Hals. Ich kann eine dunkelrote Linie unter dessen Kinn erkennen. Seine Augen sind geschlossen. Ich krieche zu ihm heran und taste nach seinem Puls. Er ist ganz schwach, aber er ist noch da.

»Wir müssen hier weg!«, sage ich. »Schnell!« Ich stemme meinen linken Arm auf den Boden und will mich hochdrücken, sacke aber sofort wieder zusammen. Ein heftiger Schmerz durchfährt meine Schulter.

»Du bist verletzt.« Fjodor stürzt an meine Seite. Er reißt ein Stück Stoff von seinem Mantel ab und presst es auf meine Wunde. Ich fahre zusammen.

»Tut mir leid«, sagt er.

Ich beiße mir auf die Unterlippe. Fjodor verknotet den Stoff um meine Schulter. Der Schmerz lässt ein wenig nach. Allerdings nur, solange ich die Schulter nicht bewege.

»Wie seid Ihr denn vom Turm heruntergekommen?«, frage ich.

»Mit dem Seil.«

»Ich dachte …«

»Ich konnte ja schlecht zulassen, dass dieser Kerl«, Fjodor deutet auf den immer noch ohnmächtigen Gustav, »dich in deine Einzelteile zerlegt.«

»Aber Eure Höhenangst, wie …?«

Fjodor kratzt sich verlegen am Nacken. »Die Angst, dass dir etwas passiert, war wohl größer.«

Er grinst mich schief an. Fast ein wenig unsicher. So als wolle er abwarten, was ich zu seinem Geständnis zu sagen habe. Ich antworte mit einem Lächeln. Seine Mundwinkel heben sich noch weiter. Selbst im fahlen Mondlicht strahlt er wie die Sonne.

»Danke«, flüstere ich. »Ihr habt mir das Leben gerettet.«

»Damit sind wir jetzt wohl quitt.« Er lacht. Dann steht er auf und reicht mir die Hand. Ich ergreife sie, und er zieht mich etwas zu schwungvoll hoch. Ich lande an seiner Brust. Seine rechte Hand hält meine noch immer gefangen. Den anderen Arm legt er sanft um meine Taille. Einen kurzen Moment stehen wir so da, sehen uns in die Augen und spüren den Herzschlag des anderen. Ich fühle den Schmerz in meiner Schulter nicht mehr. Fühle nur noch Fjodors Körper an meinem. Seinen Arm um mich. Seine Finger, die langsam über meinen Rücken streichen. Einen Schauer nach dem nächsten darüberjagen. Mein ganzer Körper bebt bei seiner Berührung. Ich will nicht mehr denken. Nichts mehr müssen. Will einfach nur für immer hier stehen und von ihm gehalten werden.

Ich will sein Gesicht berühren. Jede Sorgenfalte aus seiner Stirn streichen. Meine Finger in seinem langen Haar vergraben, das ihm wirr in die Augen fällt. Erst als ich die Hand hebe, um es ihm aus dem Gesicht zu streichen, bemerke ich, dass ich noch immer den goldenen Schuh halte, der nun rot gesprenkelt ist.

Ich schmecke Bitterkeit auf der Zunge. Und so viel Kraft es mich auch kostet, mehr als jedes Training, jede Flucht, jeder Streit, jeder Kampf, löse ich mich aus Fjodors Armen. Er sieht mich überrascht an. Ich drücke ihm Johannas Schuh in die Hand. »Ihr solltet ihn ihr zurückbringen.«

21. Kapitel

Nachdem wir an Gustavs Gürtel einen Schlüsselbund gefunden haben, verfrachten Fjodor und ich Gustav und Lothar in den Kerker und nehmen ihre Schwerter an uns. Fjodor plädiert dafür, die beiden zu töten, doch ich bringe es nicht über mich. Egal, was sie getan haben, jetzt, da sie bewusst- und wehrlos am Boden liegen, kann ich einfach nicht zustechen.

Stattdessen überrede ich Fjodor, sie aneinanderzubinden, wie sie es mit uns getan haben, und sie in den Kerker zu sperren. Sobald wir in Fjodors Königreich sind, können wir jemanden schicken, der sie holt, damit König Jerrik ihnen den Prozess machen kann.

In der Burg finden wir ein wenig Gemüse, das seine besten Zeiten schon hinter sich hat. Ich kürze mein Kleid ein gutes Stück und knote aus dem abgeschnittenen Stoff einen Beutel, in dem wir unseren Proviant transportieren können. Wahrscheinlich wird Johanna mir die Augen auskratzen, wenn sie sieht, was ich ihrem Kleid angetan habe.

Die Burg ist von innen genauso heruntergekommen wie von außen. Sie sieht aus, als sei sie schon lange nicht mehr bewohnt – von einer kleinen Lagerstätte neben der Küche mal abgesehen, auf der vermutlich Gustav und Lothar genächtigt haben. Der Innenbereich der Burg ist riesig, fast so groß wie ein ganzes Dorf. Die Mauern bröckeln und sind größtenteils schwarz überzogen. Wie von Asche. Ich kann gar nicht schnell genug wieder herauskommen, da ich fürchte, das ganze Gemäuer könne jeden Moment über uns zusammenstürzen.

Die ganze Zeit über habe ich ein seltsam beklemmendes Gefühl. Wahrscheinlich liegt es an Fjodor. Seit ich ihm den Schuh in die Hand gedrückt habe, hat er – außer während unserer Verhandlung über das Schicksal unserer Entführer – kaum ein Wort gesagt. Das ist mir nur recht, denn ich weiß nicht, ob ich in der Lage bin, mit ihm zu reden, ohne ihn wahlweise anzuschreien, in Tränen auszubrechen oder mich in seine Arme zu werfen.

Hinter der Burg finden wir die beiden Pferde, auf denen Lothar und Gustav uns verfolgt haben, angebunden. Sie sind stark unterernährt, ihre Augen sehen stumpf und müde aus. Ich gebe ihnen ein paar Karotten und rede leise auf sie ein. Als wir auf ihren Rücken zum Waldrand reiten, graut bereits der Morgen. So wie die Dunkelheit der Sonne weicht, weicht meine Beklemmung Erleichterung. Es ist überstanden.

Ich werfe noch einen letzten Blick zurück und sehe die Burg nun in ihrer vollen Größe. Es gibt insgesamt vier Türme, plus den Kerkerturm etwas weiter abseits. Die Türme sind allesamt halb verfallen, doch auf einem weht noch eine Fahne. Oder vielmehr das, was davon übrig ist. Es sind eher rote Fetzen, die da am Mast hängen. Darauf prangt ein halber Adler.

Ich starre ihn an. Hinter meinen Schläfen rauscht das Blut. Plötzlich steigt Rauch auf. Von einem Moment zum nächsten steht der Burgturm in Flammen. Sie züngeln an ihm empor und erreichen den Fahnenmast, greifen nach dem roten Stoff, fressen ihn auf.

Ich schreie, verliere den Halt und rutsche langsam vom Pferd. Stehend halte ich mich an seinem Rücken fest, wanke und stürze dann unsanft zu Boden. Erschrocken starre ich auf das Gemäuer, an dem die Flammen wie glutrote Zungen lecken. Schreie dringen an mein Ohr. Panische Schreie. Voller Todesangst. Das Burgtor öffnet sich, und Menschen rennen heraus. Männer, Frauen und Kinder. Manche von ihnen hinken, werden von anderen gestützt. Eine Frau stolpert und rappelt sich wieder hoch. Ein Kind weint. Panik und Verwüstung, so weit das Auge reicht.

Ich blinzele. Plötzlich stehe ich nicht länger vor der Burg. Um mich herum sind Holzbretter, unter mir liegt Stroh. Die Flammen sind überall. Sie greifen mit ihren Fangarmen nach mir. Pferde stoßen schrilles Wiehern aus. Ein schwarzer Hengst rennt mich beinahe über den Haufen. Ich schreie. Eine Hand packt mich und zieht mich durch das Flammenmeer aus dem Stall, der sich in eine Feuerhölle verwandelt hat. Gemeinsam tauchen die Gestalt und ich unter herabbrechenden Balken hindurch, wir rennen, so schnell unsere Füße uns tragen. Keuchen, schreien, stolpern. Rennen weg vor den Flammen, der Angst, den Schmerzen. Bis hinaus aus der Burg, die lichterloh brennt.

Keuchend reiße ich die Augen auf. Vor mir liegt nach wie vor die Burg. Die zerrissene Fahne weht friedlich im Wind. Keine Menschenseele ist zu sehen.

Bloß Fjodor. Er ist vom Pferd gestiegen und kniet nun neben mir. Besorgt betrachtet er mein Gesicht. »Was ist los, Borka?«

Mit zitternden Fingern deute ich auf die Burgruine. »Die Flammen … das Feuer …«

»Welches Feuer?«

Irritiert sehe ich erst Fjodor, dann die Mauern an. Nichts deutet auch nur im Geringsten darauf hin, dass sie eben noch in Flammen standen. Schon wieder eine Vision. Ich verliere noch den Verstand.

Sobald wir zurück sind, werde ich Lotti fragen, ob sie nicht irgendein Kraut gegen meine Sinnestäuschungen kennt.

Lotti. Bei dem Gedanken an sie wird mir schwer ums Herz.

Denn der Gedanke an sie bringt automatisch den Gedanken an Kalle mit sich. Wie konnte mein einziger Freund gleichzeitig der schlimmste Feind sein? Ein Glück, dass Darius zur Stelle war. Sicher konnte er Kalle überwältigen. Ich hoffe bloß, er musste ihn dafür nicht töten. Trotz allem wünsche ich mir, dass Kalle noch am Leben ist. Vielleicht auch, damit er mir all das erklären kann. Warum er Ling getötet und seinen Männern befohlen hat, Fjodor und Johanna zu entführen. Was hat er damit bezweckt? Auf diese Frage wird nur er selbst mir eine Antwort geben können.

»Wir sollten uns beeilen«, sage ich und rappele mich hoch.

Wir reiten in den Wald hinein. Die Morgendämmerung taucht den Waldboden in warmes, rötliches Licht. Vielleicht haben deshalb Flammen vor meinem inneren Auge getanzt. Es ist ja auch kein Wunder, dass ich mir Dinge einbilde, die nicht da sind, so müde und erschöpft, wie ich bin.

Aber ich darf mich dem jetzt nicht hingeben. Jeder weitere Tag im Verlies bedeutet für Corbin und Aylela unnötige Qualen. Es wird Zeit, sie endlich zu befreien.

Doch mir fehlt völlig die Orientierung. Ich habe keine Ahnung, wohin uns Gustav und Lothar verschleppt haben. Was, wenn wir nun stunden- oder gar tagelang in die falsche Richtung reiten? Unsere Vorräte werden nicht ewig reichen.

Ich blicke zum Himmel und versuche, mich am Stand der aufgehenden Sonne zu orientieren. Ich weiß, dass Jerriks Königreich im Osten liegt. Also müssen wir der Sonne entgegenreiten. Doch durch die Baumkronen kann ich sie nicht erkennen. Also schließe ich die Augen und versuche, eins mit dem Wald zu werden. Seine Gerüche und Geräusche in mich aufzunehmen. Vielleicht geben sie mir ja irgendwie Aufschluss darüber, welchen Weg wir einschlagen sollten.

Tannenduft umhüllt mich, vermischt mit dem Geruch von alter Borke und jungem Grün: winzigen Bäumchen, die den ganzen Boden übersäen und voller Ambitionen sind, einmal so groß zu werden wie die knorrigen Tannen, von denen sie abstammen. Doch ich weiß, dass nur eine Handvoll von ihnen es schaffen wird. Ein Stück entfernt höre ich ein Rehkitz nach seiner Mutter rufen. Sie hat es vermutlich irgendwo abgelegt, verborgen von Blättern und Zweigen, und sich auf die Suche nach Nahrung gemacht. Genau wie die Vogeldame, deren Junge im Baum über mir hungrig schreien. Es ist beinahe windstill, und so kann ich in weiter Ferne einen Bach plätschern hören.

»Und?«, fragt Fjodor.

»Scht.«

»Hörst du was?«

»Vieles.«

»Auch irgendetwas, das uns weiterhilft?«

»Wenn Ihr ständig dazwischenredet, höre ich überhaupt nichts mehr.«

Er reitet ein Stück von mir weg. Ich kann sehen, welche Mühe es Fjodors Pferd bereitet, sich vorwärtszubewegen. Es muss tagelang gerannt sein, denn seine Beine schaffen es kaum, seinen eigenen Körper zu tragen, geschweige denn Fjodors. Es bricht mir das Herz, zu sehen, wie das Tier kämpft, um nicht einfach vor Erschöpfung umzufallen. Sein Körper ist durch die jahrelange schlechte Behandlung seiner Herren gezeichnet. Das Pferd macht noch einen weiteren Schritt zur Seite. Äste knacken unter seinen Hufen.

Und nicht nur dort. Ich höre, wie weitere Stöcke zerbersten. Immer mehr. Immer schneller. Etwas kommt auf uns zu. Hufe.

»Schnell!« Ich deute auf eine Gruppe Fichten und lenke mein

Pferd dorthin. Fjodor reitet mir nach. Ich halte den Atem an. Die Fichten verdecken uns mehr schlecht als recht.

Fjodor sieht mich verdattert an, und ich lege einen Finger an die Lippen. Solange wir nicht wissen, wer der Reiter ist, der offensichtlich genau auf uns zukommt, ist es besser, wenn wir uns nicht bemerkbar machen.

Ich umklammere die Zügel mit meinen Händen, bereit, sie jeden Moment herumzureißen und in die andere Richtung davonzugaloppieren. Wobei ich mich frage, wie lange mein Pferd eine Verfolgungsjagd wohl durchhalten würde.

In unmittelbarer Nähe höre ich ein Schnauben. Es stammt weder von Fjodors noch von meinem Pferd. Es klingt irgendwie … genervt. Ich kenne dieses Schnauben! Ohne darüber nachzudenken, springe ich vom Rücken meines Pferdes und renne aus dem Versteck. »Grete!«

Sie sieht mich vorwurfsvoll an. In ihrem Zaumzeug haben sich jede Menge Blätter und dünne Zweige verfangen. Behutsam zupfe ich sie heraus und streiche ihr übers Fell. »Wie schön, dich zu sehen, mein Mädchen.«

Fjodor ist hinter mich getreten. Grete schnaubt nun auch in seine Richtung.

»Glaubst du, du findest den Weg zurück zu deinen Freunden?«, frage ich und tätschele liebevoll Gretes Hals. Sie sieht mich aus ihren großen Augen skeptisch an.

»Los, kommt!«, rufe ich Fjodor zu und greife nach Gretes Mähne.

»Ich habe ein eigenes Pferd«, sagt er und deutet auf das Tier, von dem er gerade erst abgestiegen ist.

Ich werfe einen Blick auf den mageren, mit zahlreichen Striemen übersäten Körper. Fjodor folgt meinem Blick.

»Sie haben genug gelitten«, sage ich.

»Du hast ja recht, aber …«

»Grete ist kräftig genug für zwei«, fahre ich fort. »Nicht wahr, meine Gute?«

Grete wirft den Kopf zu mir herum und sieht mich arglos an.

»Aber auf zwei Pferden kommen wir schneller voran«, sagt Fjodor und klingt dabei selbst nicht überzeugt.

»Nicht, wenn eines davon lahmt.« Ich nehme Gustavs und Lothars Pferden das Zaumzeug ab und hänge es an eine der Tannen. Dann löse ich die Sättel und lege sie auf dem Waldboden ab.

»Lauft«, flüstere ich. »Ihr sollt nie wieder einem anderen dienen als euch selbst.«

Die Tiere starren mich an. Keines bewegt sich.

»Lauft!«, rufe ich nun lauter und mache ein paar zackige Bewegungen auf sie zu. »Lauft weit weg. Und hütet euch vor Tötern.« Als hätten sie mich verstanden, setzen sie sich in Bewegung. Erst ganz zaghaft, dann immer schneller. Immer wieder drehen sie sich zu mir um, als wollten sie sichergehen, dass ich es ernst meine.

Als sie zwischen den Bäumen verschwunden sind, steige ich auf Gretes Rücken und strecke Fjodor eine Hand entgegen.

»Ich sitze vorne«, protestiert er, doch ich schüttele den Kopf. »Auf gar keinen Fall.«

Unsere Vorräte sind am Ende. Unsere Nerven ebenfalls. Ganz zu schweigen von unseren Kräften. Es lässt sich nicht länger leugnen: Wir haben uns verirrt. Nachdem wir Grete wiedergefunden hatten, ist sie erst in die Richtung der Burg getrabt, in der wir gefangen waren, dann in Panik geraten und in die entgegengesetzte Richtung davongaloppiert. Sie war kaum zu bändigen und lief erst wieder langsamer, als die Sonne hoch und heiß am Himmel stand. Ich habe in den letzten drei Tagen alles versucht, um mich zu orientieren, aber ich muss mir eingestehen, dass ich zwar die Geräusche des Waldes in ihre Einzelteile zerlegen und so jede Wasserquelle und jede Gefahr aufspüren kann, aber nicht zum Navigieren tauge. Diese Aufgabe hatte in unserer Familie stets mein Vater inne, und während der Reise habe ich Lings Augen genauso vertraut wie er meinen Ohren.

Nachdem wir heute den ganzen Tag nach Osten geritten sind, wusste ich nicht weiter, denn kein Baum und kein Strauch kam mir auch nur annähernd bekannt vor. Fjodor ging es genauso.

Nun knien wir an einem Bach, der sich an einem kleinen Abhang entlangschlängelt, auf dem hohe Fichten wachsen. Grete trinkt schon seit einer gefühlten Ewigkeit, unsere letzte Rast ist bereits einen halben Tag her.

Fjodor wäscht sich das Gesicht, das mittlerweile von Bartstoppeln überzogen ist. Doch Grete hat das Wasser mit ihrem Maul so aufgewirbelt, dass der Bodenschlamm es braun gefärbt hat und Fjodors Gesicht davon kaum sauberer wird – im Gegenteil.

Ich sitze mit angezogenen Beinen neben ihm und betrachte den Mond über uns. Er kann uns genauso wenig führen wie die Sonne. Jedenfalls weiß ich nicht, wie.

Löwen sämtlicher Zeitalter sind ihm auf ihren Wanderungen durch die Wälder gefolgt, doch ich habe mich nie wirklich für die Landkarte interessiert, die die Sternenbilder und der Mond gezeichnet haben. Das habe ich nun davon.

»Wenn wir nicht bald etwas zu essen finden, haben wir ein echtes Problem.« Fjodor schüttelt sein nasses Gesicht, und Wasser spritzt von seinem Bart und seinem langen Haar.

»Ja, das wäre sicher hilfreich«, sage ich. Die Stimmung zwischen uns wird von Tag zu Tag gereizter. Es kommt mir vor, als gäbe er mir die Schuld daran, dass wir im Kreis herumirren.

»Glaubt Ihr, ich habe keinen Hunger?«

»Vielleicht soll es ja so sein.«

»Wovon redet Ihr?«

»Nun, vielleicht hat es einen Sinn, dass wir seit Tagen ziellos umherirren. Ich wollte immer frei sein. Jetzt habe ich die Gelegenheit dazu.«

»Ihr meint …«

»Was, wenn ich einfach nie wieder zum Schloss zurückkehre? Wenn ich ein einfaches Leben hier in den Wäldern führe? Ein Leben ohne Zwänge, Etikette und ohne Menschen, die zu wissen glauben, wer ich wirklich bin.«

»Und ohne Essen.« Ich stehe auf und massiere meine Schläfen.

»Das mit dem Essen ließe sich schon irgendwie regeln«, sagt Fjodor. Mit beiden Händen streift er das restliche Brackwasser von seinem Bart ab. Mit dem Matsch im Gesicht sieht er ganz und gar nicht mehr aus wie ein Prinz. Aber immer noch unverschämt gut. Schnell senke ich den Blick. »Ich kann Euch nicht einfach ziehen lassen«, sage ich.

»Ach nein? Und was wirst du tun, wenn ich mich weigere, mitzukommen?« Fjodor erhebt sich und macht einen Schritt auf mich zu. Provokant blickt er von oben auf mich herab.

»Zur Not werde ich Euch niederschlagen und Euch gefesselt beim König abliefern.«

»Das würdest du nicht wagen!«

»Wollen wir wetten?« Ich verschränke die Arme vor der Brust und mache nun ebenfalls einen Schritt auf ihn zu.

»Glaub nicht, dass ich dich verschone, bloß weil du ein Mädchen bist.«

»Glaubt nicht, dass ich Euch verschone, bloß weil Ihr ein Prinz seid.«

Seine Mundwinkel zucken. Ein Lächeln macht sich in seinem Gesicht breit.

»Borka«, sagt er, nun sanfter, »kannst du mich denn nicht verstehen? Wenn ich zurückkehre, wartet eine festgelegte, erzwungene Zukunft auf mich.«

»Wenn Ihr das so sagt, klingt das wirklich schauerlich …«

»Siehst du.«

»… fast so schauerlich wie das, was auf meine Eltern wartet, wenn Ihr nicht zurückkehrt: Ketten, Gitterstäbe, Dunkelheit. Oder der Tod. Versteht *Ihr* nicht? Es spielt keine Rolle, ob ich Euch verstehe oder nicht – ich *muss* Euch zurückbringen.«

Fjodor beißt sich auf die Unterlippe. Er lässt den Blick über den mondbeschienenen Wald wandern. Sehnsucht flutet seine Augen. Er atmet schwer aus. Gespannt beobachte ich jedes Zucken auf seiner Stirn, jeden Wimpernschlag.

Schließlich nickt er. »Du hast recht, Borka. Ich habe nur an mich gedacht. Weder an deine Eltern noch an mein Volk, Johanna oder meinen Vater. Und am allerwenigsten an dich. Wir werden zurückkehren.«

Doch dafür müssen wir erst mal den verdammten Weg finden! Wie schon Dutzende Male zuvor blicke ich zum Himmel, so als könne er mir plötzlich etwas erzählen, was mir weiterhilft. Natürlich ist dem nicht so. Ich weiß nicht, was ich erwartet habe. Einen Pfeil aus Sternen, der uns direkt zu Fjodors Schloss führt?

Enttäuscht lasse ich den Kopf wieder sinken. Dabei streift mein Blick einen Baum, in den einmal ein Blitz eingeschlagen sein muss. Er ist verkohlt und entzweigebrochen. Neben dem Baum entdecke ich vier Glühwürmchen in der Luft. Irgendetwas an ihnen ist seltsam, aber ich komme nicht darauf, was es ist.

Mein Blick wandert weiter. Das Mondlicht liegt wie eine dünne

Eisschicht über dem Waldboden. Und plötzlich wird mir klar, was mit den Glühwürmchen nicht stimmt. Sie bewegen sich nicht. Sie schweben starr in der Luft. Und auch ihre Farbe ist anders, als ich es kenne: kein warmes Gelb, eher ein kühles Blau. Schnell drehe ich den Kopf. Sie sind noch da. Nur ein paar Schritte von mir entfernt. Ich kneife die Augen zusammen, um mehr in der Dunkelheit erkennen zu können. Ich habe mich nicht geirrt. Um die falschen Glühwürmchen herum nehme ich Konturen wahr. Konturen von zwei Körpern, die sich anspannen. Sich bereit machen zum Sprung.

Noch bevor sie die Flucht ergreifen können, knurre ich: *Wer seid Ihr?*

Die Glühwürmchen werden größer. Weit aufgerissene Eisaugenpaare.

Wir tun Euch nichts. Ich bin froh, endlich wieder all die Laute benutzen zu können, die mich mein Leben lang begleitet haben und die in den letzten Wochen tief in meinem Inneren verschlossen geblieben sind. *Ich bin Borka. Meine Eltern Corbin und Aylela sind welche von euch.*

Die Augen zwischen den Bäumen beginnen zu tanzen. Sie blicken sich gegenseitig an, fliegen nach links und nach rechts, dann wieder zu mir.

Du, ertönt ein leises Brummen, *bist die Tochter von Corbin und Aylela?*

Die bin ich.

Fjodor starrt mich an. Er versteht nichts von alledem. Ganz unwillkürlich ist seine Hand zu dem Schwert gewandert, das er Lothar entwendet hat.

Mein Name ist Juna, sagt eine der Löwinnen, *das ist meine Schwester Lilla.*

Juna. Lilla. Eine Erinnerung schält sich aus meinem Unterbewusstsein. Drei Kinder, die auf der Lauer liegen. Das kleine Menschenmädchen, das zwischen den Löwenkindern vor der Bärenhöhle kauert, möchte genauso stark und mutig sein wie sie. Deswegen hat es auch vorgeschlagen, den Grizzly aus dem Winterschlaf aufzuwecken, und behauptet, kein bisschen Angst zu haben. Eine glatte Lüge, wie sich nun zeigt. Die Freundinnen wollen das Mädchen überreden, doch lieber umzukehren, und nur zu gerne würde es ihren Rat befolgen. Stattdessen wirft es sich in die Brust und lacht absichtlich laut, damit niemand seinen wild hämmernden Herzschlag hört.

Es hebt den mitgebrachten Ast vom Boden auf und betritt die Höhle. Noch einmal wirft es einen Blick zurück, um sicherzugehen, dass seine Freundinnen auch tatsächlich am Eingang warten und sich nicht heimlich aus dem Staub machen. Sie sind noch da. Ihre Blicke sind fest auf das Mädchen gerichtet. Sie werden es nicht allein lassen. Sie sind echte Freundinnen, auch wenn sie noch so verschieden sind.

Juna und Lilla. Das sind die Namen der Zwillinge.

Ich erinnere mich, wie wir zusammen durch die Wälder tollten, Wettkämpfe veranstalteten, ob im Klettern, im Raufen, im Schwimmen, im Rennen. Jedes Mal hatte ich das Nachsehen. Dennoch ließen sie mich immer mitspielen und lachten mich nie wegen meiner Langsamkeit und meinen vergleichsweise mangelhaften Kräften aus.

Auch nicht in jener Nacht, als mein Vater mich am Schopf aus der Bärenhöhle schleifte. Gerade noch rechtzeitig hatte er bemerkt, dass die Zwillinge und ich uns von unserem Schlafplatz in den schneebedeckten Tannen davongestohlen hatten, und war unserer Fährte bis zu der Höhle gefolgt.

Juna und Lilla rennen auf mich zu. Grete wiehert auf. Beruhigend rede ich auf sie ein. Vor den Augen des verwirrten Fjodors falle ich den Löwinnen um den Hals.

Nun, da das Mondlicht ihre volle Gestalt bescheint, erkenne ich in ihnen die Löwinnen, die ich in jener Nacht im Gebirge vor meinem Zelt entdeckt habe. Sie gleichen einander wie ein Ei dem anderen. Beide sind groß gewachsen, und ihr Fell glänzt schneeweiß.

Wie geht es euch?

Nicht gut. Juna wirft den Kopf nach hinten und brüllt leise, aber durchdringend. *Von meiner Tochter Jonna fehlt jede Spur. Wir wollten sie in diesem Waldgebiet besuchen, doch sie war nicht auffindbar. Ich mache mir große Sorgen.*

Ich nicke und streiche ihr über das weiche Fell hinter dem Ohr. Sie schnurrt vertrauensvoll.

Wie geht es deinen Eltern, Borka? Lilla legt den Kopf schief.

Sie sind in Gefangenschaft. Die beiden reißen überrascht die Augen auf. *Keine Sorge,* füge ich hinzu, *Prinz Fjodor und ich sind schon unterwegs, um sie zu befreien. Allerdings haben wir uns verirrt.*

Die beiden scheinen Fjodors Anwesenheit in ihrer Wiedersehensfreude völlig vergessen zu haben. Nun, da sie seiner gewahr werden, ducken sie sich vor ihm weg.

Keine Angst! Ich gehe zu Fjodor hinüber und schiebe sein halb gezogenes Schwert zurück in die Scheide. *Er ist ein Freund.*

Fjodor scheint zu begreifen. Er hebt die Hände, um zu signalisieren, dass er unbewaffnet ist. Dann neigt er den Kopf. Junas und Lillas Körper entspannen sich.

Wo müsst ihr denn hin?, fragt Juna.

Ins Königreich von König Jerrik. Es liegt östlich von der großen Schlucht. Viel mehr weiß ich nicht.

König Jerrik? Lilla faucht erschrocken. *Von dessen Reich halten wir uns fern. Er macht noch immer Jagd auf weiße Löwen.*

Ist das denn nicht überall so?

Die Gesetze verändern sich allmählich, erklärt mir Juna. *Nachdem die Menschen verstanden haben, dass wir das Gleichgewicht des Waldes wahren, haben sie in einigen Teilen des Landes, in denen sie uns bereits stark dezimiert hatten, die Jagd auf uns verboten. Dort, wo wir herkommen, stehen wir unter dem Schutz des Grafen, dem die Wälder gehören. Leider lockt das viele Löwen an. Und nicht alle davon sind friedlich. Daher können wir dort nicht das ganze Jahr über verweilen.*

Wir müssen trotzdem zu Jerriks Schloss, knurre ich, *meine Eltern versauern seit Wochen dort im Kerker.*

Lilla wirft Juna einen eindringlichen Blick zu. Die faucht. Doch Lilla schiebt zärtlich ihren Kopf unter Junas und stupst sie an, wie sie es bereits als Kind getan hat, wenn sie ihre Schwester zum Spielen auffordern wollte.

Wir sollten ihr helfen. Sie schleckt über die Lefzen ihrer Schwester, und deren Anspannung löst sich ein wenig. *Vielleicht finden wir ja unterwegs eine Spur von Jonna. Und falls nicht, kann uns sicher Corbin weiterhelfen. Erinnerst du dich noch, wie gut er Fährten lesen konnte?*

Offenbar erinnert sie sich, denn sie brummt unwillig: *Gut, von mir aus, aber nur bis zum Waldrand. Wir bleiben in sicherem Abstand zum Schloss.*

Noch einmal schlinge ich den beiden die Arme um den Hals und presse sie fest an mich. Der typische strenge und doch so wunderbare Geruch nach Löwen dringt mir in die Nase und schenkt mir neue Hoffnung.

Mit knappen Sätzen bringe ich Fjodor auf den neusten Stand.

Ganz wohl scheint ihm nicht bei dem Gedanken zu sein, dass zwei Löwinnen, die er von Kindesbeinen an als Feinde betrachtet hat, nun zu unseren Reiseführern werden. Dennoch schwingt er sich hinter mich auf Gretes Rücken, die sich ebenfalls erst daran gewöhnen muss, hinter zwei Raubkatzen herzurennen. Unter normalen Umständen wäre es umgekehrt.

Es dauert nur anderthalb Tage, bis wir die Mauer erblicken, hinter der Fjodors Schloss liegt.

In meiner Brust mischen sich Vorfreude und auch ein Hauch Traurigkeit. Wenn wir angekommen sind, bedeutet das, dass ich endlich meine Eltern wieder in die Arme schließen kann. Aber es bedeutet auch, dass ich mich von Fjodor verabschieden muss. Er hat die ganze Zeit über so dicht hinter mir gesessen, dass ich schon glaube, unsere Beine seien miteinander verwachsen. Wahrscheinlich wird man uns auseinanderhebeln müssen.

Das ist natürlich Unsinn. Sobald wir den Weg erreichen, der sich an der Stadtmauer entlang bis zur Zugbrücke schlängelt, springt Fjodor von Gretes Rücken. Sofort fehlt mir seine Wärme. Juna und Lilla haben sich bereits am Waldrand von uns verabschiedet, haben aber versprochen, dort zu warten, bis ich mit Corbin und Aylela zurückkomme. Es ist wie damals vor der Bärenhöhle. Sie halten in sicherer Entfernung Wache, während ich mich meiner größten Angst stelle: der Angst davor, was ich in der unergründlichen Dunkelheit des Kerkers vorfinden werde. Wobei zwischen zwei gebrochenen Gestalten und einer leeren Zelle jedes Szenario denkbar ist. Ich schüttle den Kopf, um die Gedanken zu vertreiben – gleich werde ich mehr wissen.

Zu meiner Überraschung ist die Zugbrücke nach oben gezogen und die Stadtmauer unbewacht.

Fjodor blickt irritiert zu mir hoch. »Seltsam, normalerweise wird die Brücke nur nachts und zu besonderen Feierlichkeiten hochgezogen.«

»Gibt es irgendein Volksfest, das heute gefeiert wird?«

»Solange ich vermisst werde? Wohl kaum …« Fjodor legt seine Hände wie einen Trichter an den Mund: »Hallo? Ist da jemand? HA – LLO – HO?«

Niemand antwortet.

»Ich klettere nach drinnen«, sage ich entschlossen.

»Meinst du, du schaffst das?«

»Na, hört mal, ich habe einen Turm mit einem schimpfenden Prinzen an meinem Rücken erklommen – da stellt doch diese Mauer kein Hindernis für mich dar.«

Dass ich schon einmal an ebendieser Mauer gescheitert bin, verschweige ich ihm. Mit all den neuen Muskeln, die Lings hartes Training in meinen Körper gepumpt zu haben scheint, schaffe ich es diesmal. Auf der anderen Seite renne ich eine Holztreppe nach unten und lasse die Zugbrücke für Grete und Fjodor herunter.

Eilig laufen wir über den weißen Weg den Hügel hinauf. Die Stadt wirkt wie ausgestorben. Der Marktplatz ist menschenleer. Nur die Schweine schreien herzzerreißend in ihrem Verschlag. Ein paar von ihnen sind kleiner als bei meiner Abreise. Wie kann das sein? Ich renne zu ihnen hinüber und erkenne, dass vier Schweine ausgetauscht worden sind. Was mit ihren Vorgängern passiert ist, daran hege ich keinen Zweifel.

»Hey, was machst du denn da?«

»Ich beende eine Grausamkeit!«, rufe ich Fjodor zu und lasse den Holzbalken fallen, der das Tor zu der matschigen Grube verschließt, in der die Schweine zusammengepfercht ihr trauriges Dasein fristen. Ungläubig starren sie mich an.

»Raus mit euch, die Freiheit ruft!«, sage ich und treibe sie an, aufzustehen. Ihre Beine sind von dem Bewegungsmangel ganz steif. Tapsend und taumelnd setzen sie einen Fuß vor den anderen. Erst als auch das letzte Tier sein Hinterbein über den Holzbalken gesetzt hat und sie sich auf dem leeren Marktplatz umblicken, scheinen sie zu realisieren, dass ihre Gefangenschaft ein Ende hat.

Ihre kurzen Beine vollführen wilde Bocksprünge. Sie stolpern, so ungewohnt ist die Bewegung. Doch sie richten sich immer wieder auf und veranstalten einen Freudentanz, der seinesgleichen sucht. Ich scheuche sie Richtung Schlosstor und wende mich dann Fjodor zu, der das ganze Schauspiel mit großen Augen betrachtet hat. »Was sollte das denn?«

»Dass man sie eingesperrt hat? Das frage ich mich auch«, sage ich.

»Nein, das meine ich nicht.«

»Ich weiß. Aber ich frage es mich trotzdem.«

»Das sind nur Schweine. Menschen essen Schweine.«

»Und Wölfe essen Menschen«, sage ich. »Halten sie sie deswegen in engen Käfigen, um sie noch mehr leiden zu lassen?«

»Das ist ein Unterschied.«

»Für mich nicht. Ich bin von Tieren aufgezogen worden, ich habe nie infrage gestellt, dass wir auf gleicher Stufe stehen.«

Darauf fällt ihm nichts mehr ein. »Komm jetzt«, sagt er und zieht mich am Arm Richtung Schlossgarten.

Als wir bei den Stallungen ankommen, bringe ich Grete hinein. Sie wiehert freudig und bekommt Antwort aus zahlreichen Boxen.

Die Pferde meiner Kameraden! Sie sind hier! Das heißt, die anderen sind zurückgekehrt. Sie sind Kalle und seinen Verbündeten also nicht in die Hände gefallen. Ein Glück!

In einer der hinteren Boxen finde ich Lings Schimmel. Sein Anblick treibt mir die Tränen in die Augen.

»Geht ruhig schon vor ins Schloss«, sage ich zu Fjodor. »Ich versorge Grete und komme dann gleich nach.«

»Nein, nein«, erwidert er und spielt an einem Strohballen herum, aus dem Grete gerade ein paar Halme reißt, »ich warte auf dich.«

Ich wische mir mit dem Ärmel meines Kleides übers Gesicht, um die Tränen vor ihm zu verbergen. »Nicht nötig. Wirklich nicht.«

Doch Fjodor rührt sich nicht vom Fleck. Auch er reibt sich über die Augen. Ich bin wohl nicht die Einzige, in der Lings Schimmel Erinnerungen wachgerufen hat.

Wir verharren einen Moment wortlos. Jeder von uns gefangen in seinen trüben Gedanken. Wie sich herausstellt, betrauert Fjodor nicht nur Ling. »Das sind meine letzten Momente als freier Mann«, flüstert er so leise, dass ich ihn kaum verstehen kann.

Seine Worte schnüren mir das Herz ein. Doch ich darf mich jetzt nicht davon leiten lassen. Wir haben schon zu viel Zeit verloren.

Ich atme tief durch, straffe die Schultern und ziehe Grete von dem Strohballen weg in ihre Box. Ich nehme ihr das Zaumzeug ab, und sofort beginnt sie aus dem Wasserbottich zu trinken, der auf dem Boden steht. Ich greife eine Handvoll Stroh und reibe eilig über ihren verschwitzten Körper. Fjodor beobachtet mich von seinem Platz aus.

»Vielleicht solltet Ihr Euch auch mal mit Stroh abreiben«, schlage ich vor. »Sonst erkennt Eure Prinzessin Euch am Ende gar nicht wieder.«

Der kleine Rest seines Gesichts, der unter dem Bart noch erkennbar ist, starrt vor Dreck. Ein Blick in Gretes Wassertrog sagt mir, dass es bei mir nicht anders ist. Also tauche ich meine Hände hinein und reibe mir damit über die Wangen. Schon besser.

Ich deute erst auf Fjodor und dann auf den Trog, doch er schüttelt den Kopf. »Nein danke.«

Arme Johanna.

»Also ich wäre dann so weit«, sage ich und drücke Grete einen letzten Kuss auf die Nüstern.

»Sollten wir sie nicht erst mal füttern?« Fjodor springt auf und läuft zu einer Kiste, aus der er gut ein Dutzend Karotten zieht. Grete ist sichtlich erfreut und reißt sie ihm förmlich aus den Händen.

»Genug jetzt!«, sage ich. »Ich möchte endlich mit Eurem Vater sprechen.«

»Du siehst doch, dass sie noch Hunger hat. Immerhin hat sie uns den ganzen Weg durch den Wald getragen.« Fjodor stopft Grete weitere Karotten ins Maul. Wenn er damit so lange weitermachen will, bis sie keinen Appetit mehr hat, sind wir morgen noch hier.

»Also ich werde jetzt gehen. Ich kann Johanna ja zu Euch schicken, dann könnt ihr gemeinsam eure Möhrchen knabbern«, sage ich.

»Schon gut, ich komme ja schon.« Er klingt wie ein kleiner Junge, der einsieht, dass die Spielzeit nun endgültig vorbei ist. Betont langsam folgt er mir nach draußen.

»Was soll diese Verzögerungstaktik? Wollt Ihr nicht endlich mit Eurem Vater sprechen?«, frage ich.

Fjodor reibt sich übers Gesicht. Seine schmutzigen Hände hinterlassen braune Spuren. »Doch, natürlich. Ich weiß auch nicht, Borka. Aber ich habe irgendwie das Gefühl, dass ich auf etwas zusteuere, vor dem ich am liebsten davonlaufen würde.«

Ich nicke, obwohl ich mir nicht sicher bin, ob er bloß die Hochzeit und seine Krönung meint. Fjodor schließt zu mir auf und passt sich nun meinem schnellen Marschschritt an. Ich mustere ihn von der Seite. Seine Kleidung ist zerrissen wie meine. Sein Haar steht kreuz und quer in alle Richtungen ab, doch ich kann nicht behaupten, dass ihm das nicht mindestens ebenso gut stehen würde wie sein Zopf.

Wir durchschreiten den menschenleeren Schlossgarten.

»Wo sind bloß alle hin?«, fragt Fjodor und spricht damit meine Gedanken aus. Normalerweise sind hier immer ein paar Spaziergänger unterwegs. Heute ist niemand zu sehen. Bis auf die kleine rundliche Gestalt, die sich gerade über ein Kräuterbeet bückt.

»Lotti!« Ich renne auf sie zu und reiße sie fast zu Boden, als ich ihr in die Arme falle.

Doch sie erwidert meine Umarmung nicht. Im Gegenteil. Ihre flache Hand saust auf meine Wange nieder.

»Hey, was soll das denn?«

»Dass du es wagst, hier aufzutauchen! Was willst du denn noch? Hast du nicht genug Unheil angerichtet?«

Ich verstehe kein Wort. Lotti hält das Messer, mit dem sie die Kräuter geschnitten hat, vor mich und droht: »Keinen Schritt weiter! Oder ich schreie das ganze Königreich zusammen!«

Instinktiv habe ich mein Schwert gezogen, sobald Lotti auf mich losgegangen ist. Irritiert stehe ich ihr nun mit erhobener Waffe gegenüber. Was ist nur in sie gefahren?

»Lotti! Was ist los mit dir?«

»Was willst du hier?« Sie presst die Worte verächtlich zwischen den Zähnen hervor. »Bist du gekommen, um auch den König zu töten?«

Den König zu töten? Wovon in alles in der Welt redet sie da?

»Was geht hier vor?« Fjodor ist zu uns aufgeschlossen und blickt erschrocken von Lotti zu mir. Wir belauern uns wie zwei Kriegerinnen, bereit, auf die jeweils andere loszugehen, sobald sie auch nur die kleinste Bewegung macht. Auch wenn ich hoffe, dass das nicht nötig sein wird.

»Ist das einer deiner Männer?«, fragt Lotti verächtlich.

»Was?«

»Einer ihrer Männer?« Fjodor kann sich ein Grinsen nicht verkneifen. »Wie viele hast du denn, Borka?«

»Keinen Schritt näher!« Lotti schwenkt das Messer in Fjodors Richtung. Er hebt die Hände und zieht sich ein Stück zurück.

»Erkennst du Prinz Fjodor nicht?«, frage ich verblüfft.

»Nimm mich nicht auf den Arm! Prinz Fjodor ist tot!« Lotti schreit jetzt. »Und jeder im Königreich weiß, wer ihn getötet hat.«

Ich starre sie überrascht an. Hier liegt offenbar ein riesiges Missverständnis vor.

»Ach ja?«, frage ich. »Und wer bitte soll das sein?«

Lotti schnaubt ungläubig. Ihre Augen funkeln zornig. Sie richtet das Messer nun wieder auf mich. Zielt genau auf meine Kehle.

Ich weiche unwillkürlich zurück. Lottis Blick flackert. Ihre Wut weicht für einen Augenblick echter Trauer. »Ihr habt mich beide verraten. Du und Kalle. Ihr habt euch in mein Herz eingeschlichen, so wie ihr euch in die Leibgarde eingeschlichen habt. Und dann habt ihr Prinz Fjodor und Prinzessin Johanna kaltblütig ermordet.«

22. Kapitel

Johanna ist tot?!? Wie …?« Fjodors Stimme bricht auf halbem Weg zu meinem Ohr.

»Tu nicht so unschuldig. Wahrscheinlich warst du beteiligt daran, oder?« Lotti spuckt ihm die Worte förmlich entgegen.

»Lotti!«, rufe ich, in der Hoffnung, zu ihr durchzudringen. »Sieh ihn dir doch an! Es ist der Prinz!«

Fjodor streicht sich die Haare aus der Stirn und deckt mit einer Hand den Bart ab. Lottis Augen sind verengt vor Zorn. Doch während sie Fjodor betrachtet, weiten sie sich. Ihr Mund klappt auf, und sie lässt das Messer fallen. Ich springe darauf zu und werfe es so weit von ihr weg, wie ich kann.

»Hoheit, wie … wieso seid Ihr am Leben, ich dachte …«

»Dass Kalle und Borka mich getötet haben, ja. Aber wie um alles in der Welt kommst du darauf?«

Lotti taumelt. Sie greift nach meinem Arm. Ich stütze sie und helfe ihr, sich auf die Wiese zu setzen.

»Weil Darius und die anderen es uns erzählt haben. Kalle und Borka haben sich gegen die Krone verbündet. Borka wollte Rache nehmen, für das, was man ihren Eltern angetan hat, und hat Kalle verführt. Kalle ist, nun ja, er ist vielleicht nicht der Mutigste und leicht zu manipulieren …« Sie schluckt schwer, ehe sie weiterspricht. Ich lausche ihr fassungslos und unterdrücke den Impuls, sie zu unterbrechen. »Kalle hat auf Borkas Geheiß hin allen Männern einen Schlaftrunk verabreicht und dann Prinzessin Johanna und Ling getötet. Darius hatte ein ungutes Gefühl, als Kalle ihm den Tee gebracht hat. Er hat nichts davon getrunken und Kalle auf frischer Tat ertappt. Er hat gerade noch gesehen, wie deine Hintermänner den Prinzen verschleppt haben. Kurz darauf hörte er Prinz Fjodors Schreie. Als er zu der Stelle lief, aus der die Schreie gekommen waren, sah er zwei Löwen, an ihren Mäulern klebte Blut. Vom Prinzen fehlte jede Spur.«

Das müssen Juna und Lilla gewesen sein, die auf der Suche nach Junas Tochter waren.

»Das ist nicht wahr!«, sage ich. »Fjodor und ich wurden entführt. Aber eins ist wahr: Kalle hat Ling ermordet. Von Johanna weiß ich nichts.« Ich erzähle Lotti von Lings Plan, unsere Plätze zu vertauschen.

Lotti schüttelt traurig den Kopf. »Wie konnte ich mich nur so in Kalle täuschen?«

»Wo ist er jetzt?«, fragt Fjodor, und noch bevor Lotti den Mund aufmacht, sehe ich ihr an, dass etwas Schreckliches passiert sein muss.

Eine Träne löst sich aus ihrem Augenwinkel und fällt auf ihre Schürze. »Er hat Darius angegriffen, als der ihn stellte. Der hat sich gewehrt, und dann … dann ist Kalle …«

Sie bricht ab. Tränen laufen ihr die Wangen hinab, doch sie gibt keinen Laut von sich. Obwohl sie so wütend auf Kalle ist, überwiegt in diesem Moment ihre Trauer um ihn.

»Vielleicht hat Darius das alles missverstanden«, überlegt Fjodor laut. »Er sah, wie die Männer mich aus dem Zelt trugen, und glaubte, du würdest da mit drinhängen, schließlich warst du auch verschwunden, und er konnte ja nicht wissen, dass es Lings Idee war, dich in meinem Zelt einzuquartieren. Dass er dann noch die

Löwen gesehen hat, hat ihn mit Sicherheit in seinem Glauben bestärkt, du würdest mit Kalle unter einer Decke stecken.«

Mir gefällt das alles nicht. Wieso sollte Kalle die echte Johanna töten, wenn seine Männer doch eigentlich mich für die Prinzessin hielten? Oder hatte er in Wahrheit vor, mich aus dem Weg zu räumen? Und wenn ja, warum? Wenn er nicht nur Fjodor und mir, sondern auch allen anderen jenen Schlaftee verabreicht hat, dann ging von mir doch gar keine Gefahr für ihn aus.

»Wir müssen zum König!«, sage ich entschieden. »Es wird sich alles aufklären.«

»Da wäre ich mir nicht so sicher.« Lottis Blick verdüstert sich.

»Wie meinst du das?« Fjodor sieht sie eindringlich an.

»Nun ja, seit er von Eurem vermeintlichen Tod erfahren hat, ist er irgendwie … nicht er selbst. Er wirkt wie versteinert. Redet kaum ein Wort. Das einzig Verständliche, was er seitdem herausgebracht hat, war die Verkündung seines Nachfolgers. Er sieht sich aufgrund der jüngsten Ereignisse nicht länger in der Lage, das Land zu regieren.«

Fjodor springt auf. »Nachfolger? Was für ein Nachfolger?«

»Darius«, murmelt Lotti. Es ist nicht zu überhören, was sie von der Wahl des Königs hält. »Euer Vater hat Darius zu seinem Nachfolger ernannt. Heute bei Sonnenuntergang soll die Krönungszeremonie stattfinden. Alle sind bereits auf der Festwiese versammelt. Die ganze Stadt ist eingeladen. Das Schloss ist wie ausgestorben. Nur die Küche nicht – dort bereiten wir gerade das Festmahl vor.«

Ich werfe einen schnellen Blick zum Himmel. Es dämmert bereits. Uns bleibt nicht mehr viel Zeit. Eine vollzogene Krönung ist unumkehrbar. Lediglich wenn der König stirbt oder selbst einen neuen König ernennt, endet seine Herrschaft.

Ich verstehe ja, dass König Jerrik in großer Trauer ist, aber wie kann er so leichtfertig Darius auf den Thron setzen? Der hat sich sicherlich ins Fäustchen gelacht. Da zieht er los, um den Prinzen zu beschützen, und bekommt zur Belohnung für sein Scheitern die Krone überreicht.

Ich erstarre. Was, wenn das von Anfang an sein Plan war? Wenn er Fjodor töten wollte? Nein! Wenn er das vorgehabt hätte, hätte es Dutzende Gelegenheiten dazu gegeben. Er hat Fjodor nie auch nur ein Haar gekrümmt. Und schließlich war es Kalle, der Ling getötet hat, nicht Darius. Der schien darüber genauso entsetzt zu sein wie ich.

»Was ist mit meinen Eltern?« Die Frage brennt mir auf der Zunge, seit ich Lotti entdeckt habe. Mit klopfendem Herzen beobachte ich jede Regung in ihrem Gesicht. Werden ihre Gesichtszüge sich ebenso verhärten wie eben, als sie über Kalle sprach? Gibt es auch für meine Eltern bloß noch Tränen?

»Schon viel besser. Sie sind gut auf die Behandlung meiner Großmutter angesprungen.«

Erleichterung durchströmt mich, mein Puls beruhigt sich langsam. Sie sind am Leben! Es geht ihnen gut! Dem Himmel sei Dank!

Ich umarme Lotti ganz fest. Noch immer erwidert sie die Umarmung nicht, doch diesmal lässt sie sie zumindest über sich ergehen und antwortet nicht mit einer Ohrfeige.

»Wo ist mein Vater?«, fragt Fjodor.

»Im Thronsaal. Dewinus Darenger sagt, der König fühle sich zu schwach, um der Krönungszeremonie beizuwohnen.«

»Ich muss sofort zu ihm!« Fjodor sieht mich auffordernd an. »Kommst du?«

Ich will den Kopf schütteln, ihm sagen, dass ich nichts anderes will, als meine Eltern aus dem Kerker zu holen und mit ihnen im Wald zu verschwinden.

Doch ich schaffe es einfach nicht. Sein Blick bohrt sich flehend in meinen. Ich sehe darin dieselbe Angst, die ich verspüre, seit ich Corbin und Aylela hilflos hinter den Gitterstäben kauern sah.

»In Ordnung. Aber schnell!«

Zusammen mit Lotti rennen wir durchs Schlosstor, eine marmorne Treppe hinauf bis in den Thronsaal. König Jerrik sitzt nicht auf seinem Thron. Vielmehr hängt er darauf. Sein rechtes Bein baumelt über der Armlehne, sein Kopf ist nach hinten gesackt. Aus seinem Blick spricht nichts als Leere.

»Vater!« Mit einem Satz ist Fjodor bei ihm.

Ich bleibe ein Stück abseits neben einer weißen Säule stehen und beobachte, wie Fjodor den König schüttelt und leise auf ihn einredet. König Jerrik blickt durch ihn hindurch. Es sieht aus, als sei er in seiner eigenen Welt gefangen und begreife gar nicht, was um ihn herum vor sich geht. Sein Anblick kommt mir seltsam vertraut vor. Wo habe ich diese toten Augen schon einmal gesehen?

»Er erkennt mich nicht!« Fjodors Stimme hallt verzweifelt durch den riesigen Saal.

»Er ist vergiftet«, sage ich und gehe mit großen Schritten auf den König zu.

»Was?« Fjodor sieht mich ungläubig an.

Lotti tritt an unsere Seite und blickt tief in König Jerriks Augen. »Borka könnte recht haben.«

»Er zeigt dieselben Symptome wie Corbin und Aylela. In diesem Dämmerzustand waren sie auch«, sage ich. »Lotti, hast du noch etwas von dem Gegenmittel?«

»Leider nein. Aber ich kann es herstellen. Ich habe noch ein paar Reste aller Zutaten in meiner Kammer.«

»Dann schnell!«

Lotti nickt entschlossen und verlässt den Thronsaal.

»Wer sollte meinen Vater vergiften?«, fragt Fjodor, seine Stimme bebt vor Angst. »Und warum?«

»Fällt Euch wirklich niemand ein?« Ich deute auf König Jerriks Kopf. Die Krone fehlt.

»Du meinst … Unsinn, mein Vater selbst hat Darius die Krone übertragen. Du hast doch gehört, was Lotti gesagt hat.«

Er hat recht. Es passt nicht zusammen. Warum hätte Jerrik Darius zum neuen König ernennen sollen, wenn er ihm nicht vertrauen würde? Oder war der Kummer über den vermeintlichen Tod seines Sohnes so groß, dass sein Urteilsvermögen getrübt war? Ich mag Darius einfach nicht. Es ist so leicht, in ihm einen Thronräuber zu sehen. Aber der eigentliche Feind war Kalle, ob mir das passt oder nicht. Darius hat einfach das Glück gehabt, dass der König ihn von klein auf kennt und ihm vertraut. Naheliegend also, dass er ihm die Krone überträgt, wenn er Fjodor tot glaubt. Die beiden sind immerhin wie Brüder aufgewachsen. Dennoch: Was ist mit dem Gift? Wer hat es dem König verabreicht? Und meinen Eltern? Kalle ist tot, er kann es also nicht gewesen sein.

»Wir sollten schnell hinunter zur Festwiese«, sage ich. »Bevor Darius die Krone aufgesetzt bekommt.«

Ich laufe zu einem der riesigen Fenster, von denen man vom Thronsaal aus auf die andere Seite des Hügels bis hinunter auf die Festwiese sehen kann.

Überall stehen und tanzen Menschen. Alle tragen bunte Gewänder. Sie lachen und sind ausgelassen. Die meisten von ihnen halten einen Becher in der Hand.

In allen vier Ecken der Arena wehen Fahnen. Rote Fahnen. Fahnen, die nicht der weiße Löwe, das Symbol von König Jerriks Königreich, ziert. Dafür ein anderes Tier. Ich kneife die Augen zusammen, um zu erkennen, was es ist, und schrecke vom Fenster zurück, als es mir klar wird. Ich habe dieses Tier schon einmal auf einer Fahne gesehen. Zumindest auf einer halben.

Auf jeder einzelnen Fahne, die für die Feierlichkeiten aufgestellt wurde, prangt ein Adler.

23. Kapitel

Dewinus' Männer haben uns entführt!«

»Wie bitte?« Fjodor sieht mich ungläubig an und tritt neben mich, als ich durch das Fenster nach unten deute.

»Seht Ihr das Wappen? Es ist dasselbe wie auf den Fahnen der Burg.«

»Wie … wie kann das sein? Kalle hat doch …«

»Vielleicht haben sie zusammengearbeitet. Und als Kalle ihm nicht mehr von Nutzen war, hat Darius ihn beseitigt.«

»Das ist unmöglich! Darius ist ein Getreuer meines Vaters, seit ich denken kann. Er ist mein *Freund.*«

»Aber Ihr seht es doch dort unten weiß auf rot!«

»Es gibt sicher eine harmlose Erklärung für all das.«

Ich schüttele den Kopf. Ich verstehe ja, dass Fjodor sich an diese Hoffnung klammert. Er vertraut Darius. Hat ihm schon immer vertraut. So wie ich Kalle. Einzusehen, dass man sich in einem Menschen getäuscht hat, schmerzt gewaltig. Doch die Zeichen sprechen für sich. Die Burgruine, zu der wir verschleppt wurden, gehört Darius, da bin ich nun sicher – oder wohl eher seinem Vater.

Hat Fjodor nicht gesagt, sie seien vor vielen Jahren an den Hof gekommen? Was, wenn sie früher auf ihrer eigenen Burg gelebt haben? Das wäre ein ziemlicher Abstieg und sicher schwer zu ertragen für Menschen wie Dewinus und Darius, die es gewohnt sind, wie Adler über allem zu schweben, und nicht, wie Ameisen vor anderen zu kriechen.

»Es tut mir leid«, sage ich.

Fjodor starrt noch immer aus dem Fenster. »Ich kann es nicht glauben. Als wir Kinder waren, haben wir fast alles gemeinsam gemacht. Nur zu höfischen Festen durfte er mich nicht begleiten. Darüber war er immer sehr traurig, auch wenn er behauptet hat, es mache ihm nichts aus.«

Ich streichle unbeholfen seine Schulter. Am liebsten würde ich meinen Arm um ihn legen, habe aber Angst, er könnte ihn abschütteln.

»Wenn es wahr ist und Darius mich wirklich verraten hat, wird er gar nicht erfreut sein, wenn ich plötzlich in seine Krönungszeremonie platze«, sagt Fjodor durch zusammengebissene Zähne.

»Ja. Er wird sicher nicht zögern, zu Ende zu bringen, was Lothar und Gustav vermasselt haben.«

Fjodor nickt. Ihm ist offensichtlich schon dasselbe durch den Kopf gegangen.

»Wir brauchen Hilfe«, sage ich und greife nach seiner Hand. »Es ist an der Zeit, die Löwen zu befreien.«

Vor der Tür, die zum Kerker hinunterführt, stehen heute keine Wachen. Der Schlüssel steckt von außen. Darius scheint sich in absoluter Sicherheit zu wähnen, wenn er wirklich *alle* zu seiner Krönungszeremonie einberufen hat. Alle, außer den Gefangenen natürlich. Die grölen und schimpfen, als Fjodor und ich an ihnen vorbei zum hintersten Verlies stürmen.

»Na, meine Hübsche, bist du endlich wieder da? Komm rein zu mir und zeig mal, was sich unter deinem Rock verbirgt.«

»Vergiss es, sie hat doch ihren Liebhaber mitgebracht!«

»Verpisst euch!«

Einer der Gefangenen nutzt die Abwesenheit der Wachen, um mit einem rostigen Nagel an seinen Gitterstäben zu feilen. Als ich an ihm vorbeilaufe, lässt er ihn erschrocken los. Seine Augen sind so eingefallen, dass sie selbst jetzt, schreckgeweitet, kaum hervortreten.

Ich ignoriere ihn und renne weiter, überhole Fjodor und falle förmlich gegen die Gitterstäbe, hinter denen Corbin und Aylela eng umschlungen schlafen. Ihre Körper sind ganz ausgemergelt. Corbins Mähne ist verfilzt. Unglaublich, wie schnell die Gefangenschaft ihnen die Lebenskraft geraubt hat. Ich nestele an dem Schlüsselbund herum und suche nach dem passenden Schlüssel.

Von dem Klappern werden die beiden wach. Corbin blinzelt mehrmals, ehe er sich aufrichtet. Er hinkt noch immer leicht, doch sein Gang hat nichts von seiner Erhabenheit eingebüßt.

Borka? Bist du das wirklich?

Ja, Papa. Ich bin zurück. Ich verschlucke mich an den Lauten. Es tut so gut, wieder mit meinen Eltern zu kommunizieren.

Aylela stürzt nach vorne und drückt ihre Schnauze durch die Stäbe gegen meine Hand. Ihre Zunge berührt meine Haut. *Dem Himmel sei Dank! Mein Kind! Mein Kind!*

Endlich finde ich den richtigen Schlüssel, und mit einem ohrenbetäubenden Quietschen schwingt die Tür auf. Corbin und Aylela sind so überrascht, dass sie nur zögerlich nach draußen treten. Fjodor weicht ein Stück von mir ab und drückt sich in die Schatten der steinernen Wände.

Immer wieder wirft meine Mutter Blicke über den Rücken zurück in die Zelle, so als fürchte sie, jemand könnte plötzlich hinter ihr auftauchen und sie aufhalten.

Als sie in dem schmalen Gang stehen, falle ich meinen Eltern um den Hals. Wie habe ich es vermisst, mich an ihr warmes Fell zu schmiegen, ihren Duft einzuatmen und ihrem Herzschlag zu lauschen! Sofort fühle ich mich sicher und beschützt.

Aylela mustert mich von oben bis unten. An meiner verbundenen Schulter bleibt ihr Blick besonders lange hängen. *Bist du in Ordnung, Borka?*

Im Großen und Ganzen ja.

Ich bin so froh, dass du sicher zurückgekommen bist. Sie leckt mir übers Gesicht, und ich lasse es geschehen, auch wenn ich das schon als Kind nicht leiden konnte. Heute bin ich einfach nur froh, diesen Moment erleben zu dürfen.

Was tut er *hier?* Corbin mustert Fjodor argwöhnisch. Im Gegensatz zu Lotti hat er Fjodor sofort erkannt. Die Nase meines Vaters lässt sich von Schmutz und Bart nicht täuschen. Corbins Augen verengen sich, sein Blick wird eisig.

Der Prinz braucht unsere Hilfe. Ich trete neben Fjodor und ziehe ihn aus den Schatten. Er schüttelt vehement den Kopf, doch ich lege ihm beruhigend die Hände auf die Schultern. *Ein Verräter soll zum König gekrönt werden. Wir müssen ihn aufhalten.*

Na, dann viel Glück. Corbin drängt sich an Fjodor vorbei.

Warte!, brülle ich. Er bleibt stehen, sieht mich aber nicht an. *Bitte, Papa, hilf ihm! Dieser Verräter hat alle getäuscht und Fjodor für tot erklärt. Ich bin sicher, er wird seine Lüge zur Wahrheit machen, sobald er ihn sieht.*

Ich wüsste nicht, was daran schlimm sein sollte. Corbins Knurren bringt seine ganze Ablehnung zum Ausdruck.

Bitte! Ich versuche, so eindringlich wie möglich zu klingen, und wende mich dann Aylela zu. *Bitte, helft uns.*

Corbin macht eine schnelle Drehung zu uns herum, zwei Sprünge, dann steht er so dicht vor mir, dass ich seinen warmen

Atem auf meiner Haut spüre. Fjodor keucht auf, und ich schiebe mich zwischen ihn und meinen Vater. Corbin hat sich zu seiner vollen Größe aufgerichtet. Seine Augen blitzen gefährlich. Seine Zähne sind gebleckt. *Bist du nun eine von ihnen geworden, Borka? Hast du wirklich vergessen, was diese Menschen unserer Familie angetan haben? Wie kannst du Hilfe von uns verlangen für die Mörder unserer Kinder?*

Ich … Weiter komme ich nicht. Corbins Gebrüll lässt mich verstummen. Es wird von den Steinwänden zurückgeworfen, und nicht nur Fjodor duckt sich instinktiv weg.

Kommst du, Aylela? Corbin macht ein paar Schritte Richtung Ausgang.

Die Gefangenen zucken vor ihm zurück. *Kommst du nicht mit uns, Borka? Nach Hause?*

Ich blicke meine Mutter an, die mich flehentlich fixiert. In meinem Rücken spüre ich Fjodors Blick. Ich wende mich zu ihm um, und auch er sieht mich eindringlich an. Meine nackten Füße scharren über den Steinboden. Ein Kiesel schneidet mir in die Ferse. Ich streife ihn mit den Fingern ab.

Also? Corbin dreht seinen Kopf ein Stück zu mir um. Gerade so viel, dass er Fjodor nicht ansehen muss. *Was ist jetzt? Können wir endlich diesen schrecklichen Ort verlassen? Zusammen?*

Ich zögere. Wie gerne würde ich ihm folgen! So, wie ich es mein Leben lang getan habe. Corbin wusste immer, wo es langgeht, wo die wenigsten Gefahren lauern und man die beste Nahrung findet. Wo die Bäume am dichtesten stehen und den meisten Schutz bieten. Wo das Moos am gemütlichsten ist und wann sich Regen ankündigt. Er war seit jeher mein Anführer, mein Vorbild. Und ein Teil von mir will sich einfach an seinen Rücken klammern und von ihm fortgetragen werden. Soll das Königreich doch sehen, wo es bleibt. Was geht es unsere Familie an? Immerhin haben wir unter ihm mehr als genug gelitten.

Borka? Corbins Knurren klingt fordernd.

Wieder zuckt Fjodor zusammen.

Warum habt ihr mich belogen und mir erzählt, dass ich als Baby zu euch kam?

Was? Mein Vater fährt zu mir herum. Aylela steht wie versteinert da. Ihr Blick bohrt sich nun nicht länger in meinen, sondern so intensiv in den Boden, als wolle sie mit ihren Augen ein Loch graben.

Du hast mich schon verstanden. Warum habt ihr mir mein Leben lang etwas vorgespielt?

Er war mein Vertrauter, solange ich denken kann. Aber auch er ist ein Verräter. Genau wie meine Mutter. Fjodor ist nicht der Einzige, der jahrelang belogen wurde.

Lass uns ein anderes Mal darüber reden. Aylelas Brummen ist ganz leise.

Nein! Ich will jetzt darüber reden. Ich bin mir nämlich nicht sicher, ob ich später noch die Gelegenheit dazu haben werde, will ich hinzufügen, bleibe aber still.

Ich frage dich noch einmal, Borka, kommst du mit uns oder nicht? Corbin übergeht meine Frage einfach. Ich funkele ihn wütend an. Er erwidert meinen Blick mit einer Härte, die ich selten bei ihm gesehen habe. Wahrscheinlich hat der Kerker tiefer in seiner Seele geschürft, als ich geglaubt habe.

Gut, wenn du nicht willst … Komm, Aylela, lass uns endlich gehen.

Corbin, bitte … Aylelas Blick wandert zwischen mir und meinem Vater hin und her. Doch er stolziert geradewegs auf den Ausgang zu. Ein Gefangener wirft einen Stein nach ihm. Corbin drängt ihn mit einem einzigen Knurren bis in die hinterste Ecke seiner Zelle.

Aylela sieht mich traurig an, und obwohl ich wütend auf sie bin, da auch sie meine Frage unbeantwortet lässt, will ich ihr am liebsten um den Hals fallen, so sehr schmerzt mich ihr Blick.

Ich komme später nach, verspreche ich, *und dann werdet ihr mir endlich die Wahrheit sagen!*

»Das hat ja wunderbar geklappt.« Fjodor rennt so schnell, dass ich kaum Schritt halten kann.

»Ich hatte mir das auch anders vorgestellt«, gebe ich zu. In kurzen Sätzen habe ich ihm erklärt, was im Kerker gesprochen wurde.

»Du hättest vielleicht nicht ausgerechnet jetzt mit der Aufarbeitung eurer Familiengeschichte beginnen sollen.«

Ich schiebe trotzig das Kinn vor. Er hat leicht reden.

Ich bremse mich, bevor ich das Falsche sage. Er hat heute einen guten Freund verloren. Und kurz zuvor in Ling bereits schon einen. Nicht zu vergessen seine Braut. Die Spur aus Blut, die Darius nach sich zieht, ist erschreckend lang.

»Was habt Ihr jetzt vor?«, frage ich und strecke die Hände in die Luft, um mein Seitenstechen in den Griff zu kriegen.

»Ich werde zu meinen Untertanen sprechen und ihnen alles erklären.«

»Wenn Darius uns nicht vorher erwischt«, werfe ich ein.

Hoffentlich gelingt es Fjodor, sich Gehör zu verschaffen, bevor Darius und Dewinus begreifen, was vor sich geht. Sie werden ja sicher nicht auch den Rest der Menschen hier vergiftet haben.

Meine Gedanken schweifen zu Lotti. Ob es ihr bereits gelungen ist, das Gegenmittel für den König herzustellen?

Fjodor und ich laufen auf der Rückseite des Schlosses den Hügel hinab auf die Arena zu. Schon von Weitem sehe ich zwei Gestalten in langen roten Umhängen auf dem Podest stehen, von dem aus der König Fjodors Kampf gegen meine Eltern beigewohnt hat.

Von hinten gleichen sich die beiden Männer in Größe und Statur wie Juna und Lilla einander. Kein Zweifel: Das sind Dewinus und Darius. Wenn wir es schaffen, uns von hinten an sie heranzuschleichen, können wir sie vielleicht überwältigen, bevor sie die Wachen, die links und rechts neben ihnen stehen, auf uns hetzen.

Fjodor und ich tauschen einen Blick, und wir verlangsamen unsere Schritte. Behutsam schleichen wir vorwärts – die Schwerter hinter dem Rücken, die Köpfe unter unseren Kapuzen verborgen. Schon kann ich die Fahnen hören, an denen der Wind reißt. Sie klingen tatsächlich wie die Flügelschläge von Adlern. Die Menschen, die noch fröhlich gefeiert haben, als ich durch das Fenster gesehen habe, rücken nun alle an den Zaun. Sie drängen sich dicht aneinander, um ja nichts von der Krönungszeremonie zu verpassen.

Ein Mann mit breitem Kreuz tritt auf Dewinus und Darius zu. In seinen Händen hält er ein Kissen. Im Licht der untergehenden Sonne erkenne ich, was darauf liegt: die Krone.

Ich hebe meine Kapuze so weit an, dass ich das Gesicht des Mannes erkennen kann. Es ist Georg. Sein Vertrauen war Darius schon immer sicher, und es würde mich nicht wundern, wenn auch er von Anfang an in dessen Pläne eingeweiht war. Vermutlich winkt ihm ein lukrativer Posten bei Hofe. Nur eines verstehe ich nicht: Warum hat Darius Fjodor und mich nicht töten lassen?

Ehe ich weiter darüber nachdenken kann, haben wir die Arena erreicht. Nur noch wenige Schritte trennen uns von dem Podest, auf dem Dewinus gerade die Krone in Empfang nimmt.

Plötzlich höre ich etwas, das hier nicht hingehört. Es klingt anders als all die Stimmen, das Lachen, das Johlen. Es ist ein leises

Winseln und ganz sicher nicht menschlich. Suchend sehe ich mich um. Da! Es kommt von dem weißen Bündel, das mitten auf der Wiese liegt. Eine junge Löwin. Das darf doch nicht wahr sein! Ich tippe Fjodor auf die Schulter und deute darauf. Auch ihm scheint zu dämmern, was hier vor sich geht: Wer die Krone will, muss einen Löwen töten.

»Wir müssen ihr helfen«, flüstere ich, und Fjodor nickt.

»Der heutige Tag soll uns allen in Erinnerung bleiben.« Dewinus' Stimme hallt laut über die Wiese. Alle Blicke sind auf ihn gerichtet. Das ist unsere Chance! Fjodor nickt mir zu, und hinter unseren Rücken heben wir langsam die Schwerter.

»Nach dem tragischen Verlust des Kronprinzen und seiner Braut erfülle ich mit großem Kummer meine Pflicht, meinen Sohn zum neuen König zu krönen. Doch so sehr uns alle diese Tragödie auch schmerzt: Wie ihr alle wisst, war es der ausdrückliche Wunsch des Königs, dass Darius das Königreich in eine neue Zukunft führt.«

Ich deute erst auf mich, dann auf Darius. Dann auf Fjodor und auf Dewinus. Er versteht: einer für jeden.

In meinem Kopf surrt es. Die letzten Sonnenstrahlen fallen in mein Gesicht und blenden mich für einen Moment. Ich umklammere das Schwert fester.

Darius steigt vom Podest und geht durch den Zaun auf die Wiese, auf der die junge Löwin kauert. Ängstlich zuckt sie vor ihm zurück.

Kalte Wut packt mich. Ich umklammere mein Schwert fester und renne die letzten Schritte den Hügel hinab.

»Vorsicht! Hinter euch!« Georgs Stimme dröhnt so laut, dass alle Köpfe herumfahren. Hunderte Augenpaare starren Fjodor und mich an.

Ich will den Mund öffnen, um zu schreien, dass Darius ein elender Verräter ist, doch noch bevor ich Luft holen kann, durchfährt ein glühender Schmerz meinen Arm. Erschrocken starre ich auf den Pfeil, der sich knapp über dem Ellbogen in mein Fleisch gebohrt hat. Der Schmerz zwingt mich in die Knie. Mein Schwert landet auf dem Boden.

»Ergreift sie!«, höre ich Dewinus' Stimme, und schon packen mich zwei Palastwachen und schleifen mich unsanft zum Podest. Ich kämpfe gegen die Ohnmacht an. Mein Arm pocht so heftig, dass ich kaum die Kraft habe, die Augen offen zu halten. Wie durch einen Schleier nehme ich wahr, wie Fjodor neben mir ebenfalls zu Boden gerissen und zum Podest gezerrt wird. Jemand reißt mir die Kapuze vom Kopf.

»Das ist die Frau, die unseren Prinzen getötet hat!«, ruft Darius. Er ist kalkweiß geworden. Offenbar hat er nicht damit gerechnet, mich jemals wiederzusehen. »Das ist einer der Männer, die dem Löwenmädchen geholfen haben, Prinz Fjodor zu entführen!« Darius rennt zum Podest und deutet auf Fjodor. Nur einen Wimpernschlag später drückt er ihm die Kapuze seines Mantels tief ins Gesicht. »Ein Mucks, und du bist ein toter Mann!«

»Darius! Was soll das alles, ich bin es!« Fjodor klingt verzweifelt. »Dein *Freund*!«

Das scheint Darius für einen kurzen Moment aus dem Konzept zu bringen, doch dann fängt er sich sofort wieder. »Das war einmal«, sagt er kalt und nimmt Fjodor in den Schwitzkasten.

»Lass ihn sofort los!«, brülle ich.

Der Mann hinter mir dreht mir meinen verletzten Arm, in dem noch immer der Pfeil steckt, auf den Rücken. Ich schreie auf vor Schmerz. Schweiß tritt auf meine Stirn. Meine Knie geben nach. Wenn der Mann mich nicht festhalten würde, würde ich der Länge nach hinfallen.

»Bringt das Mädchen zum Schweigen!«, ruft Darius. »Sie ist eine Mörderin und sicher mit ihrem Gefolgsmann gekommen, um nun auch mich zu töten. Sie hat ihre Löwenfreunde auf Fjodor gehetzt, bis nicht eine Sehne von ihm übrig war.«

Verzweifelt blicke ich mich unter den Zuschauern um. In ihren Augen blitzen Wut und Verachtung. Keine Spur von Zweifel an Darius' Worten. Von meinen Kameraden sehe ich niemanden außer Georg, der nun nicht mehr länger das Kissen, sondern ein Schwert in der Hand hält und mich belustigt mustert. Ich habe keinerlei Zweifel daran, dass er Fjodor erkannt hat. Doch da scheint er leider der Einzige zu sein.

»Lass Borka in Ruhe, Darius!«, zischt Fjodor. Darius' Arm liegt noch immer um seinen Hals.

»Wenn du ein Wort sagst, sorge ich dafür, dass sie langsam und qualvoll stirbt«, flüstert Darius gerade so laut, dass ich es hören kann. Seine Wachen müssen es auch gehört haben, da bin ich sicher. Dennoch machen sie keinerlei Anstalten, ihn aufzuhalten. Vermutlich hat er sie genauso mit Versprechungen auf seine Seite gelockt wie Georg. Fjodor senkt den Kopf und schweigt.

Ich winde mich unter dem eisernen Griff der Wache, der bei jeder meiner Bewegungen unbarmherziger wird. Sterne tanzen vor meinen Augen. Dewinus' Worte nehme ich bloß noch durch ein Rauschen wahr. »Die Verräterin hat es gewagt, zurückzukommen. Sie hat unseren geliebten Prinzen und dessen Braut auf dem Gewissen. Was sollen wir mit ihr machen, Bürger?«

»Tötet sie! Tötet sie!«

»Sie ist eine Hexe!«

»Prinzenmörderin! Jagt sie zurück in die Hölle, aus der sie gekommen ist!«

Die Stimmen dringen laut an mein Ohr, erreichen meinen

Verstand jedoch kaum noch. Ich fühle, wie ich hochgehoben und getragen werde. Der Schmerz in meinem Arm benebelt mir die Sinne. Immer wieder fallen mir die Augen zu. Dann werde ich plötzlich auf dem Boden abgelegt. Durch den Vorhang meiner Wimpern erkenne ich, dass ich mitten in der Arena liege. Direkt neben mir drückt sich die junge Löwin ins Gras. Ihr Körper ist voller Blessuren und eiternder Wunden. Man hat sie geschwächt, damit Darius nichts weiter tun muss, als ihr den Todesstoß zu versetzen. Doch in ihren Augen glüht der Lebenswille. Nur ein winziger Rest zwar, aber immer noch genug, um sich nicht kampflos zu ergeben.

Verschwommen nehme ich eine Gestalt wahr, die mit erhobenem Schwert auf mich zukommt. Georg. Er leckt sich mit der Zunge über die Lippen, als er auf mich herunterschaut.

Ich will ihn anschreien, ihn treten, schlagen, beißen. Ihm irgendwie wehtun. Aber mein eigener Schmerz legt mich völlig lahm. Wenn ich doch bloß diesen Pfeil herausziehen könnte! Dann hätte ich wenigstens eine Waffe – so mickrig sie auch ist.

Ich taste mit der rechten Hand danach, als jemand neben mich geworfen wird. Fjodor. Der Pfeil interessiert mich nun nicht mehr. Bloß seine Hand. Ich suche nach ihr, und als ich sie finde, drücke ich fest zu.

»Ihr habt entschieden, liebe Bürger, und eure Entscheidungen sind für meinen Sohn von großer Bedeutung«, dröhnt Dewinus' Stimme durch die Arena. »So sei ihre Strafe der Tod.«

»Nein!«, brüllt Fjodor. »Darius ist der Verräter! Ich bin es, Fjodor!«

Doch niemand hört ihm zu. Die Leute sind zu aufgebracht. Sie wollen Blut sehen. Unser Blut.

Ich schließe die Augen und rufe mir Bilder ins Gedächtnis, die mich trösten könnten. Meine Eltern tauchen vor meinem geistigen Auge auf, Timur, Finja … und Fjodor. Alle blicken traurig. Alle sind voller Wunden. Das sind keine tröstenden Bilder.

Mir wurde schon so viel genommen. Ich kann Timur und Finja nicht mehr retten. Und sosehr ich mir auch wünsche, wieder mit ihnen vereint zu sein – dieser Moment ist noch nicht gekommen!

Ich lasse Fjodors Hand los und ziehe mir mit einem Ruck den Pfeil aus dem Arm. Ganz gerade, um die Wunde nicht zu vergrößern. Sofort schießt Blut daraus hervor, und ich presse meine Faust auf die schmerzende Stelle. Es tut so weh, dass ich ein entsetzliches Gebrüll ausstoße. Ein Gebrüll voller Pein, aber auch voller Wut, das immer lauter anschwillt und immer weniger Menschliches an sich hat.

»Löwen!«, ruft jemand, und ich kann nicht anders, als ein wenig stolz zu sein, weil er mein Gebrüll für das eines Löwen hält. Bis ich bemerke, dass der tierische Laut nicht mehr allein aus meinem Mund kommt. Jemand hat mit eingestimmt. Jemand, von dem ich dachte, er hätte mich im Stich gelassen. Ich schlage die Augen auf und sehe Corbin auf der Kuppe des Hügels stehen. Den Kopf in den Nacken gelegt, stößt er sein ohrenbetäubendes Gebrüll aus. Er wird von Juna und Lilla flankiert. Direkt vor den dreien erkenne ich Aylela. Sie hat sich geduckt, wie sie es immer tut, wenn sie ein Ziel anvisiert. Einen Herzschlag später stürmen die Löwen die Arena.

24. Kapitel

Chaos bricht aus. Die Wachen, die eben noch Fjodor und mich zu Boden gedrückt haben, rennen über die Wiese in Richtung der Löwen, um sie daran zu hindern, das Königspodest niederzureißen.

Fjodor robbt zu mir. »Bist du in Ordnung?«

Ich blicke auf meine Faust, die inzwischen voller Blut ist. Fjodor reißt ein Stück Stoff von seinem Hemd ab und knotet es um meinen Arm. Es hilft zumindest ein bisschen. Was jedoch viel mehr hilft, ist die Angst um meine Eltern. Und die grenzenlose Wut auf Darius und seinen Vater.

Georg steht noch immer neben uns. Wie alle anderen war er durch das plötzliche Auftauchen der Löwen abgelenkt, doch jetzt hebt er wieder sein Schwert und kommt drohend näher. Noch immer etwas benommen, rappele ich mich hoch. Fjodor stützt mich. Von allen Seiten stürmen zornige Menschen die Arena. Hauptsächlich Männer. Frauen und Kinder fliehen in alle Himmelsrichtungen. Bei vier angriffslustigen Löwen wollen sie wohl nichts riskieren.

»Ich bin es, Georg!«, ruft Fjodor und schirmt mich vor ihm ab. »Fjodor.«

»Ich weiß.« Georg bleckt die Zähne. Er sieht mehr denn je aus wie ein wildes Tier.

»Dann leg gefälligst dein Schwert nieder!«, schreit Fjodor.

»Wieso sollte ich? Hier gibt es bald einen neuen König. Und ich befolge allein seine Befehle. Er macht mich zu seiner rechten Hand.«

»Duck dich!«, ruft Fjodor, und wir springen beide zur Seite, als Georg sein Schwert schwingt.

Die Klinge rast auf mich zu. Plötzlich stößt Georg einen Schrei aus. Überrascht sehe ich die junge Löwin an, die sich in seinem Fuß verbissen hat. Georg taumelt. Die Chance lässt Fjodor sich nicht entgehen: Er tritt gegen Georgs Arm, der durch die Wucht sein Schwert fallen lässt. Mit einem Satz bin ich zur Stelle und hebe es auf. Meine Schulter pocht heftig. Ich beiße mir fest auf die Lippen und schmecke Blut. Doch unter keinen Umständen werde ich die Waffe loslassen!

Während Fjodor mit Georg ringt, laufe ich zum Podest. Oder vielmehr zu dem, was noch davon übrig ist. Die Löwen haben es einfach über den Haufen gerannt. Die Stühle sind in ihre Einzelteile zersplittert. Auf dem Trümmerhaufen schimmert die Krone.

Ich ignoriere sie und stürze mich in den Kampf, der zwischen den Löwen und den Wachen entbrannt ist. Auch Dewinus ist mittendrin. Gerade rast Darius mit lautem Wutgeschrei auf meinen Vater zu.

Ein paar Männer haben Aylela eingekreist. Mit erhobenen Waffen gehen sie auf sie zu. Aylela faucht zornig und schlägt mit ihren Tatzen nach ihnen, doch sie kann nicht alle gleichzeitig auf Abstand halten. Dewinus nähert sich ihr von hinten, ohne dass sie ihn bemerkt. Ich ignoriere meine Schmerzen und renne, so schnell ich kann, auf Dewinus zu.

Gerade als er Aylela einen Hieb verpassen will, ziehe ich meine Klinge durch seine Wade. Mit einem markerschütternden Schrei sackt er zusammen. Die Spitze meines Schwertes landet in der

Erde und bleibt stecken. Das ist mir nur recht, denn so kann ich mich für einen Moment am Griff abstützen. Kurz verschnaufen und Kraft sammeln. Der Weg durch die Arena und der Hieb haben mich so angestrengt wie ein ganzer Trainingstag bei Ling.

Doch Dewinus lässt mir keine Zeit, den Schmerz abebben zu lassen. Trotz der schlimmen Verletzung, die ich ihm zugefügt habe, kriecht er auf allen vieren auf mich zu und verpasst mir einen heftigen Hieb gegen die Brust. Ich gehe sofort zu Boden. Im Fallen sehe ich noch, wie Aylela sich mit einem Sprung über die Köpfe ihrer Angreifer hinweg in Sicherheit bringt. Schon stürzen neue Wachen auf sie zu. Lilla nähert sich von rechts, beißt Ignazius, der einen Pfeil auf Aylela abschießen will, in den Oberarm und kämpft dann an der Seite meiner Mutter weiter.

Juna hat sich zur Wiesenmitte vorgearbeitet, wo sie sich schützend vor der Junglöwin positioniert. Kein Zweifel, das muss ihre Tochter Jonna sein.

»Du bist wirklich eine lästige kleine Zecke«, sagt Dewinus keuchend. Er kriecht über meine Beine auf meinen Bauch und lässt sich dort nieder. Ich schnappe nach Luft.

»Ich sollte dich ein für alle Mal zerquetschen!«

»Ihr werdet mit Eurem Plan nicht durchkommen! Fjodor lebt! Und der König wird ihn erkennen!«

»Der König?« Dewinus stößt ein höhnisches Lachen aus. »Der erkennt niemanden mehr. Das Gift hat ihn zu meiner Marionette gemacht – so, wie ich lange Zeit die seine war.«

»Wie habt Ihr ihn dazu gebracht, Darius den Thron zu überlassen? Fjodor sagte, er würde niemals dulden, dass jemand anderer außer ihm ihn besteigt.« Ich bringe die Fragen nur mit Mühe heraus. Sein Gewicht nimmt mir die Luft. Doch solange ich ihn am Reden halten kann, besteht noch Hoffnung.

»Das ist wahr. Georg hat belauscht, wie der Prinz dir davon erzählt hat – insofern warst du am Ende doch noch ganz nützlich.« Er lacht, und ein goldener Zahn kommt zum Vorschein. »Wir mussten von unserem Plan abrücken. Eigentlich sollte es wie ein Attentat aussehen. Oder wie ein Unfall.« Direkt neben uns sackt eine der Wachen kraftlos zu Boden. Dewinus hat nicht einmal einen winzigen Blick für den Mann übrig. »Doch nachdem Darius die Seile der Brücke gelockert hatte, wäre statt Fjodor lediglich sein Pferd beinahe in den Tod gestürzt. Das war, wie sich herausstellte, Glück im Unglück. Denn wenn Fjodor gestorben wäre, wäre der König bis in alle Ewigkeit auf dem Thron geblieben, und die Krone wäre uns niemals zugefallen.«

»Also musstet Ihr Fjodor am Leben lassen.« Langsam begreife ich. Keiner wäre bei einem Attentat von zwei Unbekannten auf die Idee gekommen, dass der wahre Feind sich im Inneren der Gruppe befindet. Für Darius' und Dewinus' Plan war es unerlässlich, dass niemand sie mit den Anschlägen auf den Prinzen in Verbindung brachte. Und was hätte ihnen dabei besser helfen können als rund ein Dutzend Zeugen – alle vom König selbst zur Leibgarde des Prinzen ernannt. Doch eines verstehe ich trotzdem nicht. »Darius hat den anderen erzählt, Fjodor sei tot.«

»Ja, aber dem König haben wir in diesem Falle die Wahrheit gesagt: dass wir Fjodor in unserer Gewalt haben und ihn töten werden, wenn Jerrik meinem Sohn nicht die Krone überlässt. Dasselbe wollten wir eigentlich mit König Jonathan machen. Wieso ein Königreich nehmen, wenn man auch zwei haben kann? Nur leider stellte sich heraus, dass Prinzessin Johanna gar nicht wie geplant entführt worden war. Darius hatte sie im Schlaf erdolcht, da er sie irrtümlicherweise für dich gehalten hat. Also musste er improvisieren.« Erpressung also.

In unmittelbarer Nähe ertönt ein Schrei. Ein Mann hat sich auf Aylelas Rücken gestürzt. Lilla trommelt nun mit ihren Tatzen auf ihn ein. Ihre Krallen färben sein Gewand rot.

»Und nachdem Jerrik das offiziell verkündet hatte, habt Ihr ihn vergiftet und ihn zu einem Schatten seiner selbst gemacht. Sicher ist sicher.«

»Mein Sohn versteht etwas vom Giftmischen.«

Langsam dämmert es mir. Die Puten, die plötzlich vor der Küche standen und meinen Eltern gebracht wurden! Sie enthielten dasselbe Gift, das Darius auch dem König verabreicht hat. Ich erinnere mich daran, wie ich ihn beim Schaukampf vorgeführt habe. Er muss eine fürchterliche Wut auf mich gehabt haben.

»Genug geplaudert, Löwenmädchen«, zischt Dewinus. »Nun kannst du sterben in der Gewissheit, dass niemand daran zweifeln wird, dass Darius der rechtmäßige König ist – jeder in der Stadt hat Jerriks Worte gehört.«

Seine Hände legen sich um meinen Hals. Ich will schreien, aber schon drückt er mir die Luft ab. Panisch versuche ich, ihn von mir herunterzustoßen, was Dewinus jedoch nicht aus der Ruhe bringt. Ich strampele wie wild mit den Beinen, doch meine Füße treffen ins Leere. Unbeirrt drückt Dewinus weiter zu.

Endlich trifft mein Knie seinen Bauch. Er stößt einen wütenden Schrei aus und sackt in sich zusammen. Gierig sauge ich Luft in meine Lungen. Mit aller Kraft drücke ich Dewinus von mir herunter. Er landet neben mir im Gras, rappelt sich aber sofort wieder auf. Sein Gesicht glüht vor Zorn. Er robbt auf mich zu. Dabei rutscht sein Hemd ein Stück hoch und entblößt seinen nackten Bauch. Für einen kurzen Moment bin ich erstaunt darüber, wie stählern die Muskeln sind, die sich unter dem grauen Flaum, der seine Haut bedeckt, abzeichnen. Dann erstarre ich.

Dort, direkt über dem Nabel, prangt ein Mal. In Größe und Form mit meinem nahezu identisch. Feuerrot.

Auf Dewinus' Stirn glitzert der Schweiß. Aus dem Augenwinkel sehe ich, wie Corbin einen Mann zu Boden ringt. Sofort stürmen drei neue auf ihn zu. Dewinus ist nun wieder bei mir und streckt die Hände nach mir aus. Ich trete ihn hart gegen die Schulter. Er stößt einen Fluch aus.

Ich taste nach dem Saum meines Kleides und ziehe es bis zu meinem Brustbein hoch. Dewinus hält für einen Moment inne und mustert verwirrt meinen Bauch. Ein anzügliches Grinsen legt sich auf sein Gesicht, und mir wird erneut ganz schwindelig. Dann erreicht sein Blick das Feuermal. Die Lüsternheit weicht Verwirrung, dann unverhohlener Neugier. Er legt den Kopf schief und betrachtet das Mal ausgiebig. Fjodor taucht in meinem Blickfeld auf. Er kämpft gegen zwei Wachen. Offensichtlich ist es ihm gelungen, Georg zu überwältigen. Dem Himmel sei Dank!

»Was … das?«, krächze ich und deute erst auf das Feuermal auf meinem und dann auf Dewinus' Bauch.

Dewinus wirkt amüsiert, und wenn ich die Kraft dazu hätte, würde ich ihm sein Grinsen aus dem Gesicht schlagen. Mit einer schnellen Bewegung ist er über mir. »Nun weiß ich endlich, an wen du mich schon die ganze Zeit erinnert hast.« Er leckt sich über die Lippen. Speichel tropft auf mein Gesicht. Mir wird übel. »Du kamst mir gleich so bekannt vor, aber ich kam einfach nicht drauf.«

Nur eine Armlänge von mir entfernt bricht ein Mann, der fast noch ein Junge ist, blutend zusammen.

»Wie … das sein?«, bringe ich mit Mühe hervor.

»Meine kleine süße Pferdepflegerin, wie war ihr Name noch? Britta. Nein: Gitta. Ja, so hieß sie.« Dewinus' Blick nimmt einen verträumten Ausdruck an. »Ihre Haut war so unglaublich weich.« Sein Finger wandert ganz langsam über meinen Bauchnabel bis hinauf zum Feuermal. Ich kämpfe gegen den Drang an, mich in sein Gesicht zu übergeben. Ich will mein Kleid wieder nach unten ziehen, meine nackte Haut bedecken, doch Dewinus hindert mich daran. Er scheint es zu genießen, wie ich mich winde.

»Sie hat sich mehr gewehrt als jede andere vor ihr, sie hatte so etwas Wildes an sich, das hat mich besonders scharf gemacht. Du siehst ihr tatsächlich ähnlich, wenn du so unter mir liegst.« Er fährt durch mein Haar, beinahe zärtlich. Ich erstarre.

Fjodor ruft nach mir, doch zwei Männer drängen ihn mit ihren Waffen von mir weg.

»Bloß mit dem Unterschied, dass sie es nie gewagt hätte, mir eine Klinge durchs Bein zu ziehen. Sie hat immer brav getan, was ich ihr befohlen habe. Ihre Eltern hatten sie mir verkauft. Sie war mein Eigentum. Eigentlich wollte ich sie zunächst nur im Pferdestall einsetzen. Aber das wäre die reinste Verschwendung gewesen. Sie hatte noch so viel mehr zu bieten …«

Ich spucke ihm ins Gesicht. Er packt mir grob ins Haar und reißt mir ein Büschel aus. Ich bin nicht einmal in der Lage zu schreien, so perplex bin ich.

»Ein Jammer, dass sie nach dem Feuer mit ihrer kleinen Tochter verschwunden ist. Wie es aussieht, habe ich zumindest die wiedergefunden.« Er lacht. »Ich hätte es mir ja gleich denken können. Sie hat auch immer mit den Tieren gesprochen, als könnten die sie verstehen.«

Eine Schwertklinge zischt gefährlich nahe an Dewinus' Kopf vorbei. Wieso konnte sie ihn nicht einfach abschlagen?

»Ihr seid ein Monster«, presse ich hervor. Meine Stimme hat endlich wieder etwas Kraft.

Dewinus grinst.

»Schön vorsichtig, Löwenmädchen. Ich werde dich so oder so töten, aber du entscheidest, wie schnell oder quälend langsam ich deinem mickrigen Dasein ein Ende bereite.«

Wieder legt er die Hände um meinen Hals, noch ehe ich reagieren kann. Seine Daumen bohren sich tief in meine Kehle. Ich habe das Gefühl, dass er sie jeden Augenblick sprengt. Ein Rauschen erfüllt meine Ohren und übertönt den Lärm aus klirrenden Schwertklingen, Löwengebrüll und Schreien.

Sterne tanzen vor meinen Augen. Langsam schieben sie sich auf wie ein Vorhang und geben den Blick auf ein kleines Mädchen frei, das in einer Pferdetränke sitzt. Das Mädchen ist nackt, das Wasser eiskalt. Ich kann es am eigenen Leib spüren. Doch viel mehr als die Nadelstiche der Kälte schmerzt die Bürste, die unaufhörlich über seinen Bauch schrubbt. Hoch und runter. Hoch und runter. So lange, bis die Haut sich abschält.

Ich öffne den Mund, das Mädchen tut dasselbe, aber kein Laut dringt daraus hervor. Der Stall löst sich vor meinem geistigen Auge in Luft auf. Stattdessen dringt ein anderes Bild in mein Bewusstsein. Ein Messer. Ein Schnitt. Ein Schmerzensschrei. Und Blut. So viel Blut. Dasselbe Mädchen, das eben noch im Wasser saß, presst die Hände auf den Schnitt und brüllt wie am Spieß.

Wieder verblasst das Bild. Das Mädchen liegt nun auf dem kühlen Boden. Mitten im Herbstlaub. Nur wenig Licht bricht durch die Bäume. In den Wolken tanzen zwei Bären miteinander. Vögel zwitschern, die Luft kündet vom Abschied des Sommers.

Dann zwei Hände um den Hals des Kindes, die zudrücken. Immer fester. Unbarmherzig. Das Mädchen kann sich nicht rühren, kann sich nicht wehren. Ich will ihm helfen. Will es aus dem eisernen Griff der Hände befreien.

Ich reiße die Augen auf. Über mir sehe ich Dewinus' Gesicht, das einen Ausdruck von tiefer Zufriedenheit angenommen hat, während er das Leben aus mir herauspresst.

Er blickt mir geradewegs in die Augen. Er will wohl ganz sichergehen, dass ich diesmal wirklich sterbe. Auch ich will, dass es endlich vorbei ist, der Schmerz ist kaum noch auszuhalten. Dewinus' Gesicht flackert. Es ist, als würde sich ein anderes Bild darüberschieben. Langsam lösen seine Wangen sich auf. Seine Stirn. Sein goldblondes Haar verschwindet und macht einem langen braunen Zopf Platz. Ich starre erschrocken in das Gesicht über mir.

Und plötzlich liege ich nicht länger mitten im Kampfgetümmel. Ich liege auf dem Waldboden. Und es ist auch nicht Dewinus, der mich würgt. Es ist jemand, von dem ich es niemals erwartet hätte. Eine Frau, kaum älter als ich heute, mit demselben braunen Haar und verhärteten Gesichtszügen.

Meine Mutter. Sie ist wild entschlossen, mich zu töten.

25. Kapitel

»Es tut mir so leid! So leid!«

Die Stimme meiner Mutter dringt dumpf zu mir, während ihre Hände sich um meinen Hals schließen. Ich bin zu erschrocken, um mich zu wehren. Hilflos lasse ich zu, dass sie mich fest zu Boden drückt, zapple nur unkontrolliert. Tränen rinnen ihr die Wangen hinab, ihre Augen sind geschlossen. Nein, nicht bloß geschlossen: Sie sind fest zugekniffen.

Ich habe es schon immer gespürt. Immer dann, wenn mein Anblick, während sie mich ankleidete oder wusch, sie erstarren ließ und ihr die Tränen in die Augen trieb. Sie erträgt es nicht, mich anzusehen. Hat es nie ertragen. Und auch, wenn sie es nie ausgesprochen hat, weiß ich, dass es meine Schuld ist. Dass irgendetwas mit mir nicht stimmt.

Am liebsten würde ich auch die Augen schließen, aber ich muss ihr doch irgendwie sagen, dass ich kaum noch atmen kann. Mein Mund schafft es nicht. Vielleicht, wenn ich sie nur mit meinen Augen dazu bringen könnte, mich loszulassen.

»Verzeih mir«, murmelt meine Mutter, und ich weiß nicht, was sie damit meint. Was soll ich ihr verzeihen? Dass sie mich nie ansehen konnte? Dass sie es nur selten schaffte, mich zu berühren? Nur wenn ich krank und fiebrig war und kaum in der Lage, einen Bissen von den trockenen Brotkrusten, die eigentlich für die Pferde vorgesehen waren, herunterzubringen?

»Bitte, Mutter, lass mich los, ich bekomme keine Luft!«, will ich ihr mit meinen Augen sagen, doch sie kneift ihre noch immer zu.

Meine Kräfte schwinden. Selbst die Augen offen zu halten, kostet mich größte Mühe. Ich will ausruhen. Nur für einen Moment. Meine Lider fallen wie automatisch zu. Eine Träne meiner Mutter landet in meinem Gesicht, läuft über mein geschlossenes Lid bis zu meinem Mundwinkel. Ich schmecke das Salz. Wieso nur weint sie? Ihr Schluchzen wird immer lauter. Mein Körper sinkt tiefer in das Laub unter mir. Es ist weicher als mein Bett aus Stroh zu Hause in der Futterkrippe, für das ich inzwischen viel zu groß bin. Hier könnte man gut schlafen. Durchschlafen. Ohne jede Nacht Dutzende Male vom Schnauben der Pferde aufzuwachen oder vom Quietschen des Stalltors und den Schritten des Mannes, der meine Mutter immer wieder besucht. Wenn er kommt, halte ich mir die Ohren zu.

Einmal, als er meine Mutter nach draußen zerren wollte, obwohl sie krank war und ihn angefleht hat, sie in Ruhe zu lassen, habe ich ihn gekratzt und gebissen. Seine schallende Ohrfeige hat mich so fest gegen den Futtertrog geschleudert, dass mein Kopf aufgeplatzt ist. Da hat Mutter noch mehr geschrien. Seitdem mache ich mich jedes Mal ganz klein, wenn er zu uns in den Stall kommt, stopfe mir Stroh in die Ohren und drücke die Augen genauso fest zu wie Mutter jetzt.

Ich öffne ein Auge, um zu sehen, ob sie mich vielleicht doch ansieht. Es fällt sofort wieder zu. Meine Luft ist beinahe komplett aufgebraucht. Merkt Mutter das nicht? Das Laub klebt überall an meinem Körper. Wenn ich aufstehe, werde ich wie ein bunter Vogel aussehen. Vielleicht kann Mutter dann wieder ein bisschen lächeln.

Der Gedanke an ihr Lächeln nimmt mir die Angst. Das letzte

bisschen Luft weicht aus meinem Körper. Doch ich finde es nicht länger schlimm. In meinem Kopf lächelt meine Mutter mich an, während ich um sie herumtanze und unendlich viele rote, gelbe und orangene Blätter von meinen Armen und meinem Rücken rieseln.

So tanze ich weiter, bis ich etwas neben mir höre. Ein Schnauben. Ähnlich wie das eines Pferdes. Ich will meine Augen öffnen, um nachzusehen, welches Pferd meine Mutter so sehr in Schrecken versetzt, dass sie aufschreit.

Doch sie gehorchen mir nicht mehr.

Als hätte man den Deckel von einem kochenden Kessel genommen, strömt plötzlich wieder Luft in meine Lungen. Ich japse und pruste. Alles steht in Flammen. Mein Körper besteht aus zwei Teilen: dem Teil oberhalb des Bauchnabels, der einzig aus Brennen und Schmerz besteht, und dem restlichen Teil, von dem ich nicht mal mehr sicher bin, ob er noch da ist.

Meine Augenlider lassen immer wieder einzelne Bilder zu mir in den Strudel aus Panik und Pein herein. Dewinus, der sich die Seite hält. Blut, das in rauen Mengen aus einer Wunde in seiner Seite hervorschießt. Seine Hand, die verzweifelt versucht, dem Schwall Einhalt zu gebieten und selbst so rot ist, dass es aussieht, als habe man sie bemalt. Fjodor, der neben Dewinus kniet, am Ende seiner Kräfte, ein Schwert in der Hand, das mehr ihn zu halten scheint als umgekehrt.

Dewinus bleckt die Zähne wie ein Tier, das sich auf seine Beute stürzen will. Fjodor ist auf der Hut und duckt sich zur Seite weg, als Dewinus nach seinem Schwert greift.

In meinem Brustkorb rasselt es.

Fjodor hebt sein Schwert. Seine Kräfte reichen nicht aus, um es bis über den Kopf zu wuchten. Auf halber Strecke knickt sein Arm ein, und die Klinge bohrt sich in die Wiese.

Dewinus lacht ihn aus. Fjodors Augen funkeln vor Zorn. Ich taste neben mir nach einer Waffe. Doch mein Schwert ist außer Reichweite.

Fjodor versucht es ein zweites Mal. Er holt aus und schlägt mit dem Schwert nach Dewinus. Zu sagen, dass er ihn knapp verfehlt, wäre milde ausgedrückt: Er verfehlt ihn um Längen.

Dewinus öffnet den Mund, und ich sehe, dass auch seine Zähne rot gefärbt sind. Blutige Speichelfäden fliegen durch die Luft und treffen Fjodor. »Hast du wirklich geglaubt, du kannst den Spieß noch einmal umdrehen? Es ist vorbei, Fjodor. Du hast keine Leibgarde mehr, die dich beschützt.« Seine Stimme klingt gepresst und dennoch eiskalt wie eh und je.

Unwillkürlich fasse ich an meine rechte Augenbraue. Ein winziger Riss zeugt noch immer von der Wunde, die mir mein Sturz gegen den Futtertrog eingebracht hat. Sie stammt nicht von einem Sturz vom Baum als Kleinkind, wie Aylela mir weismachen wollte. Ich habe sie Dewinus zu verdanken. Genauso wie das Feuermal.

Genauso wie mein Leben.

Der Gedanke widert mich an, doch es lässt sich nicht ändern. Und sosehr es mich auch mit Scham und Zorn erfüllt, von diesem Mann, der gerade mit blutigem Grinsen Fjodor gegen die Brust schlägt, bis dieser zu Boden sackt, abzustammen, so dankbar bin ich ihm auch dafür. Denn andernfalls wäre ich jetzt nicht hier. Andernfalls hätte er recht, und Fjodor hätte keine Leibgarde mehr, die ihn beschützt.

Wie durch eine rote Wand sehe ich, wie Dewinus die Hand nach dem Schwert ausstreckt, das Fjodor im Sturz hat fallen lassen. Ich drehe mich auf den Bauch und robbe auf die beiden zu. Mit einer

Hand taste ich halb blind von den tanzenden Lichtern vor meinen Augen nach dem Griff.

Schmerz durchströmt mich, als Dewinus sein Knie auf meine Finger presst. Auch er ist nicht in der Lage, sich auf den Füßen fortzubewegen. Auf allen vieren arbeitet er sich an das Schwert heran. Ich ignoriere das Pochen in meiner Hand, packe Dewinus am Bein und zerre daran. Er schiebt mich zur Seite, wie man einen lästigen Fussel von der Jacke entfernt. Ich brülle auf und werfe mich bäuchlings auf ihn. Er landet ebenfalls auf dem Bauch. Für einen Augenblick liege ich einfach so da. Auf meinem Vater. Dann bäumt er sich unter mir auf. Ich bohre meine Hände in seine Schultern und ziehe mich daran vorwärts. Wie eine Schlange gleite ich über seinen Rücken, seine Schultern, seinen Kopf. Erreiche Fjodors Schwert einen Herzschlag vor Dewinus, packe den Griff, drehe es, will Dewinus stellen, ihn zum Aufgeben bewegen. Doch da hat er schon eine verzweifelte Bewegung zur Waffe hin gemacht. Ich halte das Schwert fest umschlossen in seine Richtung. Er bemerkt es zu spät, robbt mit einem kräftigen Ruck nach vorne, und sein Gesicht teilt sich in zwei Hälften.

26. Kapitel

Ich schreie. Meine Stimme überschlägt sich. Dewinus' Blut tränkt den Boden unter mir. Vermischt sich mit meinem. Mit seinem eigenen.

Ich wende den Blick von den toten Augen ab, die mich anklagend anstarren. Direkt neben mir liegt Fjodor. Seine Augen sind geschlossen, sein Mund ist wie in einem erstickten Schrei geöffnet. Mit einem Satz bin ich bei ihm.

Ich taste nach seiner Brust. Zerfetze sein Hemd. Suche nach seinem Herzschlag. Irgendwo muss er doch sein! Ein kehliger Laut verlässt meinen Mund. Da! Ganz schwach zwischen den Rippen ist er zu spüren. Fjodor lebt!

Ohne nachzudenken, drücke ich meine Lippen fest auf seine und hauche ihm meinen Atem ein. Versuche das Fünkchen Leben, das noch in ihm ist, zu aktivieren. Ich atme weiter, obwohl ich selbst noch immer das Gefühl habe, jeder Atemzug sei kostbar und die Luft in meinen Lungen rar.

Um mich herum tobt noch immer der Kampf. Die Löwen sind wie ich am Ende ihrer Kräfte. Doch sie halten die Wachen in Schach.

Fjodors Brustkorb hebt und senkt sich. Ich mache unbeirrt weiter, halte seine Nase zu und schenke ihm meinen Atem. Mehr als ich entbehren kann. Immer wieder muss ich Pausen einlegen, doch ich lasse mich nicht davon abbringen, ihm die Lungen zu füllen.

Seine Augen bleiben geschlossen.

»Bitte, wacht auf! Bitte! Ich habe versprochen, Euch zu beschützen.« Ich schüttele ihn an den Schultern. Tränen strömen mir über die Wangen. »Jetzt macht mir verdammt noch mal keinen Strich durch die Rechnung!«

»Willst du mich umbringen?«

»Fjodor!« Ohne nachzudenken, lege ich meine Lippen erneut auf seine. Doch diesmal nicht, um ihm Luft und Leben einzuhauchen, sondern bloß, um ihm zu zeigen, wie glücklich ich bin, dass es ihm gut geht. Seine Lippen sind aufgesprungen, aber das stört mich nicht. Sie schmecken nach so viel Bitterkeit und Leichtigkeit, dass mir die Beine wegknicken würden, wenn sie das nicht ohnehin längst getan hätten. Fjodor vergräbt seine Hände in meinem Haar. Er zieht mein Gesicht noch näher zu sich heran, sodass unsere Münder keine Chance haben, sich je wieder voneinander zu lösen.

Mein zweigeteilter Körper wird wieder zu einem Ganzen – bestehend aus grenzenlosem Glück und der gleichzeitigen Angst vor dessen Zerbrechlichkeit. Eine uralte Sehnsucht, von der ich nicht einmal wusste, dass ich sie in mir trage, flutet mich. Und schon wieder bekomme ich kaum Luft. Doch diesmal ist es mir egal. Wenn dies mein letzter Atemzug ist und ich ihn nur in Fjodors Lippen hauchen darf, dann soll es so sein.

Fjodors Herz hämmert so schnell gegen meine Brust, dass ich kaum glauben kann, dass ich eben noch fürchtete, es habe aufgehört zu schlagen. Der Druck seiner Lippen auf meinen ist sanft und gleichzeitig fest. Wie ist so was möglich? Der Gedanke erreicht mein Gehirn nicht, er wird aufgeweicht und weggespült von dem Kuss, der alles andere in den Hintergrund rückt. Erst als meine Arme brutal nach hinten gerissen werden, löse ich meinen

Mund, meine Gedanken und – mit einem schmerzhaften Ruck – auch das unsichtbare Band zwischen Fjodor und mir.

Ich reiße den Kopf herum und blicke mitten in Darius' kalte Augen.

»Lass sie los!«, keucht Fjodor.

Doch Darius sieht mich mit so viel Hass an, dass ich keinen Zweifel daran hege, dass er Fjodors Ruf nicht einmal gehört hat. Er schleift mich durch das Blut seines ... meines ... unseres Vaters bis hin zu den Überresten des Podestes. Zusammengesunkene Männer liegen darauf. Blut klebt nun überall an mir, tropft mir in die Augen und erschwert mir die Sicht.

Ich höre Fjodors Schreie hinter mir und muss mich nicht umdrehen, um zu wissen, dass auch er in meine Richtung gezogen wird.

Hinter den Trümmern des Podestes sehe ich Corbin, Aylela und die drei anderen Löwen, blutverschmiert, in sich zusammengesunken, gefesselt – doch am Leben. Sie werden von den Wachen, die noch die Kraft dazu haben, mit Schwertern in Schach gehalten. Ich ertrage den Anblick ihrer leeren Augen kaum. Wie konnte ich mich von meinen Gefühlen überwältigen lassen, statt ihnen zu helfen?

Meine Beine, die nutzlos am Boden schleifen und es nicht schaffen, sich aufzurichten, sagen mir, dass ich es ohnehin nicht bis zu ihnen geschafft hätte. Doch ich hätte es zumindest versuchen können. Versuchen *müssen.*

Corbin und Aylela stoßen ein Fauchen aus, als sie sehen, wie Darius mich hochzieht und meinen Kopf zwischen seinem Arm und seinem Brustkorb einklemmt. Es klingt kläglich. Es zerreißt mir das Herz.

Jonna duckt sich unter ihre Mutter, und Juna plustert sich auf, auch wenn ich in ihren Augen dieselbe Angst sehe wie in denen ihrer Tochter. Neben mir wuchtet eine der Wachen Fjodor auf die Füße, die ihm sofort wieder wegknicken. Brutal wird er erneut hochgerissen und ebenso im Schwitzkasten fixiert wie ich.

»Bürger!« Darius' Stimme hallt über den Platz, eine atemlose Stille tritt ein. »Die Verräter haben nicht nur den Prinzen und die Prinzessin ermordet, nein, nun haben sie auch …« Seine Stimme bricht. Irre ich mich, oder weint er?

»Mein Vater ist tot«, fährt Darius blechern fort, »gemeuchelt von dieser Frau.« Er dreht seinen Körper, an den ich durch seinen Arm gefesselt bin, zu allen Seiten, und wütende Schreie werden laut. Die Menge fordert mein Blut. So als wäre die Erde nicht bereits genug getränkt.

»Der Henker möge vortreten!« Darius' Stimme überschlägt sich. »Schicken wir diese Verräter und die Löwenmonster in die ewige Verdammnis!«

»Darius! Komm zur Vernunft! Ich bitte dich!«, ruft Fjodor. »Hast du denn alles vergessen? Wir waren wie Brüder!«

»Schweig«, zischt Darius und schafft es nicht, das Schluchzen in seiner Stimme zu unterdrücken. »Wir waren nie wie Brüder, anfangs vielleicht, aber immer mehr zeigte sich, dass wir nicht auf gleicher Stufe stehen. Das habt ihr mich alle spüren lassen. Jerrik, du und vor allem mein Vater.«

Durch den Schleier aus Blut, der noch immer vor meinen Augen hängt, sehe ich, wie ein großer, breiter Mann aus der Menge hervortritt und sich vor Darius verneigt. In der Hand hält er eine Axt, sein Blick ist nicht von dieser Welt. Es scheint, als habe er schon zu vielen Menschen den Kopf und dabei auch einen Teil seiner eigenen Seele abgeschlagen.

Ich höre, wie Fjodor neben mir einen erstickten Laut ausstößt und gegen den hochgewachsenen Mann ankämpft, der ihn festhält. Und auch ich entwickle plötzlich wieder ungeahnte Kräfte, die jedoch nicht ausreichen, um mich aus Darius' Griff zu winden. An den Schultern drückt er mich zu Boden, bis ich auf den Knien lande. Blut läuft mir in die Augen. Nun kann ich endgültig nichts mehr sehen. Doch die Schritte des Henkers sind nicht zu überhören.

Plötzlich verharren sie, und ich kann seinen rasselnden Atem direkt neben mir hören. Das war es nun also. Ich schließe die Augen und warte auf den Schmerz, der unweigerlich kommen wird. Darius könnte mich getrost loslassen, ich bin ohnehin viel zu erschöpft, um zu fliehen.

Doch ich empfinde noch etwas anderes. Dankbarkeit. Dafür, dass ich in Fjodors Armen etwas gespürt habe, was mir nichts und niemand mehr nehmen kann. Kein Darius, kein Henker, keine Axt, kein Tod.

Die Kleidung des Henkers raschelt, ich spüre den Lufthauch, als er mit Schwung die Axt hebt. Die Menge hält den Atem an.

Ich tue es ihr gleich.

Der Schmerz lässt auf sich warten. Will der Henker meine Angst schüren? Falls ja, soll er es nur versuchen. Er hat ja keine Ahnung, dass in mir kein Platz mehr ist für etwas anderes als Fjodor und meine Familie. Nicht ein sandkornkleiner Platz für Angst.

Ich höre ein Raunen. Von allen Seiten. Irgendetwas geht da vor sich. Ich versuche, den Kopf zu heben – und tatsächlich gelingt es mir.

Darius hat mich losgelassen. Wie alle anderen blickt er hinauf zum Hügel. Auf dem weißen Weg kommen zwei Gestalten auf uns zugeeilt. Eine davon rennt vorneweg. Die andere folgt ihr in einigem Abstand. Ich brauche einen Moment, um zu begreifen, was die Menge und auch Darius schon längst erkannt haben: Es ist König Jerrik. Und obwohl Lotti ihn fast abgehängt hat, sind zwei Dinge ganz deutlich zu sehen: Der König ist wieder bei Kräften. Und er ist rasend vor Wut.

27. Kapitel

Haltet ein!« Der Zorn des Königs dringt mir in jede Pore. Einen Wimpernschlag später ist Fjodor an meiner Seite. Er stützt mich. Ich stütze ihn. Wir können uns kaum auf den Beinen halten, aber umso fester halten wir einander. Wenn man uns noch einmal trennen möchte, wird man uns mit einer Axt entzweispalten müssen.

Doch diese liegt unbewegt in der Hand des Henkers, der mit skeptischer Miene jeden Schritt des Königs verfolgt.

»Was um alles in der Welt tut Ihr da, Severin?«, ruft Jerrik.

Der Henker hebt die buschigen schwarzen Brauen. »Darius hat mir befohlen, diese Verräter zu töten – immerhin haben sie Euren Sohn und Prinzessin Johanna auf dem Gewissen.«

»Seid Ihr blind? Seht Ihr nicht, wen Ihr da vor Euch habt? Wollt Ihr zum Prinzenmörder werden?«

Der Henker erstarrt und fixiert Fjodor. Mit einem erstickten Laut öffnet er den Mund. Die Axt fällt klirrend zu Boden.

König Jerrik presst die Lippen zusammen und schreitet mit schnellen Schritten auf die Wiese. Lotti bleibt ein Stück hinter ihm, reckt aber den Daumen in die Höhe. Offensichtlich hatte ihre Kräuterbehandlung Erfolg.

»Was fällt Euch ein, meinen Sohn und seine Leibwächterin anzugreifen?« König Jerriks Worte richten sich nun an alle Umstehenden.

Entschuldigungen fliegen über die Wiese. Erklärungen. Rechtfertigungen. Ausflüchte.

»Wir hatten keine Ahnung.«

»Wir dachten, sie seien Verbrecher.«

»Wir haben ihn nicht erkannt, wir waren geblendet von Dewinus' Worten.«

»Wo ist Dewinus?«, fragt der König.

Jemand deutet auf den Körper, der bäuchlings in einer Blutlache liegt.

»Das tut mir sehr leid, Darius …« Mitten im Satz blendet mein Gehirn die Worte des Königs aus. Meine Nackenhaare stellen sich auf. Meine Ohren nehmen nichts mehr um mich herum wahr. Nur den Windstoß, den die Bewegung in meinem Rücken verursacht. Ich höre Timurs Stimme: »Du musst deine Augen überall haben, Borka. Jederzeit könnte dich jemand von hinten angreifen.«

Und genau das passiert. Darius hat die Axt aufgehoben und lässt sie mit einem lauten Aufschrei auf Fjodor und mich niedersausen. Doch diesmal bin ich vorbereitet. Ich habe die Bewegung schon gespürt, bevor er den Schlag ausführen konnte. Ich schubse Fjodor von mir weg und lasse mich auf die Seite fallen. Der Schmerz des Aufpralls betäubt meine Sinne. Darius stürzt auf mich zu, die Axt zum Todesschlag erhoben. Ich trete nach ihm, verfehle ihn aber um Haaresbreite. Sein wutverzerrtes Gesicht tanzt doppelt und dreifach vor meinen Augen.

Jemand packt Darius' Arm und versucht, ihm die Axt zu entreißen, doch er ist so außer sich, dass er den Angreifer mühelos von sich stößt. Ich höre meine Eltern brüllen. Lilla. Juna. Fjodor. Lotti.

Darius grinst von oben auf mich herab. Er leckt sich über die Lippen, genau wie sein Vater – unser Vater – es getan hat.

Bilder rasen durch meinen Kopf. Darius, der Lotti in der Pferdebox an die Wand drückt. Darius, der einen Giftköder für meine Eltern auslegt. Darius, der Kalle manipuliert und ihn dann tötet.

»Wie hast du Kalle dazu gebracht, für dich zu morden?«, speie ich ihm entgegen.

Darius lacht. Die Axt schwingt bedrohlich über mir durch die Luft. »Das war leicht. Auf dem Ball habe ich ihm erzählt, was ich alles mit seiner Lotti anstellen werde, wenn er nicht tut, was ich von ihm verlange. Sein Widerstand ist bei meinen detaillierten Schilderungen im Nu in sich zusammengefallen. Ein Glück. So musste ich dieses widerliche Ding nicht anrühren.«

»Aber damals im Stall …«

»Das war bloß eine kleine Einlage für meinen Vater. Damit er endlich nicht mehr daran zweifelt, dass ich ein *richtiger Mann* bin.«

Also hatte ich recht damals. Er *wollte* erwischt werden.

Meine Wut steigt ins Unermessliche.

»Warum brauchtest du Kalle, um Ling zu töten?«

»Ich wollte kein Risiko eingehen. Wenn Ling mich nachts vor Fjodors Zelt gesehen hätte, hätte er sein Schwert vermutlich nicht zu spät gezogen. Ich stand schon lange unter seiner Beobachtung. Nachdem Kalle ihn getötet hatte, musste ich nur noch den Überraschten spielen, für den Fall, dass doch jemand zu früh aufwacht. Armer kleiner Kalle. Noch ehe er begriff, was vor sich ging, hatte ich seinen Körper in zwei Hälften geteilt. Und dasselbe werde ich nun mit dir tun!« Er hebt die Axt mit beiden Händen über seinen Kopf und grinst. Und dieses Grinsen entfacht das letzte Fünkchen Wut, das nötig war, um meinen Körper aus seiner Versteinerung zu erwecken.

Ich stoße einen Schrei aus, der sich in ein Brüllen verwandelt. Laut und gefährlich. Es ist das Brüllen einer Löwin, die verletzt und geschwächt ist, aber niemals den Kampf aufgeben wird. Mit dem letzten Funken Kraft, den ich meinem Körper abverlangen kann, stoße ich mich vom Boden ab und springe Darius an. Er ist so perplex, dass er zu spät reagiert. Die Axt verfehlt mich, und ich hänge an ihm wie eine Klette. Ich kann mich nicht selbst auf den Beinen halten. Aber er kann es. Ich kralle mich an seinen Schultern fest und grabe die Zähne in seinen Hals, bis ich Blut schmecke. Darius schreit. Die Axt schneidet ziellos durch die Luft und wird ihm schließlich entrissen. Doch ich höre nicht auf zu kratzen und zu beißen. Ich habe so sehr das Bedürfnis, Darius wehzutun, dass ich erst von ihm ablasse, als zwei Wachen mich gewaltsam von ihm losreißen. Darius wird zu Boden geworfen und bleibt winselnd liegen.

»Du feiger Hund!«, brüllt Fjodor. »Wie konnte ich mich nur all die Jahre so in dir täuschen?«

Darius spuckt ihm vor die Füße. Ich sehe, wie Fjodor die Fäuste ballt, lege meine Hände sanft darauf, und sie lockern sich wieder.

»Soll ich ihn auf der Stelle hinrichten, Hoheit?«, fragt Severin und klingt dabei fast wie ein begeisterter kleiner Junge, was in Kombination mit seiner stattlichen Statur äußerst grotesk wirkt. Die Menge johlt. Fäuste werden gehoben, Stimmen ebenfalls.

»Tod dem Verräter! Tod dem falschen König!«

»Nein!« Fjodors Stimme zerschneidet die Luft. Schärfer als jede Axt der Welt. »Was braucht es denn noch alles, um euren Durst nach Blut zu stillen? Reicht es euch nicht, dass eine Reihe Unschuldiger mit ihrem Leben bezahlen mussten wegen der Gier eines Einzelnen? Wiegt eure Gier nach Rache ebenso stark wie seine Gier nach Macht? Wohin soll das führen, wenn auf Blut immer wieder Blut folgt? Wozu das Ganze? Um euch daran zu ergötzen? Auch ich habe mich über Tod und Leben hinweggesetzt, habe in der Arena gekämpft, weil es die Tradition so verlangt, ohne dabei auch nur einen Augenblick an andere zu denken – an das Zittern und die Angst derjenigen, die ich in meinen Kampf gezwungen habe, ohne dass sie sich eines Verbrechens schuldig gemacht hatten. Ich will damit nicht sagen, dass Darius unschuldig ist, das nicht. Doch wer seid ihr, dass ihr über ihn richtet? Wer bin ich, dass ich über die Löwen richten wollte? Wer sind wir, dass wir uns anmaßen, über das Leben zu richten?«

Meine Hand schiebt sich wie automatisch in Fjodors. Er drückt sie so fest, dass es wehtut. Als ich aufstöhne, lässt er mich los und senkt den Blick. Er sieht genauso müde aus, wie ich mich fühle. Die Menge schweigt. Von weit her dringt das Brummen meiner Eltern an mein Ohr. Ich blicke zu ihnen hinüber und sehe Lotti, die an ihrer Seite kniet und ihnen verschiedene Pflanzen auf die Wunden legt. Unterstützt wird sie dabei von einer Frau mit schlohweißem Haar und freundlichen Augen. Das muss ihre Großmutter sein. Ich erkenne in ihr die Frau, die mich vor einer gefühlten Ewigkeit aus dem Wassergraben gezogen hat. Das Brummen meiner Eltern wird kräftiger. Verwandelt sich von Schmerz in Zuversicht, in Hoffnung, in Stärke.

Ich will zu ihnen stürzen, doch meine Beine knicken bei jedem Schritt ein. Fjodor ist kaum eine Hilfe, auch er bewegt sich so langsam voran wie ein Greis. Heldrion kommt uns zu Hilfe. Er wird zu unserer Krücke.

Endlich schneidet Lotti die Seile durch, die die Löwen gefesselt haben. Langsam und vorsichtig, ganz behutsam eine Tatze vor die andere setzend, kommen sie auf mich zu. Mit Heldrions Hilfe beschleunige ich meine Schritte. Mache einen Satz nach vorne, falle, wedele mit den Armen und finde schließlich Halt an Corbins Mähne. Ich umschlinge seinen Hals, der mit Striemen überzogen ist, küsse seine Schnauze, grabe meine Finger tief in sein Fell, drücke ihn an mich. Meine Mutter schiebt ihren Kopf zwischen uns – getrieben von der verzweifelten Angst, man könne uns wieder trennen. Vor allem aber will sie an der Liebe teilhaben, die ich mit jeder Faser meiner Haut spüre.

Ich halte meine Eltern so fest umschlungen, wie meine Kräfte es zulassen. Sie schlecken über mein Gesicht. Es ist ein raues, kitzelndes Gefühl, das mich zum Lachen bringt. Mein Lachen klingt falsch in meinen Ohren, was vermutlich daran liegt, dass ich es schon lange nicht mehr gehört habe. Lilla, Juna und Jonna kommen dazu, lehnen ihre Köpfe gegen mich und reiben ihre Oberkörper an meinen Beinen.

Wieso seid ihr zurückgekommen?, flüstere ich in Corbins Fell.

Als wir auf Juna und Lilla trafen, war die Wiedersehensfreude riesig, erklärt er, *doch natürlich fragten sie, weshalb du nicht mitgekommen bist. Wir erzählten ihnen, dass du gemeinsam mit dem Prinzen eine Krönung verhindern wolltest. Da haben die beiden eins und eins zusammengezählt. Jonna war unauffindbar, und jeder von uns weiß, was man in diesem Königreich für eine Krönungszeremonie benötigt.*

Ich nicke. *Einen weißen Löwen.*

Juna und Lilla haben deinen Vater überzeugen können, dass nicht bloß Jonna in tödlicher Gefahr schwebt, sondern auch du, schaltet sich Aylela ein. *Sie vertrauten Fjodor. Einfach, weil sie auf eurer gemeinsamen Reise spürten, dass* du *ihm vertraust.*

Ich nicke und drücke mich fester in das Knäuel aus warmen Löwenkörpern. Weich und vertraut schirmt es mich vom Rest der Welt ab. Am liebsten würde ich nie wieder daraus emportauchen.

Doch schließlich entknoten wir unsere Körper wieder und sehen uns nach Fjodor und König Jerrik um. Sämtliche Augenpaare sind auf uns gerichtet. Der Bärenmann führt den zeternden Darius ab. Er ist der Einzige, der mich und meine Eltern nicht anstarrt.

Aber in seinen Flüchen, die über den Platz schallen, spielen wir die Hauptrolle. Hinter ihm werden Georg, Ignazius und Friedrich ebenfalls abgeführt.

»Ich danke dir, dass du meinem Sohn das Leben gerettet hast, Löwenmädchen«, sagt der König. Er senkt den Kopf so tief, dass es beinahe wie eine Verbeugung aussieht. »Nun ist es an der Zeit, dass ich mein Versprechen einlöse. Deine Eltern sind frei.«

Ich senke ebenfalls den Kopf, und sofort kündigt sich wieder Schwindel an.

»Ich danke Euch, Eure Majestät«, sage ich, »doch das ist mir nicht genug.«

Die Menge schnappt kollektiv nach Luft. Ich lasse meinen Blick über die Gesichter der Männer und der wenigen Frauen schweifen, die noch hiergeblieben sind, seit die Löwen die Arena gestürmt haben.

»Ich verlange eine Gesetzesänderung«, sage ich ruhig. Selbst die wenigen Worte verlangen mir all meine Konzentration ab. Am liebsten würde ich einfach auf den Boden sinken und hundert Jahre schlafen.

»Das ist nicht möglich«, entgegnet der König.

Fjodor macht ein paar unbeholfene Schritte auf seinen Vater zu. Jerrik läuft ihm entgegen und fängt ihn auf, ehe er zusammenbricht.

»Bitte, Vater!«, sagt Fjodor. »Denk doch nur, was die Löwen heute für unser Königreich getan haben. Nur weil unsere Urväter der Meinung waren, es sei ein Zeichen von Stärke, das stärkste unter den Geschöpfen der Erde zu besiegen, heißt das doch nicht, dass wir uns noch heute diesen Traditionen beugen müssen. Zeiten ändern sich. Und Blickwinkel. Es wird Zeit, die Dinge zu hinterfragen. Man hat immer eine Wahl.«

König Jerrik sieht seinen Sohn lange an. Dann wendet er sich mir und meiner Familie zu. Corbins Blick trifft auf den des Königs. Zwei Anführer, in Macht und Stärke ebenbürtig. Ohne dass sie einander verstehen, schließen sie einen Pakt. Keiner lässt den anderen aus den Augen, aber es starrt auch keiner den anderen nieder. Der König räuspert sich. Dann hebt er die Arme und die Stimme. »Mein Sohn hat recht, und wer wäre ich, mich dem Fortschritt zu verschließen? Vom heutigen Tage an stehen alle weißen Löwen des Königreiches unter meinem persönlichen Schutz. Jeder, der einen von ihnen tötet, angreift oder verletzt, soll bestraft werden.« Er wendet sich mir zu. »Ich kann nicht ungeschehen machen, was deine Familie und du ertragen musstet, Borka, und das tut mir aufrichtig leid. Dennoch hoffe ich, du kannst mir eines Tages verzeihen.«

Werde ich das können? Ich weiß es nicht. Genauso wenig, wie ich weiß, ob ich Darius jemals verzeihen kann. Meinem Halbbruder, der gerade für unbestimmte Zeit in den Kerker wandert. Ob ich ihn dort einmal aufsuchen werde? Im Moment kann ich es mir nicht vorstellen. Andererseits habe ich noch so viele Fragen an ihn. Über unsere Kindheit in der Burg. Seine Mutter. Meine Mutter. Unseren Vater.

Doch für den Augenblick schiebe ich all diese Fragen zur Seite. Ich kann nicht mehr. Ich will nichts mehr denken, nichts mehr fühlen. Nur noch schlafen.

28. Kapitel

Und dann muss ich doch wieder fühlen. So intensiv, dass es mich gleichzeitig berauscht und zu überwältigen droht.

Ich stehe mit Fjodor vor dem Stadttor. Die Blicke meiner Eltern bohren sich in meinen Rücken, während ich unsicher einen Schritt auf ihn zumache. Er hat die Arme halb erhoben und scheint genauso wenig wie ich zu wissen, was die richtige Art ist, sich zu verabschieden. Etwas in mir brüllt, dass es keine gibt. Dass dieser Abschied einen Angriff auf mein Innerstes darstellt.

Ich dränge das Brüllen zurück und hebe ebenfalls unbeholfen die Hände. »Nun, dann ist es wohl an der Zeit, Lebewohl zu sagen.« Ich erkenne meine eigene Stimme kaum wieder. Worte und Klang sind nicht miteinander in Verbindung zu bringen. *Ich möchte bei dir bleiben*, schwingt unter den gesagten Worten mit. Ob Fjodor es heraushört? Offenbar nicht, denn er nimmt mich behutsam in den Arm und drückt mich fest an seine Brust. Als ich schon zu hoffen wage, er würde mich einfach nicht mehr loslassen, tut er genau das.

»Also dann …«, stammelt er. »Lebe wohl.« Er spricht so leise, dass ich Mühe habe, ihn zu verstehen. Falls auch er mir Zwischentöne mitgeschickt hat, habe ich sie nicht gehört.

Meine Hand ruht noch einen Moment in seiner, dann lasse ich ihn los, bevor ich an ihm festwachse. Sonst müsste er womöglich mit in den Wald kommen. Und das kann ich nun wirklich niemandem zumuten. Ihm nicht und noch viel weniger meinen Eltern. Noch immer können sie nur schwer verkraften, was Fjodors Vater ihnen angetan hat. Daran haben auch die letzten zwei Wochen nichts geändert, in denen wir Gäste statt Gefangener waren – aufgepäppelt und verwöhnt bis zum Gehtnichtmehr. Sogar die Löwen durften im Schloss schlafen, entschieden sich aber bereits nach der ersten Nacht für die frische Luft des Gartens. Corbin drängte jeden Tag zum Aufbruch, doch unsere Wunden bedurften intensiver Pflege, die Lotti und ihre Großmutter übernahmen.

Erst als wir wieder einigermaßen bei Kräften waren, war an eine Abreise zu denken. Lilla, Juna und Jonna sind bereits vor zwei Tagen aufgebrochen. Sie bleiben doch erst mal zusammen. Jonnas Gehversuche als selbstständige Löwin waren wohl etwas übereilt gewesen, und sie hat sich entschieden, erst einmal wieder gemeinsam mit ihrer Mutter und ihrer Tante durch die Lande zu ziehen.

Während der letzten Tage wurde Darius, der seit der geplatzten Krönungszeremonie sein Dasein im Kerker fristet, immer wieder verhört. Ebenso Georg, Ignazius und Friedrich, die beharrlich leugnen, etwas von Darius' Plänen gewusst zu haben, und sich als bloße Spielbälle bezeichnen. Auch Gustav und Lothar wurden aus Dewinus' alter Burg geholt und in Jerriks Kerker verfrachtet.

Ich selbst war bei den Verhören nicht dabei. Ich brauche noch Zeit, ehe ich meinem Halbbruder in die Augen sehen kann. Vielleicht wird dieser Moment eines Tages kommen, sodass ich meine Fragen loswerden kann. Vielleicht aber auch nicht.

Fjodor hingegen war bei jeder einzelnen Befragung anwesend. Er war so versessen darauf, jedes Detail zu erfahren, und konnte das Schweigen, in das Darius sich in den ersten Tagen hüllte, kaum ertragen. Erst als Georg und Ignazius Darius schwer belasteten, schien dieser einzusehen, dass es für ihn von Vorteil sein könnte, sich kooperativ zu zeigen und ein Geständnis abzulegen. Damit belastete er vor allem seinen Vater und stellte sich ebenso wie Georg und die anderen als dessen Marionette dar.

Es stellte sich heraus, dass Dewinus' Plan sehr viel älter war, als wir alle vermutet hatten. Die Burg, in der ich geboren wurde, gehörte ursprünglich den Eltern von Darius' Mutter. Nach dem Tod seiner Frau setzte Dewinus seine Schwiegereltern kurzerhand vor die Tür und wirtschaftete die Burg innerhalb weniger Jahre völlig herunter. Dennoch redete er immerzu davon, dass Darius einmal ein großer Herrscher sein würde. Doch dann brach das Feuer aus, und die Burg war nicht länger bewohnbar. Das Geld, um sie wieder aufzubauen, hatte Dewinus längst in rauschende Feste investiert, die aller Welt zeigen sollten, wie wohlhabend er war. Viele der Mägde und Diener kehrten Dewinus nach dem Brand den Rücken, nur wenige Getreue blieben ihm erhalten. Doch Dewinus hatte weder Grund noch Besitz, um ihnen Arbeit zu geben. Und auch für sich und seinen Sohn fehlte es an allen Ecken und Enden.

Also ging er mit Darius zum Königshof, fand dort eine Anstellung und konnte sich über die Jahre zum Berater des Königs hocharbeiten. Innerhalb kürzester Zeit erschlich er sich mit Lügen und Intrigen Jerriks Vertrauen. Dass Darius und Fjodor sich anfreundeten, hatte Dewinus nicht geplant, doch er förderte diese Freundschaft, wo er nur konnte. Das Vertrauen der Königsfamilie zu gewinnen wurde für ihn regelrecht zum Spiel. Nur Königin Linde fand Dewinus von Anfang an suspekt. Darius konnte nicht viel dazu sagen, sein Vater hatte nie direkt mit ihm darüber gesprochen, doch er hatte schon als Kind die Spannungen zwischen Dewinus und der Königin bemerkt. Kurz darauf fing es mit ihrem Verfolgungswahn an.

Außerdem gab Darius Fjodor gegenüber zu, dass er Dewinus am Fenster des Turms gesehen hatte, nur wenige Momente, nachdem die Königin in den Tod gestürzt war. Fjodor selbst, der sofort losgestürmt war, nachdem er seine Mutter hatte fallen sehen, hatte davon nichts mitbekommen.

Nach dieser Offenbarung zog Fjodor sich drei Tage lang in sein Gemach zurück und sprach mit niemandem mehr. Auch nicht mit mir. Überhaupt hatten wir seit unserer Rückkehr in die Stadt keinen Moment mehr unter vier Augen verbracht. Ein Zustand, den ich kaum aushielt.

Nach drei Tagen setzte Fjodor die Befragung fort und erfuhr, dass Dewinus seinem Sohn kurz nach Königin Lindes Tod erklärt hatte, dass er der neue König werden würde, wenn die Zeit reif sei.

Und dieser Moment sollte eigentlich mit Fjodors einundzwanzigstem Geburtstag gekommen sein. Darius redete Fjodor ein, es sei ein Leichtes, *einen* Löwen zu besiegen, wenn er aber gleich *zwei* töten würde, würde niemand jemals an seiner Stärke zweifeln. Damit rannte er bei Fjodor, der bisher bei seinem Volk nicht durch Mut und Heldentaten glänzen konnte, offene Türen ein. Ursprünglich sollte Darius die Löwen aufputschen und aggressiv machen, doch mit Corbins Verletzung und Aylelas Güte hatte er nicht gerechnet – und mit mir erst recht nicht.

Dewinus und Darius mussten einen neuen Plan schmieden, bei dem auch nicht der leiseste Verdacht auf sie fallen würde, und so kamen Gustav und Lothar ins Spiel. Sie hatten Dewinus über all die Jahre die Treue gehalten, der ihnen einst hohe Posten und Reichtum versprochen hatte, wenn sein Sohn erst den Thron bestiegen hätte. Und nun war der Lohn für ihre Treue Kerkermauern und Dunkelheit. Wie für alle anderen, die Dewinus in blinder Gier auf seinem Weg Richtung Macht gefolgt waren.

Einem Weg, der mit den Leichen Unschuldiger gepflastert ist.

Ich drücke die Holzperle in meiner Rocktasche. Drei davon habe ich geschnitzt. Eine habe ich behalten, und jeweils eine liegt zwischen den Kreisen aus weißen Kieselsteinen, die wir neben der Arena errichtet haben. Einen für Ling und einen für Kalle.

Noch immer habe ich den Moment klar vor Augen: Lotti, die sich mir an die Brust wirft und laut schluchzt. Fjodors verhärtetes Gesicht, als er vor den leeren Gräbern niederkniet und sich verneigt, wie es seine Untertanen sonst vor ihm tun. König Jerrik, der Kalles Mutter die Hand auf die bebende Schulter legt.

Ich trete als Letzte vor und lasse mich auf den Boden sinken. Behutsam lege ich die Perlen auf der Erde ab. Sie sind aus dem Holz eines Baumes gefertigt, der direkt neben Lings Hütte im Wald wächst. Heldrion hat sie mir auf Geheiß des Königs besorgt. Es ist dasselbe Holz, aus dem auch die Sichel geschnitzt ist, die um Fjodors Hals hängt. Lindenholz.

Ich schließe die Augen und spüre den Wind auf meinen Wangen. Er ist seltsam warm. Er fängt eine Träne auf, und erst in diesem Moment bemerke ich, dass es Fjodors Finger und nicht der Wind ist. Ich sehe den Schmerz in seinen Augen. Aber auch den tiefen Respekt. Ling und Kalle haben ihr Leben gegeben, um andere zu beschützen. Vielleicht ist das, was die Menschen Ehre nennen, doch etwas wert.

Auch jetzt, sieben Tage später, fühle ich etwas an meiner Wange. Doch es ist nicht Fjodors Hand.

Kommst du, Borka? Corbins Mähne bewegt sich sachte im Wind und streift dabei mein Gesicht. Er sieht so majestätisch aus wie eh und je.

Ich nicke und sehe Fjodor ein letztes Mal in die Augen. Er sieht unendlich traurig aus. Es gibt nichts mehr zu sagen. Schnell drehe ich mich um und folge Corbin den staubigen Weg entlang. Das Kleid, das Lotti mir zum Abschied geschenkt hat und das mir viel zu groß ist, saugt den Dreck des Bodens sofort auf.

»Ich wollte es zu meiner Verlobung tragen«, hat Lotti gesagt, als ich mich mit Händen und Füßen gegen ihr viel zu kostbares Geschenk gewehrt habe, von dem ich wusste, dass es im Wald keine drei Tage unbeschadet überstehen würde. »Aber nun, da Kalle tot ist, werde ich diesen Tag wohl niemals erleben.«

Ich sagte ihr, dass sie so nicht denken sollte und dass sie sich ganz sicher eines Tages mit einem großartigen jungen Mann verloben und das Kleid vermissen würde, wenn sie es mir nun schenkte. Doch davon wollte sie nichts wissen.

Nun bin ich froh, ein Stück von meiner Freundin mitnehmen zu dürfen in mein Zuhause, das ich so schmerzlich vermisst habe und das ohne Timur und Finja doch nie wieder dasselbe sein wird.

Am Waldrand drehe ich mich noch einmal zu der Stadtmauer um.

Fjodor steht noch immer vor dem Tor und sieht mir hinterher. Sein Vater blickt von der Mauer zu ihm hinunter. Ich hebe die Hand und winke, auch wenn ich nicht weiß, ob man sich so von einem Prinzen verabschieden darf. Aber wer sollte mich dafür schon bestrafen?

Fjodor winkt zurück, und ein Lächeln stiehlt sich auf sein Gesicht, verliert sich jedoch auf halbem Weg wieder und kehrt dahin zurück, wo es hergekommen ist.

»Leb wohl, Prinz Fjodor«, murmele ich leise, »ich hätte es nie für möglich gehalten, aber du bist gar nicht so übel, wie ich geglaubt habe.«

Bist du sicher, dass du das tun willst? In Aylelas Blick liegt so viel Liebe, dass mir schwindelig wird. Wir haben die Felder hinter uns gelassen und den Waldrand erreicht.

Was meinst du?

Na, das hier. Dass du zurückkehrst.

Ich lache nervös auf. *Wo sollte ich denn sonst hin?*

Dorthin, wo dein Herz ist.

Mein Herz ist hier. Hier bei euch. Hier im Wald.

Corbin und Aylela wechseln einen Blick. Die unverhohlene Skepsis entgeht mir nicht. Sie nehmen mich nicht ernst. Schon wieder nicht.

Ich spüre Wut in mir aufsteigen. *Glaubt ihr wieder mal zu wissen, was gut für mich ist, ja?*

Wovon redest du, Borka? Mein Vater wirkt noch immer amüsiert. Doch seine gute Laune fällt in sich zusammen, als ich weiterspreche.

Von damals. Von der Frau, die mich beinahe zu Tode würgte. Meiner Mutter. Ich weiß es. Sie ist nicht in dem Feuer gestorben. Und ich war auch kein kleines Baby mehr, als ich zu euch kam. Ich war mindestens fünf oder sechs Jahre alt. Warum habt ihr mich mein Leben lang belogen?

Ich wollte sie das schon die ganze Zeit fragen, aber es gab einfach keine passende Gelegenheit dazu, da wir ständig von Menschen umgeben waren. Ob das jetzt eine passende Gelegenheit ist, weiß ich nicht, aber ich möchte nicht noch länger warten.

Aylelas Augen füllen sich mit Schmerz. Sofort bereue ich meinen rauen Tonfall.

Bitte, füge ich etwas sanfter hinzu, *bitte sagt mir endlich die Wahrheit. Glaubt ihr nicht, dass ich ein Recht darauf habe, zu erfahren, was passiert ist?*

Corbin öffnet sein Maul zu einer Antwort. Aylela wirft ihm einen flehenden Blick zu. Tu es nicht!, scheint er zu sagen. Ich kenne diesen Blick. Aus ihm spricht all die Liebe und all die Sorge einer Mutter, die ihr Kind vor jedem Übel der Welt schützen möchte. Jede Mutter ist so. Egal ob Mensch oder Tier. Ihr Instinkt ist untrüglich, auch wenn er manchmal erst im allerletzten Moment einsetzt, das begreife ich, als Corbin Aylelas Flehen ignoriert und sich an mich wendet. *Du hast recht, Borka, wir haben dir nicht die ganze Wahrheit gesagt. Es stimmt, wir haben dich im Wald gefunden, aber du warst nicht allein. Eine Frau war bei dir …*

Meine Mutter.

Corbin nickt. Seine Augen füllen sich mit Trauer. *So ist es. Sie war dabei … sie hat … Aylela streifte durch den Wald auf der Suche nach einem Nachtlager, als sie ihr Schluchzen hörte. Sie folgte ihm, bis sie zu einer Lichtung kam. Dort lagst du auf dem Rücken, deine Mutter beugte sich über dich. Aylela dachte, du seist tot. Sie wollte ihr nichts tun, nie. Doch deine Mutter verstand es nicht. Wie sollte sie auch? Aylela wollte helfen, aber die Frau dachte, sie wolle dich auffressen. Also stellte sie sich vor dich, um dich vor Aylela abzuschirmen.*

Aber sie wollte mich umbringen!, unterbreche ich ihn.

Ja, schaltet Aylela sich ein. *Aber im entscheidenden Moment hat sie offenbar ihre Meinung geändert. Sie wollte dich beschützen. Sie warf sich vor dich und schrie mich an. Es war offensichtlich, dass sie alles dafür tun würde, um mich – die vermeintliche Gefahr – von dir fernzuhalten.*

Als Aylela näher kam, zog die Frau ein Messer …

… es ging alles so schnell. Ich hätte nicht damit gerechnet, dass sie mir so nah kommen würde …

… sie verwundete Aylela am Hals. Aylela brüllte, und ich folgte ihrem Ruf.

Ich halte den Atem an.

Ich hatte nie vor, der Frau etwas zu tun. Ich merkte ihr an, wie verzweifelt sie war. Aylela senkt den Blick. Sie kann nicht weitersprechen, und so fährt Corbin fort: *Als ich die Lichtung erreichte, war alles, was ich sah, die Frau, die mit dem Messer vor Aylela stand, und das Blut an ihrem Hals.*

Dein Vater wollte mich bloß beschützen. Bitte, Borka, du darfst ihn nicht verurteilen, er hat die Situation falsch eingeschätzt, ich denke nicht, dass die Frau in der Lage gewesen wäre, mich zu töten, aber …

Aber ich hatte nur einen Atemzug lang Zeit, eine Entscheidung zu treffen, denn die Frau holte bereits wieder mit dem Messer aus … Corbin verstummt.

Es ist auch gar nicht nötig, dass er weiterspricht. Ich habe verstanden.

Deswegen haben mir die beiden nie die Wahrheit gesagt. Weil an der Wahrheit so viel Schuld haftet.

Es tut mir unendlich leid, was passiert ist.

Mein Vater klingt kraftlos. So als habe er eine Last, die er jahrelang mit sich herumgetragen hat, endlich abgelegt und sei nun endgültig zusammengebrochen.

Ich nehme seinen schweren Kopf in meine Hände, und er hebt den Blick, bis er auf meinen trifft. Unsere Augen sind so unterschiedlich, und doch liegt derselbe alte Schmerz darin. Er kann mir meinen nicht nehmen. Meine Mutter ist tot. Und ich weiß nicht einmal, ob ich traurig oder erleichtert darüber bin, denn immerhin hat sie versucht, mich umzubringen, auch wenn ich weiß, dass ich ihr dafür keine Schuld geben darf.

Aber ich kann Corbins Schmerz lindern. Zumindest hoffe ich das. *Ich verstehe, warum du es getan hast.* Ich streiche über das weiche Fell, das seine Wangen bedeckt. *Du wolltest Aylela beschützen, so wie meine Mutter mich beschützen wollte. So wie ihr beiden es immer getan habt. Und dafür bin ich euch sehr, sehr dankbar.*

Mein Vater ist das Oberhaupt der Familie. Was er sagt, wird gemacht. So ist es schon, seit ich denken kann. Doch nun sehe ich einen Löwen vor mir, der jeden Kampf gegen jeden Feind gewinnen kann, und dennoch nie gegen die Schuldgefühle ankam, die sich seit jener Tragödie in seinem Herzen eingenistet haben.

Corbins Augenlider zucken. Ich bin sicher, dass er weinen würde, wäre er ein Mensch. Ich bedauere, dass er es nicht kann. Ich weiß, welche Erleichterung Tränen mit sich bringen können.

Als wir feststellten, dass du noch am Leben bist, haben wir uns geschworen, meine Schuld wiedergutzumachen und für dich zu sorgen, solange wir leben. Corbin atmet tief aus. *Du konntest dich an nichts mehr erinnern, und auf wundersame Weise hattest du keine Angst vor uns. Als du dann irgendwann anfingst, von Feuer zu träumen, entspannen wir eine Geschichte, in der wir dich aus einer brennenden Menschensiedlung retteten, als du noch ein Baby warst. Wir versprachen uns, dich aufzuziehen wie unsere eigene Tochter. Und die bist du auch.*

Der Kloß, der seit Corbins Erzählung tief in meiner Kehle sitzt, löst sich langsam auf. Kein Wunder, dass ich mich nicht mehr an die Tat meiner Mutter erinnern konnte. Mein Überlebensinstinkt muss dafür gesorgt haben, dass ich sie tief in mir verschloss, um nicht daran zu zerbrechen.

Mit der Hand streife ich über meinen Bauch und halte an der Stelle inne, an der mein Feuermal prangt. Was muss es für meine Mutter bedeutet haben, immer wieder das Zeichen ihres Peinigers vor Augen zu haben, wenn sie mich ansah? Ob er sein Mal noch anderen Kindern hinterlassen hat? Ob es außer Darius noch jemanden da draußen gibt, dessen Blut auch durch meine Adern fließt? Immerhin hat Dewinus keinen Zweifel daran gelassen, dass er sich stets nahm, wonach ihm beliebte. Unwahrscheinlich, dass ich der einzige Bastard bin, den er einem unschuldigen Mädchen aufgezwungen hat.

Ich heiße nicht gut, was meine Mutter getan hat, doch ich verstehe ihre Not. Ihre Verzweiflung. Wie sehr muss sie gelitten haben!

Und doch, wenn ich Aylelas Worten Glauben schenken kann – und ich bin sicher, das kann ich –, dann hat meine Mutter mich trotz allem geliebt.

Ein Gefühl tiefer Dankbarkeit durchflutet mich. Was habe ich für ein Glück, dass ich gleich zwei Mütter hatte, die ihr Leben für mich aufs Spiel gesetzt haben. Und einen mutigen Löwenvater gleich dazu.

Und, flüstert eine Stimme in mir, die ich seit unserem Aufbruch in den Wald mühsam zu unterdrücken versucht habe, ihn.

Ihn.

Meine Hand fährt weiter an dem blauen Stoff des Kleides entlang. Kann ich mir ernsthaft vorstellen, so etwas für den Rest meiner Tage zu tragen? Und womöglich noch … Schuhe?

Ich schüttele mich.

Borka, was ist los? Aylela folgt meinem Blick, der den Waldrand streift. Ein Rotkehlchen flattert dort gerade von einem Busch auf und verschwindet durch die Bäume. Hinaus aus dem Wald.

Würdet ihr eine Weile ohne mich klarkommen?, frage ich vorsichtig. *Eine … längere Weile?*

Du musst deinen Weg gehen. Corbin erwidert meinen Blick voller Zärtlichkeit. *Wir werden immer in deiner Nähe sein. Wir stehen nun unter dem Schutz des Königs, vergiss das nicht.*

Ich nicke langsam. Er hat recht. Vielleicht verlangt meine Entscheidung gar kein Entweder-oder. Vielleicht kann es auch ein »und« geben.

Ein Kleid tragen *und* barfuß laufen.

Im Dorf leben *und* Corbin und Aylela regelmäßig besuchen.

Ein Mensch *und* ein Löwe sein.

Meine Eltern lieben *und* … ich wage es nicht einmal zu denken. Immerhin hat er da auch noch ein Wörtchen mitzureden. Ja, wir haben uns geküsst. Aber im Prinzip war er in diesem Moment halb tot und konnte sich nicht wirklich wehren.

Erneut verlässt mich der Mut. Corbin scheint es zu spüren und gibt mir einen kräftigen Nasenstüber, der mich Richtung Waldrand stolpern lässt. *Nun lauf schon. Ehe du noch Wurzeln schlägst.*

Bereits zum zweiten Mal an diesem Tag flackern seine Lider, als würden jeden Moment Tränen aus seinen Augen treten. Doch sein Blick ist zuversichtlich und offen.

Mein Vater ist das Oberhaupt der Familie. Was er sagt, wird gemacht. So ist es schon, seit ich denken kann. Also renne ich los. Zaghaft zunächst. Dann immer schneller. Das Kleid flattert um mich herum wie ein Schwarm aufgeregter Schmetterlinge.

Sei aber pünktlich zum Abendessen wieder zurück!, brüllt Corbin mir hinterher. Ich wende mich um und sehe, wie meine Mutter ihn spielerisch mit der Pfote anstupst. *Corbin!* Beide wirken amüsiert.

Nur ich weine. Weine, während meine Füße über den Waldboden donnern und mein Seitenstechen den Schmerz und die Freude in meinem Inneren nicht im Ansatz überdecken kann.

Das Brüllen meiner Eltern klingt mir noch immer in den Ohren, als ich die Stadtmauer erreiche.

Es war eine dumme Idee, herzukommen. Was soll ich ihm denn sagen? »Hey, Fjodor, ich weiß nicht, wie du dazu stehst, aber könnte ich vielleicht zu dir ins Schloss ziehen?« Ich werde mich absolut lächerlich machen. Was soll er mit mir? Einer Wildkatze aus den Wäldern, ohne Manieren und Bildung.

Kopfschüttelnd drehe ich mich um und laufe zurück, auf die Bäume zu, die mir schon von Weitem ihre langen Äste entgegenstrecken. Ich muss nur danach greifen, und sie werden mich in ihre Obhut nehmen wie schon so viele Male zuvor.

Was ist nur in mich gefahren? Wie sehr habe ich mich überschätzt? Johanna ist tot, ja. Aber es gibt sicher noch Dutzende Prinzessinnen da draußen, die ganz versessen darauf sind, Fjodor über diesen Verlust hinwegzutrösten.

Hinter mir ertönt Hufgetrappel. Der Geruch nach Stroh dringt mir in die Nase. Ich fahre herum und entdecke Fjodor, der gerade über die Zugbrücke reitet. Falke ist vollbepackt mit Vorräten. Als Fjodor mich sieht, treibt er ihn an, schneller zu laufen. Ich renne den beiden entgegen und muss im letzten Moment abbremsen, um nicht gegen Falke zu knallen.

Fjodor steigt ab und lässt die Zügel los. »Na, das ging ja schnell«, sagt er. Ich begreife nicht, was er meint.

»Ich hatte geglaubt, es würde ein paar Tage dauern, bis ich dich gefunden habe, immerhin bewegst du dich durch den Wald wie eine Löwin. Aber offenbar hast du es ja noch nicht einmal hineingeschafft.«

»Solltet Ihr nicht im Schloss sein, Hoheit? Geschützt hinter hohen Mauern?«, frage ich und mache einen Schritt auf ihn zu. »Jetzt, da Eure Leibgarde sich aufgelöst hat?«

»Ich kann ganz gut alleine auf mich aufpassen.«

»Ja sicher.«

»So, wie du das sagst, klingt es wie Spott.«

»Es ist Spott.«

Wir stehen uns nun ganz nah gegenüber. Keiner weicht zurück. Keiner weicht dem Blick des anderen aus. Unentschieden.

»Spotte niemals über den Prinzen«, sagt Fjodor und streicht mir eine lose Haarsträhne hinters Ohr, »dafür könnte man dich hinrichten lassen.«

»Dazu müsstet Ihr mich aber erst einmal in die Finger bekommen«, sage ich.

Fjodor grinst. Seine Hände umschließen mein Gesicht. »Aber das habe ich doch längst!«, sagt er, und sein Kuss bringt jeden Widerspruch zum Verstummen.

Danksagung

An dieser Stelle geht ein langer Weg zu Ende. Nicht bloß Borkas Reise, sondern auch der Weg dieser Geschichte. Denn die Grundidee ist bereits rund achtzehn Jahre alt (genauso alt wie Borka, kann das ein Zufall sein? ☺).

Ungefähr mit vierzehn Jahren hatte ich die Geschichte eines Mädchens im Kopf, das im Wald lebt und die Leibwächterin des Prinzen wird. Ja, ich hatte sogar schon ganze fünfundvierzig (!) handschriftliche Seiten geschrieben, worauf ich über die Maßen stolz war. Damals gab es aber noch keine Löwen in der Geschichte, Borka hatte einen Menschenbruder, der mit ihr im Wald lebte, und auch sonst ist außer der Grundidee nicht mehr viel von der Ursprungsgeschichte übrig geblieben. Die fünfundvierzig Seiten wurden im Laufe der Jahre nicht mehr. Sie staubten vor sich hin, gerieten in Vergessenheit, wurden wieder hervorgeholt, gelesen, für, sagen wir … nicht mehr ganz so gut befunden – und wieder weggelegt. Aber Borka war zäh. Sie kämpfte sich immer wieder in meine Gedanken. Sie wollte, dass ihre Geschichte erzählt wird.

Also setzte ich mich am 20. Juli 2018 (ja, ich weiß den genauen Tag noch, denn es gibt einen Instagrampost dazu) endlich auf den Hintern, so lange, bis das Exposé zu »Löwenmädchen«, so der Arbeitstitel, fertig war. Und ja, es war mir wichtig, das Exposé SOFORT runterzuschreiben, denn ich wollte nicht riskieren, dass es jahrelang halb fertig auf irgendeiner Festplatte vor sich hin vegetieren würde.

Kurz darauf lernte ich meine heutige Agentin Anna Mechler kennen, die von der Geschichte sofort angetan war und Borka und Co. den Weg zum Buch geebnet hat. Dafür, liebe Anna, und auch für deine absolute Zuverlässigkeit, deine Ehrlichkeit und deinen Glauben an mich und meine Ideen danke ich dir sehr! Ich bin so froh, dich als Agentin an meiner Seite zu haben!

Nun ging alles recht schnell. Etwa zwei Monate später lernte die liebe Lena Jahnke von Oetinger Taschenbuch Borka kennen und mochte sie auf Anhieb. Lena, tausend Dank, dass du trotz meines am Telefon stotternd und stammelnd vorgetragenen Pitches sofort angefixt von der Idee warst und dass das über die gesamte Zusammenarbeit hinaus so geblieben ist. Deine Begeisterung und Leidenschaft haben mich immer wieder so gepusht, und deine Anmerkungen haben noch viel mehr aus dem Text herausgeholt!

Ebenso eng an meiner Seite, schon vom Exposé an, warst du, Henry. Die ersten Plotschwierigkeiten habe ich mit dir gelöst (ohne dich wäre die Truppe spätestens an der Brücke gescheitert …). Du hast die allererste Fassung gelesen und mir wertvolles Feedback gegeben, und auch du hast Borka in dein Herz geschlossen – sie ist die einzige Frau, bei der mich diese Tatsache nicht eifersüchtig macht. ☺

Danke, dass du mich immer unterstützt, wo du nur kannst, und zu hundert Prozent hinter mir stehst.

Apropos Unterstützung: Davon gab es in den letzten Monaten sehr viel, und dafür möchte ich mich ganz herzlich bei allen bedanken, die so wahnsinnig lieb und leidenschaftlich die Werbetrommel für mich gerührt haben. Ich halte das keinesfalls für selbstverständlich und bin jedes Mal total gerührt davon. Ein ganz besonderes Dankeschön an Angi-Erbse, Jessie K., Kathrin L. und all die wundervollen Buchblogger, die mich so lieb unterstützt haben. Danke an meine Familie, allen voran meine Mama, die sowieso die beste überhaupt ist (#Löwenmutter).

Und natürlich danke an dich. Danke, dass du dieses Buch gelesen hast, denn ohne dich würde Borka noch immer in ihrer Schublade wohnen, und ich bin mir sicher, dass sie sich dort ganz schön eingesperrt fühlen würde.

Vielleicht hast du ja zu diesem Buch aufgrund des, wie ich finde, wunderschönen Covers von Johannes Wiebel | punchdesign gegriffen. Vielen Dank an dieser Stelle für die tolle Gestaltung!

Der Moment, als ich das Cover zum ersten Mal sah, war unbeschreiblich. Plötzlich war es so real. Meine achtzehn Jahre alte Idee würde tatsächlich ein Buch werden! Wie gerne hätte ich meinem vierzehn-jährigen Ich das Cover vor die Nase gehalten und gesagt: Es wird alles gut! Lass dich von den ganzen Rückschlägen, die in den nächsten Jahren noch auf dich zukommen (und ich könnte mein Zimmer mit Absagen tapezieren …), nicht unterkriegen!

Und vielleicht ist es ja auch das, was dieses Cover *dir* oder *dir* oder *dir* sagen kann: Gib niemals auf! Lass dir deine Träume von niemandem ausreden, sondern folge ihnen, auch wenn es noch so lange dauert, bis sie wahr werden!

So, das war es von mir an dieser Stelle, wenn du Lust hast, mehr über mich und meinen Schreiballtag zu erfahren und immer über neue Projekte up to date zu sein, dann besuche mich gerne auf Instagram (@kathytailor.autorin). Ich freue mich über Austausch mit dir. ☺